Olov Svedelid

Die Opfer

Kriminalroman

Aus dem Schwedischen von
Manfred Küchler

Verlag
Volk und Welt
Berlin

ISBN 3-353-00186-7

2. Auflage 1989

L. N. 302, 410/193/89
Originalausgabe: *Offren,* erschienen im Verlag Forum, Stockholm;

Printed in the German Democratic Republic

Einbandentwurf: Thomas Schallnau
Satz, Druck und Einband: Karl-Marx-Werk Pößneck V15/30
LSV 7344
Bestell-Nr. 648 789 7

00680

1

Die Personenbeschreibung stimmte.

Magnus Carlsson – 37, schlanke Taille, breite Schultern unter der Lederjacke, glattes schwarzes Haar, mit scharf abgesetzten Koteletten bis hinunter zur Kinnlinie – kam aus seiner Haustür in der Södermannagatan. Er sah sich um, doch ohne Mißtrauen, und während er zu einem dunkelblauen Fiat ging, steckte er sich eine Zigarette an. Er hatte keine Vorstrafen aufzuweisen, und ich wußte nicht mehr von ihm als das, was ich sah, sein Alter und daß er möglicherweise in den schwarzen Schlacht- und Fleischmarkt verwickelt sein konnte. Wir sollten herausfinden, ob er ein Lamm oder ein Wolf war, und darum hatten Bolinder und ich eine Stunde und zwanzig Minuten lang schweigsam und glotzend im Auto gesessen.

Augustabend und schon stockdunkel. Ich verspürte keine besonders große Lust, Bolinder im Auto Gesellschaft leisten zu müssen, ich wollte nach Hause und irgendeinen albernen Hut aufsetzen, mit Virena ein paar Krebse essen und häusliche Wärme um mich haben statt der ziemlich rauhen Herbstkühle, die bereits jetzt über Stockholm hereingeschwappt war. Aber was nützte schon dieses Wunschdenken? So war eben das Leben. Die Familie Getty in Amerika verdiente in einer Stunde eine Million am Öl und jammerte, daß es nicht zwei waren, in Schweden seufzte man offiziell über den Leibriemen, den man enger schnallen müsse, über neue Armut und grenzenloses Elend, doch die Lokale waren knackend voll mit Leuten, die großkotzige Parties gaben. Und ich hatte tristen Spätdienst mit Bolinder.

Der Fiat schlängelte sich durch den späten Abendverkehr und fuhr auf die E 4 hinaus in Richtung Södertälje. Carlsson hatte keine Eile. Er blieb vorschriftsmäßig auf der rechten Fahrspur und ließ sich von allen überholen, die sich einbildeten, schnell nach Hause zum Fernsehen und zum abendlichen Whisky kommen zu müssen. Bolinder hielt einen der Beschattung angemessenen Abstand, was bei der gemächlichen Fahrt kein Problem war.

Ansonsten ist Beschatten eine schwierige Kunst. Normalerweise ist es unmöglich, einen Menschen mit nur einem einzigen Auto zu observieren. Der Schatten ist schnell verbraucht und muß nach einigen Kilometern durch einen neuen ersetzt werden. Über solche Kleinigkeiten setzten Bolinder und ich uns hinweg. Unwiderstehliche und unüberwindbare stahlharte Kriminalisten, die wir waren, außerdem hatten wir wie gewöhnlich für einen solch einfachen Routineauftrag viel zu wenig Leute.

Carlsson bog in der Nähe von Tumba ab, und der Bluthund Bolinder folgte ihm.

»Möchte wissen, wo er hinwill«, murmelte er.

Ich konnte ihm keine Antwort geben, und das erwartete er auch nicht von mir. Es war eine jener Bemerkungen, die man fallen läßt, um zu zeigen, daß man noch lebt. Die sichere, durchgängige Beleuchtung der E 4 hatte nun Lichtkreisen Platz gemacht, zwischen denen es dunkel war. Wer die Veranlagung dazu hatte, konnte Kobolde, Trolle, Erdgeister und Elfen ahnen, die lautlos ihr heimliches Spiel zwischen den Stämmen trieben, vielleicht auch konnte er Elfen auf den Wiesen tanzen sehen. Für einen Augenblick verspürte ich Lust, Bolinder zu fragen, ob er ein solches Naturell besitze, doch ich wollte nicht in zwei trübe, mich völlig verständnislos anblikkende Augen sehen. Das Nächstliegende und einzige, worauf Bolinder wahrscheinlich kommen würde, wäre wohl, einen Ballonverkäufer, der sich mit seiner Larve zur Adventszeit auf dem Bollnästorg in Skansen herumtrieb, für einen sagenumwobenen Kobold zu halten.

Wir passierten verschiedene Siedlungen und kleine Industriegebiete, bevor der Weg schmaler und kurvenreicher wurde und wir in Gebiete kamen, die mit Wald bewachsen waren. Außerhalb der Vorortzentren ist man sofort wieder auf dem Land, und es war unmöglich, sich dort zu orientieren. Ich streckte mich aus und machte mit den Schultern einige leichte kreisende Bewegungen. Früher konnte ich bei Beschattungen stundenlang fast reglos dasitzen, doch jetzt spüre ich meinen Körper schon nach einer Viertelstunde. Es konnte eigentlich nur davon kommen, daß man unbequemere Autos herstellte. Nun ja, vielleicht hatte es auch etwas mit dem Alter zu tun, doch solange das nicht bewiesen war, schob ich es auf übelgesonnene Fahrzeugfabrikanten.

»Er hält an«, murmelte Bolinder.

Auch diese Worte waren unnötig, ich war durchaus imstande, es selbst zu bemerken. Bolinder schaltete die Scheinwerfer aus und rollte langsam ein Stück nach vorn, bevor er das Auto am Rande des Weges parkte.

»Solltest du ihn nicht einfach fragen, was er hier sucht?« sagte ich.

»Was?«

»Nichts. Vergiß es.«

Es war mühselig, mit Bolinder ein bißchen frozzeln zu wollen, doch irgend etwas mußte man sich schließlich ausdenken, um zu beweisen, was fuhr ein Humorist man war. An einem späten Herbstabend, wo man vor Kälte bibberte, waren die Ansprüche allerdings bescheiden. Vorsichtig öffneten wir die Türen und stiegen aus, ohne sie hinter uns zu schließen, um Carlsson nicht durch das Metallgeräusch zu warnen.

Der Fiat stand wie ein brütendes Urtier da, an das wir uns heranschlichen. Wir strengten unsere Augen an, um Carlssons Umrisse zu entdecken. Sie waren zwischen den Baumstämmen schwer zu erkennen, denn alles floß ineinander. War es möglich, daß er sich dort vorn bewegte? Ich berührte leicht Bolinders Arm, um ihn darauf aufmerksam zu machen.

Die Konturen eines neuen sonderbaren Schattens tauchten auf. Als wir so nahe heran waren, daß wir ihn anfassen konnten, entpuppte er sich als ein hoher, stabiler Maschendrahtzaun aus Stahl, der sich rostig anfühlte. Weiter oben schimmerte Stacheldraht. Carlsson konnte sich nicht in Rauch aufgelöst haben, er mußte irgendwo durch ein Tor nach innen gelangt sein. So tasteten wir uns, nach links gehend, am Zaun entlang.

Die Schmaus- und Trinkfreudigen und all die Schreihälse auf den spätsommerlichen Krebsessen mußten das Wetter aus dem gleichen Grund wie wir beklagen. Der Himmel war mit Wolken verhangen, und kein vollreifer Mond trug zur Festatmosphäre bei. Wir glichen Blinden, die nicht erfassen konnten, was sich hinter dem Zaun befand. Bolinder grunzte, und das Grunzen zeigte an, daß er das Tor gefunden hatte. Es war eingeklinkt, doch als wir es abtasteten, merkten wir, daß es nicht verschlossen war, und machten es auf. Ein schwaches Knarren war zu hören. Doch warum hatte es nicht geknarrt, als Carlsson hindurchgegangen war? War er auf eine andere Art hineingekommen? War er überhaupt nach drinnen gegangen?

Es knirschte unter den Sohlen. Um dem Kies zu entrinnen, tapsten wir wieder zwischen die Bäume und setzten unseren Weg fort. Wir kamen auf irgend etwas Riesiges, Viereckiges zu, offenbar ein Gebäude. Noch immer waren wir die einzigen hier. Von der feuchten Erde stieg Nebel auf und wickelte uns in sein Leichentuch. Es fröstelte mich, und das kam nicht nur von der Kälte.

Aber waren wir wirklich allein? Ich drehte mich zu Bolinder um, faßte ihn am Arm und ermahnte ihn durch eine Geste, sich völlig still zu verhalten. Ich lauschte angestrengt. Ein schwaches Rauschen in den Baumkronen, weit in der Ferne bellte ein Hund. Aber . . . Je mehr man in eine Stille hineinhorcht, um so mehr Geräusche hört man, die es gar nicht gibt. Bolinder schlich sich weiter an das Gebäude heran, und ich folgte ihm zögernd. Durch das Einatmen der Nebelschwaden bekamen wir das ganze Moderzeug direkt in die Lunge.

Um näher an das Gebäude heranzukommen, mußten wir auf den Kies hinaus. Wir schlichen und tasteten uns voran wie Geister und konnten dennoch bestimmte Geräusche nicht vermeiden. Bolinder stolperte und war gezwungen, ein paar taumelnde Schritte zu machen, um die Balance zu halten, und ich konnte ein instinktives, leises, zur Ruhe mahnendes Zischen nicht unterdrücken. Meine Fingerspitzen strichen über eine rauhe Oberfläche, über Holz und trockene Bretter. Das Haus fühlte sich alt an. Der Blick suchte nach Fensterscheiben, doch die Wände waren dunkel und glatt. Es war an der Zeit, den Ersatzmann des Polypen, meine Waltherpistole, aus dem Schulterhalfter zu holen. Ich umspannte den Kolben fest mit der Hand, dann suchten wir uns an der Fassade entlang einen Weg, um eine Tür ausfindig zu machen. Wieder hielt ich Bolinder zurück und lauschte. Er wirkte ungeduldig, doch ... Knirschte da nicht der Sand unter einer Schuhsohle? Nein, es war wieder völlig ruhig. Hatte da wirklich nichts geknirscht?

Dort jedenfalls schien das Ende der langen Fassade zu sein. Und waren das nicht Lastwagen, die da standen? Große Fahrzeuge mit Persennings? Bolinder und ich standen dicht nebeneinander, und beide dachten wir das gleiche. Sollten wir erst die Autos untersuchen oder gleich in das Haus hineingehen? Intuitiv entschlossen wir uns für das Haus. Wir schlichen um die Ecke zur Schmalseite.

Der plötzliche starke Strahl aus einer Taschenlampe direkt vor unseren Gesichtern blendete und nahm uns die geringe Sicht, die wir in der Dunkelheit hatten. Ich fuhr mit der Pistole herum, und Bolinder griff mit der Hand unter die Jacke, um seine Waffe herauszufischen. Doch ohne Sicht waren wir nur eine kleine Armee. Ich spürte etwas Rundes, Hartes im Kreuz und hörte ein Knurren: »Laß den da fallen und steh still!«

Ich ließ den da fallen und stand still. Es war das einzige, was man tun konnte. Wer den Helden spielen wollte, mußte wissen, wogegen er kämpfen sollte, die Schatten hingegen blieben unförmige Dämonen. Bolinder fluchte und grunzte, gehorchte jedoch gleichfalls.

»Links rein und keine Dummheiten.«

Bolinder stolperte über die hohe Türschwelle, schlug lang hin und landete auf allen vieren. Jemand trat nach ihm, und Bolinder stöhnte auf, rappelte sich aber wieder hoch. Ich machte vorsichtig einen weitausholenden Schritt über die Schwelle und bekam einen unsanften Stoß, so daß ich gegen Bolinders Rücken fiel.

»O. K., Sören«, war die Stimme des Mannes zu hören, der uns nach drinnen geführt hatte.

Jemand drehte das Licht an, das aus drei Lampen kam. Sie hingen an losen Leitungen, die sich wie schwarze Schlangen zwischen den Balken ringelten. Es sah aus, als ob wir in einer großen Scheune gelandet waren, die jedoch sicher als eine Art Lagerhaus benutzt wurde. Jetzt war sie leer, mit Ausnahme von geschlachteten Tieren, dic noch ganz oder schon in Stücke geschnitten wie eine

Parade des Todes auf langen Brettern über Holzböcken aufgereiht waren. An der einen Wand stand eine Anzahl Blechfässer mit unbekanntem Inhalt.

»Sieh nach, ob sie noch andere Waffen bei sich haben.«

Ich erkannte einen der beiden Männer, die hinter uns standen, es war Magnus Carlsson. Der andere war um die Fünfundzwanzig, hatte kurzgeschnittenes blondes Haar und ein ausdrucksloses Gesicht. Sie tasteten unsere Körper und Beine ab. Nun konnten sie mitteilen, daß wir außer Gefecht gesetzt worden waren. Der Mann, der den Befehl gegeben hatte, stand im Schatten eines Holzpfeilers. Doch jetzt trat er nach vorn in das Licht, und die Gemütlichkeit war vorbei.

Nach Sören Linder wurde seit langem gefahndet. Er war – während eines bewachten Arztbesuches in Stockholm – aus einer geschlossenen psychiatrischen Anstalt geflohen. Einen Augenblick lang hatten die Wächter die Aufsicht vernachlässigt, und das hatte genügt. Beide waren bewußtlos und schwer mißhandelt aufgefunden worden. Ich konnte mich nicht an die vollständige Liste seiner Meriten erinnern, doch sie umfaßte das Schlimmste, was man sich an Rohheit, Brutalität und Rücksichtslosigkeit denken konnte. Er war etwas über Vierzig und war zu Haft verurteilt worden. Wenn dieser Fakt auch mit verschiedenen Termini umschrieben wurde, so war man sich doch darin einig, daß ein solcher Mann nicht frei herumlaufen durfte. Aber das tat er. Und nun stand er nur ein paar Meter vor mir und konnte mich nicht leiden.

»Dich kenne ich doch«, murmelte er, als er mich prüfend musterte. »Ölund, wa? Nee, zum Teufel. Nicht Ölund. Hassel war das.«

Ich hatte einige feine Erwiderungen auf der Zunge, doch bittere Erfahrung hatte mich gelehrt, wann es angebracht war, aufgekratzt zu sein, und wann man die Schnauze halten mußte. Dies hier war der richtige Augenblick, einer widerspenstigen Zunge Zügel anzulegen und die Zähne zusammenzubeißen. Sicher war ich irgendwann einmal dabeigewesen, als man ihn festgenommen hatte, wenn auch nur in einer peripheren Rolle, und doch erinnerte er sich an mich. Das war nicht gerade angenehm.

Im Gebäude hielten sich noch ein paar andere Männer auf. Sie waren im mittleren Alter, und das Licht der Hängelampe zeichnete hohle Schatten auf ihre Gesichter. Der eine ähnelte mit seinem rabenschwarzen Haar und einem schwarzen Schnauzbart einem sizilianischen Mafiaboß. Er reichte seinem Kumpan gerade bis zur Schulter. Der Kumpan hatte sehr weiche Gesichtszüge, große Augen, und er schien sich in seiner Haut nicht gerade wohl zu fühlen. Er hatte ein Sporthemd an, das bis hoch zum Hals hinaufreichte, und auf der Brust baumelte ein silbernes Friedenssymbol.

»Oh, sieh mal an, Bolinder! Dich wollte ich sowieso festnageln. Das hatte ich mir geschworen. Es ist schon so, wie die Gelehrten sagen, alles kommt zu dem, der nur zu warten versteht.«

Wenn Linder mich nicht leiden konnte, so mußte er Bolinder hassen. Ich erinnerte mich, daß mir Bolinder erzählt hatte, das letztemal habe er Sören Linder festgenommen. Linder hatte an einem Sommerabend in einem Straßenrestaurant gegessen, und Bolinder war vorbeigekommen und hatte die Dienstpistole gezogen. Zum Glück kam gerade ein Streifenwagen angefahren. Bolinder hatte in der Abteilung für Gewaltverbrechen von Ruda und Nord eine Menge Lob geerntet, Sören Linder jedoch sah keinen Anlaß, an diesem Preisgesang teilzunehmen.

»Komm her, Bolinder, damit wir uns ein bißchen unterhalten können. Diesmal zu meinen Bedingungen. Du brauchst nicht schüchtern zu sein, verdammter Bulle, nur einen großen Schritt nach vorn.«

Sören Linder war körperlich nicht besonders imponierend, aber er strahlte eine Art Gefährlichkeit aus, die erschreckte, eine eisige Kälte, die alles in seiner Nähe zum Erstarren brachte. In seinem Gehirn mußte ein Defekt vorhanden sein, der ihn von den allgemein üblichen Verhaltensweisen trennte, ein Defekt, gegen den man noch kein Heilmittel gefunden hatte.

Bolinder schob die Unterlippe vor, machte ein paar Schritte nach vorn und stellte sich mit hängenden Armen vor Linder hin. Er hatte kein besonders breites Gefühlsregister, sondern sah aus wie ein verstockter Junge vor einem wütenden Lehrer. Ich wußte nicht einmal, ob er Angst verspürte. Hatte er Angst wie ich, müßten seine Knie rasseln wie ein Nest voller Klapperschlangen.

»Du hast mich also hinter Schloß und Riegel gebracht«, sagte Linder fast schmeichelnd. »Es war deine Schuld, daß ich ins Kittchen kam.«

»Ich habe nur meine Arbeit getan«, murmelte Bolinder.

»Solche Arbeit mag ich nicht.«

Linder wandte sich dem provisorischen Tisch zu und ließ seinen Blick über die Werkzeuge gleiten. Er griff nach einem langen Messerschärfer, und ohne besondere Eile an den Tag zu legen, schlug er ihn gegen Bolinders Kiefer. Bolinders Beine knickten ein, und das Raster des Schärfers ritzte die Wange auf, so daß sie blutete. Linder lachte, es war das Klirren von Eiskristallen. Die Pistole wurde gegen meinen Rücken gedrückt, um mich zu warnen, falls ich Bolinder helfen wollte. Doch gleichzeitig hörte ich Magnus Carlsson unwillkürlich flüstern: »Er ist verrückt . . .«

Ich konnte nichts machen. Wie die Dinge lagen, war Bolinder seinem Schicksal ausgeliefert, und er wußte das. Doch sein Schicksal war zugleich auch mein Schicksal. Sobald Linder mit ihm fertig war, würde er mich bearbeiten. Bolinder fuhr sich mit der Hand über die Wange und starrte auf das Blut, als verstünde er nicht, was es damit auf sich hatte.

»Na, du Satansbraten, was machst du hier?« fragte Linder schleppend.

Ohne Vorwarnung schlug er mit dem Messerschärfer gegen Bolinders andere Wange, dieses Mal mit einer solchen Wucht, daß Bolinder taumelte und auf die Knie sank. Der Schmerz war so stark, daß er wie ein kleines Kind heulte.

»Nein, Sören, nein.« Ich hörte Magnus Carlssons Atem in meinem Ohr, und ohne ihn sehen zu können, vermutete ich, daß Carlsson die Handlungen seines Anführers mit starrem Blick verfolgte.

Bolinder kam wieder auf die Beine und blinzelte mehrmals. Er hielt die Hand an die Wange, spreizte die Finger, und während er mit der Zunge fühlte, ob die Zähne noch vorhanden waren, wölbte sich die Haut.

»Antworte, wenn ich dich etwas frage. Was suchst du hier?« wiederholte Linder.

Bolinder blickte auf den Messerschärfer und sah ganz krank aus. Obwohl ich nicht mißhandelt worden war, fühlte ich mich elend und spürte etwas im Hals sitzen. Bolinder war ein Kollege von mir und ein Arbeitskamerad seit vielen Jahren. Daß ich ihm, der es jetzt am schwersten hatte, nicht helfen konnte, war unerträglich.

»Wir – wir sollten jemand beschatten«, brachte Bolinder hervor.

Die Undeutlichkeit seiner Aussprache zeigte, wie schwer es ihm fiel, die Wörter zwischen all dem Geschwollenen, Zerrissenen und Zerfetzten hervorzubringen. Die anderen Männer standen wie Puppen, und ich wußte nicht, was sie über Sörens Zweikampf dachten. Der kleine Schwarze hatte die Arme verschränkt, und der Mann mit dem Friedenssymbol lehnte an der Holzwand und beobachtete mit halbgeschlosssenen Augen Bolinder. Der einzige, der reagierte, war Magnus Carlsson, aber er wagte es nicht, einzugreifen, und das konnte ich verstehen. Sören Linder duldete keine Opposition.

»Soo, beschatten. Und wen da?«

Der blonde junge Mann mit dem kurzgeschnittenen Haar schritt nonchalant über den Fußboden und stellte sich neben seine Kumpane. Doch es war eine trügerische Nonchalance. Er wäre sofort bereit einzugreifen, sobald ich auch nur die Augen verdrehen würde. Bolinder nickte in unsere Richtung und zog vor Schmerzen eine Grimasse. Das bloße Neigen des Kopfes war mit Anstrengungen verbunden.

»Also Carlsson.« Sören Linder ließ das Magnus weg und hieb mit dem Messerschärfer prüfend durch die Luft, als müsse er überlegen, ob er ihn nochmal anwenden sollte.

»Also ... ihr Satansbraten habt Carlsson beschattet. Warum eigentlich?«

»Er steht in Verdacht, mit schwarzgeschlachtetem Fleisch zu handeln.«

Linder lächelte verträumt, griff mit der rechten Hand in Bolinders graugesprenkelten Schopf und bog ihm den Kopf nach hinten. Aus Bolinders Kehle kam ein gepreßtes Stöhnen. Linder legte prüfend den Messerschärfer an Bolinders Adamsapfel.

»Ich glaube dir nicht, du verdammter Satansbraten! Es ist dumm von dir, nicht die Wahrheit zu sagen, denn du vergibst deine Chancen.«

»Doch, genauso war es«, stieß Bolinder hervor.

»Wie gesagt, ich glaube dir nicht. Wer sollte euch verdammten Polypen gesagt haben, daß er mit schwarzgeschlachtetem Fleisch handelt?«

»Wir bekamen einen anonymen Tip.«

»O ja. Einen anonymen Tip. Das ist ja das letzte. Du bist so blöd, daß du dir nicht mal eine gute Lüge ausdenken kannst.«

Linder genoß die Situation, er war der Typ, der genießen konnte, wenn er überlegen war und seinen bösartigen Gefühlen freien Lauf lassen konnte. Tränen traten in Bolinders Augen. Er weinte nicht, doch der Schmerz, als Linder ihn an den Haaren zerrte, zwang die Tränen hervor. Es klang, als ob Magnus Carlsson hinter mir auch heulte oder zumindest schniefte. Linder ließ den Messerschärfer auf den Boden fallen und lächelte. Ihm war ganz offensichtlich eine andere Idee gekommen, die ihm genauso sehr Vergnügen bereitete. Das konnte nichts Gutes sein, und mir wurde noch elender zumute.

»Gib die Pistole dieses Satansbratens her«, befahl er.

Die beiden älteren Männer hatten unsere Waffen in Verwahrung, und der Untersetzte reichte Linder meine Waltherpistole. Linder untersuchte sie lässig. Man sah ihm an, daß er nicht zum erstenmal ein solches Modell in den Händen hielt. Er kontrollierte das Magazin und entsicherte die Waffe.

Er setzte die Mündung an Bolinders Schläfe und sagte, fast flüsternd und verzerrte Freude nicht verhehlend: »Ich glaube, du lügst, du Satansbraten von Polizist! Ich weiß, daß du lügst. Wenn du nicht sofort herausrückst, wer mich verpfiffen hat, jage ich dir eine Kugel in deinen verdammten Holzkopf!«

»Ein anonymer Tip, der auf Carlsson hinwies«, gurgelte Bolinder. »Wir beschatteten ihn, bis wir hierher kamen. Mehr weiß ich nicht.«

Linder nickte einlenkend und senkte die Pistole. Statt dessen kam er nun in meine Richtung, und meine Magengrube wurde zu einem einzigen Steinklumpen. Die geringste unvorsichtige Bewegung, und Magnus Carlsson würde schießen, oder Sören Linder, oder der Mann mit dem Friedenssymbol. Ich versuchte, ganz ruhig zu stehen und so zu atmen, daß meine Stimme nicht ins Stocken geriet und meine Angst verraten würde.

»Und du, du verdammter Hassel, willst du sehen, wie dein Kumpel erschossen wird?«

»Nicht unbedingt«, antwortete ich. Wahrscheinlich hatte nur ich selbst den schrillen Ton in meiner Stimme bemerkt.

»Dann möchte ich gern von dir wissen, wer mich verpfiffen hat. Ich will einen Namen haben. Und vor allem die Wahrheit.«

»Kann nicht mehr sagen als Bolinder.«

»Ich habe nicht recht hören können, was er sagte.«

»Mit deinen Segelohren müßtest du eigentlich eine Mücke in zehn Kilometer Entfernung hören.«

Er zuckte zusammen, und Carlsson hinter mir keuchte. Mitunter ruft der Schreck bestimmte Haltungen hervor, und man überschreitet eine Schwelle, wo nichts mehr eine Rolle spielt, und die Angst schlägt um in unmotivierten Trotz. Ein Häutchen legte sich über Linders Augen, doch die dünnen Lippen verzogen sich zu einem Lächeln.

»Ich komme später noch auf dich zurück. Eure allerletzte Chance. Wer hat mich verpfiffen?«

Wieder setzte er Bolinder die Mündung der Pistole an die Schläfe. Bolinder schwankte leicht, doch Linder folgte mit der Pistole den wiegenden Bewegungen. Bolinder befeuchtete seine rissigen Lippen mit der Zunge und schloß die Augen. Carlsson flüsterte außer sich: »Das ist nicht meine Schuld . . . Er ist verrückt!«

Linder lächelte nicht mehr, aber das Häutchen lag noch immer über seinen Augen.

»Naa? Hat keiner von euch etwas zu sagen?«

Ich hatte nichts zu sagen. Bolinder hatte nichts zu sagen. Ein Name aufs Gratewohl hingeworfen, würde ihn nicht besänftigen, er würde jeden Bluff durchschauen.

»Wie ihr wollt, ihr Satansbraten. Ihr glaubt mir nicht. Ihr seid zu blöde. Doch ich denke, daß du mit der Wahrheit herausrücken wirst, Hassel, sobald du siehst, was mit deinem verdammten Kumpel passiert.«

Bolinder öffnete die Augen und sah mich an, der Blick baute eine Brücke, ihm zu helfen, ihn zu trösten, ihm Hoffnung und Gnade zu spenden. Er hatte sich an die falsche Instanz gewandt. Ich war keine höhere Macht, nicht einmal eine niedere.

Sören Linders Zeigefinger drückte den Abzug.

2

Es war eine reine Abrechnung. Bolinder mußte tot gewesen sein, noch bevor sein Körper auf den Fußboden schlug. Der Knall hatte sich ins Trommelfell eingebrannt, und ich hörte wie aus weiter Ferne Magnus Carlssons abgehackte Stimme: »Hau ab! Ich schieße nicht.«

Es war eine Chance, wenn auch eine kleine. Sören Linder hatte sich über den toten Bolinder geneigt und stieß leicht gegen dessen Rippen, um zu prüfen, ob er das Leben wirklich ausgehaucht hatte. Ich drehte mich um und schlug Carlsson mit der linken Faust in die Magengrube, was ich wagte, weil er mit dem Mord nichts zu tun haben wollte. Dann raste ich zur Tür.

Es dauerte einige Sekunden, bis Linder es bemerkte. Ich erreichte die Tür und stieß sie auf. Linder schoß, doch er verfehlte mich um mehr als einen Meter, und im nächsten Augenblick war ich draußen. Ich hatte keine Zeit, nach dem Weg zu suchen, rannte also einfach in die Richtung, wo ich das Tor im Zaun vermutete.

Ein weiterer Schuß hallte wider, und ich hörte Linders Gebrüll. Die Lichtkegel einiger Taschenlampen tanzten zwischen den Stämmen. Dort war die Tür, schnell, schnell, auf mit ihr, und dann hinaus und weg von hier. Ein Lichtstrahl erfaßte meinen Arm, jemand schoß, die Kugel pfiff dicht an mir vorbei, doch schon war ich wieder in der Dunkelheit und stürzte zum Wagen. Ich stolperte, raffte mich auf, rannte weiter. Ich wußte, daß ich nicht allzu viele Meter Vorsprung hatte. Hinein ins Auto, die Türen zu. Die Sekunden hasteten im Takt mit meinem Keuchen, und die drei Taschenlampen meiner Verfolger glichen wild schwankenden Irrlichtern.

Die Wagenschlüssel! Doch sie steckten in Bolinders Jakkentasche. Wieder raus aus dem Auto. Zwei Schüsse krachten. Ich hörte eine der Kugeln mit singendem Laut von einem Stein abprallen, rollte auf der Erde ein Stück seitwärts und sprang dann geduckt in den Wald hinein. Zweige und Äste schlugen mir ins Gesicht, obwohl ich den einen Arm schützend vor mich hielt. Ich prallte gegen einen dicken Stamm und blieb, vom Schwindel gepackt, einige Augenblicke stehen. Doch ich mußte weiter. Die Verfolger hatten die Taschenlampen auf ihrer Seite.

Ich änderte die Richtung und stürzte nach rechts davon, änderte sie wieder und wieder und hoffte nur, daß ich nicht im Kreis rannte. Wurzeln griffen nach meinen Füßen, und ich kugelte mehrmals auf dem Boden herum, doch Geheul und wilde Flüche signalisierten, daß ich nicht allein von solchem Mißgeschick betroffen war.

Und dann landete ich in irgendeinem Morast. Es schmatzte an den Füßen, und jetzt mußte ich aus einem anderen Grund um mein Leben fürchten. Wenn ich nun in den eiskalten Lehm hineingezogen, Hunderte von Metern in das Unbekannte, Unbestimmte hinuntersinken und ein Grab in diesem übelriechenden Schlamm finden würde. Doch dann spürte ich wieder festen Boden unter den Füßen und hastete einem Ziel entgegen, von dem ich keine Vorstellung hatte – außer der, daß es dort keinen Sören Linder und keinen seiner Anhänger und auch keine feuerspeienden Pistolen geben würde.

Bolinder. Ein toter Körper auf dem Fußboden eines Lagers. Nur kurze Zeit zuvor noch ein tüchtiger Polizist, ein anständiger Fahnder, ein Mann, der eine Frau hatte, die zu Hause auf ihn wartete. Nun erschossen. Umgebracht. Getötet. Ermordet von einem gestörten wilden Tier, das seine blutigen Zähne auch in Roland Hassel schlagen wollte.

Lange würde ich nicht mehr durchhalten. Ich war mürbe und kaputt und hatte mir beide Fußknöchel verstaucht. Die Konturen eines großen spitzen Felsbrockens, unterhalb des Steins ertasteten meine Finger Buschwerk. Ich kroch, so weit ich konnte, in das Gebüsch hinein, wuchtete mich unter den Felsen und versuchte angestrengt, leise zu atmen. Doch obwohl ich dabei den Mund öffnete, glaubte ich, daß mein Keuchen selbst noch die Einwohner von Paris dazu bringen mußte, ihre Hüte festzuhalten. Die Stimmen kamen näher, und ich spannte alle Muskeln an, um die laut zischenden Atemzüge zu unterdrücken. Etwa zehn Meter weg sah ich einen Lichtstrahl wie einen verzauberten Schmetterling herumflattern, dann entfernten sich die Stimmen wieder. Es wurde ruhig, doch ich wagte es noch nicht, aufzustehen. Und plötzlich fühlte ich mich so müde, daß ich am liebsten liegen geblieben wäre, um unter dem Felsen vierundzwanzig Stunden lang zu schlafen. Doch so schlimm stand es um mich nun auch wieder nicht. In meinem Leben war es mir schon dreckiger ergangen. Schrammen und verstauchte Füße waren ja bloß Kinderkrankheiten, und im Unterschied zu Bolinder konnte ich den Schmerz fühlen.

Die Verfolger mußten nun bald die Jagd aufgeben und ungefähr den gleichen Weg zurückkommen, deshalb wagte ich mich erst heraus, als etwa eine Stunde verstrichen war. Auf gut Glück ging ich in eine Richtung, von der ich hoffte, mich so vom Lager zu entfernen. Früher oder später würde ich bestimmt auf ein Haus stoßen. Auch wenn ich mich draußen auf dem Land befand, so war dies doch kein Dschungel. Hin und wieder hielt ich an und lauschte, aber Sören und die beiden anderen hatten offenbar andere Wege eingeschlagen. Ich verspürte noch immer Angst, doch ich konnte sie etwas mehr unterdrücken. Das Blatt hatte sich zu meinen Gunsten gewendet.

Nachdem ich ungefähr eine dreiviertel Stunde herumgeirrt sein mochte, entdeckte ich einen seltsamen, kalten, bläulichen Schein im Wald. Ich kam an eine Lichtung, an die ein Grundstück grenzte, auf dem ein niedriges Haus stand. Der Schein kam aus einem Fenster, das ohne Gardine war. Das nach außen sickernde Licht des Fernsehers wurde zum Orientierungspunkt. Auf dem Weg zur Tür schaute ich durch das Fenster und sah das schönste schwedische Idyll, einen Mann im Morgenrock, der sich gerade gähnend erhob, um den Fernseher abzuschalten, eine Frau mittleren Alters, die sich Lockenwickler ins Haar drehte, und einen Burschen, einen späten Teenager, mit einem Comic. Sie alle wollten nicht gestört werden, doch gestört werden mußten sie. Ich schlug mit beiden Fäusten gegen die Tür, hörte einen erschreckten Laut, der von der Frau kommen mußte, und ein paar beruhigende Worte in der Baßlage des Mannes. Die Tür wurde vorsichtig geöffnet, doch ich stieß sie vollends auf und stolperte hinein in das Heiligtum.

»Hör mal, welcher Teufel . . .«

»Kriminalinspektor Roland Hassel. Wo ist das Telefon?«

»Das steht in der Diele, aber . . .«

»Haben Sie ein Auto?«

»Auto? Ja, natürlich, doch was . . .«

»Schmeißen Sie sich in Ihre Klamotten, Sie müssen mich kurz mal fahren.«

Ich stürzte mich auf das Telefon und wählte die Nummer des Stockholmer Präsidiums. Der Mann stand unentschlossen mitten im Zimmer und wußte nicht, was er tun sollte. Seine Frau hielt die Hände über ihre Lockenwickler, als hätte ich sie bei irgendeiner schamhaften Handlung überrascht. Nur der junge Bursche sah mich neugierig interessiert an – vielleicht sollte ich stolz darauf sein, daß ich »Das Phantom« aus dem Felde geschlagen hatte.

»Rein in die Kleider, Mensch!« brüllte ich mit Korporalsstimme. »Wir haben es eilig.«

Er tauchte im Schlafzimmer unter, und seine Frau rannte hinterher. Was zum Henker machten die Schlafmützen vom Nachtdienst nur? Lasen sie auch Comics? Dick Tracy, um sich ordentliche Polizeitechnik abzugukken?

»Asplund.« Eine dünne Stimme war zu hören.

Asplund, ausgerechnet der! Eine abkommandierte Figur, der sich bei uns nicht wohl fühlte und zu seiner alten Abteilung zurückwollte, wo er sich auch nicht wohl fühlte, doch wo das Elendsgefühl einfach dazugehörte. Ein Miesling niedrigster Valeurs.

»Hier ist Hassel. Ist niemand anders da?«

»Verzeihung, wer ist dort? Ach so, du bist es. Wer sollte es denn in diesem Falle sein?«

»Simon Palm? Oder Sune Bengtsson? Pelle Pettersson? Roffe Öhman?«

»Nein. Ich könnte Kommissar Ruda fragen, ob . . .«

»Ist Yngve da?«

»Er mußte sich um irgend so eine Ermittlung kümmern.«

»Verbinde mich mit ihm. Direkt.«

Einige Sekunden später war eine sehnsüchtig erwartete, dumpf grollende rauchige Stimme zu hören, und plötzlich fühlte ich mich ruhig. Ich konnte alles in seine erfahrenen Hände legen, und er würde von nun an alle Verantwortung übernehmen.

»Hier ist Rolle. Bolinder wurde von Sören Linder erschossen, ich konnte entkommen. Wir beschatteten Magnus Carlsson und kamen der vollständig versammelten Schlächterbande in die Quere.«

»Wo?« fragte Ruda kurz.

»Ich weiß nicht genau, doch schick die Wagen und Leute auf der E 4 bis zur Abzweigung nach Tumba. Dort warte ich dann. Ein Mann fährt mich hin. Von da aus finde ich den Weg.«

»Wir kommen«, antwortete Ruda kurz angebunden.

Die Frau kam zurück und hatte die Lockenwickler abgenommen, mit weit aufgerissenen Augen starrte sie mich an. Sie hatte meine letzten Worte gehört und nun wohl das Bedürfnis, mir meinen Kutscher näher vorzustellen.

»Mein Mann heißt Eriksson. Allan Eriksson.«

»Wo steckt er denn?«

»Er ist gleich fertig. Er zieht sich nur den Trainingsanzug über. Der ist wunderbar leicht beim Wettkampf. Er ist oft draußen und absolviert sein Lauftraining.«

Der Bursche stand auf, und wie so viele junge Männer schien auch er im Stehen zwei Meter lang zu sein. Womit fütterte man die Jugendlichen nur? Bekamen sie Wachstumshormone? Er zog die Augenbrauen in die Höhe und streckte den Kopf nach vorn, der dem Anschein nach viel zu klein für diesen langen Körper war. Doch das waren ja sein Kopf und seine Sorge.

»Stimmt es, daß jemand in unserer Gegend erschossen wurde?«

»Ja.«

»Mitten zwischen die Augen?«

»Ungefähr.«

Er sah aufgeregt glücklich aus, als hätte ich für ihn die richtigen Lottozahlen gezogen.

»Hier ist es sonst immer so trist. Tot wie in einer Grabkammer.«

Ihm wurde der idiotische Vergleich bewußt, und er brach in ein schrilles Gekicher aus. Ich hatte plötzlich größte Lust, ihm um Bolinders willen eine Ohrfeige runterzuhauen, doch in diesem Augenblick kam der Lauftrainer angerannt, ausgestattet mit modegerechten Joggingschuhen und mit den Autoschlüsseln in der Hand.

»Ich habe den Wagen im Carport«, erklärte er.

Der Sohn packte ihn am Arm und fragte gierig: »Ich kann doch mitkommen, wa?«

Der Mann schaute mich zögernd an und sagte umständlich: »Ich weiß nicht, ob das so vergnüglich sein . . .«

Ich hatte die Nase voll, und eine plötzliche Wut übermannte mich. Ich gab dem Burschen einen Stoß und platzte los: »Bleib bei deinem Phantom, verflixte Rotznase! Wenn es etwas gibt, was ich nicht ausstehen kann, dann sind das hirnlose Hohlköpfe, die lachen, wenn Kameraden von mir ermordet werden.«

Die Frau im Haus wollte etwas sagen, doch ich hatte weder Lust, mich zu entschuldigen, noch Erklärungen abzugeben. Ich zerrte den Mann zum Carport. Er schloß die Türen auf und warf den Motor an. An seinen nervösen Bewegungen konnte ich sehen, daß er empört war. Doch das kümmerte mich nicht. Seine Aufgabe war es, für mich den Fahrer zu spielen, und wenn er empört sein wollte, von mir aus gern. Ich schloß die Augen, entspannte sich und wurde von der Müdigkeit überwältigt. Ich hatte das Gefühl, auf einer dunklen Wolke davonzuschweben.

Eriksson wollte eine Konversation beginnen, doch als er das Nutzlose seiner Bemühungen einsehen mußte, zog er eine eigene Ausrufschaffe ab. Er fand genügend Zeit zu verschiedenen Bemerkungen wie »Ach du liebe Güte« und »Man glaubt gar nicht, daß so etwas vorkommen kann« und »Was für Zeiten« und »Die Gangster sind eben überall« und »Das war alles ganz anders, als ich noch jung war«. Dann entdeckte ich die endlose Reihe der sich über die E 4 hinkringelnden Glühwürmchen.

Ein Funkwagen war schon angekommen und wartete mit blinkendem Blaulicht, ein weiteres Auto fuhr gerade heran und hielt an seiner Seite. Ich beeilte mich, aus Erikssons Wagen heraus zu den uniformierten Polizisten zu kommen und meine Legitimation vorzuweisen. Die Frage war, ob wir auf Ruda warten sollten. Doch jede Minute war kostbar, und ich wandte mich wieder an Eriksson.

»Kennst du ein großes Lagergebäude aus Holz, das mit Maschen- und Stacheldraht eingezäunt ist und ungefähr in dieser Richtung liegt?«

Ich streckte den Arm wie einen Wegweiser aus, und er blinzelte in die angegebene Richtung.

»Ich denke schon.«

»Dann führst du die anderen Wagen nach dort, sobald sie kommen.«

Er nickte. Ich setzte mich neben einen der Polizisten in den Führersitz des ersten Funkwagens und gab Befehl zu voller Fahrt. Der zweite Wagen hängte sich so dicht an uns, daß man fast schon das Gefühl hatte, die Stoßstangen würden sich ineinander verhaken.

»Gib Alarm über die Zentrale«, sagte ich. »Magnus Carlsson in einem dunkelblauen Fiat mit der Nummer KLX 076. Seine Adresse ist Södermannagatan . . . Warte, mir ist die Nummer entfallen.«

Ich fischte mein Notizbuch heraus, und der Polizist rief die Zentrale an, um meine Hinweise durchzugeben. »Weiter, daß man Sperren für überdeckte Lastwagen einrichten soll, da sich Sören Linder in einem solchen Fahrzeug aufhalten könnte, und schließlich die Warnung, daß der Mann bewaffnet ist und sich nicht scheuen wird, sich freizuschießen.«

Mehr konnte ich nicht tun. Ich wischte mir den Schweiß von der Stirn und wünschte, ich hätte bei Erikssons kaltes Wasser getrunken. Mein Gaumen war wie eine Wüste, und ich fühlte mich fiebrig. Ich nahm an, daß dies eine Reaktion war, die sich nun bemerkbar machte, und mich, warum auch nicht, doch noch zum Zittern bringen würde.

Aber es kam nur zu einer milden Reaktion, sie war mehr als tiefe Müdigkeit und als Schmerz in den Muskeln und Sehnen zu spüren. Ich sagte mit müder Stimme »rechts« und »links«, und der Fahrer fuhr auf dem schmalen Weg mit einer Geschwindigkeit, die voraussetzte, daß wir allein auf der Strecke waren.

»Tja«, murmelte der Polizist auf dem Rücksitz. »Wir werden die Feuerwehr auch noch alarmieren müssen. Sieht nach einem sauberen Brand aus.«

Die Lastwagen und Carlssons Auto waren verschwunden, und das Holzgebäude brannte so intensiv, daß wir vor dem Zaun halten mußten. Der Fahrer bestand darauf, die Feuerwehr zu benachrichtigen, obwohl wir wußten, daß es eine überflüssige Maßnahme war. Wenn die Feuerlöschfahrzeuge ankamen, würde bloß noch Asche übrig sein.

»Die könnten sich noch irgendwo hier in der Gegend aufhalten«, sagte der Polizist auf dem Rücksitz. »Wir sollten alles durchkämmen und untersuchen.«

Der Fahrer zögerte, wenn auch nur eine Sekunde, und ich wußte warum. Sich als Zielscheibe zu fühlen, spannte die Nerven bis zur Grenze der Belastbarkeit an. In der Wirklichkeit gibt es keine tapferen Helden, nur Leute, die ganz normal vorsichtig mit dem einen Leben umgehen, das sie besitzen.

»Ja, das müssen wir wohl«, murmelte er.

Die vier aus den beiden Wagen zogen ihre Pistolen und schwärmten fächerförmig aus. Ich schloß die Augen, um nicht hinsehen zu müssen. Falls Sören noch hier sein sollte – ich hatte schon einen Mord gesehen, und dieser eine reichte für den einen Tag. Andererseits war nicht anzunehmen, daß sich Linder noch hier aufhielt, um es auf ein Duell ankommen zu lassen. Doch die Maßnahme war trotzdem notwendig.

Als die vier zurückkamen, schwenkten drei Wagen auf den Platz ein, Erikssons fehlte. Aus dem ersten Wagen wälzte sich, groß, dick und mit sicheren Bewegungen, Ruda heraus. Er trug einen grauen Hut und einen Regenmantel mit Achselklappen und Gürtel. Nach ihm stiegen noch weitere Polizisten aus, technische Experten und andere Spezialisten, die er in der Kürze der Zeit hatte aufgabeln können. Er grüßte mit einem Nicken.

»Erzähle«, sagte er kurz.

Ich gab ihm einen schnellen Bericht, in dem ich versuchte, alles so komprimiert wie möglich und ohne Abschweifungen darzulegen, und sagte, welche Maßnahmen ich getroffen hatte. Er hörte wortlos zu, doch ich wußte, daß er alles in sich aufnahm und den gesamten Bericht, Wort für Wort, wiedergeben könnte, falls es sich als notwendig erweisen sollte.

»Außer Linder und Carlsson waren es also noch drei Mann. Bist du ganz sicher, daß du sie vorher noch nie gesehen hast?«

»Ja, ich hatte genügend Zeit, darüber nachzudenken.«

»Wir werden die Verbrecherkartei durchsehen. Du hast zwei Lastwagen erwähnt. Hast du die Nummern? Marke? Das Fabrikat? Das Modell?«

»Es war pechschwarze Nacht, als wir Carlsson nachschlichen. Sie waren mit Planen überdeckt. Das ist alles, was ich über sie sagen kann.«

Ruda blickte nachdenklich in das Feuer, das das trokkene, alte Holz in sich hineinfraß.

»Wir können hier nichts mehr tun, weder du noch ich. Wir fahren zurück und arbeiten. Ich werde noch mit der Leitung hier auf dem Platz sprechen und veranlassen, daß alles Notwendige getan wird.«

Es würden sowieso noch mehr Leute kommen, die den Tatort untersuchten. Man würde nach Abdrücken von Schuhsohlen und Reifen suchen, um Abgüsse davon zu machen. Das Gebiet würde mit Seilen gesichert werden. Und dann noch all die vielen Maßnahmen, die zur Aufklärung eines solchen Verbrechens gehörten, wie es hier geschehen war.

Ruda kam zurück und gab dem Fahrer den Befehl, uns zur K zu bringen. Dieser schaltete das Blaulicht ein und raste mit Höchstgeschwindigkeit davon. Ruda saß neben mir und bat mich, die drei Männer bei Linder so genau wie möglich zu beschreiben. Ich schloß die Augen und versuchte, sie wieder vor mir zu sehen. Ruda warf kurze Fragen ein, und ich preßte aus meinem Gedächtnis den allerletzten Tropfen Personenbeschreibung heraus.

»Nun ja«, murmelte Ruda. »Falls wir keine Bilder von ihnen finden, könnte die Beschreibung für die Phantomzeichnungen reichen.«

Wir schwiegen eine Weile, dann fragte ich: »Wie hieß Bolinder eigentlich mit Vornamen?«

»Einar. Erik Einar, wenn du den vollen Namen haben willst. Wußtest du das nicht?«

»Genau genommen, nicht. Ich habe ihn nun so viele Jahre gekannt, aber nie gehört, daß jemand ihn anders als Bolinder gerufen hätte. Keiner sagte zu ihm Eje oder Jerka, er war immer nur Bolinder.«

Ruda antwortete nichts darauf. Ich versuchte, an Bolinder zu denken als Person, doch er blieb merkwürdig farblos. Ein wortkarger Mann, ein Kerl ohne Glanz, der lieber Befehle entgegennahm als Initiativen ergriff. Ich wußte nichts von seinen Interessen und Hobbys, nicht einmal, ob er überhaupt welche hatte. Eine pflichtgetreue arbeitsame Ameise, von der Ruda wahrscheinlich mehr Nutzen gehabt hatte als von vielen anderen. Vielleicht auch hatte er mehr Nutzen von ihm gehabt als von mir.

»Er war verheiratet, nicht wahr?«

»Seine Frau heißt Astrid. Sie arbeitet im Gesundheitswesen. Und soviel ich weiß, waren sie über dreißig Jahre verheiratet. Zwei Kinder. Ein Junge, der Mechaniker in einer Werkstatt ist, und ein Mädchen, das im Büro eines Restaurants arbeitet«.

Im allgemeinen wußte Ruda über uns Bescheid, und ich fragte mich, wieviel er über die üblichen Kenntnisse hinaus von mir wissen mochte. Sicherlich alles, einschließlich der Anzahl meiner Socken in meinem Bürofach. Ich gähnte. Er wollte gern alles wissen, und oft hat er mich einfach beim Kragen gepackt, wenn es ihm nötig schien. Er war beides für mich, Freund und Papa. Doch ich hoffte, daß nun die Vaterschaftszeit vorüber war und ich als erwachsen angesehen werden konnte.

»Wie fühlst du dich?« fragte er, ohne mich dabei anzusehen.

»Es geht wieder.«

»Hältst du noch ein paar Stunden Innendienst durch?«

»Ja, ich schaff es schon. Bin müde wie ein Kamel, das kaum noch ein Haar auf dem Höcker hat, doch ich komme klar, Yngve.«

Er schwieg eine Weile, und da entdeckte ich, daß er mich forschend im Rückspiegel betrachtete.

»Es ist nicht einfach, zusehen zu müssen, wie ein Kamerad getötet wird«, murmelte er. »Wenn es dich tüchtig mitgenommen hat, habe ich volles Verständnis dafür.«

Ich konnte meine Gefühle nur schwer analysieren. Es war ein schreckliches Erlebnis gewesen, als ich zuschauen mußte, wie Bolinder mißhandelt und erschossen wurde. Und doch berührte es mich nicht so, daß es mich völlig durchgerüttelt hätte. Wäre der Tote zum Beispiel Simon gewesen, der »sympathische Simon«, ich hätte wohl wie ein Schloßhund geheult, aber Bolinder und ich standen miteinander auf recht unpersönlichem Fuß. Es gibt ja auch Eheleute, die vierzig, fünfzig Jahre verheiratet sind und eines Tages entdecken, daß sie sich eigentlich gar nicht kennen. Sie hatten nur zusammen gelebt. Sicher war da ein Band vorhanden gewesen, das nun zerschnitten worden war, aber es schmerzte nicht und hinterließ keine Narbe. Ich schämte mich, daß ich nicht das Bedürfnis verspürte, in Sack und Asche zu gehen.

»Ich hätte nichts dagegen, wenn ich nach Hause könnte«, antwortete ich. »Ich vermute, meine Knöchel sehen wie zwei Keulen aus. Doch sicher muß ich mich für weitere Aufgaben bereithalten, um mithelfen zu können, die Schlächterbande dingfest zu machen. Und das in doppelter Hinsicht.«

Als ich meine Füße erwähnte, brachten sie sich in Erinnerung, und ich wurde mir der Schmerzen bewußt. Die kleinen Wunden im Gesicht spürte ich nun gleichfalls, wenn auch auf eine andere, angenehme Weise; ich konnte ja erwarten, daß Virena mich, ihren Alltagshelden, umsorgen, hegen und pflegen würde. Seufzer und Wundpflaster, Küßchen. So blasen wir all das Schlimme fort, und möchtest du, daß ich für dich tanze? Den Schleiertanz? Damit du dich besser fühlst? Wunschträume!

Ruda hatte Rolf Öhman ins Amt beordert. Er begrüßte mich mit jenem Trauerflor in der Stimme, den der Tod Bolinders anbefahl, und ich antwortete in dazu passendem Moll. Doch da wir als Professionelle unseren Beruf ausübten, kamen wir schnell und ohne Umschweife zur Sache. Öhman war kein schlechter Zeichner – in Wirklichkeit war er wohl sogar ganz hervorragend. Doch da ich aus sehr nichtigen Gründen heraus auf Distanz bedacht war, hielt ich ihn und die Gesichter, die er nach meinen Personenbeschreibungen gezeichnet hatte, für ausgesprochen mittelmäßig. Als Ersatz für den Zeichner, den wir gewöhnlich bei einem solchen Fall, wie dem vorliegenden, in Anspruch nahmen, taugte er recht gut.

»Rolle geht heute nacht die Verbrecherkartei nach deinen Zeichnungen durch, so sparen wir Zeit«, sagte Ruda. »Rühren wir die ganze Suppe noch mal um. Also . . .«

Neuer Rapport. Diesmal vor einem Bandgerät, und obwohl ich in meinem Leben schon oft auf Band gesprochen hatte, konnte ich mich nie an meine Stimme gewöhnen. Ich wunderte mich immer wieder, was für ein hochnäsiges Individuum da sprach, ich, der da glaubte, meine Stimme hätte so einen warmen, menschlichen Klang.

»Was weißt du noch über Magnus Carlsson?«

»Nicht mehr als das, was ich gesagt habe. Bolinder hatte ihn zu beschatten. Sollten über ihn noch mehr Angaben vorliegen, sind sie bestimmt in seinen Unterlagen zu finden.«

Ich gähnte wieder. Doch so müde dürfte ich eigentlich nicht sein, wenn ich auch eine ziemliche Strecke gerannt war, mein Körper sich in einem leicht lädierten Zustand befand und ich Angst um mein Leben hatte durchstehen müssen. Müdigkeit ist schließlich auch eine Form der Reaktion. Ruda hatte mein Gähnen bemerkt, da ich mir keine Mühe gegeben hatte, es durch eine Geste mit der Hand zu verbergen.

»Schon gut, verschwinde zu Virena und schlaf dich aus. Doch sieh zu, daß du morgen früh beizeiten wieder hier bist.«

Ich stand auf, und Ruda nahm die Zeichnungen, die Öhman gemacht hatte, um sie genau zu betrachten. Ich hatte gerade die Tür erreicht, als er mir zurief: »Moment noch, Rolle.«

Er schnippte mit dem Nagel des Zeigefingers gegen eines der Blätter und sagte: »Ich glaube, diesen Burschen hier kenne ich.«

3

Ich setzte mich wieder, und er reichte mir das Bild.

»Karsten Hell. Verurteilt wegen einer ganzen Reihe von Betrügereien vor etwa acht Jahren. Experte für Fälschungen ausländischer Schecks.«

»Mir ist er unbekannt. Haben wir ihn beschattet?«

»Ich glaube nicht. Die Jungs vom Betrugsdezernat haben sich mit ihm beschäftigt. Wir kramen bis morgen alle Akten über ihn heraus. Wenn du heute nacht nichts anderes vorhast, kannst du ja im Traum noch ein paar Einzelheiten über den Mord an Bolinder aus dem Unterbewußtsein hervorholen.«

Er lächelte, doch das Lächeln war schwach, dünn und ohne Freude. Er preßte die dicke Nasenwurzel zwischen Zeigefinger und Daumen und brummte: »Du weißt ja, wie so etwas läuft, Rolle.«

Ja, das wußte ich. Alles, was uns auch nur irgendwie zur Verfügung stand, würde eingesetzt werden, um Bolinders Mörder zu ergreifen, und jeder würde auf seinem Posten sein, ganz unabhängig vom innerbetrieblichen Mitbestimmungsrecht und ohne die Gewerkschaft vorzuschieben, ohne all die Forderungen nach Spesen und besonderen Gehaltszuschlägen, die über die gewöhnlichen

Abkommen und vielen kleinen zusätzlichen Kontrakte hinausgingen. Ein Kollege war bei der Ausübung seines Dienstes ermordet worden, und das nächste Mal konnte es dich selbst treffen. Das ist überall in der Welt so. Der Mord an einem Polizisten ruft eine kollektive Wut hervor, die aus einer kollektiven Angst erwächst.

Ruda würde die ganze Nacht über gemeinsam mit dem Kommissar im Dezernat für Gewaltverbrechen sitzen wie eine Spinne im zentralen Fahndungsnetz. Er würde einsatzwillige Truppen dirigieren, man würde blitzschnell Razzien in Wohnvierteln machen und jede Kleinigkeit verfolgen, die auf eine Spur führen könnte. Das ganze Haus würde vor Aktivität übersprudeln. Ich verließ es ohne Bedauern. Ich hatte an diesem Abend das Meinige getan.

Zu Hause empfing mich Virena mit Abendbrot und Bier, und das war Nektar und Ambrosia zugleich. Sie lächeltc, als ich ihr das sagte, und ich hätte über dieses Thema noch eine ganze Menge zu erzählen gehabt, als das Telefon klingelte. Die Stimme gehörte einem eifrigen Abendblattreporter.

»Es geht um den erschossenen Polizisten. Wie war das genau? Was ist passiert? Erzähl selbst. Ich nehme es auf Band auf.«

»Ich habe nichts zu sagen«, antwortete ich kurz.

»Aber du warst doch dabei? Und du verstehst doch, daß wir darüber schreiben müssen?«

»Ja. Aber ich habe auf keinen Fall etwas dazu zu bemerken. Tschüß.«

Ich legte den Hörer auf und zog die Jacke aus. Selbstverständlich war es wichtig, daß die Presse Zugang zu allen Fakten erhielt, daß die Wahrheit an den Tag kam und den Leuten die Einzelheiten nicht vorenthalten wurden, aber ich wollte ein Butterbrot und gebratene Fleischklößchen essen und dazu ein kühles Bier mit einer anständigen Blume trinken.

»Worüber möchtest du nichts sagen?« fragte Virena neugierig.

»Ich erzähle es dir morgen.«

»Wie du im Gesicht aussiehst.«

»Wir waren draußen im Wald, um ein bißchen zu jagen.«

Sie hatte den rosafarbenen, seidigglänzenden Morgenrock an, meinen Favorit. Wenn ich sie darin sah, hatte ich stets das Gefühl, sie unbedingt auf die Bahamas einladen zu müssen. Sie streckte die Hand aus und fuhr mit der Spitze ihres Mittelfingers an meinem Kinn entlang.

»Erzähl es jetzt«, ermahnte sie mich sanft. »Es muß schon etwas Wichtiges gewesen sein, wenn die Zeitungen deshalb anrufen. Es war doch eine Zeitung?«

»Ich mag es nicht, interviewt zu werden.«

»Es ist ihr Job. Erzähl schon. Ich gehöre ja nicht zur Presse.«

Ich trank das Bier aus und holte mir ein neues aus dem Kühlschrank. Das erste hatte ich nur so in mich hineingekippt, und mir fiel ein, daß ich bei Ruda ganz vergessen hatte, etwas zu trinken, obwohl ich solchen Durst hatte, daß ich mich hätte lang hinlegen können, um etwaige übriggebliebene Tautropfen aus den Blumenkelchen der Rabatten zu trinken.

»Wir beschatteten einen Kerl. Bolinder und ich. Und landeten irgendwo draußen vor Tumba.«

»Nun ja, das klingt nicht gerade sensationell.«

»Eventuell sollten wir ihn festnehmen, falls wir dahinterkämen, daß er in eine Gaunerei mit schwarzgeschlachtetem Fleisch verwickelt ist.«

Ich goß das Bier ein und verspürte keine Lust mehr, weiterzuerzählen. Eine angenehme Stimmung war zwischen uns aufgekommen, und ich befürchtete, daß sie unvermittelt zerstört werden könnte. Aber Virena gab natürlich nicht auf.

»Roland! Muß ich denn alles aus dir herausziehen?«

»Er gehörte einer Bande an. Doch leider hat uns statt dessen die Bande erwischt. Könnte ich noch eine Stulle bekommen? Märchenhaft gut mit kalten Fleischklößchen. Oder mit Käse.«

Sie schob meine Visionen über das Essen zur Seite und war ernst. Sie hatte längst begriffen, daß in meinem Versuch, das Thema einfach wegreden zu wollen, irgendwo der Hund begraben lag. Ich seufzte. Doch wann hätte Seufzen schon jemals geholfen?

»Mein lieber Roland . . .«

»Sie haben Eje Bolinder erschossen. Und ich konnte abhauen. Danach jagten sie mich im Wald, doch ich warf mich in ein Gebüsch. Und danach irrte ich eine ganze Weile umher, bis ich eine Bude fand, von wo aus ich anrufen und Verstärkung anfordern konnte. Das war alles.«

Sie sah mich an, ohne etwas zu sagen, und ich fügte hinzu: »Das erste Mal, daß ich Bolinder Eje nenne. Aber ich habe seinen Vornamen erst heute abend erfahren.«

Sie schluckte einigemal und sagte mit schwacher, aber angespannter Stimme: »Soso. Das war also alles. Nichts sonst. Nur eine Bagatelle, daß dein Kamerad getötet wurde und du selbst auch nahe dran warst, getötet zu werden. Nichts Außergewöhnliches, über das man reden müßte.«

Sie senkte den Blick, legte die Hand vor den Mund und preßte sie fest gegen die Lippen. Ich nahm ihre Hand, die sich merkwürdig schlaff anfühlte. Es fiel mir schwer, die rechten Worte zu finden, um ihr erklären zu können, was ich meinte. Und dies war ein Mangel, an dem ich mein ganzes Leben lang litt.

»Virena, ich war dem Tode nahe. Ich war es. Da gibt es nichts unter den Teppich zu fegen, und ich hatte solche Angst, daß ich hätte laut schreien mögen. Aber ich will alles vergessen, so schnell wie möglich. Schwamm drüber und weiter. Tue ich es nicht, kriege ich Depressionen und klappe zusammen. So wie früher. Ich denke, daß ich mir diesen Schutzmechanismus aufgebaut habe, damit ich weiterexistieren kann.«

In ihre Hand kam ein wenig Leben, sie drückte hastig die meine. Virena stand auf und ging ins Bad, wo sie eine Weile blieb. Ich widmete mich dem Bier und holte eine neue Flasche. Es schien kein Boden in mir zu sein. Virena kam zurück. Die Augen rotgeschwollen, kämpfte sie ein Lächeln hervor.

»Wir machen es so, Roland. Schwamm über das Schwere und weiter.«

Selbst wenn sie es nicht ausgesprochen hatte, so wußte ich doch, was sie meinte. Es hatte in meinem Leben lange und schwere Perioden gegeben, wo ich glaubte, in die Irre gegangen zu sein, und nun, da ich wieder oben war, durfte sie mich nicht durch hysterische Reaktionen niederdrücken. Andererseits war Virena alles andere als ein hysterischer Typ. Sie war zumeist ruhig, gesammelt und vernünftig, im Unterschied zu mir.

»Du hast jetzt bestimmt Schlaf nötig«, sagte sie.

Und ich spürte, daß ich ihn tatsächlich gebrauchen konnte. Ich schälte mich aus den Kleidern. Wenig später lag ich im Bett und starrte in der Dunkelheit zur Decke. Ich sah Bolinder, und ich sah Sören Linder, doch kein Alpdruck drang ins Hirn. Es war schön, ganz bewußt Distanz zur Umwelt halten zu können, eine dünne, dünne Glocke aus Glas, die ich freiwillig über mich gestülpt hatte. Ich sah alles und hörte alles, doch ich brauchte nicht persönlich am Geschehen teilzunehmen. Wie ich Virena gesagt hatte, war das ein Schutzmechanismus, und der Mangel an Engagement war der Preis, den ich zu zahlen hatte, um die Seele an der Leine zu halten. Als hätte man Valium genommen. Keine Gipfel im Leben, doch auch keine wüsten Abgründe.

»Roland.«

Virenas sanfte Stimme war zu hören.

»Ich dachte, du schläfst.«

»Ich mußte an meinen Papa denken. Er hieß Hjalmar.«

»Ich weiß«, antwortete ich und gähnte.

Ich hatte ihn nie kennengelernt, er war gestorben, bevor ich Virena das erstemal traf. Aber ich hatte sein Bild im Fotoalbum gesehen. Ein hagerer Kerl mit munteren, neugierigen Augen und einem sinnlichen Mund. Und ganz offensichtlich war im Beruf des Händlers die Sehnsucht eines Poeten zu finden gewesen, denn er hatte eine Gedichtsammlung zustandegebracht, die »Spiegelung eines inneren Blicks« hieß und wohl nicht so übel war, da sie viele »Ach« und »Oh, Leben« und andere Ausdrücke enthielt, von denen ich vermutete, daß sie zum Erbgut eines Poeten gehörten.

»Hjalmar Hassel würde wohl nicht so besonders gut klingen?« sagte sie nachdenklich. »Was meinst du?«

»Nein«, stimmte ich zu und gähnte wieder.

Es verging eine Weile, und John Blund, das Sandmännchen, streute Sand in die Augen des Dummkopfes Roland. Virena unternahm einen weiteren Versuch.

»Mamas Name war Elin Lydia. Ein alter Name. Doch alles Alte scheint wieder modern zu werden. Elin Hassel klingt wirklich nett. Lydia Hassel genauso. Meinst du nicht auch?«

»Allerdings«, antwortete der Knallkopf Roland und war nahe daran zu sagen, sie solle ihn nicht länger stören, denn er wolle nun endlich schlafen.

Ein abermaliges Schweigen und danach ein Flüstern zum Holzkopf Roland hin: »Dann also gute Nacht. Und denk dran, ein Bett deckt viele zu.«

»N-nacht«, sagte der Hohlkopf Roland laut gähnend.

Ich schaukelte langsam in das verführerisch lockende Reich des Schlafes hinüber. Warum nur dachte sie über ihre Eltern nach? Doch das tat man wohl mitunter. Hjalmar. Jalle, Hjalmar von Kalmar. Mußte ein Stück von Tore Skogman sein. Elin, meine Elin ... Eine andere Melodie, geschrieben von jemandem, an den ich mich beim besten Willen nicht erinnern konnte. Eine schwache Erinnerung an ein Couplet mit einem Refrain, in dem der Name Lydia vorkam, tauchte aus irgendeinem Erinnerungsmagazin auf. Frack, Zylinder, weiße Handschuhe, Stock, schmachtende Stimme und etwas schmalzig: »Lydia, oooh Lydia ...«

Und daß ein Bett so manche zudeckt. Naja, das war schon eine ganz schöne Stichelei. Denn viel hielt ich nicht vom Aufstehen, und ich wußte, daß ich mein physisches Training vernachlässigte, doch das ging ja nicht nur mir allein so. Simon zum Beispiel, das bißchen, was der sich bewegte, da mußte ...

Ich fuhr hoch und blieb stocksteif im Bett sitzen. Verflixt nochmal ... Ich spürte ein leichtes Zittern in der Hand, als ich die Bettlampe anknipste und Virena mit Glubschaugen anstarrte. Sie erwiderte meinen Blick, während ihre Mundwinkel vergnügt lächelnd nach oben gebogen waren.

»Virena! Meinst du, daß ... daß ...«

»Man kann ja wirklich nicht behaupten, daß du zu den Schnellmerkern gehörst.«

»Sind ... ich meine ... sind wir schwanger?«

»Wie es mit dir steht, weiß ich nicht, aber ich bin es auf alle Fälle.«

Ich wußte nicht, was ich sagen oder tun sollte. Schluckte ein paarmal und fuchtelte mit der Hand herum. Sie lachte, und mir wurde klar, daß ich es verdient hatte, daß sie über mich lachte, Dickschädel Roland!

»Du wolltest doch ein Kind haben, bevor es zu spät ist. Ärgerst du dich nun?«

»Ärgern? Nein, zum Teufel nochmal! Entschuldige, aber das ist so sonderbar, wenn du so ganz seelenruhig sagst, daß wir ... du und ich ...«

»Wir werden sicher nicht als die jüngsten Eltern in die Geschichte eingehen, doch es wird trotzdem alles gut werden.«

Ich wuchtete mich hinüber an ihre Seite und küßte sie, und sie küßte mich, dann schob sie mich zurück und sagte leise: »Und nun schlafen wir.«

»Aber Virena, ich ...«

»Jaja, ich weiß. Doch wir schlafen. Mach das Licht aus. Wir werden mit all dem schon klarkommen.«

Widerwillig löschte ich das Licht und ließ mich wieder auf den Rücken fallen. Schlafen? Konnte man so einfach schlafen, wenn man wußte, daß man Vater wurde? Mit Cecilia, meiner ersten Frau, hatte ich keine Kinder. Und es war nur ein Segen für sie, in dem Zustand, in dem ich mich damals befand. Sie hatte sich wieder verheiratet, und ich bin sicher, daß sie nun Kinder hat. Wozu man ihr nur gratulieren konnte. Doch was waren schon ihre Kinder gegen dieses Wunder, das nun bald das Licht der Welt erblicken würde?

Hjalmar? Nein. Bei allem Respekt vor dem Poet und Händler, sein Name sollte weiterleben durch das Gedichtbändchen. Meine Lippen formten sich zu verschiedenen Vorschlägen. Max hatte ich immer gedacht, das würde gut klingen. Max Hassel? Damit würde sicher Virena nicht einverstanden sein. Hieß man Max, würde man wahrscheinlich Maxe genannt.

Das würde sich wahrscheinlich geben. Genau wie mein

Papa mit mir, so würde ich mit ihm durch die Stadt gehen und ihm alles zeigen. Er würde fragen, und ich würde antworten und der Allwissende sein. Ich hörte eine zarte, eifrige Stimme und sah vor mir ein Paar blaue Augen, weit aufgesperrt. Ja, der sorgfältige Führer! Man wurde schon richtig warm.

Oder ich ginge mit ihr durch die Stadt. Das war gleich, denn es wäre die gleiche Freude. Elin klang wie eine Liebkosung, wenn man etwas Gefühl in die Stimme legte, und das tat man dann schon. Elin Hassel. Das war der rechte Name für sie. Elin Virena Hassel. Ein Kerlchen würde selbstverständlich Roland als zweiten Namen bekommen. Die Kunst, weiter fortzuleben, bestand darin, Zeichen zu setzen von der eigenen Existenz: Klein-Rolle. Ich lachte albern und glaubte, ein schwaches Kichern von Virena zu hören. Doch als ich angestrengt lauschte, waren nur ihre gleichmäßigen Atemzüge zu vernehmen.

Ich wachte spät auf, Virena war schon gegangen. Neben meiner Kaffeetasse lag ein Zettel: »Guten Morgen, Papa. Könntest du auf dem Heimweg die beiden verschiedenen Waschmittel kaufen? Mama.« Ich lachte wieder albern, diesmal über den Zettel. Natürlich, Papsen würde alles für Mamsen kaufen. Der Kaffee aus dem TV-Thermos war heiß und stark, die weichen Roggenbrotschnitten mit Käse und Gurkenscheiben schmeckten, als wären sie von Maxime's geliefert worden. Das Wasa Hausmannsbrot mit den geschnittenen Tomaten hätte der Koch vom Tour D'Argent persönlich zurechtgemacht haben können, und beim Juice hätte Tore Wretman stolz auf das Auspressen sein dürfen.

Als ich gegen zehn zur Kungsbron hinunterging, dachte ich über die Wohnung nach. Dort sollten wir auf keinen Fall länger wohnen bleiben. Die City war kein Platz für Kinder, sie war zu eng und etwas für Erwachsene. Andererseits . . . Ich brauchte das Gefühl, in der Stadt zu wohnen. Im schönen alten Kungsholmen vielleicht? Wir hatten so oft darüber gesprochen, daß wir umziehen wollten, doch nun, bei meiner Seele als Vater des Kindes, würde es allen Ernstes in die Tat umgesetzt. Es gab Inseln in Vasastan, die waren auch nicht schlecht. Man konnte mit einer Annonce die Probe aufs Exempel machen und sehen, was an der Angel hing.

Kein Schwanz dürfte etwas davon erfahren. Keinen Ton. Es sollte für alle eine Überraschung werden. Jedenfalls posaunte man so etwas nicht einfach in die Welt hinaus, ganz gleich gegenüber wem. Denn man könnte sich leicht lächerlich machen. Im Korridor traf ich Simon, der ausnahmsweise ein bißchen abgehetzt aussah, im allgemeinen ist es unmöglich, diesen Menschen aus seinem gewohnten Rhythmus zu bringen.

»He, Simon. Du, ich werde Vati!«

Sein fleischiges Gesicht wurde von einem freundlichen Grinsen zerfurcht, und sein mächtiges Gummikinn schwappte auf und nieder wie der Achtersteven eines Dampfers in einer steifen Brise. Ich bekam einen Stoß in den Rücken, der bis in die Fußsohlen zu spüren war.

»Ich dachte schon, du würdest mit deinen Pflichten gegenüber unserem Wirtschaftsleben nie zu Rande kommen. Gratuliere! Hast du Kraftpulver genommen?«

Ich fühlte etwas von jenem lächerlichen Stolz, den ein Multimillionär mit einem Teddybär im Schoß empfinden mochte, den er beim Pfeilwurfspiel gewonnen hatte.

»Man kann, wenn man will.«

»Junge, das erste halbe Dutzend vollzukriegen, kann ganz schön mühsam sein, danach geht es fast von allein.«

Von dem Gedanken ein bißchen schockiert, blickte ich auf den Achtkinderpapa, doch ich sah ein, daß ich bei dieser Konkurrenz in einem aussichtslosen Rennen lag.

Seine klapsfreudige Handfläche versetzte mir einen weiteren Schubs in den Rücken. »Wenn es soweit ist, kriege ich aber eine anständige dicke Zigarre von dir.«

»Möchtest du Pate werden?«

Simon verbeugte sich übertrieben tief und machte mit einem unsichtbaren, mit Federn geschmückten Hut eine Bewegung zum Boden hin.

»Es soll mir eine Ehre und ein Vergnügen sein. Als Pate sehe ich es als besonderes Privileg an, mit beitragen zu dürfen, daß das Kind in Zucht und Ordnung aufwächst, ganz wie es unserem Herrn gefällt.«

»Nun, ich werde ihn warnen. Oder auch sie.«

Es war mir unmöglich, ein Lächeln zu unterdrücken, es war, als hätte jemand unsichtbare Gummizüge in meine Mundwinkel gespannt. Sich so einfach glücklich zu fühlen, wäre sicher viel zu schön gewesen, um wahr sein zu können. Simon wurde ernst und seufzte, und ich begriff, was es mit dem Seufzen auf sich hatte.

»Die ganze Bude steht auf dem Kopf, Rolle. Yngve hat mich schon früh um fünf herausgeklingelt. Er hatte eine große Versammlung einberufen. Übrigens hat er auch mehrmals nach dir gefragt.«

»Ich hatte Grund, mich auszuschlafen.«

Er nickte zustimmend, da er natürlich wußte, was passiert war. Es traf mich wie ein Schlag, daß ich vergessen hatte, das Telefon anzuschließen, ich hatte weder eine Morgenzeitung gelesen noch die Nachrichten im Rundfunk gehört. Simon schien meine Gedanken gelesen zu haben.

»Die Journalisten haben am Telefon Schlange gestanden. Sie wollten mit dir reden. Das Fernsehen und natürlich die Presseagentur haben dich auch gesucht.«

Damit hätte man mich jagen können. Keine zehn Pferde kriegten mich in ein Fernsehstudio. Ich ging mit Simon zu Rudas Zimmer, öffnete die Tür und hörte gerade Pelle Peterssons Erwiderung: »Ich möchte wissen, ob Rolle ahnt, wie schlecht es um ihn steht!«

4

Noch einen Monat, dann würde Ruda in Pension gehen. Er konnte nicht länger verbergen, daß er verbraucht war. Die Augen hatten dicke Tränensäcke bekommen und die grobporige Haut seines Gesichts eine blaßgraue Farbe. In seinem Zimmer standen überall leere und zusammengedrückte Plastbecher herum, die zeigten, daß er in der Nacht und am Morgen zahlreiche Besucher gehabt hatte. Auf seinem Tisch thronte eine Thermosflasche, die ihm gehörte.

»Gut, daß du kommst, Rolle. Setz dich.«

Im Zimmer waren Sune Bengtsson, Pelle Petterson

und Rolf Öhman, die zum engeren Kreis gehörten, außerdem ein paar Spanner, die entweder zum Rapport hier waren oder auf neue Befehle warteten. Simon hatte ganz offensichtlich draußen nur etwas zu erledigen gehabt, denn niemand begrüßte ihn. Ich setzte mich und fragte: »Warum steht es schlecht um mich?«

»Das war Pelles Einfall«, brummte Ruda.

»Was für ein Einfall?«

Pelle fuhr mit der Hand durch sein kupferrotes Haar und schien ein wenig befangen zu sein. Sogar er, mit seinem frechen Jungengesicht, hatte auffällige Falten in der Stirn und am Hals bekommen. Ja, alle hier im engeren Kreis kannte ich nun ein halbes Leben lang, den größten Teil meines Lebens als Erwachsener. Wir hatten zusammen gearbeitet, zusammen gegessen, zusammen gesessen und beim Beschatten fast schon zusammen geschlafen und uns angesteckt. Alles war mehr oder weniger selbstverständlich, denn wir waren Glieder derselben Kette. Öhman war als letzter zu uns gekommen und hatte sich seine Sporen vor allem als gewitzter Spanner im Innendienst verdient. Wir anderen waren draußen, und ich fragte mich, was sich wohl alles verändern würde, wenn Ruda uns verlassen hatte. Ein neuer Zweig würde sich entwickeln, ein Zweig, der nicht im geringsten an einem alten engen Kreis interessiert war.

»Erkläre es selbst, Pelle«, ermunterte ihn Ruda müde.

Pelle mit seiner unbändigen Energie. Er konnte nie ruhig sitzen. Sein rastloser Körper war ständig in Bewegung. In seiner Freizeit nahm er an Autorennen teil, die im Wald stattfanden, und die übrigen freien Stunden nahm seine liebestolle Frau Gullan mit großem Appetit in Anspruch. Doch darüber beklagte er sich nie.

»Ich meine nur, daß du der einzige bist, der noch am Leben ist und Sören Linder und Anhang gesehen hat. Du bist der einzige, der bezeugen kann, daß sie am Mord an Bolinder beteiligt waren.«

»Du denkst, sie werden mich aus dem Weg räumen?«

Er zuckte mit den durchtrainierten Schultern.

»Das Risiko besteht jedenfalls. Linder ist ein rücksichtsloser Teufel.«

»Wir müssen zusehen, daß wir das Gesindel bald hinter Schloß und Riegel bringen«, sagte Ruda. »Was Linder betrifft, so kann ich nur zustimmen. Ich habe seine Akte hier, und die ist keine erbauliche Lektüre.«

Er schaute durch seine schwarze Hornbrille auf der Kartoffelnase und gab eine kurze Zusammenfassung.

»Zuerst hatten die Sozialämter Kontakt mit ihm, bis er das strafmündige Alter erreichte. Man hat mir gesagt, daß die Assistenten von seinem zwölften Lebensjahr an Angst vor ihm hatten. Er verletzte eine Assistentin mit dem Messer so schwer, daß sie einen Schaden für das ganze Leben davontrug. Natürlich absolvierte er verschiedene Jugendfürsorgeheime, wo er eine dominierende Rolle spielte. Danach mehrmals Gefängnisaufenthalte. Körperverletzung, schwere Körperverletzung. Verdächtig des Totschlags. Verdächtig eines weiteren Totschlags. Schwere Körperverletzung. Hehlerei. Verdächtig wegen Brandstiftung. Verdächtig des Totschlags. Schreckliche Mißhandlung einer älteren Frau – seiner Tante übrigens –, schwerer Diebstahl. Versuchter Menschenraub, Kidnapping also. Mordverdacht. Schwere Körperverletzung.«

Er warf die Akte mit einer Miene voller Abscheu von sich.

»In mehreren Fällen wurde er wegen Totschlag oder Mord vom Gericht verurteilt, aber mit Hilfe durchtriebener Advokaten in höherer Instanz freigesprochen. Die Beweise hielten nicht stand, obwohl selbst die Juristen einsehen mußten, daß es ein regelrechter Skandal war. Und doch ist das nur die Spitze eines widerwärtigen Eisbergs. In den Gefängnissen verbreitete er Schrecken, und im Knast sitzen ja nun wirklich keine jungen Tauben. Selbst in den psychiatrischen Kliniken haben sie Angst vor ihm. Ein Wärter hatte gekündigt, weil er es nicht aushalten konnte.«

Ruda schüttelte den Kopf.

»Linder ist im Grunde genommen unzurechnungsfähig.«

Sune Bengtsson schob die Brille zurecht, die seine Augen vergrößerte, und brachte seine Meinung vor.

»Sie hätten ihn einsperren sollen, schon als er das erstemal straffällig wurde.«

»Als Kind?« fragte Pelle aufgebracht.

»Das hätte vielen ganz gutgetan.«

»Du bist ja verrückt!« schnaubte Pelle. »Aber das ist typisch für dich. Am liebsten hättest du es wohl, wenn das ganze schwedische Volk eingelocht würde und ab und zu jeder ein bißchen Urlaub bekäme.«

»Wenn es nicht anders geht, du würdest selbst Mord und Totschlag entschuldigen, aber gefährliche Typen gehören eingelocht.«

»Du ewig Gestriger, ich werde dir mal was erzählen . . .«

»Das wirst du auf keinen Fall!« brüllte Ruda und schlug mit seiner Faust, die sehr einem Schinken ähnelte, auf den Tisch. »In einunddreißig Tagen könnt ihr streiten, soviel ihr wollt. Das ist mir schnuppe, verflixt nochmal, dann sehe und höre ich euch nicht mehr. Doch bis dahin haltet ihr Ruhe. Verstanden?«

Er warf ihnen den schwärzesten seiner ihm zur Verfügung stehenden Blicke zu, und Pelle sah ein wenig beschämt aus. Nicht Sune. Der brachte es nicht fertig, sich zu schämen. Statt dessen steckte er sich eine Zigarette an, einzig und allein um Pelle weiter zu reizen, der, genau wie Ruda, Tabakrauch verabscheute. Sune war der einzige, der die – wenn auch widerstrebend gegebene – Erlaubnis besaß, im Zimmer rauchen zu dürfen, da Ruda wußte, daß Sune ohne diese Nikotinstimulanz nicht in der Lage war, einen einzigen vernünftigen Gedanken zu fassen.

Simon hatte geschwiegen wie immer, wenn andere sich stritten. Er war ein Friedensstifter. Mit seinem warmen Lächeln hätte er sein Glück in der UNO machen können. Er strich sich über seine mächtige kuppelförmige Glatze und konstatierte: »Also müssen wir ihn ergreifen, bevor noch eine weitere Abscheulichkeit passiert. Haben wir irgendwelche Spuren gefunden?«

Plötzlich sahen alle mich an, und mir wurde bewußt, sie nahmen an, daß mich die Abscheulichkeit treffen würde. Ich lächelte, um zu zeigen, wie leicht ich die befürchteten Risiken auf mich nehmen würde. Was konnte einem werdenden Vater schon Schlimmes passieren?

»Die Razzien haben nichts ergeben, aber das hatte ich wohl auch nicht erwartet. Doch irgendwo hockt er, und wir werden ihn ausräuchern. Er war mit einer Frau verheiratet, die Vera heißt, und hat mit ihr zwei minderjährige Kinder. Vera und die Kinder sind seit über einem Jahr wie vom Erdboden verschluckt. Wahrscheinlich hat der Teufel sie verprügelt, und nun versteckt sie sich vor ihm. Wir müssen herauskriegen, wo sie sich aufhält. Vielleicht hat sie eine Ahnung, wo er seinen Unterschlupf hat. Rolle, ist das hier einer der Männer, die mit ihm zusammen waren?«

Ich schaute prüfend auf die Fotos, die Karsten Hell zeigten.

»Er könnte Ähnlichkeit mit einem von ihnen haben, doch beschwören möchte ich es nicht. Das Licht war ziemlich schlecht da drinnen.«

»Ähnlichkeit reicht. Observierung rund um die Uhr. Nach Magnus Carlsson fahnden wir schon nach allen Regeln der Kunst. Er ist nicht verheiratet, aber er soll ein Mädchen haben, bei dem er ab und zu wohnt. Wahrscheinlich ist er dort.«

Ich spürte, wie er sich anstrengte, die Augen offen zu halten. Wenn sie ihm ein einziges Mal zufielen, würde er sicher in der gleichen Sekunde einschlafen. Ich beneidete ihn nicht, ich war selbst schon mehrmals in der gleichen Situation gewesen. Er holte tief Luft, und seine bauschige Jacke spannte sich über der Brust.

»Das hängt mit dem Schwarzschlachten zusammen. Offenbar ist Linder in diese Branche eingestiegen, und die ist ja still und diskret. Öhman, du gehst die Daten der Gefangenen in den Strafanstalten durch. Sollte einer wegen des gleichen Delikts verurteilt worden sein, könnten wir vielleicht wertvolle Hinweise von ihm bekommen. Weiterhin werden wir die Gastwirte unter Druck setzen, von denen wir annehmen, daß sie einen Teil ihres Fleisches schwarz kaufen. Ihr kennt die Art des Delikts und überprüft unter diesem Gesichtspunkt alle Personen, die ihr beschattet. Und sollte auch nur irgendwo der geringste Schimmer auftauchen, daß einer von ihnen etwas mit dem Schwarzschlachten zu tun haben könnte, so peripher das auch erscheinen mag, konzentriert ihr euch auf ihn, es macht keinen Unterschied, ob es sich um einen Mann oder eine Frau handelt.«

Niemand hatte etwas dagegen einzuwenden, nicht einmal Sune, der es sonst nie versäumte, darauf hinzuweisen, daß er wegen eines einzigen Falles nicht alle anderen Fahndungen liegenlassen könne. Er war eigentlich Spezialist für Tatortermittlungen. Ruda hatte ihn sich ausleihen dürfen, und nun ließ er ihn nicht wieder los. Bolinder war tot, und da mußte eben das eine oder andere liegenbleiben, auch wenn dadurch Fische verschiedener Größe dem Netz entschlüpfen konnten, das vielleicht gerade nach langer, geduldiger Fahndungsarbeit ausgelegt worden war.

Im Schwarzhandel mit Fleisch werden jedes Jahr mehrere Millionen umgesetzt, und er wächst noch immer. Kleine Bauern ziehen Vieh auf, das nirgends abgerechnet wird. Trottoirbauern, die Räumlichkeiten besitzen, ohne sie zu brauchen, haben ein unerhört lohnendes Gewerbe entdeckt. Es gibt auch große Höfe, die gut zusammenhalten und wo man Leute findet, die mit solchen verwandt sind, die dieser Tätigkeit nachgehen.

Ein Teil schlachtet selbst und verdient sich so noch etwas dazu. Um Tiere zu schlachten, muß man wirklich kein Abitur gemacht haben. Da reichen einfaches Werkzeug und frischer Mut. Ansonsten kommt pro Monat einmal ein Wagen, der mit einer Plane abgedeckt ist, und holt die schlachtreifen Tiere. Es sind die kleinen privaten Schlächtereien, von denen es so viele gibt, die ihre Wirtschaftlichkeit durch diese Art Handel verbessern.

Ein Kuvert mit Geld wechselt den Eigentümer, und der abgedeckte Wagen verschwindet mit den Tieren. Im nächsten Kettenglied wird das Fleisch an die Gastwirte zu »angepaßten« Preisen verkauft. Oder es ist eine Grossistenfirma, die das schwarze Fleisch mit gutem Gewinn in den normalen Geschäftsablauf eingehen läßt. Auch viele Privatpersonen haben ihre festen Lieferanten, um ganze Rinder- oder Schweineviertel einzufrieren und auf diese Weise bedeutend billiger leben zu können.

Der kleinste Züchter, ein Kleinbauer, der dies als reine Nebenarbeit betreibt, kann pro Jahr um die fünfundsiebzigtausend Kronen völlig steuerfrei verdienen. Kommt man auf der Skala ein wenig weiter nach oben, sind es pro Züchter mehrere Hunderttausend. Die Schlächtereien verdienen ein Vielfaches mehr und die Grossisten auch. Die Gaststätten machen anständig Geld durch das billige Fleisch, das gemeinsam mit dem teuer eingekauften zum gleichen Preis angeboten wird.

Den Beweis zu erbringen ist die schwerste Nuß, die die Polizei zu knacken hat, da das schwarze Fleisch in allen Kettengliedern, mit Ausnahme der Züchter, ein Teil innerhalb eines ganz legalen Gewerbes ist. Keiner macht sich mehr einen Kopf. Ein kleiner Züchter, den wir verhörten, erzählte von seinen Zinsen, die er auf ein Darlehen zahlen muß, und wie es unmöglich ist, bei den steinharten ökonomischen Lebensbedingungen eine kleine Landwirtschaft zusammenzuhalten. »Klar, daß man dann jede Chance ergreift. Wird man erwischt, kann man großes Pech haben wie ich. Alles lief wie geschmiert, und man hat die ganze Zeit über Geld auf der Hand.«

Die Gastwirte erzählen das gleiche. Es ist so gut wie unmöglich, ein kleines Restaurant über Wasser zu halten, wenn man nicht in irgendeiner Hinsicht schwarze Geschäfte macht, und da ist es mit Fleisch oder Sprit am einfachsten. Aber der Spriteinkauf kann leichter kontrolliert werden, das schwarze Fleisch jedoch kann in der Buchführung verschwinden.

Kein Gast weiß heute, ob das Fleisch, das er ißt, legal oder schwarz gekauft wurde. Eigentlich könnte es ihm egal sein, wenn es nicht bestimmte Risiken mit sich brächte. Normalerweise müssen beim Schlachten eine Menge Vorschriften beachtet werden, das Fleisch wird kontrolliert und untersucht. Schwarzgeschlachtetes Fleisch kann ganze Ozeane an Bakterien enthalten.

Bis jetzt hatten die einzelnen kleinen Gruppen Geld und Märkte unter sich aufgeteilt, doch nun hatten uns zahlreiche Gerüchte erreicht, daß eine straffgeführte Organisation den gesamten Handel allein übernehmen wollte, und das wies auf Sören Linder hin. Glückte es ihm, könnte er ungestört ein Imperium aufbauen, wodurch er noch reicher als Krösus würde. Und wer könnte schon wagen, ihn anzuzeigen? In der ganzen Kette gab es kein einziges Glied, das nicht in die verbrecherische Handlung verwickelt war.

»Die Jungs, die den Brand untersuchen, werden mit der Asche des Gebäudes beschäftigt sein, und ich vermute, daß ich wohl kaum vor heute abend einen Bericht bekommen werde«, sagte Ruda. »Aber noch immer ist unklar, wer der Eigentümer der Bude ist. Wie Öhman sagt, wurde sie bis 1979 von einer Tischlerei genutzt, die dann in Konkurs ging. Später hat sich wohl ein Makler um sie gekümmert, doch es wird schwer sein, etwas herauszubekommen. Rolle, du fährst nach Mariefred und sprichst mit dem Makler, die Adresse gibt dir Öhman. Komm zurück, so schnell du kannst. Hier gibt es Arbeit wie Sand am Meer.«

Er legte die Hände locker über einen Bauch, der ein tüchtiges Resultat der Kochkunst seiner Frau Rut darstellte.

»Sind noch irgendwelche großen Initiativen bekanntzugeben?«

Simon stand auf, flüsterte Ruda etwas ins Ohr, und für ein paar Augenblicke wurde er wieder der alte gute Yngve Napoleon Ruda. Sein Blick und sein Lächeln waren wie eine warme Umarmung, und beinahe hätte er losglucksen müssen.

»Nun, ich dachte zwar nicht gerade an solche Initiativen, aber es war, hol mich der Teufel, wirklich an der Zeit. Grüß Virena und sage ihr, daß Rut und ich zur Kindtaufe erscheinen. Wir können doch wohl hoffen, daß das kleine Bündel mehr nach seiner Mutter kommt.«

Ich ging mit Öhman in dessen Zimmer. Rolf Öhman erwähnte die Kindtaufe nicht, doch sicher würde auch er auf eine Zigarre bestehen. Kein Wort hätte ich sagen sollen. Nun ging wohl schon das Gerücht im Polizeipalast um, daß der alte Hassel endlich zugeschlagen hatte. Wenn dann Blumen nach Hause zu Virena kamen, mußte man sicher vorsichtig erklären, daß da ein Hellseher am Werke gewesen sein mußte.

»Die Maklerfirma heißt Büro Fahlstedht, Inhaber ist eine Frau. Märta Fahlstedht. Das Unternehmen ist eine gewöhnliche Handelsgesellschaft und nicht aus dem Register gestrichen, auch wenn es scheint, daß sie ihre Tätigkeit eingestellt hat. Frau Fahlstedht, die Witwe Harry Fahlstedhts, übernahm die Firma 1971. Sie zog vor drei Jahren nach Mariefred und wohnt in der Munkhagsgatan. Das ist alles, was ich weiß. Ich habe versucht, telefonisch mit ihr Kontakt aufzunehmen, doch sobald ich mich vorgestellt hatte, legte sie den Hörer auf. All das macht doch einen recht sonderbaren Eindruck.«

Er hatte in kurzer Zeit eine Menge handfester Fakten herausbekommen, und ich nahm an, daß er sowieso schon stolz genug darauf war, so daß ich ihn nicht noch extra loben mußte. Ich notierte die genaue Adresse und ging zu meinem Saab, den ich im Hof des Polizeihauses geparkt hatte, wo ich den genauen Kilometerstand aufschrieb. Ich mußte ja zusehen, daß es bei der Reiseabrechnung des Kilometergeldes wenigstens zu einem bißchen Zellstoff reichte.

Während ich in Richtung Södertälje fuhr, ließ ich mir meine neue Situation durch den Kopf gehen. Ich spürte, daß diese Glaskuppel, in die ich eingesperrt war, langsam zu stöhnen und knirschen begann, dann zerbarst und in kleine Splitter zerfiel. Ich war wieder draußen unter den Leuten und ihren Bedingungen unterworfen. Ich ertappte mich dabei, daß ich im Auto lauthals loslachte.

Jetzt würde alles anders werden. Nichts würde bleiben wie zuvor. Aus zwei würden drei, mit Verpflichtungen und Unruhe und sicher mit einigen Portionen Angst, doch zumeist würde es einen Freudentaumel geben, festverankerte Hoffnung und Zukunftsträume. Was für Veränderungen ein paar Worte einer Frau bewirken können, die man liebt. An einem Tag ein halbverbitterter Kriminalbeamter, voller Probleme, der Mühe hat, zu sich selbst zu finden, behaftet mit Depressionen, am nächsten Tag ein vergnügter Alter im Polizeidienst, der sich im Auto vor Lachen ausschütten konnte und bereit war, mit der ganzen Welt Frieden zu schließen. Da ich allein war und garantiert keinen Mithörer zu befürchten hatte, wagte ich es sogar, zu singen, und bestimmt haben Taubes Melodien nie so schlimm geklungen wie jetzt, doch meine Ohren hielten es aus.

Es ist lange her, seit ich in Mariefred gewesen war. Ganz schwach konnte ich mich an einen Schulausflug zum Schloß Gripsholm erinnern. Als ich in die kleine Stadt am Mälarsee hineinfuhr, schien mir, die Zeit habe stillgestanden. Ich erinnerte mich an den Markt, das Rathaus, und bestimmt hatte es dort einen Laden gegeben, wo man Karamelbonbons kaufen konnte. An der Ecke war jetzt Ulla Bergs Konditorei und machte Reklame für hausgebackenes Brot. Vielleicht sollte auch ich dort noch ein Brot kaufen, bevor ich wieder nach Hause fuhr. Ein Ortsansässiger erklärte mir den Weg zur Munkhagsgatan. Ich mußte vom Markt aus nur der Storgatan folgen. Es war kurz vor zwölf. An den Ladentüren sah ich, daß die meisten zur Essenszeit schließen würden. Allein schon dieser Umstand brachte bei mir neue Saiten zum Klingen. In dieser kleinen Stadt nahm man sich Zeit zur Mittagsruhe. Ein Mann mit einem prallgefüllten Einkaufsbeutel kam aus einer Buchhandlung heraus und rief in den Laden hinein: »Ich komme zurück, Britt, und bezahle später.«

In der Stimmung, in der ich mich befand, war auch das Honig für mich. In Stockholm einen Stoß Bücher zusammensuchen und dem Händler zurufen, man wolle später bezahlen, hätte zur Folge, daß man sicher nicht nur ABAB, sondern auch Securitas, beide mit Handschellen bepackt, am Halse hätte und man sein Foto als warnendes Beispiel ausgehängt sehen konnte. Vielleicht sollte man sich ganz einfach in Mariefred niederlassen? Man könnte ein herziger Distriktspolizist werden, dessen Pflicht vor allem darin bestand, herumzugehen und seine Honneurs zu machen. Den einzigen Suffkopp der Stadt mit ernsten, warnenden Worten über den schädlichen Einfluß des Alkohols nach Hause zu bringen. Häuptling bei den Scouts zu werden und Ausflüge nach Strängnäs mit Übernachtungen im Freien zu arrangieren. In die

Schulen zu gehen, um mit den Kleinsten über das Verhalten im Straßenverkehr zu sprechen, nach rechts zu zeigen, und dann nach links, und jetzt ist Rot, und nun, brummbrumm, fahren die großen Lastwagen, und jetzt kommt Gelb, da muß man aufmerksam werden und Obacht geben, ob es nicht, oh tatsächlich! Grün wird. Und dann ist zuerst in die eine Richtung zu schauen und dann in die andere und wieder in die erste, und danach so schnell wie möglich die Fahrbahn zu überqueren. Und Klein-Elin würde mit blanken Augen dasitzen und stolz auf ihren tüchtigen Papa sein, der so feine Straßenecken auf die schwarze Tafel malen konnte.

Ich riß mich zusammen. Mit soviel Asphalt und Neon im Blut würde man wohl innerhalb einer Woche schwermütig werden und die Lappenkrankheit bekommen. Außerdem würden sicherlich die Jungen mit dem Finger auf mich zeigen und schmutzige Schimpfwörter rufen, wenn ich mich in die Verkehrssignale einmischen würde. Aber der Gedanke war doch unerwartet angenehm. Vor allem das Bild, das ich mir von der blitzsauberen Elin machte, wie sie mit ihren Schleifen an den Rattenschwänzen in der Bank saß.

Ich bog in die Munkhagsgatan ein und suchte an den niedrigen Häusern nach der richtigen Nummer. In den Gärten, die noch im Augustgrün prangten, sah man schwer mit Früchten beladene Bäume, und unter ihnen lag Fallobst im Gras. Das Haus, das ich suchte, hatte nur ein Erdgeschoß. Es war grün angemalt und bestimmt über hundert Jahre alt. In den niedrigen Fenstern zur Straße hin drängten sich Blumen. Und Figuren aus Keramik und Steingut.

Da es keine Klingel gab, ließ ich den schwarzen Ring, den ein schmiedeeiserner Löwe im Maul hielt, gegen die spiegelblanke Tür klappern. Als hätte die Frau nur darauf gewartet, öffnete sie und sah mich mit dunklem, finsterem Blick an. Sie war groß und kräftig und stützte sich auf einen Stock. Dünnes graues Haar, eine stark hervorstehende Nase und ein entschlossener Mund. Sie trug ein langes schwarzes Kleid und darüber eine offene Strickjacke.

»Sind Sie Frau Märta Fahlstedht?«

Sie rührte sich nicht, und ich wies mich als Polizist aus.

»Mein Name ist Roland Hassel. Ich bin Kriminalinspektor und möchte Sie gern wegen einer wichtigen Angelegenheit im Zusammenhang mit Ihrer Tätigkeit als Makler befragen. Darf ich eintreten?«

Zuerst dachte ich, sie wolle zur Seite treten, um mir Platz zu machen, doch es war nur, um ohne Stock die Balance halten zu können. Sie hob schnell den Stock, und ohne daß ich sie daran hindern konnte, schlug sie ihn mir direkt über das Gesicht.

5

»Mama!«

Die ältere Frau hatte den Stock zu einem neuen Schlag erhoben, wurde jedoch von einer Frau daran gehindert, die über Fünfzig sein mußte und herausgerannt kam, sie packte und nach drinnen zog. Danach kam sie zu mir heraus und bedauerte mich wegen des Nasenblutens.

»Ich bin furchtbar traurig. Ist es schlimm? Ich habe Staub gesaugt, darum konnte ich nicht hören, daß jemand an der Tür war.«

Ich tastete vorsichtig nach meiner Nase und stöhnte auf.

»Die Nase ist noch da. Wenn ich etwas Zellstoff bekommen könnte, um das Blut damit zu stillen . . .«

»Auf alle Fälle kommst du erst mal mit herein.«

»Ist sie entwaffnet?«

Sie schien das alles nicht gerade als spaßig aufzufassen und antwortete nicht. Ich schritt mit hocherhobenem Kopf hinein, was jedoch nicht aus Stolz, sondern mehr aus einer gewissen Notwendigkeit heraus geschah. Die ältere Frau hatte sich in einen hochlehnigen Korbstuhl gesetzt und starrte in einen offenen Ofen hinein, wo ein paar rußige Ziegelsteine an ein Kaminfeuer erinnerten. Die jüngere Frau brachte mir Zellstofftaschentücher, die ich beim Sprechen fest gegen die Nasenflügel drückte, so daß meine Stimme einen verstopften, nasalen Klang bekam.

»Ich bin Kriminalinspektor und heiße Roland Hassel.«

Frau Fahlstedht bewegte sich unruhig, und der Korbstuhl knarrte, doch sie blieb sitzen.

»Cordelia Mo. Ich kümmere mich um meine Mama. Worum geht es? Was ich fragen möchte, soll ich dein Gesicht etwas mit kaltem Wasser kühlen?«

Ich betastete mein Gesicht, betrachtete das Taschentuch, und als ich die Luft tief einsog, spürte ich, daß alles wieder in Ordnung war. Wahrscheinlich würde ich mich nach diesem Schlag mit dem Stock vom Auge bis hinunter zum Mund blau verfärben. Aber Blau ist ja eine recht schöne Farbe, die sogar in der schwedischen Fahne zu sehen ist.

»Es wird schon wieder werden. Etwas kaltes Wasser zum Trinken vielleicht.«

»Sei so gut und nimm Platz.«

Ich setzte mich in entsprechend großer Entfernung von Frau Fahlstedht und ließ meinen Blick durch den Raum schweifen. Das Zimmer hatte eine niedrige Decke, wie es früher üblich war, aber man sah hinaus auf einen eingezäunten Garten mit einer Hollywoodschaukel und weißlackierten Gartenmöbeln. Die Möbel im Zimmer waren alt und gediegen, und überall lagen oder standen Schmuckgegenstände unterschiedlichster Art herum. Im Bücherregal befanden sich vor allem dicke Schmöker mit roten Einbänden und Goldschnitt. Die zierlichen Buchstaben auf dem Rücken zeigten, daß sie Lesestoff einer vergangenen Generation waren.

»Halt den Kopf hoch.«

Sie gab mir ein Glas Wasser, hatte aber zugleich eine Schale und einen Waschlappen mitgebracht. Während ich einige Schlucke zu mir nahm, strich sie vorsichtig kühlend mit dem Lappen über die Haut, was angenehm erfrischte.

»Du bist sehr geschickt.«

»Ich wollte Schwester werden.«

»Du hättest bestimmt Karriere gemacht.«

»Es wurde nichts daraus.«

Sie stellte das Florence-Nightingale-Set zur Seite und faltete die Hände über dem Knie. Sie sah traurig aus, aber ob das wegen meiner Verletzung war oder wegen des gewaltsamen Auftaktes ihrer Mutter, wußte ich nicht.

»Ich glaube, Mutter hatte im letzten Jahr mit der Polizei ziemlichen Ärger. Da war wohl ein Haus, das nicht verkauft werden sollte und wo Mama hereingelegt worden war. Sie hat wahrscheinlich gedacht, daß du einer von diesen Polizisten bist, und war deshalb wohl äußerst erregt.«

Sie sprach, als sei ihre Mutter gar nicht da. Frau Fahlstedht saß noch immer in der gleichen zusammengesunkenen Stellung und starrte in den Ofen, als wolle sie ihm verborgene Geheimnisse entlocken. Cordelia nickte ihr wehmütig zu.

»Mama ist senil geworden. Mitunter hat sie schon ein paar klare Augenblicke, doch dann betrifft es nur ihre Jugendzeit. Sie spricht von ihrem Bruder Nisse, der auf Besuch kommen wolle und daß wir darum sein Lieblingsbrot backen müßten. Nisse ist seit über dreißig Jahren tot.« Sie seufzte. »Nachdem ich geschieden worden war, nahm ich mich meiner Mutter an und zog hierher. Es ist leichter, in Mariefred zu leben als in der Großstadt. Der Sommer ist wunderbar, und ich glaube sogar, daß Mama es gern hat, im Garten zu sitzen. Nun, was führt dich zu ihr?«

»Es geht um ein Lagergebäude in der Gegend von Tumba, das von ihrem Büro 1979 verkauft wurde. Wir wollten wissen, wer das Haus erworben hat. Hast du jetzt den Maklerposten übernommen?«

»Mama hatte eine gute Rentenversicherung abgeschlossen, und ich hatte von früher noch ein bißchen Geld. Ich kümmere mich um Mama, obwohl ich deshalb meine Beschäftigung aufgeben mußte. Wird so etwas überhaupt sozial anerkannt? Oder muß ich jetzt sagen, daß ich Erwachsenenqualifizierung betreibe, um nicht ausgeschlossen zu werden?«

»Ich habe keine Vorurteile. Das einzige, was mich interessiert, ist die Auskunft über den gegenwärtigen Besitzer oder wenigstens, wer das Haus 1979 gekauft hat. Es kann ja wieder weiterveräußert worden sein.«

Sie schüttelte den Kopf und hob bedauernd die Hände.

»Leider. Selbst wenn sie so spät noch, bis 1979 hinein, einige Aufträge angenommen haben sollte, so hatte sie schon damals nicht mehr allzu viele klare Augenblicke.«

»Aber die Papiere müßten doch noch da sein?«

»Du kannst sie dir ja ansehen. Komm mit in den Keller hinunter.«

Sie ging zu ihrer Mama nach vorn und sprach ernsthaft auf sie ein, wobei sie übertrieben klar und deutlich artikulierte.

»Ich bin gleich zurück, Mama. Nur ein kleines Weilchen. Dann mache ich etwas zu essen. Sofort zurück, Mama.«

Als die ältere Frau begriff, daß ihre Tochter mit mir das Zimmer verließ, folgte sie ihrer Tochter mit dem Blick eines kleinen ängstlichen und traurigen Hundes. Als wir die steile Treppe zum Keller hinunterstiegen, murmelte Cordelia: »Ich glaube nicht, daß sie weiß, wer ich bin. Und was wird später? Ich habe keine Tochter, darum werde ich wohl im Heim enden, wenn ich einmal genauso verkalkt bin. Hoffe, es findet sich wenigstens dort jemand, der sich um mich kümmert.«

Die Kellerdecke war so niedrig, daß man unwillkürlich den Kopf einzog, doch der Keller hatte überraschend große Stellflächen. Es gab das gewöhnliche Sortiment an solchen Sachen, die man eigentlich wegschmeißen müßte und trotzdem behält: alte, zusammengewürfelte Stühle, die zum Teil kaputt waren, ein ausrangierter Kühlschrank, längst aus der Mode gekommene Kleider auf Bügeln und in Plasttüten. Doch alles war gut geordnet und machte nicht den Eindruck einer Rumpelkammer. Dann öffnete sie eine Tür. In diesem Innenraum waren eine Menge großer schwarzer Säcke gestapelt.

»Hier hast du die Papiere der Firma Fahlstedht. Alles liegt kreuz und quer in den Säcken. Quittungen, Offerten, Briefe, Kontrakte, Rechnungen, alles, was du willst.«

Sie machte einen der Säcke auf und holte aufs Geratewohl ein paar Papiere heraus.

»Hier ist die Anfrage wegen einer Villa. Datiert von 1973. Ein Schreiben wegen einer Vertretung aus dem Jahr 1970. Mama mußte begriffen haben, daß ihre aktive Geschäftslaufbahn vorüber war. Eines Tages, als ich zu ihr in das Kontor hinaufkam, hatte sie alle Akten und Schubfächer mitten auf dem Fußboden zu einem Haufen aufgetürmt und durcheinandergeworfen.Ich fragte sie, warum sie das alles gemacht habe, aber sie hatte es vergessen. Es ist nicht unmöglich, daß die Angaben, die du haben möchtest, sich irgendwo in irgendeinem der Säcke befinden.«

Es würde eine tüchtige Plackerei werden, die ganzen Säcke durchzusuchen, eine Plackerei, zu der ich nicht die geringste Lust verspürte. Es gab Fahndungsbeamte im Innendienst, die vor Vergnügen über so viel Papier sabbern würden, und diesen Spaß wollte ich ihnen nicht nehmen.

»Wenn es nötig sein sollte, lassen wir die Säcke abholen.«

»Ich werde dem keine Hindernisse in den Weg legen.«

Wir gingen wieder die Treppe hinauf, und sie folgte mir bis zur Tür.

»Das ist ja tüchtig angeschwollen. Soll ich es nicht doch lieber nochmal mit kaltem Wasser kühlen?«

»Ein anderes Mal.«

»Noch einmal wirst du keine Schläge von Mama kriegen.«

»Geht es dir gut in Mariefred?«

»Hier bekommen alle Dinge ein menschliches Maß.«

Ich kaufte wunderbar duftendes, hausgebackenes Brot, und ich ging in die riesige ICA-Kaufhalle, um Waschmittel für Virena zu besorgen. Aber Waschmittel ergeben ja kein Fest, und ich wollte unbedingt feiern, daß wir nun drei waren. Am Fleischstand, an dem individuell bedient wurde, sprach ich mit dem gutgelaunten Verkäufer über Rinderfilet. Ich bekam ein paar schöne Scheiben. Beim Vorgericht würde ich Virena mit rotem Kaviar, Sahne und gehackten Zwiebeln in Entzücken versetzen. Im staatlichen Spirituosengeschäft ließ ich mir eine Flasche roten Burgunder und zwei kleine Flaschen Moet & Chandon empfehlen. Als ich nach Stockholm zurückfuhr, fühlte ich mich wie ein Edelmann aus den guten alten Zeiten, als Knechte und Bauern mit der Mütze in der Hand dastanden, wenn es dem Gutsbesitzer behagte, mit der Kalesche vorüberzufahren. Ich hatte mich wirklich gut herausgemacht. Vicomte Roland de Hassel.

Ruda schaute meinen schriftlichen Bericht über den mißglückten Besuch in Mariefred durch und grunzte müde. Seine Augen waren jetzt nur noch ein paar schmale Schlitze. Er müßte sich bald ein paar Stunden hinlegen. Aber ich hatte für seine Ambitionen Verständnis. So dicht vor der Pensionierung wollte er nicht, daß der Mord an einem der ältesten Mitarbeiter ungelöst blieb.

»Zum Teufel, wie siehst du bloß aus!«

»Ich wurde von einer Rentnerin geschlagen.«

»Meine Männer sind wirklich Klasse, das muß ich schon sagen. Öhman glaubt, daß er eine Adresse herausgefunden hat, wo sich möglicherweise Linders Frau aufhält. Nimm noch jemand mit und fahre hin.«

»Vielleicht versteckt sich auch Linder dort?«

»Mm. Das ist zwar kaum anzunehmen, aber man kann ja nie wissen. Ich habe angeordnet, daß du eine neue Waffe bekommst.«

Er stand auf, und sein massiger Körper wankte vor Müdigkeit. Er stützte die Hände ins Kreuz und stieß ein paar Laute in der tiefsten Baßlage aus. Wenn er aufhörte, würde der Polizeichor auf einen seiner besten Sänger verzichten müssen.

»Vermute, ich werde sie brauchen können«, murmelte ich, und Ruda nickte zustimmend.

»Ja, schäm dich nur, großer Pharao! Solange ich weiß, daß er noch frei herumläuft, werde ich keine Freude an meiner Pensionierung haben. Was ich noch fragen wollte, wie soll er denn heißen?«

»Wie wäre es mit Yngve?«

»Für diese Art Schmeichelei ist es jetzt wohl zu spät. Wenn ihr mit der Kindtaufe wartet, bis mein Nachfolger mein Amt übernommen hat, dann allerdings könntet ihr sicher den Punkt für euch einstreichen.«

»Elin, wenn es ein Mädchen wird.«

»Hübsch. Wir haben schon Hunderte von Tips bekommen, wo sich Linder aufhalten könnte, und allen muß nachgegangen werden. Die Zeitungen schlachten den

Mord an Bolinder tüchtig aus, und du kannst dich sicher nicht mehr länger den Journalisten gegenüber zurückhalten. Den ersten Kontakt mit der Presse hat übrigens ein junger Mann aufgenommen, der Eriksson heißt. Er hat die Acht beim »Aftonbladet« angerufen, wo man ja für solche Nachrichten einen Tausender bekommt.«

Das Telefon klingelte, und er hatte keine Zeit mehr für mich. Nachdem ich alle Formulare ausgefüllt hatte, um meine Pistole zu bekommen, ging ich zu Öhman hinein und setzte mich zu Füßen des Meisters, um andächtig auf das Wort Gottvaters zu warten. Ich war der einzige unter den Spannern, dem die Zusammenarbeit mit Öhman schwerfiel, obwohl ich mehr als dankbar hätte sein müssen für das, was er früher einmal für mich getan hat. Als ich eine Zeitlang tüchtig gesoffen hatte und auf dem besten Weg war, zu Boden zu gehen, hatte er wegen mir einen Schuß in den Leib bekommen. Er hatte es verziehen, bagatellisiert und einen Schleier darüber gezogen. Aber es ist schwer, zu spüren, wie einem verziehen wird, vor allem, wenn der andere dich dadurch in eine mehr als demütigende Lage bringt.

»Vera Linders Adresse ist Johan Enbergs väg 46 in Solna. An der Tür steht Solberg. Die Mieterin der Wohnung ist ihre Mama, die als Mädchen Solberg hieß. Ihr eigentlicher Name ist Anna-Karin Filipsson.«

Vielleicht wartete er darauf, daß ich ihn fragen würde, wie er das alles herausbekommen hatte, doch in diesem Fall enttäuschte ich ihn. Er war Experte auf dem Gebiet aller nur denkbaren Arten von Registern, hatte ein unheimliches Netz mit Kontakten und besaß die unbestreitbare Fähigkeit, die Angaben miteinander zu verknüpfen, ein Talent, das einen geschickten Spanner im Innendienst ausmachte. Aber das sollten ihm andere sagen.

»Was arbeitet sie?«

»Sie hat bei der Krankenversicherung keine Arbeitsstelle angegeben, sondern nur geschrieben ›Lohnarbeit zu Hause‹ und ein Einkommen von 36 400 Kronen eingetragen. Selbstverständlich kriegt sie noch Kindergeld. Ob sie einen Mietzuschuß bekommt, weiß ich nicht, da ja ihre Mutter für die Wohnung aufkommt.«

»Hat das etwas zu sagen?«

»Keinesfalls. Ich denke nur, daß es unmöglich ist, mit diesem niedrigen Einkommen zu existieren.«

»Was ist mit ihrer Mutter? Ich nehme doch an, daß sie vernommen worden ist?«

»Sie liegt auf der Intensivstation im Krankenhaus. Herzschwäche.«

»Wie heißen die Kinder?«

»Carola, sie ist fünf, und Lars, er ist drei.«

»Was für eine Haarfarbe haben sie?«

Öhman lachte abwehrend, und ich wollte ihn in diesem Punkt nicht in die Enge treiben. Auf dem Korridor traf ich Sune Bengtsson. Ich fragte ihn, ob er Lust habe, mit nach Solna zu fahren. Und obwohl ich ihm in Aussicht stellte, daß es durchaus zu einem Feuergefecht kommen könne wie in einem Western, zeigte er Interesse. Ich hatte auch nichts anderes von ihm erwartet. Sune trug sicher wie jeder andere in diesen Gefilden eine Waffe, wahrscheinlich aber hatte er dies vor keinem bisher demonstriert.

»Ich hab etwas anderes zu tun. Doch komm mit rein, dann kannst du dir die Sache selbst anschauen.«

Die standardisierten Räume bieten wirklich keinen Platz, um ihnen einen persönlichen Stempel aufdrücken zu können, doch Sunes Zimmer war asketisch kahl und enthielt nur das Notwendigste, so daß es sehr deutlich sein kühles, analysierendes Wesen widerspiegelte. Aus einer Schublade zog er eine braune Tüte hervor und streckte sie mir entgegen.

»Koste mal.«

Ich nahm einen Apfel und biß hinein.

»Nicht schlecht«, sagte ich anerkennend. Seine schmalen Lippen verzogen sich zu einem stolzen Lächeln, als würde eine Sophia Loren seine maskuline Ausstrahlung bewundern.

»Ingrid Marie. Rekordernte dieses Jahr.«

Für uns alle war es ein Rätsel, daß Sune sein gewohntes, in kleinen Lokalen durchgeräuchertes Leben, wo man Schach und Bridge spielte, gegen das eines Freizeitkätners eingetauscht hatte. Aber seit er den einsam gelegenen Flecken auf dem Lande gekauft hatte, erzählte er genausoviel über Kunstdünger und Kompost wie früher über Damengambit, Kleinschlemm und 2-Ohne-Kontrakt.

Bei Simon hatte ich mehr Glück. Er saß gerade über einem Bericht wegen einer mißglückten Überwachung Magnus Carlssons.

»Solna? Warum nicht? Es soll ja zur Allgemeinbildung gehören, sich die Welt anzuschauen.«

Ich fuhr den Karlberg-Kanal entlang und konsultierte währenddessen gratis den erfahrenen Vater über Schnuller, Milchpulver, Wundpuder, Windelhöschen und wann man wohl das erste Lächeln erwarten könne.

Nach grauen Tagen war mit kräftigen herbstglühenden Strahlen die Sonne wieder hervorgekommen, und die begeistertsten Sonnenanbeter hatten sich zum größten Teil aus ihren Sachen geschält und lagen nun auf Decken auf dem schmalen Grasrand am Wasser, genau gegenüber von Schloß Karlberg.

Motorboote fuhren langsam durch den Kanal, Kanus durchschnitten das ruhige Wasser, und eine Rudermannschaft trainierte mit energischen und einheitlich rhythmischen Ruderschlägen. An den Stränden schoben junge Mamas gemächlich ihre Kinderwagen – ich musterte mit neuerwachtem Interesse die Modelle und Farben –, und Hundeeigentümer promenierten mit ihren vierbeinigen Freunden in schnellem Trab.

Wasser, überall Wasser. Das Wasser ist es, was Stockholm zu einem Juwel unter den Städten macht, Wasser in allen Farben des Spektrums, Wasser, das ständig neue Blicke eröffnet, Wasser in Wieken, Buchten und Kanälen, in den offenen Spiegeln, in den Strömungen, im Glitzern unter den Brücken. Mächtige Weiden tauchen ihre Blätter in das Wasser, farbenfrohe Freizeitboote – friedlich Seite an Seite – in ganzen Flotten, Klippen, die erschaffen wurden, als die Erde sich in Falten warf, die schroff zum Wasser hinunter abfallen und daran erinnern, daß die Stadt eigentlich ein Schärengürtel ist, Kais, Brücken, Pontons, und Meter für Meter des Strandes ein lusterfülltes Stückchen Wanderung entlang des Wassers – aneinandergereiht müßten sie den schönsten Weg der Welt ergeben.

Simon wollte, wie immer, nichts verstehen. Natürlich konnte das auch an meinem Wortschatz liegen, der nicht ausreichte, all die Werte und Schönheiten zu erläutern. So setzte Simon bloß eine leidende Miene auf.

»Man kann sicher auch ausgezeichnet ohne diese Pinkelbrühe leben«, meinte er prosaisch.

»Ihr in Spånga kommt einem See wohl nur am Wasserleitungshahn näher.«

»Jaja, mag schon sein, aber das ist wenigstens anständiges Trinkwasser.«

Ich fuhr den Ekelundsbacken hinauf und stellte fest, daß fast alle jene Siedlungsgebiete, an die ich mich aus meiner Kindheit erinnern konnte, verschwunden waren, und diejenigen, die noch übriggeblieben waren, duckten sich pathetisch vor dem gewaltigen Verkehr und den mächtigen Häuserkomplexen, die das wenige, das noch von dem kleinen Wäldchen übriggeblieben war, durchlöcherten, so daß der Name fast das einzige war, was noch daran erinnerte, der Eichenhainberg.

Der Johan Enbergs väg bot auf der einen Seite einen freien Ausblick von einem glattgesprengten Berg aus, auf der anderen Seite stand eine achtstöckige Häuserzeile, wo aber der Riksbyggen – der Wohnungsbaugesellschaft – das Kunststück gelungen war, die Fassade funktionell ansprechend zu gestalten. Als Zehnjähriger war ich oft hier draußen gewesen, als hier noch Wald stand, denn ich hatte einen Freund, der gleich in der Nähe wohnte. Wo sich nun die Häuserreihe erhob, schwelten und glühten damals immer Müllhaufen.

Wir gingen in die 46 und entdeckten auf dem stillen Portier den Namen Solberg. Eine Treppe, und obwohl Simon protestierte, schlug ich vor, daß wir diesen Weg und nicht den Fahrstuhl benutzen sollten. Die Treppe war aus Fertigteilelementen zusammengesetzt, wie man heutzutage baut, und wie eine Spirale geformt.

»Einen Schlosser brauchen wir nicht«, murmelte Simon.

Jemand hatte mit einem Brecheisen oder Geißfuß die Tür aufgebrochen. Die Kratzer im Holz waren noch frisch. Die Tür war sicherlich verschlossen gewesen, doch von einem Schloß war nichts mehr zu sehen, und der Türknauf hing schief. Ordnungshalber klingelten wir, aber niemand öffnete.

»Dann dringen wir eben ein«, fuhr Simon fort.

Er zog die Pistole, ohne daß ich ihn erst hätte darauf aufmerksam machen müssen. Das Risiko, daß wir dort drinnen mit Sören Linder zusammenstoßen würden, war so gut wie ausgeschlossen. Aber fast kein Risiko ist stets ein zu großes Risiko, um es vernachlässigen zu können.

Auf mit der Tür, und die Pistole in die Wohnung hinein gerichtet. Danach rollten wir die zwei Zimmer, die Küche, das Bad und die Kleiderkammer auf, so wie wir es im Training gelernt hatten. Einer stieß die Tür auf, und der andere gab mit der Waffe Deckung.

Sören Linder oder einige seiner Handlanger waren hier gewesen, hatten die Wohnung aber wieder verlassen, nachdem sie ein Chaos angerichtet hatten. Nichts von dem, was kaputtgeschlagen, in Stücke gerissen, zu kleinen Stücken zertreten oder zu Staub zertrampelt werden konnte, war noch ganz. Unter den Schuhsohlen knirschten die Glaskrümel, und Simon schluckte.

»Was wir hier suchten, werden wir wohl nicht finden.«

Sogar der Kühlschrank und der Tiefkühlschrank waren ausgeleert. Der Inhalt bildete eine schlabbrige Brühe auf dem Fußboden der Küche. Simon bückte sich und befühlte ein paar Hühnchenkeulen, die in einer Feinfrost-Packung steckten.

»Weich, doch sie tauen ja ziemlich schnell auf.«

Die Wohnung bestand aus zwei Zimmern und Küche. In dem Raum, der das Kinderzimmer gewesen sein mußte, fluchte Simon lange und nachdrücklich über die Verwüstung, und mir war klar, daß er in Gedanken bei all jenen Sachen war, die seine Kinderschar sicherlich mochte und liebte. Die Teddybären waren zerschlitzt, die Puppen verstümmelt, bei einer kleinen Eisenbahn auf einer gestrichenen Spanplatte hatte man die Schienen schräggetrampelt, Autos waren plattgetreten worden, bei einem Dreirad der Lenker und zwei Räder zerbrochen. Es sah aus, als hätte es Legosteine geregnet, Seiten aus den Märchenbüchern lagen lose oder in zerknüllten Haufen herum, eine Puppenstube war wie zerbombt, und in den zerstampften Resten konnte man die Miniaturmöbel erahnen, eine Blockflöte war in zwei Teile zerbrochen, und im Fell einer Trommel gähnte ein großes Loch.

»Die Kleinen werden Rotz und Wasser heulen, wenn sie das hier entdecken«, sagte er.

»Es wäre wohl das beste, wenn sie das Elend gar nicht erst zu sehen bekämen«, antwortete ich. »Was, zum Teufel, wollte Linder mit all dem hier bezwecken? Nur zerstören, weil es solchen Spaß machte?«

»Ja, was wollten wohl all die Vandalen? So viele Wohnungen, wie wir nun schon gesehen haben, die zerstört worden waren, Rolle. Doch das hier ist bestimmt die allerschlimmste. Sicher hatte Linder damit gerechnet, seine Frau zu Hause anzutreffen, und als sie nicht da war, rächte er sich auf diese Weise.«

Wenn das zutraf, dann war Linder mit eiskalter, methodischer Wut von Zimmer zu Zimmer gegangen und hatte alles zertrümmert, was ihm in den Weg kam. Ich mußte daran denken, wie er Bolinder behandelt hatte, und ich bekam einen schalen Geschmack im Mund. Linder war eine Maschine, angefüllt mit Bosheit, und wir mußten ihn stoppen.

»Wenn wir ...« begann ich.

Simon faßte mich am Arm und bedeutete mir zu schweigen. Er lauschte gespannt, und nun hörte auch ich es.

Jemand hatte die Tür geöffnet und wollte herein.

6

Es gab nichts, hinter dem wir uns verstecken konnten. Darum stellten wir uns, jeder auf seiner Seite, an die Tür zum Kinderzimmer und drückten uns an die Wand. Die Waffe war erhoben, und als ich meine Hand mit der Pistole dicht vor meinem Gesicht sah, bemerkte ich, daß sie zitterte, verkrampft und blutleer war.

Hatte Linder etwas vergessen? Oder reichte ihm die Verwüstung, die er angerichtet hatte, noch nicht? Wollte er Wände und Fußboden auch noch zertrümmern? Die Schritte näherten sich dem Zimmer, murmelnde Stimmen waren zu hören. Simon sah zu mir herüber, nickte, und wie auf Kommando stürmten wir zu den Besuchern hinaus. Wie wir es in der Ausbildung gelernt hatten, hielten wir die Pistole mit beiden Händen, um sie gut im Griff zu haben, und blieben mit leicht eingeknickten Knien breitbeinig stehen, um die größtmögliche Balance zu erzielen.

Eine ältere Frau schrie auf und fiel vor Schreck um, direkt in die Trümmer hinein. Ein Mann mittleren Alters, in einem grauen Arbeitsoverall gekleidet, hielt einen Notizblock in der Hand, den er aber sofort fallen ließ, als er uns entdeckte, um die Hände in die Luft zu strecken.

»Arbeite bei der Riksbyggen«, sagte er schnell, doch er schien keineswegs in Panik geraten zu sein.

Wir nahmen die Waffen wieder herunter und steckten sie ins Achselfutteral. Simon lächelte sein wärmstes Lächeln, beugte sich zu der Frau hinunter und holte eine Stimme hervor, die einen Richter zu Tränen gerührt hätte.

»Wie geht es Ihnen? Hoffe, daß Sie sich nicht weh getan haben. Ja, wir kommen von der Polizei, und wir dachten, es wäre dieser Schurke, der das hier alles angestellt hat, und daß er vielleicht wieder zurückgekommen wäre.«

Er plauderte, half ihr auf, und innerhalb einer Minute hatte er sie soweit, daß sie ihm aus der Hand gefressen hätte. Ich hatte es aufgegeben, auf ihn neidisch zu sein. Er hatte eben diese Gabe, und ich hatte sie nicht, mehr war dazu nicht zu sagen. Der Hausmeister hob seinen Block auf und blies den Glasstaub herunter.

»Frau Nilzén rief im Büro an und sagte, daß die Tür eingeschlagen worden sei. Und da mußte man ja geeignete Vorkehrungen treffen. Das sieht ja wirklich schlimm hier aus. Was ist denn passiert?«

»Vandalismus«, antwortete ich unbestimmt, und er nickte, als hätte ich ihm soeben eine betrübliche, wenn auch wohlbekannte Wahrheit entdeckt.

Simon setzte seine Schmelzarbeit fort.

»Das war gut, Frau Nilzén, Sie sind eine Mieterin, die

sich um ihre Nachbarn kümmert. Wenn alle so wären wie Sie, hätten wir sicher eine bessere Gesellschaft. Sie wohnen also hier?«

»Genau gegenüber. Es sind ja nur zwei Mieter auf jeder Etage. Ich habe heute morgen die kaputte Tür gesehen und sofort angerufen. Die arme Frau Solberg. Sie hat wohl nicht . . . ist sie in etwas Schlimmes hineingeraten?«

»Das wollen wir nicht hoffen. Kennen Sie sie gut?«

»Wir grüßen uns nur. Selbstverständlich habe ich versucht, nachbarlich freundlich zu ihr zu sein. Aber sie hatte keine große Lust zum Reden. Sie sah verängstigt aus, obwohl sie einen netten Eindruck machte.«

»Haben Sie irgendwann einmal irgendeinen Mann in ihrer Gesellschaft gesehen?«

»Ich bin nicht so eine, die spioniert.«

»Aber, liebe Frau Nilzén«, vergoß Simon seinen Honig. »Das würden wir keinen Augenblick von Ihnen glauben. Doch es handelt sich um den Kerl, den wir festnehmen müssen. Ihren früheren Mann.«

»Jaja, Männer können mitunter wie verrückt sein. Nein, ich habe keinen gesehen. Ich weiß genaugenommen nicht das geringste von ihr.«

»Ich auch nicht«, warf der Hausmeister ein. »So ist das nun mal heutzutage. Man möchte seine Ruhe haben, im guten wie im bösen.«

»Sie hat ja zwei kleine Kinder«, fuhr Simon fort. »Wissen Sie, ob sie die mitunter weggibt oder immer bei sich zu Hause behält?«

»Wir trafen uns manchmal im Konsum. Wir haben hier draußen einen guten Konsum. Groß und schön. Ich habe immer im Konsum eingekauft. Sie war stets allein dort.«

»Gibt es einen Kindergarten hier draußen?« fragte Simon.

Die Zeit, da ein Kindergarten für Frau Nilzén aktuell war, war lange vorbei, darum antwortete der Hausmeister. Seine Laune hatte sich verschlechtert, je mehr er von dem angerichteten Schaden aufnahm. Er knurrte fast: »Hier gibt es das »Birkhuhn«, die »Wacholderdrossel« und den »Star«. Sie sind in den Punkthäusern gegenüber und etwas weiter weg auf dieser Seite. Aber, zum Teufel, wie kann nur ein Wesen so etwas wie hier anrichten! Das wird ein Vermögen kosten, die Wohnung wieder in Ordnung zu bringen. Selbst der Herd ist kaputt, und das Handwaschbecken im Bad ... das ist ... widerlich!«

Wir hatten nichts weiter dort zu tun, wir stimmten ihm zu und gingen davon, um uns bei den Kindergartenvögeln etwas umzuhören. Draußen vor dem »Birkhuhn« trafen wir eine Gruppe Kinder mit ihren Ersatzmamas. Aber sie kannten Carola und Lars nicht, auch nicht deren Mama. Eine Schar kam von der »Wacholderdrossel« her angetrottet wie ein kichernder Tausendfüßler, und die Erzieherinnen sagten uns, daß, wenn auch einige Kinder nicht gekommen seien, es auf keinen Fall jene waren, nach denen wir fragten.

Blieb der »Star«. Wir gingen zum hohen Punkthaus 11 - 13. Um zum Kindergarten zu gelangen, mußten wir bis zur Rückseite herumgehen. Dort befanden sich ein kleiner Zaun mit einem Tor und dahinter Sandkasten, Schaukeln und Rutschbahn. Wir stiefelten durch Doppeltüren und kamen in einen Garderobenraum für kleine Leute, wo jeder Kleiderhaken sein Wiedererkennungssymbol hatte, eine Katze, einen Hund und andere Tiere. Es war so still, daß wir uns fragten, ob sie alle draußen seien. Aber als Simons große Schuhe auf dem blankpolierten Fußboden herumstampften, kam eine junge Frau aus einem Innenraum. Ihre ganze Erscheinung machte einen so frohen Eindruck, als sei sie mit ihrem Leben voll zufrieden und wünschte, daß es allen anderen auch so ergehen möge.

»Wo sind denn die Kleinen?« fragte Simon.

»Sie schlafen. Eltern?«

»Auf dem besten Wege«, antwortete ich, denn darauf legte ich Wert. Doch sie hatte daran wohl kein größeres Interesse. Außerdem gehörte ich, was die Aufnahme betraf, zu einem anderen Gebiet. Simon erklärte ihr, wer wir waren, und sie bat uns, ihr in das Spielzimmer zu folgen, wo sich ihre Kolleginnen aufhielten. Die Wände dort hatten ein Gewebemuster und waren in milden Farben gehalten. Von der Decke hingen Strickleitern und Kletterseile herunter, und auf dem Boden lagen dicke Polster, die ein paar junge Frauen nach einem sicher sehr intensiven Spielvormittag gerade wieder in Ordnung brachten.

»Ein sehr schöner Kindergarten«, sagte Simon anerkennend.

»Hier sind nicht viele Kinder«, antwortete die Frau, die an ihrer Brust ein Schildchen mit dem Namen »Gittan« befestigt hatte. »Im Moment sind es nicht mehr als zwölf im Alter von ein bis sieben Jahren.«

Eine andere Frau, die sich »Millan« nannte, schloß vorsichtig die Tür zu einem anderen Raum, wo wir Kinder auf bauschigen Kissen, die auf dem Boden ausgebreitet waren, vor sich hin schnuffeln sahen. Wer sentimental veranlagt war, für den konnte dies ein rührender Anblick sein. Ich spürte plötzlich einen Pfropfen im Hals. Leicht gerührt wie Preiselbeeren mit Milch.

»Carola und Lars sind nicht bei uns«, erklärte Gittan. »Das weiß ich ganz sicher.«

Die anderen Erzieherinnen stimmten ihr zu. Simon schob nachdenklich sein Kinn nach vorn, und er hatte eine Menge nach vorn zu schieben.

»Gibt es noch mehr Kindergärten hier? Außer dem ›Birkhuhn‹ und der ›Wacholderdrossel‹?«

»Nein.«

»Und wie ist es mit schwarzen Pflegemamas?«

Die Frauen sahen sich an. Der Gedanke, Geld zu verdienen, ohne Steuern abgeben zu müssen, erschien ihnen ganz offensichtlich nicht allzu verdammenswürdig zu sein. Wollte man jemand finden, der deshalb moralische Entrüstung an den Tag legte, dann mußte man schon zum Vorsteher eines Stifts gehen, vorausgesetzt, dieser war überzeugt, daß der Inhalt des kleinen weißen Kuverts nicht öffentlich zur Diskussion gestellt würde.

»Da gibt es schon jemand«, antwortete Gittan etwas unsicher.

»Zum Beispiel?«

Sie nagte leicht an ihrer Unterlippe, bevor sie widerwillig sagte: »Ihr seid ja Polizisten, und wir sind nicht solche, die sich über andere den Mund zerreißen. Wir sehen sie nicht als Konkurrenz an. Schließlich können die Eltern tun und lassen, was sie wollen. Wir verpetzen niemand.«

Das ewige Dilemma des Polizisten. Leute, die frei von der Leber weg mit ihren Freunden plaudern können, werden hellwach, sobald sie hören, daß der neue Duzbruder ein Polizist ist. Man denkt, daß Polizisten nur darauf aus sind, andere festzunehmen, sei es wegen ein paar Liter Sprit, die von den Finnlanddampfern geschmuggelt werden, sei es, wenn man auf der E 4 nicht aufpaßt und zu schnell fährt, oder wenn man bei der Krankenkasse anruft, um sich krankzumelden, obwohl man nur kaputt ist und einen Kater hat.

Die Leute trauen uns einfach nicht und wissen nicht, was sie von uns halten sollen. Von einem Polizist glaubt man, er sei vierundzwanzig Stunden lang nur Polizist und das bei jeder Gelegenheit, und die kleinen goldenen Spitzlichter, die man einem grauen Alltag mit einer geglückten kleinen Gesetzesübertretung aufsetzt, würden, so glaubt man, gleich als Verbrechen angesehen, das angezeigt und gerichtlich verfolgt werden müßte. Die Polizisten werden zu Repräsentanten einer strengen Rechtsordnung, in der keine Abweichungen von den Regeln geduldet werden. Und damit werden wir von der Gemeinschaft ausgeschlossen, die sich über Regelüberschreitungen amüsiert, über eine kleine Schummelei Bewunderung verspürt oder einem listigen Steuerkniff beifällige Anerkennung zollt. Wir müßten mitten unter den Menschen sein, aber da die Menschen uns nicht gern in ihre Gemeinschaft hineinlassen, weil man glaubt, unser Beruf verhindere den normalen Umgang miteinander, bleibt als Resultat, daß sich die Polizisten isolieren. Man bewegt sich stets in den gleichen Kreisen und diskutiert stets die gleichen Probleme. Die Freunde sind Polizisten, und dadurch, so jedenfalls wird behauptet, existieren regelrechte Mauern zwischen uns und der Allgemeinheit.

»Wir garantieren Ihnen, daß ihr nichts geschehen wird«, versicherte Simon. »Unsere Aufgabe ist lediglich, einer Mutter zu helfen, die in Bedrängnis geraten ist. Und nichts anderes.«

Sie glaubten Simon. Alle glauben Simon. Ganz gleich, was er sagt, man glaubt ihm. Mir hingegen fällt es mitunter schwer, eine Person dahin zu bringen, daß sie mir glaubt, wenn ich zu ihr sage, daß sie braune Schuhe anhat.

»Sie heißt Sandin«, sagte Gittan leise. »Wohnt in der 48.«

Einige der Kinder wurden wach und brachten sich lautstark in Erinnerung. Wir spürten, daß das Personal uns gern von hinten sehen würde. Simon begann mit träumerisch verklärten Worten davon zu sprechen, daß er nun ein paar große belegte Brote mit viel Belag als eine unbedingte Notwendigkeit betrachtete, ich aber war der Meinung, daß ein leerer Freßsack am besten jagen würde.

Sandin wohnte fünf Treppen hoch. Ein Junge von etwa fünf Jahren öffnete auf unser Signal hin. Simon schenkte ihm ein breites Lächeln, und der Junge lächelte zurück. In der Hand hielt er ein Feuerwehrauto aus Holz.

»Ein schönes Auto«, sagte Simon. »Ist deine Mama zu Hause?«

»Ich wohne nicht hier«, antwortete der Junge.

Eine Frau mittleren Alters, dunkel, mit sanften Augen und einem freundlichen Mund, kam aus der Küche. Ein angenehmer Duft von gebratenen Fleischklößchen erreichte uns. Simon witterte wie ein Hühnerhund, besann sich jedoch und wies sich als Polizist aus. Sie nickte ungerührt und bat uns herein.

»Kleiner Teddy«, sagte sie zu dem Jungen, »du bist ja so tüchtig und kannst sicher die Fleischklößchen in die blaue Schale schütten. Dann deckst du den Tisch für uns, mit Tellern und Gabeln.«

Klein-Teddy sah ganz stolz über den Auftrag aus und verschwand in der Küche. Drei Kinder im gleichen Alter folgten ihm.

Die Frau machte eine Handbewegung, die der Aufforderung gleichkam: Bitte, nehmen Sie auf dem Sofa Platz. Als sich Simon setzte, knackten die Federn unglückverheißend, aber das Sofa hielt, wie es eben Sofas zu tun pflegen. Es war eine gemütliche Durchschnittswohnung mit Möbeln, die man von Annoncen her kennt, an den Wänden Bilder, die Allgemeingut geworden sind, Teppiche, die im Ausverkauf erworben wurden. Hell und luftig, mit dem Fernseher als dominierendem Möbelstück. Aber so sieht man es ja in vielen Wohnungen.

Die Balkontür stand offen, und schwere Herbstluft, überraschend aufgefüllt mit neuer Wärme, suchte einen Weg nach drinnen. Aus der Küche hörte man junge Stimmen. Beim Tischdecken schien man sich zu vertragen. Frau Sandin war ein Typ, mit dem man sich sofort duzen konnte, und Simon kam ohne Umschweife gleich auf die Angelegenheit zu sprechen.

»Du bist die Pflegemutter von Carola und Lars gewesen. Wir müssen ihre Mama aufgabeln.«

»Wer hat das gesagt?«

»Kleine Vöglein haben es uns zugezwitschert«, antwortete Simon, und das war ja keine direkte Lüge.

»Nun, in gewisser Weise, ja. Was wollt ihr von ihr?«

»Weißt du, wo sie zu finden ist?«

Man merkte es ihr an, daß ihr das Lügen schwerfallen würde, und mit dieser Eigenschaft blieben ihr viele der heutigen Karrieren verschlossen. Sie entschloß sich, zur Balkontür zu gehen, um ihre Lunge mit frischer Luft zu füllen.

»Kommt her, das müßt ihr euch ansehen«, forderte sie uns auf.

Wir erhoben uns, und sie machte mit den Händen eine weitausgreifende Bewegung, mit der sie die ganze Aussicht umschloß.

»Ist das nicht herrlich? Ich werde nie müde, das anzuschauen.«

Man konnte bis weit nach Nacka hin sehen, wo die Sonne sich im Kupferdach eines Gebäudekomplexes spiegelte und es in zerschmelzendes Gold verwandelte. Brücken spannten Bögen über das Wasser: Essingeledens Verkehrsmaschine, die schlanken Brückenbögen der Västerbron und ganz weit links die gerade Bogenverbindung der St.-Eriksbron. Man sah Riddarholmen mit der »Mälardrottningen«, jenem Boot, das einem aparten Schmuckstück glich, Gamla Stan mit seinem kompakten und doch eigenartig verschwommenen Bild der Häuser. Der Kirchturm ragte wie ein religiöses Ausrufezeichen in den Himmel, und die drei Kronen des Stadthausturmes glichen schwebenden goldenen Tauben.

»Was für Sonnenaufgänge das hier sind!« sagte sie mit verständlicher Begeisterung in der Stimme. »Ich stelle mir den Wecker, je nachdem, wann die Sonne morgens aufgeht, und wenn das Wetter danach ist, sitze ich auf dem Balkon, ansonsten drin, nur um das zu genießen.«

»Wo ist sie zu finden?«

Frau Sandin starrte hartnäckig hinüber zum Nackamast.

»Vor ein paar Jahren brannte es im Viertel. Die ganze Mansardenwohnung ging drauf, und verschiedene Wohnungen wurden zerstört. Meine war auch dabei, so daß ich drei Wochen lang woanders schlafen mußte. So ein Pyromane, den man nie erwischt hat. Ich kenne welche, die danach solche Angst hatten, daß sie nicht wieder hierher zurück wollten. Andere bekamen Schlafprobleme. Sicher war das eine üble Geschichte, doch man muß schließlich auch vergessen können.«

»Wo ist sie zu finden?«

Ihr Widerstandsvermögen war zerbrechlich, und wir waren zwei gegen eine und größer. Außerdem roch es nach Polizeimacht. Sie strich mit der Hand nervös durch ihr Haar, zuckte mit den Schultern und antwortete schließlich, noch immer ohne uns anzusehen, leise: »Ich habe versprochen, mit keinem einzigen Menschen darüber zu reden.«

»Wir suchen sie, was nur zu ihrem Besten ist. Gib uns jetzt die Adresse. Du weißt ja, daß wir sie ausfindig machen müssen.«

»Ja, dann bin ich wohl dazu gezwungen. Sie erzählte mir, in welcher Hölle sie leben mußte und was sie nun für Angst aussteht, seit er aus der Anstalt entflohen ist. Sie glaubt, daß er sie aufspüren würde, obwohl sie den Namen gewechselt hat. Ich habe da so ein Siedlungshäuschen in Richtung Tyresö, das ich nur an den Feiertagen benutze. Dort hält sie sich jetzt auf.«

»Wo ist das?«

»Man fährt den Flatenvägen von Sköndal aus entlang,

dann biegt man Örhemsvägen ab. Dort habe ich mein kleines Häuschen. Eichensiedlung heißt das Gebiet. Ich zeichne es genau auf.«

Sie warf ein paar schnelle Striche auf das Papier und markierte Weg und Hausnummer. Sie appellierte an uns, während sie Simon das Blatt überließ: »Ihr darf kein Schaden zugefügt werden. Ich komme mir vor, als hätte ich sie im Stich gelassen.«

»Unsere Aufgabe ist, sie zu schützen. Also, hast du sie auf keinen Fall im Stich gelassen. Wir setzen voraus, daß du sie nicht anrufst und ihr sagst, daß wir kommen.«

»Natürlich habe ich kein Telefon in meinem Häuschen. Wie sollte ich das dann wohl bewerkstelligen?«

Wir fuhren über Essingeleden und über Årsta, wo wir halten und Butterbrote tanken mußten. Simon kannte eine gute Stelle. Ein Spanner hat im Laufe der Jahre seine Favoriten herausgefunden, bestimmte Stellen, wo man schnell und billig essen und das eine und andere den Umständen entsprechend verlangen und kriegen kann. Der Kaffee wurde einfach und ohne irgendwelches Brimborium serviert, was mich an die schäbigen Bierstuben erinnerte, von denen es in meiner Jugend noch so viele in der Stadt gab, aber man brachte frisch aufgebrühten Kaffee und große, belegte frische Brote.

»Zwei mit Schinken, eins mit Ei und Anchovis«, bestellte Simon. »Und Senf auf den Schinken.«

Eins mit Käse war gerade recht für meinen etwas kleineren Magensack. Als ich fertig war, durfte ich lange herumsitzen und Simons mahlende Paternosterkiefer bewundern.

»Bolinder bevorzugte meist Pizza«, verriet Simon. »Besonders eine Sorte, die sich Quattro statione oder irgend so ähnlich nannte.«

Er legte das letzte Stück auf den Teller zurück und wurde ernst.

»Seine Frau kann sehr gute Aquarelle malen. Ein Glück, daß sie sich dafür interessiert. Es wird für sie sehr einsam werden.«

»Du kennst seine Frau?«

»Sie und Einar waren mitunter bei uns zu Hause und

wir bei ihnen, wenn auf die Kinder aufgepaßt werden mußte.«

Es gab eine ganze Menge, was ich von Bolinder nicht wußte. Aber ich wußte auch nicht, daß Simon, mein bester Freund, Umgang mit ihm hatte. Völlig idiotisch, ich spürte so etwas wie Eifersucht, weil Bolinder einen Teil meiner Freundschaft mit Beschlag belegt hatte, dabei hatte ich, genauso idiotisch, geglaubt, das Monopol zu haben.

Endlich war Simon zu der Überzeugung gekommen, daß der Kalorienzugang ausreichte und wir nun weiterfahren konnten. Ich wählte den alten Tyresövägen, bis ich auf den Flatenvägen kam. Währenddessen unterhielt mich Simon voller Zufriedenheit mit all den Beschwernissen, die auf Eltern von Kleinkindern zukamen: nicht enden wollendes Weinen in der Nacht wegen der Zähne, Fieber wegen der Röteln, Kolik, daß man nur selten Schlaf finde und schließlich wie ein Flickenbündel zusammenfalle, daß der letzte Flaschennuckel ausgerechnet dann kaputt gehe, wenn alle Geschäfte geschlossen seien, daß das Kind bei der ersten besten Gelegenheit, wo man es allein ließ, alles herunterziehen und zerbrechen würde, was dann Hunderte von Kronen kostete.

»Das klingt ja lustig«, meinte ich aufgekratzt.

»Natürlich. Riesenlustig. Cool. Aber arbeitsaufwendig.«

Wir kamen in die ausgedehnten Siedlungsgebiete, die den Beweis für die Sehnsucht der Stadtbewohner nach einem eigenen Fleckchen Erde erbrachten. Rentner stutzten Hecken, andere zogen behutsam Rasenmäher über die winzigen grünen Teppiche, eine Frau hatte sich niedergekauert und puhlte Knollen aus einem Minikartoffelfeld. Jede Fläche war liebevoll planiert und bepflanzt worden. Siedler sind liebende Menschen, und ihre Objekte sind Beerensträucher, schmucke Blumenrabatten, kleine Flächen für Gemüse, gestützte Obstbäume. Draußen vor den kleinen, gut in Ordnung gehaltenen Häuschen standen weiß gestrichene Holzmöbel, nur dazu da, um sich hinsetzen und dabei Kaffee und Kuchen genießen zu können und die vielfältigen Düfte all dieser Pflanzen und die Ziehharmonikamusik aus einem Tonbandgerät.

Hier in der Siedlung findet man keinen Geschmack an Elvis Presley, Magnus Uggla oder an den Sex Pistols. Inmitten der weißen Möbel will man Sigge Fürst, Britta Borg und Gnesta-Kalle hören, und man will von der vergangenen Arbeit reden und davon, wie schön man es nun hat und daß man hoffe, daß die Enkelchen kommen, um ein bißchen von den Johannisbeeren zu essen.

Das Idyll der Idyllen, die sagenhafte Krone eines schwedischen Baumes, dessen Wurzel verfaulte Fasern bekommen hat und dessen Stamm sich anfühlt, als sei er nicht mehr ganz frisch. Wir parkten auf einem markierten Platz und folgten Frau Sandins Hinweisen, um uns zurechtzufinden. Wir dachten beide an das gleiche. Zu oft schon hatten wir in unserem Job gesehen, wie leicht sich eine Idylle in ein Inferno verwandelt und wie dünn das Häutchen Glück für die meisten von uns bemessen ist. Wenn Sören Linder Veras Versteck aufgestöbert hatte, würde er sicher denken, daß das Siedlungshäuschen auch für ihn einen idealen Ort zum Untertauchen abgab. Sicher würde er sowohl sie als auch die Kinder bis zum totalen Schweigen einschüchtern können.

Das Siedlungshäuschen lag am Ende eines Weges und war von einer brusthohen, dichten Hecke umgeben. Wir sahen keine Nachbarn und auch niemanden auf dem Grundstück selbst. Ich glaubte zu erkennen, daß hinter der weißen Zwirngardine des kleinen Fensters flüchtig ein blasses Gesicht auftauchte, doch das konnte auch eine Sinnestäuschung sein. Wir zogen unsere Waffen. Ich schlug mit dem Kolben gegen die Tür.

Plötzlich sprang die Tür auf. Die lange Klinge eines Messers blitzte in der Sonne. Bevor einer von uns reagieren konnte, wurde das Messer in Simon hineingestoßen, bis zum Schaft.

7

Die Frau bestand aus einer einzigen Serie fauchender, aufheulender Explosionen. Das Messer zu einem neuen Hieb in der Luft, aber mir gelang es, ihr Handgelenk zu packen und es herumzudrehen, bis sie die Waffe verlor. Aber das war auch fast das einzige, was mir glückte. Tritte gegen die Beine, sie kratzte und zerrte und biß. Als ich hinter sie gelangte, um sie zu umschlingen, war es, als hielt ich eine explodierende Bombe in den Armen.

Simon kam mir zu Hilfe. Aber er bekam ein paar Tritte unter die Kniescheibe, daß er nur noch auf einem Bein hüpfen konnte. Sie schrie nach Hilfe, so daß ich gezwungen war, die Hand über ihren Mund zu legen, und schon bekam ich einen kräftigen Biß in die Finger. Ich hob sie hoch, und sie schlug mit den Fäusten um sich. Ihre Füße könnten einer lebensgefährlichen Stute gehören. Die Tür des Siedlungshäuschens stand offen, und ich zog die Frau – mehr als daß ich sie trug – nach innen. Simon humpelte hinterher.

»Wir sind Polizisten!« rief ich und hoffte, daß sie in ihrer blinden Wut die Worte begriff. »Polizisten! Wir wollen nichts Böses.«

Drinnen im Häuschen verdrückten sich zwei Kinder in eine Ecke und sahen verängstigt auf ihre Mutter, die in eine wilde Schlägerei mit einem fremden Mann verwickelt war. Das Gesicht der Frau wurde in einem Wandspiegel sichtbar, ein halboffener Mund mit Lippen, die zurückgezogen waren, und malmende Zähne, die nach einem neuen Biß suchten, angespannte Halsmuskeln, funkelnde, weit aufgerissene Augen, eine erstarrte, von Falten durchzogene Stirn, dunkelrote Wangen. Der Kopf fuhr vor und zurück, neue Angriffspunkte suchend.

Simon bekam sie zu fassen, und gemeinsam drückten wir sie in einen tiefen Sessel und hielten ihre Arme fest. Aber sie konnte nach Hilfe schreien, bis ihre Schreie in eine Fistelstimme umschlugen.

»Beruhige dich«, keuchte Simon. »Wir wollen deinen Mann festnehmen. Polizisten, Polizisten, Polizisten!«

Endlich schien sie zu verstehen. Sie sank plötzlich in sich zusammen, richtete den Blick auf uns und schien uns zum erstenmal zu sehen. Aber wir hatten sie noch nicht überzeugt. Heiser flüsterte sie: »Beweist das.«

»Ich werde meine Legitimation hervorholen, wenn ich

es bloß wagen könnte, dich loszulassen«, grunzte Simon. »Halt bloß still, mein netter Schatz, du.«

Er lockerte den Griff, und sie rührte sich nicht. Er zog die Id-Karte, die ihn als Polizist auswies, und hielt sie ihr dicht vor die Augen. Ich nahm die Gelegenheit wahr, sie gleichfalls loszulassen und ihr meine Karte zu zeigen. Sie atmete tief ein und rieb sich mit den Händen die Wangen. Die Tür wurde aufgestoßen, und ein älterer, magerer kleiner Mann, mutig und kühn anzusehen, stürmte herein. Er hatte einen Schraubenschlüssel in der Hand und witterte Blut.

»Jemand hat nach Hilfe geschrien. Eine Frau. Habt ihr, ihr verdammten Schurken . . .«

»Sie sind von der Polizei«, murmelte sie, ohne aufzusehen. »Ich dachte erst, es wären ein paar andere. Es war mein Fehler.«

Der Mann kratzte sich enttäuscht den dünnen Haarschopf und steckte den Schraubenschlüssel hinter seinen Gürtel.

»Aha, na, da haben Sie ja noch mal Glück gehabt. Das sollen Sie wissen, daß Manne Persson keiner Dame an den Wagen fahren läßt, noch steckt Kraft in dem Alten.«

Simon klopfte ihm freundlich auf die Schulter.

»Du hast Zivilcourage, Manne. Wenn es doch nur mehr von deiner Sorte gäbe.«

Das Lob machte ihm Freude. Er lächelte und zeigte stark gelichtete Zahnreihen.

»Als Junge fuhr ich zur See. Da mußte man lernen, seinen Mann zu stehen.«

Er ging mit seinem Schraubenschlüssel davon. Simon zwängte sich aus der Jacke und streifte den blutigen Hemdsärmel hoch. Er untersuchte den Schaden im Oberarm und drückte das Fleisch rings um die Wunde herum ab.

»Ein Glück, daß ich mich noch zur Seite drehen konnte. So wurde es nur eine oberflächliche Fleischwunde. Hast du Pflaster im Haus?«

»Ist bestimmt im Schrank.«

Der Schrank war im Stil von Dalekarlien gehalten mit grünen Blättergewinden auf einem mattbraun gemalten

Baum. Simon entdeckte einen kleinen Verbandskasten, und ich legte ihm einen einfachen Verband an. Vera Linder machte nichts. Sie saß nur in ihrem Sessel. Nach dem gewaltsamen Ausbruch schienen die Kräfte sie verlassen zu haben. Die Kinder verzogen sich in die kleine Küche, wo ich ein paar Spielsachen auf dem Fußboden liegen sah. Sie hatten begriffen, daß die Gefahr vorüber war, und nach Kinderart wurden sie sofort von etwas anderem in Anspruch genommen.

»Woher wußtet ihr, daß ich mich hier aufhalte?« fragte sie.

»Das ist unser Job«, antwortete ich.

Unseren Angaben nach war sie höchstens achtunddreißig, sah aber bedeutend älter aus. Ihre Augen schienen eingesunken zu sein nach all dem, was sie gesehen hatten. Ihre Haltung war schlaff, und ihre Finger zupften unaufhörlich und nervös am Rock oder auf dem Sesselbezug herum. In dem einen Ohrläppchen steckte eine einsame kleine Perle. Das andere Ohrläppchen sah aus, als sei es abgerissen worden.

»Wenn ihr mich finden könnt, kann er es auch«, sagte sie leise und mit einem Ton von Hoffnungslosigkeit in der Stimme.

»Das ist nicht wahrscheinlich.«

»O doch. Ihr seid ja nie mit ihm fertig geworden. Er ist entschieden listiger als ihr. Ich muß von hier wieder verschwinden. Gott! Wohin bloß? Wie kann ich ihn mir nur vom Leibe halten?«

Sie sah so verzweifelt aus, daß Simon sich einen Stuhl heranzog und sie tröstend um die Schultern faßte. Sie legte ihren Kopf an seine Brust und begann zu weinen. Simon warf mir einen Blick zu, der mir bedeutete, daß ich die Schnauze halten sollte. Doch ich hatte nicht im geringsten daran gedacht einzugreifen. Wenn eine Frau heult, benimmt sich Hassel so schwerfällig wie eine Kugelstoßerin aus den Oststaaten in einer Ballettszene.

»Könnten wir ihn fassen, wäre aller Kummer vorbei«, sagte Simon. »Hast du eine Ahnung, wo er sich verstekken könnte?«

»Er haut euch wieder ab, und dann wird es genauso schlimm wie vorher.«

»Diesmal wird alles gut gehen«, versicherte Simon.

Vera trocknete ihre Tränen, was für sie offensichtlich eine gewohnte Beschäftigung war. Sie war von Simons Worten nicht beeindruckt.

»Was haben denn die Polizei und andere Behörden schon für mich tun können? Als er in den Knast kam, lag ich zu Hause auf den Knien und dankte Gott. Aber es dauerte ja nicht lange, bis er Urlaub bekommen sollte. Er rief mich an und erzählte, was er mit mir machen würde, sobald er käme. Ich berichtete der Polizei, was er gesagt hatte, bettelte und flehte, daß er keinen Urlaub bekommen sollte. Doch sie glaubten mir nicht. Die von der Knastfürsorge sagte, daß er genau wie die anderen ein Recht auf Urlaub hätte. Er sollte keine Sonderbehandlung bekommen. Man müsse den Leuten eine Chance geben, sagte sie. Aber was ist mit mir? Warum sollte ich keine Chance kriegen? Man gab ihm frei, und er kam nach Hause und tat alles, was er angekündigt hatte. Nein, ich weiß nicht, wo er sich aufhält. Aber ich weiß, daß ich erst Ruhe vor ihm haben werde, wenn er tot ist. Oder ich.«

»Wir werden dich unter Polizeischutz stellen.«

Sie schüttelte den Kopf und zog eine Grimasse. Um ihren Mund hatte sich ein bitterer Zug gebildet.

»Was hilft das schon? Gegen ihn gibt es keinen Schutz. Er ließ einen Brief herausschmuggeln, als er in der Haftanstalt saß.«

Sie streckte sich nach einer Handtasche aus schwarzem Kunststoff, holte ein Papier heraus, das zu einem Block zusammengefaltet war, und reichte es Simon. Als er es gelesen hatte, gab er es ohne Kommentar an mich weiter.

»Wenn ich hier herauskomme, werde ich Dich bei lebendigem Leib in Stücke schneiden. Es ist Deine verdammte Schuld, daß ich hier sitze. Noch bevor ich mit Dir fertig bin, wirst Du endlich begriffen haben, mit wem Du es zu tun hast. Deinen beiden Hurenbälgern werde ich eins über den Schädel ziehen.«

»So ist das«, flüsterte sie. »So steht es um mich. Ich muß von hier weg. Sofort.«

»Vera, wir haben die Möglichkeit, dir vorübergehend eine Wohnung zu besorgen, und ich kann dir versprechen, daß wir . . .«

»Laß mich in Ruhe. Ich werde schon selbst zurechtkommen. Da gibt es einen Mann, der . . . eine letzte Möglichkeit . . . Aber das geht euch nichts an. Ich habe alles gesagt, was in dieser Angelegenheit zu sagen ist. Aber ich denke nicht daran, von ihm oder seinem Gesindel meine Kinder auch nur anrühren zu lassen. Ich werde sie töten, noch bevor sie meinen Kindern etwas antun können.«

Simon ergriff ihren Oberarm. Wir spürten, daß sie ihr Leben und das ihrer Kinder teuer verkaufen würde. Nur, daß das alles auf so eine Art Jahrmarktsniveau geschah, war nicht besonders angenehm. Sie glaubte, daß selbst das gesamte schwedische Polizeikorps sie nicht schützen könne, und war noch der Meinung, sie habe Grund zu diesem Zweifel. Polizeimacht, Ohnmacht.

»Er ist schon in deiner Wohnung in Solna gewesen«, sagte Simon. »Weißt du das?«

Sie machte eine Miene, als habe sie Zitrone, Essig oder Schwefelsäure getrunken.

»Jetzt weiß ich es. Und ich kann mir denken, wie es dort aussieht. Er wird nur noch wahnsinniger, wenn er merkt, daß er von seiner erhofften Beute an der Nase herumgeführt wurde.«

»Kannst du dir denken, wie er zu der Adresse gekommen ist?«

Sie lachte auf, und ich wünschte, sie ließe es bleiben. Ein solch starker Schmerz tat in den Ohren weh.

»Ich muß da nicht lange herumrätseln. Mama hat wegen eines Herzfehlers im Krankenhaus gelegen, danach kam sie in ein Heim für Rekonvaleszenten. Sie wußte nicht, daß Sören ausgebrochen war, und fuhr vom Erholungsheim nach Hause. Es ist noch nicht lange her. Sören drang bei ihr ein und zwang sie, ihm zu sagen, wo ich hingezogen war. Und wenn ich sage, er zwang sie, dann meine ich zwingen. Als er wieder ging, war sie besinnungslos. Er hatte gedroht, sie umzubringen, falls sie petzen würde. Aber sie kam wieder zur Besinnung und rief mich an. Eine Stunde später war ich mit den Kindern auf und davon. Danach bekam Mama einen neuen Infarkt oder eine Schwäche oder wie sie es sonst nennen. Damit wurde sie nicht mehr fertig. Und nun sehe ich sie nie wieder.«

Simon stand auf, streichelte ihr leicht die Wange und sagte leise: »Wir *werden* ihn fassen, und zwar bald, Vera! Wir werden ihn fassen.«

Sie starrte, ohne eine Antwort zu geben, ausdruckslos vor sich hin. Wir gingen zur Tür, wo sich ein Gestell befand, das mit Schnüren bespannt war und an dem verschiedene Überkleider hingen, die ihr und den Kindern gehörten. Auf dem Gestell lag eine braune Schirmmütze aus Leder, die sicher schon benutzt worden war. Simon nahm sie herunter, drehte und wendete sie.

»Wem gehört die, Vera?« fragte er sanft.

Sie wich mit ihrem Blick aus und seufzte, weil sie uns nicht los wurde.

»Mir.«

»Das ist aber nicht deine Größe.«

»Aha. Nun, dann wird sie wohl nicht mir gehören. Sie lag sicher schon da, als wir kamen. Ihr . . . Teufel, laßt mich endlich in Ruhe!«

Simon legte die Mütze zurück, und ohne daß wir uns verabschiedeten, verließen wir das Häuschen. Nachdenklich gingen wir langsam zum Wagen. Die Sonne schien noch immer, doch mir kam es vor, als hätte sie ihren Glanz verloren.

»Ich habe den Eindruck, daß sie trotz allem noch an Gott glaubt«, sagte Simon.

»Irgendeinen Trost brauchte sie wohl.«

»Was sollen wir bloß mit einem tauben und blinden Gott anfangen? Wem könnte die Mütze gehören?«

»Sören Linder nicht.«

»Nein, nicht Linder. Aber gibt es einen Mann in ihrem Leben, der es übernommen hat, ihren Leibwächter zu spielen? Weiß er in diesem Fall, was für eine Person ihm gegenübersteht?«

»Wenn nicht, dann unternimm etwas, damit er es erfährt.«

Wir fuhren schweigend in die Stadt zurück. Beide dachten wir über die unterschiedlichen Bedingungen des Lebens nach. Es war reiner Zufall, daß keiner von uns als eine Vera Linder geboren worden war und einen Mann hatte, der uns in Streifen schneiden wollte und den Wunsch verspürte, unsere Kinder umzubringen. Als wir uns dem Polizeihaus näherten, befreite sich Simon von seinen Bauchschmerzen mit einem tiefen Seufzer. Er murmelte: »Pfui Teufel, nochmal!«

Und das war nun wirklich ein Seufzer, in den man einstimmen konnte. Wir schrieben unsere Berichte und ordneten eine diskrete polizeiliche Observation an. Vera wollte es nicht, aber das lag außerhalb ihres Willens. Sie konnte recht haben. Doch wenn wir sie aufstöberten, konnte Sören das sicherlich auch. Und unsere Pflicht war es, zu verhindern, daß sie in Streifen geschnitten wurde.

Den Stoß der telefonisch durchgegebenen Mitteilungen, die von verschiedenen Zeitungen stammten, ließ ich in den Papierkorb fallen, und ein paar Gespräche ignorierte ich. Sowohl die Morgen- als auch die Abendzeitungen hatten ein Bild von mir gebracht und einen eigenen Text dazu, da »... Hassel für keinen Kommentar zugänglich war.«

Ruda war zu Hause gewesen und hatte einige Stunden geschlafen. Aber er sah noch immer so aus, als wolle er den Rest seines Lebens vor allem liegend zubringen. Der Anzug saß wie immer schlecht, Ziehharmonikafalten selbst noch im Rockaufschlag. Der Schlipsknoten war heruntergezogen und hing über der Brust. Er las unsere Berichte und nickte zustimmend zu den ergriffenen Maßnahmen.

»Nun ja«, antwortete Simon. »Man müßte zuerst einmal an die Kinder denken. Wenn die wegen Sören in Gefahr schweben, müssen wir uns um sie kümmern, bis wir den verdammten Teufel festgenommen haben.«

Ruda nahm einen weiteren Bericht hoch und schwenkte ihn in der Luft.

»Eigenartig, verdammt eigenartig ist das hier. Im übrigen rechne ich damit, daß die Herren den Abend durcharbeiten.«

Simon setzte seine leidende Miene auf, die gewöhnlich

einen Stein erweichen und zu Tränen rühren konnte. Aber Ruda war weit davon entfernt, in Tränen auszubrechen. Simon strich sich über den Arm und seufzte tief auf.

»Muß zum Mediziner. Gezwungenermaßen. Ich bin ja faktisch im Dienst verwundet worden, und das muß nachgesehen werden.«

»Geh baden! Hast du nicht gesagt, es sei nur eine äußerliche Fleischwunde, die schon fast verheilt ist?«

»Doch, doch, aber ist es nicht so, daß man kleine Wunden und arme Freunde nicht verachten soll?«

Ruda schnaubte, daß die Haare, die aus seinen Nasenlöchern ragten, flatterten.

»Was deine Einstellung gegenüber deinen überarbeiteten Kumpeln angeht, das interessiert mich nicht im geringsten, und wenn du dabei bleibst, ein Stück Pflaster zu verschmähen, dann meinetwegen, aber der Dienst muß gemacht werden.«

»Nadja wird nicht froh darüber sein.«

»Schenk ihr eine Schachtel Schokolade.«

Ruda schaute Simon von der Seite her an und brummte: »Ich brauche dich, Simon. Ich brauche alle erfahrenen Leute, die ich mit Beschlag belegen kann. Viel zu viele Grünschnäbel schwirren hier ohne ordentliche Anleitung herum.«

Simon gab auf. Wenn ich an das Bessere in ihm appellierte, hatte ich oft Erfolg. Außerdem wußte Simon, daß Ruda nicht ohne gewichtige Gründe an ihn appellierte. Er erhob sich und ließ die leidende Miene fallen, die ihm keine Dividende eingebracht hatte.

»Ich rufe Nadja an. Ich hatte Sergej versprochen, ihm heute abend Snurre Sprätt vorzulesen.«

Er ging in sein Zimmer, um seine russische Frau anzurufen und ihr alles zu erklären. Wir wußten, daß es keine Probleme geben würde. Nadja hatte ein Temperament wie zwölf schwedische Frauen zusammen, aber sie wußte, was für Anforderungen der Polizeijob stellte, und unterstützte Simon, ohne auch nur im geringsten zu schwanken. Einmal war ich schwer eifersüchtig auf sie. Doch das war noch vor der Virena-Ära.

»Ich rechne auch mit dir«, fuhr Ruda fort.

»Morgen abend. Tonight habe ich etwas anderes vor.«

»Aber, zum Teufel, Rolle . . .«

»Man muß Prioritäten setzen. Das haben mir die Angestellten in der Bank gesagt, als ich mich darüber aufregte, daß sie anderen Geld liehen, mir aber nicht. Was war da so eigenartig an dem Bericht?«

Ruda sah ein, daß es sich nicht lohnte, zu nörgeln und zu meckern, und reichte mir das Papier. Ich schaute es durch, konnte aber in dem vorläufigen Gutachten der Brandkommission keine bemerkenswerten Schlußfolgerungen entdecken.

»Die ganze Bude brannte ja bis auf den Grund ab.«

Ruda kratzte sich mit der Spitze des Kugelschreibers den Schädel.

»Mhm. Interessant an der ganzen Sache ist, was man in der Asche fand, und noch interessanter ist, was man *nicht* fand.«

Es durchschauerte mich, als ich weiterlas. Zähne . . . Skeletteile . . . weitere Zeichen physischer Verbrennung.

»Das Fleisch der Tiere muß man liegengelassen haben«, sagte Ruda.

»Und . . . Bolinder.«

Er nickte, und ich sah, daß die Tränensäcke unter seinen Augen anschwollen.

»Ja. Auch Bolinder. Kein beneidenswerter Job, die Reste zu sortieren. Aber das ist Gott sei Dank nicht meine Sache. Hast du nicht gesagt, daß dort eine ganze Reihe Tonnen gelagert waren, Blechtonnen?«

»Ungefähr dreißig Stück.«

»Das ist das Eigenartige. Nicht die kleinsten Überreste von Blech oder anderen Metallen wurden in der Asche gefunden. Um sicher zu gehen, habe ich gemeinsam mit Brodin, der die Untersuchung geleitet hat, verglichen. Nix war mit Blech.«

»Dann müssen sie die Tonnen mitgenommen haben«, meinte ich.

Ruda trommelte mit den Fingerspitzen auf die Schreibtischplatte, was nach Alte Kameraden oder Carolus Rex klang.

»Genauso ist es, Rolle. Und da kommt die nächste Frage. Sie sind in der Branche tätig, die mit schwarzem Fleisch handelt. Das Fleisch muß einen ganzen Batzen Geld wert sein. Doch man läßt es liegen. Statt dessen verlädt man die Blechtonnen. Was, zur Hölle, war in diesen Tonnen, daß sie wertvoller waren als das Fleisch?«

Das einzige, was ich dazu beitragen konnte, und das sollte er gern bekommen, war ein Achselzucken.

Plötzlich schlug Ruda mit der Faust auf den Tisch und brüllte: »Wir kommen nicht voran! Wir durchstöbern jedes Loch, in dem sich das Raubtier auch nur verstecken könnte. Wir haben so viele Mann im Einsatz, daß sie in das Guinness Buch der Rekorde kommen müßten, und was ist das Resultat? Plus minus null, und das ist eine Arithmetik, die ich nicht ausstehen kann.«

Er klemmte seine großporige Nase zwischen Daumen und Zeigefinger und murmelte: »Wenn wir Sören Linder und sein Gesindel nicht zu packen kriegen, beantrage ich, daß ich noch mal in den Dienst zurückkehren darf. Ganz egal, was Rut dazu sagt.«

Ich sah auf die Uhr. Es war Zeit, nach Hause zu gehen, um Vorbereitungen zu treffen, bevor Virena kam. Den Tisch wollte ich mit einem lichtgrünen, leicht schimmernden Tuch decken. Das glitzernde Silberbesteck, einst der Stolz meiner Mutter, war auf Hochglanz zu polieren. Die Teller von Rörstrand, die Virena mitgebracht hatte, gehörten dazu. Lange Kerzen in Silberleuchtern, Schlanke Champagnergläser, erstanden auf einem Ausverkauf bei NK. Das war was anderes als verschwundene Blechtonnen!

»Bis morgen«, sagte ich schnell. »Bis dahin habt ihr sicher alles ausgetüftelt. Der Polizei steht ja Jesus bei.«

Ruda faltete die Hände locker über dem Bauch, was wie eine bewußte religiöse Handlung aussah. Er schaute mich blinzelnd an, und ich hatte den Eindruck, daß er irgend etwas loswerden wollte.

»Wie du weißt, Rolle, gehe ich bald in Pension, das heißt, wenn alles gut geht.«

»Ja, und?«

Er beugte sich auf eine konspirative Art nach vorn, und seine Stimme sank um eine halbe Oktave.

»Sitzt du im Sammlungskomitee?«

»Denkst du, wir sammeln etwas für dich?« fragte ich unverfänglich.

»Oh, Herrgott im Himmel! Ich habe in meinem ganzen Polizistendasein Listen über Listen geschrieben, nun ist es bei Gott wirklich an der Zeit, mir das zurückzuzahlen. Wer nicht mindestens einen Zehner mehr gibt als gewöhnlich, der kriegt es mit mir zu tun. Aber ganz gleich, ob du mit im Komitee sitzt oder nicht, ich habe eine Bitte, oder besser gesagt, eine ganz bestimmte Forderung.«

»Aha?«

Er kam dichter heran und murmelte: »*Auf keinen Fall* möchte ich eine goldene Uhr! Eliasson vom Betrugsdezernat bekam eine goldene Uhr, als er im vergangenen Monat pensioniert wurde. Ich aber habe von jeher so etwas verabscheut. Ich habe zu Rut gesagt, an dem Tag, an dem eine goldene Uhr in unsere vier Wände kommt, fühle ich mich alt. Grüß die Burschen und sage ihnen das. Außerdem . . .«

Er wurde durch das Telefon unterbrochen und grunzte seinen Namen hervor. Aber nach ein paar Sekunden stillen Zuhörens hellte sich sein Gesicht auf. Er legte den Hörer zurück.

»Rolle, sie haben Karsten Hell geschnappt. Nun kannst du ihn identifizieren. Danach soll er singen, bis seine faulen Ohren abfallen.«

Er ging vor mir den Korridor entlang. Sein starker Körper hatte seine Energie wiedergefunden.

Pelle Pettersson hatte mit einem weiteren Polizisten Hell festgenommen, und nun bewachten sie ihn im Vernehmungszimmer. Hell war für mich eine neue Bekanntschaft, und er sah nicht so aus, als wünsche er, daß sie besonders intim werden solle. Er schien nicht so sehr ängstlich zu sein, viel eher verdrossen und verärgert.

»Wir haben ihn in Söderport geschnappt«, teilte Pelle mit.

»Zum Teufel, man sitzt bei einem freundlichen Whysky-Soda, und da kommt der Bulle reingestürmt. Ich konnte nicht mal . . .«

»Halt die Schnauze, Karsten«, unterbrach Ruda ihn barsch. »Steh auf und glotz nicht so.«

»Mein halber Whisky-Soda stand noch da, und das bei den Preisen jetzt!«

»Steh auf, habe ich gesagt.«

Hell erhob sich, wenn auch unter Protest, und starrte uns sauer an. Ruda zeigte wie ein orientalischer Markthändler mit der Hand auf ihn und sah mich erwartungsvoll an, als ob ich kaufen sollte, ganz ohne zu handeln und zu feilschen.

»Na, Rolle? War das die Figur, die du in Tumba gesehen hast?«

Ich betrachtete ihn genau. Natürlich fanden sich gewisse Ähnlichkeiten. Ich versuchte, mich an alle Details zu erinnern. Ruda stand schweigend da, seine Blicke gingen zwischen mir und Hell hin und her. Der Haaransatz ... Vielleicht. Aber die Wangen waren dicker gewesen. Das Kinn markanter. Die Augen hatten tiefer gesessen. Obwohl ...

Ich mußte ganz sicher sein. Einen Menschen einzusperren, bedeutet einen großen Eingriff in seine Integrität. Und obwohl die Staatsanwälte immer mehr dazu übergingen, die Leute einzulochen, um sie an der Hand zu haben, predigte Ruda stets, daß man achtsam mit den Menschen umgehen müsse. Aber, wie achtsam wollte er wohl, sollte ich diesmal umgehen?

»Nein«, sagte ich nach einer ganzen Weile. »Der war nicht dabei.«

Ruda stieß vor Enttäuschung einen trompetenhaften Ton aus. »Ganz sicher?«

»Er war nicht dabei«, wiederholte ich. »Vielleicht ein Halbbruder von ihm.«

»Ich habe keinen Bruder«, erklärte Hell. »Nur das Kind. Ich habe ja gesagt, daß ich an all dem unschuldig bin. Ich habe mich jetzt immer anständig aufgeführt, aber die Polente glaubt mir ja nicht.«

»O.K., Karsten, du kannst gehen«, sagte Ruda.

»Und wer bezahlt mir nun den halben Whisky? Ich frage ja nur. Fast zwei Drittel standen noch dort. Eigentlich hatte ich kaum daran genippt. Ich will, daß man ihn mir ersetzt und daß ich zurück nach Söderport gebracht werde.«

Ohne Bedauern verließ ich die Gesellschaft und trabte heimwärts in unsere zur Zeit noch leere Wohnung, lüftete, saugte Staub und machte mich an die Vorbereitungen für einen vergnügten Abend. Ich fing an, vor mich hin zu trällern, und das war schon lange nicht passiert.

Bertram? Wäre das ein Name? Einmal hatte ich einen Bertram gekannt, er hatte mir sehr imponiert. Aber vielleicht reichte die Tatsache, daß er es gewagt hatte, den Lehrer durch ein Blasrohr mit Erbsen zu beschießen, doch nicht aus, um einen Sohn nach ihm zu benennen.

Als Virena nach Hause kam, war alles fertig. Ich war stolz wie ein Hahn auf meine Häuslichkeit, und auf jene kluge Weise, die Frauen eigen ist, lobte sie mich. Ausgeschaltete Lampen, flackernde Kerzen, kalter Champagner, Essen, das auf der Zunge zerging, ein leises Gespräch, zärtliche Blicke und der Telefonanschluß gesperrt. Ein Abend, an den man sich lange, lange erinnern wird, eine Vertrautheit, die so kompakt war, daß man sie fast mit den Händen packen konnte. Wir waren uns auf eine rührende Weise einig, daß es kein Bertram werden sollte.

Der Frieden und die Ruhe, die Harmonie und die Übereinstimmung dauerten bis um drei Viertel fünf am folgenden Morgen. Ich wurde munter, weil Virena mich an der Schulter rüttelte. Ich wandte mich ihr zu und lächelte. Aber natürlich war dies nicht der Grund, weshalb sie mich an der Schulter rüttelte.

»Da ist jemand an der Tür«, sagte sie leise. »Es klingelt und klingelt.«

Nun hörte auch ich es. Unterbrochen von wilden Schlägen. Virena rang nach Atem, als ich die Dienstpistole hervorholte und mich zur Tür tastete. Auf meine geflüsterte Anweisung hin schloß sie die Schlafzimmertür und drehte den Schlüssel um. Ich stellte mich neben die Außentür und hob die Waffe. Durch den Spion konnte ich lediglich die nachtschwarze Dunkelheit des Treppenhauses erfassen.

Unberührt bleibt man nicht. Die Nerven verknoten

sich im Magen, der Mund wird trocken, und das Atmen fällt schwer. Wer etwas anderes behauptet, lügt. Ich drehte vorsichtig den Schlüssel und riß dann die Tür auf. Ein Mann taumelte in den Vorraum und stützte sich gegen die Wand. Ich schmiß die Tür wieder zu, richtete die Pistole auf ihn und sagte mit fester Stimme: »Steh ganz ruhig, Magnus Carlsson!«

8

Der Mann war in völliger Auflösung begriffen. Schmutzig, verschwitzt, zerknittert. Sein heftig keuchender Atem klang wie eine Fahrradpumpe mit zerschlissenem Ventilgummi. Er blinzelte unaufhörlich, als müsse er Tränenschleier aus dem starren Blick vertreiben. Es schien unsinnig zu sein, ihn mit der Pistole zu bedrohen. Er sah sie wahrscheinlich nicht einmal. Doch das Leben eines Polizisten steckt voller Unsinnigkeiten.

»Ich war es, der dir das Leben gerettet hat«, flüsterte er heiser mit verdorrter Stimme. »Ich verstand einfach nicht ... Alpträume ... er hätte dich getötet ... wahnsinnig, wahnsinnig ...«

»Wie bist du überhaupt ins Haus gekommen?« fragte ich.

»Wenn der am Schießen ist, hört der nicht auf ... der andere Polizist ... das geht mir nicht aus dem Kopf ... nicht meine Schuld, daß er starb.«

»Wie bist du überhaupt ins Haus gekommen?« wiederholte ich.

Die Tür zum Schlafzimmer öffnete sich, und Virena kam heraus. Sie hatte den Morgenrock übergeworfen, und ich konnte nicht umhin, meinen Blick über ihren Leib gleiten zu lassen. Selbstverständlich war nichts zu sehen, aber ...

»Brachte dich in Sicherheit ... konnte nicht verhindern ... ich bin kein Mörder ... habe nie ... nie ...«

Virena nahm seine Hand und sagte sanft: »Sei ruhig. Hier ist niemand, der dir etwas tun will.«

Natürlich war hier jemand, der ihm etwas tun wollte.

Ich wollte ihm etwas tun. Ihre Worte drangen durch seine Angst, und er zog sie plötzlich so hart an sich, drückte sie so fest, daß sie aufstöhnte. Sein Schluchzen wurde zu einem stoßweisen Weinen, und sie strich ihm leicht über das Haar. Es war ein reizendes Bild, aber nicht mein Stil.

»Wie bist du hereingekommen?« fragte ich hartnäckig.

»Der Zeitungsbote«, murmelte er.

»Nimm die Beine auseinander, beug dich nach vorn und stütze dich gegen die Wand«, forderte ich ihn auf.

Er wollte Virena nicht loslassen, sondern klammerte sich an ihr fest wie ein Ertrinkender an einen Rettungsring. Sie anfassen – das war mein Privileg, und so stieß ich ihn ziemlich unsanft vor mich her zur Wand und brachte ihn in die Stellung, die ich wünschte. Virena ließ es geschehen, aber ohne Begeisterung.

»Das ist ja nun wirklich nicht notwendig«, sagte sie.

»Doch, das ist notwendig.«

»Du siehst doch, daß er am Ende ist.«

»Das kann ich nicht beurteilen. Nach ihm wird wegen Beihilfe zum Mord gefahndet, und das ist das einzige, wonach ich mich zu richten habe.«

Sein Kopf hing zwischen den Schultern, als er so nach vorn gebeugt dastand. Er weinte jetzt wie ein Kind, das man verlassen hatte. Virena biß sich auf die Lippen und nestelte am Gürtel. Sie wollte etwas tun, wußte aber nicht, was, da ihr klar war, daß ich meine Arbeit tun mußte. Ich durchsuchte seine Taschen, fand jedoch nichts Gefährlicheres als einen Flaschenöffner.

»Du kannst dich wieder aufrichten, aber keine schnelle Bewegung.«

Während ich beim Nachtdienst in der K anrief, damit er abgeholt würde, stand er wie ein nasser Sack da und heulte, seine Unterlippe zitterte. Virena konnte ihre passive Rolle nicht länger ertragen, sie ging einen Schritt auf ihn zu und wurde wieder die sanfte Trösterin. Er hängte sich aufs neue an sie wie ein ausgehungerter Tintenfisch. Als die zwei Polizisten in Uniform hereingestürzt kamen, mußten sie ihn regelrecht von ihr losreißen.

»Ich wollte nicht ... das war nicht meine Schuld ... hätte nie gedacht ... ich kann nicht mit Gewalt ... habe nicht schlafen können ... sie wußte, aber ich hörte nicht ... das dauernde Echo im Kopf, nach diesem schrecklichen Schuß ...«

»Sperrt ihn ein«, sagte ich zu den Polizisten. »Teilt der Fahndungsleitung mit, daß er zur Verfügung steht. Ich glaube, sie werden vor Freude in die Luft springen.«

Todsicher würde dies Magnus Carlsson nicht tun, er hing zwischen den strammen Polizisten wie ein durchgeweichter Straßenhändler. Sein Heulen und Schluchzen auf der Treppe konnte man durch die Tür hören. Die Zeitung war gekommen. Der Mord an Bolinder gab noch immer Anlaß, Blut aus den Zeilen zu pressen.

»Möchtest du einen Kaffee haben?« fragte ich. »Ich glaube nicht, daß ich noch mal einschlafen kann.«

»Ich auch nicht«, sagte sie leise.

Beim Kaffee und Frühstücksbrot blieb sie schweigsam. Ich bemerkte einen besorgten Zug um ihre Augen und fragte sie geradeheraus, ob es wegen Carlsson sei. Sie nickte bestätigend.

»Das ist schade mit Carlsson«, sagte sie und starrte in ihre Kaffeetasse.

»Was meinst du, was ich hätte machen sollen?«

»Ich weiß nicht. Ich bin ja kein Polizist. Ich bin nur eine Frau, die einen Menschen bedauern kann, der es schwer hat.«

Ich stellte meine Tasse zur Seite. Der Kaffee schmeckte mir nicht mehr. Ich war es, der auf der Anklagebank saß, und ich war gezwungen, mich zu verteidigen, ganz ohne Rechtsanwalt, Gerichtsverhandlung und Gesetzbuch.

»Jeden Tag komme ich mit Menschen zusammen, die zu bedauern sind. Menschen, die in ihrem Dasein keine Chance haben. Aber sie haben ein Verbrechen begangen, und ich muß sie festnehmen. In diesem Falle könnte man auch mich bedauern, weil ich einen solchen Job habe. Mag sein, doch mit dieser Art Mitleidverteilung ist es wohl schwer möglich, daß bestimmte Sachen getan werden.«

Der besorgte Zug um ihre Augen verschwand nicht.

»Ich kenne die nicht, mit denen du tagsüber zu schaffen hast. Der einzige, den ich bisher getroffen habe, ist dieser Magnus Carlsson. Und der weinte in meinen Armen.«

»Das klingt ja wie ein abgedroschener Schlager«, sagte ich. »Er weinte in meinen Armen. So was von Sven-Olov Sandberg.«

»Aha.«

Ein schweres und lustloses Schweigen entstand, jene Art Schweigen, das ich zwischen uns nicht dulden wollte, um keinen Preis. Ich mußte versuchen, etwas zu finden, was davon ablenkte, aber ich fand nichts und plagte mich weiter.

»Carlsson wurde wegen Mordes gesucht. Und ich war selbst dabei. Er gehört zu der Bande, die Bolinder erschossen hat. Das jedenfalls weiß ich von ihm, und das macht ihn mir nun wirklich nicht zu einem Herzensbruder.«

»Hat er dir nicht das Leben gerettet?«

»Das ist ein falscher Ausgangspunkt. Wenn ich auf dem Eis eingebrochen wäre und er mich herausgezogen hätte, dann ja. Doch dort war er selbst dabei und hat für Lebensgefahr gesorgt. Was ihn dazu brachte, sich zu ändern – davon haben wir nicht die geringste Ahnung. Er rettete mich also nicht, sondern unterließ es nur, mich zu erschießen.«

Virena stand auf, wischte sich mit der Serviette den Mund ab und vermied es, mich anzusehen.

»Ich gehe jetzt und versuche, noch mal einzuschlafen«, sagte sie tonlos.

»Aber Virena, wir sollten . . .«

»Weck mich nicht, wenn du gehst.«

Ich blieb am Tisch sitzen und versuchte, Zeitung zu lesen, doch ich konnte den Text nicht erfassen. Virena legte sich nieder, und ich hörte, daß ihr Atem nach einer Weile immer mehr zu einem regelmäßigen Rhythmus fand. Wovon mochte sie träumen? Von jenem heulenden Mann in ihren tröstenden Armen? Von jenem gefühllosen Grobian Roland, der sich weigerte mitzuschluchzen? Und woran wohl mochte sie gedacht haben, bevor sie einschlief? Daß dieser Typ in der Küche auf keinen Fall der bezaubernde Mann war, den sie sich als Vater ihres Kindes erhofft hatte, sondern ein Kerl, der mit Streichriemen und Rohrstock dem Sprößling Anstand und Manieren einbleuen würde? Ich schlug die nächste Seite der Zeitung auf, ohne zu wissen, was auf der vorhergehenden gestanden hatte, und es spannte in den Kiefermuskeln. Diese Art des Schweigens mußte ich durchbrechen.

Als ich zur Fahndungsabteilung kam, waren Ruda und Sune Bengtsson schon seit zwei Stunden damit beschäftigt, Carlsson zu verhören. Ich ging in das Vernehmungszimmer, um zu sehen, wie weit sie gekommen waren. Die Übergabe an die K hatte Carlssons Gemütszustand um nichts gebessert. Er schwamm noch genauso in Tränen wie bei mir zu Hause. Rudas Ton ihm gegenüber war unerwartet mild, was er wohl auch sein mußte, denn es war sein Verhör.

»Ich ... ich kannte Sören Linder gar nicht. Das ist wahr.«

»Ja, das hast du schon gesagt. Aber wenn du ihn nicht gekannt hast, was hast du dann mit ihm in Tumba gemacht?«

»Kannte und kannte ... also jedenfalls nicht persönlich.«

»Hör mal, Magnus, erzähl noch mal alles von Anfang an, dann kann es Hassel gleich mithören.«

Carlsson zog fiebrig die Hand durch das Haar, und er hatte offenbar nur noch einen einzigen Wunsch im Leben, alles recht zu machen. Sune Bengtsson steckte sich eine seiner unzähligen Zigaretten an und zog die Oberlippe zu einer verächtlichen Grimasse nach oben. Er verabscheute nicht das Verbrechen wie die meisten anderen Polizisten, er verabscheute den Täter.

»Ja, ich ... ich hatte mit dem Schwarzschlachten zu tun. In Maßen. Ich hatte auch Kontakte, wo ich Fleisch ergattern konnte. Zum Beispiel ...«

»Das brauchst du nicht zu wiederholen. Wir kriegen ja doch nur das zu hören, was schon bekannt ist. Sprich statt dessen von dem anderen.«

Carlsson schluckte und schluckte und trank den Kaffeerest aus einem Plastbecher, der auf dem Tisch stand.

»Das war auch einträglich, und ich hatte Pläne, daß ... Aber da kam eines Tages Sören Linder zu mir nach Hause. Hatte ihn vorher nie gesehen. Er sagte, daß ich für ihn arbeiten könne. In großem Stil und mit viel Kies, und da ging ich dann drauf ein. So, wie er es eben gesagt hatte.«

»Wie lange hast du für ihn gearbeitet?«

»Vor dem Job hier mit dem Umladen in Tumba ein einziges Mal. Ein kleiner Job in Tyresö. Mir wurde klar, daß ich bloß ein beschissener Handlanger war, und ich überlegte, daß ich eigentlich wieder Schluß machen sollte. Ich bin kein beschissener Handlanger.«

Er gab einen tiefen Seufzer als erschütterndes Zeichen seiner Reue von sich.

»Das war ich mal. Jetzt bin ich natürlich gar nichts.«

»Du wirst wieder etwas beim Tütenkleben in Kumla«, warf Sune säuerlich ein.

Es war ungewöhnlich für ihn, sich in ein Verhör einzumischen, das Ruda ganz eindeutig allein führen wollte, und so bekam er einen scharfen Blick zugeworfen, den er im Tabakrauch versickern ließ. Der Gedanke an Kumla überwältigte plötzlich Carlsson. Er schlug die Hände vor das Gesicht und schwankte auf seinem Stuhl hin und her. Ruda ließ ihn eine Weile gewähren, damit er sich erholen konnte, und gab Sune ein Zeichen, in Zukunft die Schnauze zu halten. Auch ich hätte eine Menge Fragen zu stellen gehabt, zum Beispiel, ob es verdammt noch mal wirklich notwendig gewesen sei, in den Armen meiner Frau zu flennen. Ich unterließ es.

»Die werden mich im Knast zusammenschlagen«, hauchte Carlsson. »So machen sie es mit denen, die singen.«

»Keiner weiß, daß du hier bist, und keiner weiß, was du uns alles erzählst«, erklärte Ruda, aber Carlsson schüttelte, völlig außer sich, den Kopf.

»Sie wissen es immer. Zuträger werden ganz einfach aufgespürt. Man hat keine Chance. Es geht schief mit mir.«

Keiner von uns konnte etwas dagegen sagen. Es war die Wahrheit. Der Buschfunk funktionierte stets perfekt, und wenn ein Gefangener in einer Haftanstalt ankam, wußten die Mitgefangenen genau, was in den Protokollen stand, weshalb er verurteilt worden war, was er in den Verhören gesagt und ob er gesungen hatte. Und danach wurde er behandelt. In der fehlerdachten, fehlgeplanten und fehlentwickelten Verbrecheruniversität – das sind die schwedischen Gefängnisse ja heute – werden die Zuträger draußen vor den stahlharten, internen Lagern von jedem als Schurken angesehen. Richter weigern sich mitunter sogar, Gefängnisstrafen zu verhängen, auch wenn es die richtige Strafe wäre, weil sie wissen, was den Verurteilten dort erwartet. Die Chance einer Rehabilitierung ist gleich Null. Das Risiko zum Rückfall in ein noch schlimmeres Verbrechen ist fast hundertprozentig. Wenn Magnus Carlsson sang, unterschrieb er sein Todesurteil oder, und das auf jeden Fall, ein Urteil, das ihm eine sehr schwere Mißhandlung einbringen würde. Aber er wollte singen, deshalb war er zu mir gekommen, und darum saß er auf dem Stuhl und fühlte die Angst gleich elektrisch geladenen Aalen über seine Haut jagen.

»Und wer waren die anderen in der Bande?« fragte Ruda, da er annahm, Carlsson sei um eine Antwort verlegen.

»Ich weiß nicht«, sagte Carlsson heiser. »Ich stand ja außerhalb dieser Gang. Es waren Sörens Leute.«

Ruda schüttelte mitleidig den Kopf, und Sune stieß ein kurzes Gelächter aus, das unverhüllten Hohn gegenüber so viel Einfalt zum Ausdruck brachte. Carlsson merkte, daß ihm keiner glaubte. Auch ich befand mich in dieser kleinen Gruppe, es war zum Verzweifeln mit ihm.

»Na, komm schon, mein lieber Magnus Carlsson«, sagte Ruda. »Du wirst dich bestimmt an ein paar Burschen erinnern. Du mußt doch Namen gehört haben. Jemand muß mit dir gesprochen haben. Du warst doch jedenfalls nicht von der Pest gezeichnet, nicht wahr?«

Carlsson rieb sich die Schläfen, als müsse er ein paar Angaben hervorpressen, die wir anerkennen würden.

»Sie – sie konnten mich nicht leiden. In der Stammclique gab es so was, was sie »im Kloster sitzen« nannten. Keiner sprach mit mir oder sah mich. Als ob ich nicht da wäre. So behandelten sie mich. Bloß Sören redete mit mir, doch auch nur dann, wenn er Befehle gab.«

»Einen einzigen Namen, Carlsson. Irgendeine Kleinigkeit, die uns helfen könnte, das Knäuel abzuwickeln. Das ist das einzige, was wir von dir wollen. Laß uns anfangen. Zeig jetzt ein bißchen guten Willen.«

Carlsson stöhnte auf und wand sich auf dem Stuhl. Es war ein ergreifender Anblick. Er hätte für ein Arzneimittelunternehmen Modell sitzen können, als der Mann, der unbedingt das Aufmunterungsmittel Hurrasyl benötigte. Das Schläfenreiben zeitigte plötzlich ein Resultat.

»Ja, doch ... Sören nannte einmal einen der Burschen beim Namen ... aus Versehen, glaube ich ... der Bursche war Ausländer. Ein Einwanderer, wie man so sagt.«

»Und was für ein Name war das?« fragte Ruda sanft. Aber wir sahen, daß er hellwach war. Vielleicht konnten wir nun doch einen kleinen Bingogewinn erzielen.

»Wart mal ... ich dachte ja nicht, daß ausgerechnet das mal so wichtig wäre ... Gergeo ... ja, so war der Name. Gergeo.«

Ruda schmeckte den Namen ab, aber er schien ihm doch nicht so bekannt vorzukommen.

»Gergeo? Gergeo? Vor- oder Familienname?«

»Ich weiß nicht. Ich weiß überhaupt nichts über so einen Namen.«

»Aus welchem Land, glaubst du wohl, könnte dieser Gergeo kommen?«

»Weiß der Teufel. Aus Griechenland oder so. Vielleicht auch aus Jugoslawien. Ich sehe da keinen Unterschied.«

»War das der Untersetzte mit dem schwarzen Haar und dem schwarzen herunterhängenden Schnurrbart?« fragte ich.

Er nickte eifrig, und nun erst schien er allen Ernstes zu bemerken, daß auch ich im Zimmer war.

»Du, ich habe dich gerettet. Sie wollten dich erschießen, aber daran konnte ich mich nicht beteiligen. Ich bin schließlich kein Mörder.«

Ich ließ die Bemerkungen kommentarlos vorübergehen, und dieser Mangel an Begeisterung schien ihm einen Strich durch die Rechnung zu machen. Ruda warf vorübergehend das Ruder herum. Aber sollte Carlsson glauben, daß der Kurs geändert worden wäre, dann hatte er sich gründlich getäuscht.

»Warum habt ihr das ganze schwarzgeschlachtete Fleisch zurückgelassen?«

»Wir mußten ja abhauen. Hassel war entkommen.«

»Aber wo sind dann all die Blechtonnen hin?«

»Was für Blechtonnen?«

»Die im Gebäude an der Wand standen«, sagte ich. »Sie sind vor dem Brand abtransportiert worden, Sören und sein Gesindel müssen sie mitgenommen haben.«

Er dachte nicht weiter darüber nach, daß vielleicht auch er in den Begriff Gesindel mit eingeschlossen war. Er breitete die Arme aus und wies seine Handflächen vor wie ein Al Jolson, wenn er sich aufwärmte.

»Es war so, daß Sören verdammt wütend auf mich war, weil ich mich hatte überrumpeln lassen, wie er dachte. Er sagte, ich solle mich zum Teufel scheren. Einen Augenblick dachte ich, daß er mich zu Brei schlagen wollte, und so fuhr ich natürlich los, so schnell ich konnte. Dieser Teufel kann schließlich selbst Pferde so erschrecken, daß sie durchgehen.«

»Hör mal, Carlsson, wie konntest du wissen, daß das Fleisch dortgelassen wurde, wenn du doch sofort weggefahren bist?«

»Aber . . . das hast ja du gesagt.«

»Keineswegs. Ich habe nur gefragt, und du hast gesagt, daß ihr abhauen mußtet. Du hast also einen Grund angegeben, obwohl du nicht dort warst. Das heißt, wenn du die Wahrheit sagst.«

Carlsson erhob sich etwas und sank sofort wieder zurück. Ein langer, erschütternder Schluchzer und ein halberstticktes: »Aber ich sage die Wahrheit! Ich nahm selbst . . . ich meine . . .«

»Ja? Was meinst Du?«

»Weiß nicht. Weiß nicht. Ich halt's nicht mehr aus. Kann man nicht bald mal ein bißchen schlafen? Ich habe kaum ein Auge zugetan, seit Sören den Bul . . . Polizisten erschossen hat.«

»Bald, Carlsson, bald kannst du dich auf einer schönen

Pritsche ausstrecken, aber noch sind wir nicht ganz fertig. Welche Kennzeichen hatten die Lastwagen?«

Carlsson rang sich ängstlich ein stereotypes »Ich weiß nicht, habe nie nachgesehen« ab.

»Nee, mein Lieber. Du mußt die Lastwagen schon bei deinem ersten Job gesehen haben, aber selbstverständlich hast du auch unter diesen Umständen nicht daran gedacht hinzuschauen. Doch diese Tonnen interessieren uns ganz außerordentlich. Hast du keine Ahnung, was sie enthielten?«

Diesmal wählte Carlsson ein stummes, aber nervöses Kopfschütteln.

»Also, auch das weißt du nicht. Kaum zu glauben. Welchen Geschäften ging Linder sonst noch nach, für die er Leute benötigte?«

»Davon sprach er nie zu mir.«

»Also gab es doch noch etwas anderes?«

»Du hast das gesagt, nicht ich. Ich war bloß ein verdammt gewöhnlicher Handlanger für ihn.«

Der Kettenraucher Sune zündete sich an der Kippe eine neue Zigarette an und fütterte seine Lungen mit weiterem Gift. Nach vierzigjährigem beharrlichem Inhalieren waren sie es sicher gewohnt. Was den Krebsrapport anging, war er des Lesens unkundig.

»Wohin könnte sich Linder verzogen haben, was denkst du?«

»Ich w . . .«

»Bestimmt hast du eine Idee. Du bist doch nicht dumm. Etwas mußt du schließlich in deinen Gesprächen mit ihm aufgeschnappt haben.«

Carlsson riß die Augen auf und krächzte, bevor seine Stimme Festigkeit bekam: »Habt . . . habt ihr es bei seiner Frau versucht?«

»Woher weißt du, daß er verheiratet ist? Hat er mit dir darüber gesprochen?«

»Ja. Er hat es gesagt. Tatsächlich.«

Ruda warf ihm einen der gemäßigten Polizeiblicke zu, doch der reichte, um Carlssons krankhaft graue Wangen weiß zu färben. Der Stuhl, auf dem er saß, war sein einziges Territorium in der Welt, und er nutzte es voll aus, indem er auf dem Sitz hin und her rutschte und die Ellenbogen fest auf die Lehnen preßte.

»Na, siehst du, Carlsson. Ich sehe es dir an, daß du über die ganze Sache mehr weißt. Du weißt, wo seine Frau wohnt, nicht wahr?«

»Das war so, daß ich . . . er . . .«

»Ja oder nein, Carlsson. Wußtest du es oder nicht?«

»Ja«, murmelte er hoffnungslos. »In Solna. Unter einem anderen Namen. Ich sollte hinausfahren, um zu überprüfen, ob sie sich noch dort aufhielt, und am Abend beim Treffen mit Sören sollte ich ihm Bericht erstatten.«

»Und selbstverständlich hast du das gemacht.«

»Nein, ich . . . Daraus wurde nichts.«

»Was du nicht sagst! Du würdest es wagen, Linders Befehl nicht auszuführen? Das kann doch nicht dein Ernst sein.«

Magnus Carlsson schraubte sich regelrecht in den Stuhl hinein, so daß ich befürchtete, später eine Grube im Stuhlsitz vorzufinden. Er fühlte sich alles andere als wohl, aber wir haben ja alle unsere schlechten Tage. Ich selbst fühlte mich auch nicht gerade in Topform, wenn ich mich auch in einer besseren Situation als Carlsson befand. Mein Problem war Virenas düsteres Schweigen, und dies war groß genug, um meine Laune niederzudrücken.

»Ich dachte mir, daß er wohl doch nicht ganz so großen Wert darauf legen würde, sondern nur, also sozusagen, wenn ich Zeit dazu fände. Ich hatte so viel zu tun, daß überhaupt nicht daran zu denken war, nach Solna zu fahren.«

Ruda schickte nun einen der eindringlicheren Blicke zu Carlsson, dessen weißgetünchte Wangen jetzt transparent zu werden schienen.

»Gut, dann fangen wir noch mal von vorn an. Wie du sicher selbst einsiehst, ist nicht alles, was du sagst, klar wie Quellwasser.«

Ich stand auf. Das konnte eine lange Sitzung werden, doch ich stellte größere Ansprüche an Unterhaltung. Sobald Ruda eine Pause einlegte, würde Sune mit einem anderen Zeugen, der dann dem Verhör beiwohnte, weitermachen. Danach konnte Ruda mit frischen Kräften zurückkommen. Carlsson war müde, und normalerweise würde er jetzt die Ruhepause bekommen, nach der er sich sehnte, da Ruda darauf bedacht war, die menschliche Integrität zu achten, doch im Augenblick war Carlsson das einzige Glied bei der Suche nach Bolinders Mörder.

»Rolle«, sagte Ruda. »Mach einen kleinen Schwatz mit Öhman.«

Öhman saß in seinem Zimmer, und ich machte den kleinen Schwatz mit ihm. Er notierte den Namen Gergeo, und ich wußte, daß er, sobald ich die Tür wieder von draußen zumachen würde, mit der Fahndung in den Akten beginnen würde. Wenn Gergeo existierte und nicht ein Hirngespinst Carlssons war, würden wir ihn mit Öhmans Hilfe finden. Tüchtiger Bursche, was er diese Woche geleistet hatte.

Das gleiche konnte ich von mir nicht behaupten. Sicher, ich hatte Carlsson der K offeriert, aber das war wohl nicht mein Verdienst. Er hatte sich selbst gestellt. Ich rief Virena an und probierte inzwischen die verschiedensten Wörter und Tonlagen aus. Zuerst den unbekümmerten Stil. Aber der klang so verklemmt, daß ich ihn sofort wieder aufgab. Das Unbekümmerte und Großkotzig-Schneidige hat mir nie gelegen. Demgegenüber war ich oft gut im Rührselig-Klagenden. Im Bedauernswerten. Aber irgend etwas sagte mir, daß dies die falsche Karte wäre, wenn ich sie jetzt ausspielte. Es war schließlich Herr Carlsson, den sie bedauerte. Nicht mich. Um den Ausgleich wieder herzustellen, konnte auch ich mich anbieten, mich in ihren Armen auszuheulen, aber als Scherz war das sicher nur zweitklassig und würde nicht angehen. Es mußte wohl auf die natürliche Weise geschehen, auch wenn so etwas dann immer recht unnatürlich wirkte. Als ich Bescheid bekam, daß sie nicht da war und man nicht wußte, wann sie zurückkommen würde, fühlte ich mich arg enttäuscht. Solange diese falsche Art des Schweigens zwischen uns herrschte, würde mein ansonsten so charmantes Lächeln nur selten in Erscheinung treten.

Da ich mich noch immer weigerte, mit Presse, Funk und Fernsehen zu sprechen, hatte ich die Zentrale gebeten, die Gespräche an Simon oder einen anderen, der Innendienst hatte, weiterzuleiten, oder Namen und Nummer zu notieren. In der Zentrale lagen keine Notizen vor, aber als ich zu Simon kam, saß er am Telefon und machte mir Zeichen, daß das Gespräch für mich sei.

»Einen Augenblick. Ich werde sehen, ob ich ihn finden kann.«

Er drückte auf den Knopf, um das Gespräch kurz zu unterbrechen.

»Da ist so ein verflixter Jurist, der etwas Wichtiges mit dir zu besprechen hat. Behauptet er jedenfalls.«

Ich nahm den Hörer und murmelte ein »Hallo«. Die Stimme klang wohlausgebildet, wohlartikuliert und wohlangemessen, eine zufriedene Stimme, stolz, einem solchen Herrn zu dienen. Eine Stimme, die jegliche sprachliche Kindergartenerziehung ad absurdum führte.

»Ist dort Kriminalinspektor Roland Hassel?«

»Mm.«

»Mein Name ist Jerry Axehag. Jur. kand. Jerry Axehag. Ich bin Inhaber von Axehags Juristischem Büro.«

»Mm?«

»Es ist folgendes: Ich könnte . . . Lassen Sie mich sagen, daß ich Informationen – unerhört wichtige Informationen besitze, die ich mit Ihnen besprechen möchte.«

Ich verlor meine Einsilbigkeit.

»Gut. Laß hören.«

»Kennen Sie die St. Eriksgatan? Sie liegt in Kungsholmen.«

»Nennen Sie das Information?«

»Eh . . . Entschuldigung? O nein, natürlich nicht. Aber ich habe mein Büro in der St. Eriksgatan 8, und es wäre schön, wenn Sie hier vorbeischauen würden, um von der Information Kenntnis zu nehmen.«

»Für mich geht es genausogut über Telefon.«

Die Is in seiner Aussprache wurden spitzer, die Os runder.

»Herr Hassel, diese Information ist allzu vertraulich, um sie telefonisch zu besprechen. Ich erwarte, daß Sie umgehend in mein Büro kommen. Wie gesagt, es ist von äußerster Wichtigkeit für Sie. Ich setze voraus, daß Sie einsichtig sind und diese Angelegenheit diskret behandeln. Bitte, kommen Sie allein.«

Der Jur.-kand. lag mir mit Hilfe des Hörers im Ohr, aber da ich ihn nicht im Zimmer hatte, konnte ich ihm keine guten Sitten anerziehen. Ich sah nachdenklich zu Simon.

»Dieser Idiot glaubt, ich krieche in sein Büro.«

»Nun, der kennt nicht den Vulkan Hassel«, feixte Simon.

»Er soll recht bekommen. Ich werde hineinkriechen. Wenn es vertraulich, wichtig und diskret ist, kann es eigentlich nur mit Sören Linder zusammenhängen.«

9

Die einzige Parklücke fand sich vor der St. Eriksgatan 14. Das hier waren wohlbekannte Domänen für mich, und in einem Rausch von Nostalgie erzählte ich einem wenig interessierten Simon von einer St. Eriksgatan, die längst der Vergangenheit angehörte.

»Ich wohnte allerdings im Drottningholmsvägen, fast oben am Kronobergspark. Aber hier war ich oft. Einer meiner besten Freunde wohnte in der Zwölf und ein anderer Kumpel in der Zehn, obwohl man es hier sehr streng nahm mit der Cliquenbildung.«

Ich sah die Straße hinauf und hinunter und gestattete mir einen Seufzer über die Vergänglichkeit der Zeit.

»Nicht ein einziger Laden von damals ist übriggeblieben.«

»Das muß wohl noch in jener Zeit gewesen sein, als man vor allem Naturalien kaufte.«

»Hier gab es eine Menge verschiedener Läden. In der Sechzehn verkaufte man Fisch, schräg gegenüber an der Ecke war ein großer Konsum und dicht daneben ein Kolonialwarengeschäft. Da stand immer die Tür offen, und wenn man vorüberging, umwehte einen der Geruch frisch gerösteten Kaffees. Nicht daß ich dort Kaffee trank, aber der Duft war herrlich.«

»Apropos. Sollten wir nicht erst mal Kaffee trinken?«

»Später gab es da eine Konditorei, die Hettmans hieß, wo man Kuchenränder kaufen konnte, fünf Öre die Tüte. Weiter unten noch ein Geschäft mit Kolonialwaren, kombiniert mit Milchverkauf. Und auf der Seite hier in der Zehn ein anderes Milchgeschäft. Ganz unten in der Achtzehn zur Pontonjärgatan hin hatte der Konsum ein eigenes Milchgeschäft, wo man Eier nach Gewicht verkaufte, wie ich mich erinnern kann. Die Frau an der Kasse legte die Eier auf eine Art Durchleuchtungsapparat, um zu überprüfen, ob sie in Ordnung waren.«

»Sie müssen mit Begeisterung ganze Ozeane von Milch ausgetrunken haben.«

Es gab kein Halt für mich, wenn ich ins Schwelgen über vergangene Zeiten geriet! Und all das sollte auch mein Kind über seinen Papa und über die Zeit von damals erfahren! Simon hörte leidgeprüft vom Speditionsgeschäft für Holz, das hier im Kellergeschoß untergebracht war, von Obst-, Blumen- und Gemüsegeschäften, die dort im Kellergeschoß gewesen waren. Um nicht vom Café zu reden mit seinen Stammgästen, den alten Biertrinkern, mit der Wäschemangel, die man per Hand mit der Kurbel bedienen mußte, und dem Frisör, der einem gut riechende Wasser über das Haar goß, und . . .

»Rolle, verflixt nochmal, wenn man dir zuhört, das ist ja wie in den alten SF-Journalen!«

Er wollte zur Eile antreiben, aber ich hatte Zeit. Simon bekam von den Brennholzstößen aus den Kriegsjahren zu hören, von den Rattenjagden in den Kellern, von wilden Klettereien auf Dächern und von Pförtnern, die einen immer belauerten und vor denen man sich nur durch lebensgefährliche Sprünge von den Mauern in den nächsten Hof retten konnte.

Die Räume des Konsums waren nun von Schriftstellern übernommen worden. Man verkaufte Restauflagen oder einzelne Exemplare, die Autoren dort abgegeben hatten. Plakate berichteten von Lyriklesungen oder von einem »Treffen mit Schriftstellern« in einem der Räume. Die Art der Tätigkeit wurde sehr eindringlich durch ein goldfarbenes Schild angegeben, auf dem mit schwarzen Buchstaben »Wort« stand.

»Dort drinnen hat ein Mädchen gearbeitet, in das ich verliebt war, erinnere ich mich. Ich war vielleicht elf oder zwölf, und sie muß um die Zwanzig gewesen sein. Sie war die sanfteste Schönheit, die ich je gesehen hatte, und ich rannte zu ihr hin mit den verschiedensten höchst wunderlichen Anliegen, nur um sie zu sehen. Was für ein warmes Lächeln sie hatte!«

»Die Bräute sind am schönsten in der Erinnerung«, konstatierte Simon.

Wir standen an der Kreuzung St. Eriksgatan/Pontonjärgatan, und ich wies Simon auf die erste Tür hin.

»Das hier ist eine Tür zum Abhauen, die jeder Taxichaufför kennt. Man kann in der St. Eriksgatan hineingehen und kommt in der Pontonjärgatan heraus. Am besten ist, du stellst dich auf der anderen Seite schräg gegenüber auf, dann hast du beide Türen unter Kontrolle. Man weiß ja nie, was für Teufelszeug dieser Axehag im Sinne führt.«

Von unserem Standpunkt aus konnten wir vor uns Riddarfjärden sehen, die Västerbro spannte sich mit ihrem schlanken, doppelten Brückenbogen bis zu den Klippen von Söder. Ich konnte die Spitzen der Pontonbrücken sehen, wo noch immer die meisten Boote vertäut lagen, Surfer kosteten die letzten Möglichkeiten der Saison aus, normale Segelboote kreuzten in dem schwachen Wind. Wollte Simon noch etwas von den aufgeschichteten Ziegelsteinen am Rande des Strandes wissen, wo man geheimnisvolle Unterkünfte bauen konnte? Er sah nicht so aus, als sehne er sich danach. Oder vom Sägewerk, das die Ziegelei ablöste, und dem Wasser, in dem Holzklötzer schwammen, auf denen man in lebensgefährlichen Spielen herumhopsen konnte? Solcherart Aufklärung ging sicher an ihm vorbei. Demgegenüber konnte ich ihm eine andere Information keineswegs vorenthalten. Ich nickte in Richtung eines mit großen Scheiben verglasten Bürogebäudes in der Pontonjärgatan.

»Dort war das Systembolaget, wo mein Vater als Schnapskunde eingetragen war. Ich durfte manchmal mitkommen, eine Besorgung ist schließlich genausogut wie die andere. Was für Schlangen man mitunter an Freitagen oder vor einem großen Festtag dort antreffen konnte.«

»Gut, daß du davon sprichst«, gähnte Simon. »Ich hatte Nadja versprochen, eine Flasche Wodka zu kaufen. Ich geh mal schnell, dann muß ich nicht hier herumstehen, deine Kindheitserinnerungen kannst du dir ja selbst vorlallen. Wir haben schließlich noch was zu tun.«

Er trottete hinüber zur anderen Ecke, und ich bekam Lust, ihm zuzurufen, daß früher dort ein gutes Fleischgeschäft war mit Frischgeschlachtetem als Spezialität, doch ich ließ es bleiben. Statt dessen ging ich in die Acht hinein, in das Haus, das ein bißchen vornehmer als die anderen in der Straße aussah, da es zu den ersten gehörte, die modernisiert worden waren. Ich erinnerte mich, wie neiderfüllt und beeindruckt ich durch das fließende Wasser, durch Heizkörper und Badezimmer war. Noch jetzt glaubte ich, an der Marmortreppe und dem schweren Schweigen, hervorgerufen durch die dicken Türen, durch die weder Kindergeschrei noch das Gebrüll des Vaters drang, weil jemand die Abendzeitung zerknüllt hatte, ein bißchen solide Kleinbürgerlichkeit zu erkennen. Häuser dieser Art behalten ihre Heimlichkeiten für sich.

Axehags Juristisches Büro hatte sich ein Messingschild geleistet, in das die etwas unnötige Auskunft eingeätzt war, daß der Inhaber Jur. kand. Jerry Axehag war. Ich drückte die Türklinke nach unten, doch es war abgeschlossen. Ich klingelte. Eine Dame im fortgeschrittenen mittleren Alter öffnete. Sie strahlte Kenntnisse im Archivieren, Kopieren und Notieren sowie Passionen für Papiere und Akten aus und ließ Leidenschaften für Stempel und Paginierungen ahnen.

»Ich wollte den Herrn Jurkand sprechen«, sagte ich. »Mein Name ist Hassel.«

Widerwillig, als verpeste meine Gegenwart das Büro, ließ sie mich hinein. Den alten Flur hatte man notdürftig in ein Wartezimmer umgewandelt, in dem ein Rauchtisch und zwei Ledersessel standen, die aus zweiter oder fünfter Hand gekauft worden sein mußten, vielleicht auch von einem dankbaren, aber an den Bettelstab gebrachten Klienten als Zahlungsmittel hiergelassen worden waren.

»Bitte, setzen Sie sich. Der Notar telefoniert gerade. Aber ich werde ihm sagen, daß Sie hier sind.«

»Ja, danke«, stimmte ich ihr zu. »Darüber wird sich der Herr Notar sicher freuen.«

Sie mochte mich nicht, aber man mußte eben auch damit leben. Sie drückte den Knopf einer altertümlichen Sprechanlage und sagte, daß ich gekommen sei. Danach setzte sie sich und schrieb einen Brief auf einer der grünen Haldor, mit der einst das kontorisierte Schweden geschaffen worden war, oder besser gesagt, sie ging mit der Maschine zu einem Angriff über, und das Klappern verwandelte sich in Geschoßgarben, die sich gegen die Gegner des Büros richteten. Schrieb sie einen Inkassobrief, dann würde der Schuldner schon etwas zu hören bekommen, daß er tobte. Ein Piepsen ertönte, und sie drückte den Knopf erneut nach unten.

»Frau Albrektsson, bitten Sie Herrn Hassel herein.«

»Gewiß, Herr Notar.«

Simon hatte von alten SF-Journalen gesprochen, und hier existierte doch tatsächlich eines im wahrsten Sinne des Wortes. »Und nun kommen wir direkt in das Zentrum der Ereignisse, denn es war niemand anderes als die treudienende Agda Albrektsson, die unter der wachen Oberaufsicht ihres Chefs alle Geschäfte und Arbeiten erledigt, und sie macht dies mit einer solchen Ehre . . .«

»Der Herr Notar empfängt Sie.«

»Ich bin überwältigt.«

Es war schwer, eine kleine Frozzelei zu unterdrücken, und sie hielt immer weniger von mir. Ich öffnete die Tür zum, wie ich wußte, Allerheiligsten, das früher einmal – in der guten alten Zeit, als das Büro zugleich noch Wohnung war – das Wohnzimmer gewesen sein mußte. Abgenutzter Parkettfußboden, von dem viele Quadratmeter mit Wiltonteppichen bedeckt waren, die orientalische Motive zeigten. Wer nicht viel von Teppichen verstand, mochte glauben, sie seien echt. Wenn es etwas gibt, was ein Polizist gelernt hat, so ist es, Spreu von Weizen zu unterscheiden. Wir haben Hunderte von Fälschungen aller Art gesehen, mit denen jemand glaubte, auf unehrliche Weise Geld machen zu können.

Die Tapeten waren in grünem japanischem Seegras gehalten. Doch wenn man genau hinschaute, bemerkte man, daß sie in den Ecken schlecht verarbeitet, also von einem Amateur angebracht worden waren. An den Wänden nichtssagende Lithografien von mir unbekannten Künstlern, aber mit breiten Silberrahmen, die offensichtlich den Wert erhöhen sollten. Eine Sitzgruppe in rotem Plüsch, die angefertigt und verkauft worden war, als Plüsch unbedingt zu einer Ausstattung gehörte. Aber diese Zeiten waren ja nun vorüber, und die Überreste sahen recht traurig aus. Ein Couchtisch mit verchromten Beinen und einer Glasscheibe, auf der eine Fruchtschale stand und exklusive Zeitschriften strategisch ausgebreitet lagen, um Kratzer und Schrammen zu verdecken. Ein Schreibtisch in heller Eiche, ein Stuhl für Besucher mit Lehnen aus Rotbuche, ein Chefstuhl aus Eibe, mit schwarzem Leder bezogen. Alles in allem ein Möchtegern, aber nicht Können, ein Wünschen, aber nicht Begreifen. Die Innenseite der Tür war gepolstert, um kundzutun, daß alles, was auch immer in diesem Zimmer zur Sprache kommen mochte, fest vor der Außenwelt verborgen sein sollte.

»Herr Hassel, vermute ich?«

»Jedenfalls nicht Livingstone.«

»Axehag. Jur. kand. Jerry Axehag. Bitte nehmen Sie Platz, Herr Hassel.«

»Worin besteht der Unterschied zwischen einem Jur. kand. und einem Notar?«

»Ich habe mein Examen gemacht. Notar gebrauche ich als entsprechenden Titel.«

»Man möchte ja gern Bescheid wissen«, sagte ich naiv und ließ mich in den Besucherstuhl nieder, der, als das Polster noch neu war, sicherlich einmal bequem war.

Axehag mochte etwa Mitte Zwanzig sein und strengte sich mächtig an, die Erfahrung eines Fünfzigjährigen vorzutäuschen. Er war lang und schmal, versuchte aber, dies durch breit gepolsterte Schultern seines weißgestreiften Anzugs zu verbergen. Das Hemd war blendendweiß, und beinahe hätte ich ihn gefragt, ob es vielleicht seine Mutter gewesen war, die am Waschkübel gestanden hatte. Der

Schlips war silberfarben – der Knoten nach englischer Mode gebunden – und verschwand unter einer ordentlich geknöpften Weste. Seine wohlmanikürten Finger flatterten mit einem Silberetui auf mich zu.

»Eine Zigarette?«

»Ich rauche nicht.«

»Stört es Sie, wenn ich es tue?«

»Es sind nicht meine Lungen.«

Er steckte sich den Sargnagel mit einem vergoldeten Feuerzeug an. Seine Bewegungen waren voller Behaglichkeit und wiesen einen Mann von Welt aus. Sein sandfarbenes Haar war schlecht gekämmt. Er hatte blaugraue Augen, die eine Neigung zu leichtem, nervösem Zucken aufwiesen, eine knochige Nase und einen schmallippigen Mund über einem Kinn, das er nach vorn schob, um männlicher zu wirken. Seine hemdenwaschende Mama platzte sicher bald vor Stolz über ihn.

»Na, was hat es nun mit dem Wichtigen, Heiklen und Diskreten auf sich?« fragte ich.

Er lächelte und machte eine schwache Bewegung mit der Hand, in der er die Zigarette hielt.

»Lassen Sie mich betonen, daß ich als Jurist einer Schweigepflicht unterliege. Ich garantiere volle und totale Diskretion. Verstehen Sie?«

»Noch nicht. Aber ich bin überzeugt davon, daß mir bald ein Licht aufgehen wird.«

»Ich habe einen kleinen delikaten Auftrag bekommen. Da die Angelegenheit heikler Natur ist, kann ich selbstverständlich meinen Auftraggeber nicht preisgeben, in der Angelegenheit selbst bin ich nicht bis ins letzte Detail vorgedrungen, aber es hat den Anschein, daß Sie, Herr Hassel, gewisse Angaben besitzen, von denen mein Auftraggeber wünscht, daß Sie nicht darüber verfügten. Könnte dies die Tatsachenbeschreibung einer entstandenen Lage sein?«

»Weiter.«

Er lächelte wieder und zuckte mehrmals mit den Augenbrauen, um mir verständlich zu machen, daß wir nun langsam auf der gleichen Seite zu stehen kämen und weitersprechen könnten wie richtige Kumpels.

»Wie gesagt, das wahre Ausmaß Ihrer Kenntnisse ist mir nicht bekannt, aber das ist ja auch nur von untergeordneter Bedeutung, das Primäre ist, daß Sie und mein Auftraggeber sicher ein gemeinsames Interesse daran haben, ein Übereinkommen zustande zu bringen zum beiderseitigen Vorteil.«

»Gib mir Einzelheiten.«

Axehag dachte, das Gespräch laufe wie geschmiert, und man konnte sehen, daß er sich aufgrund seiner Geschicklichkeit als Handlungsführer äußerst wohl fühlte. Er räusperte sich und ließ der hellen Stimme etwas mehr Erz zukommen, denn nun gelangten wir zum Wesentlichen. Er glaubte, als Dompteur den Schafskopf von Polizisten gut im Griff zu haben, und nun sollte der Schwanz des Schafes noch ordentlich hochgebunden werden. War ich genauso naiv gewesen, als ich Fünfundzwanzig war? In diesem Fall konnte ich jetzt im Nachhinein verstehen, daß ich Trost im Alkohol gesucht hatte.

»Das Übereinkommen kann wegen der schon erwähnten heiklen Natur nicht auf einem Papier festgehalten werden, sondern müßte den Stempel eines Agreements zwischen Gentlemen tragen.«

»Zwischen Gentlemen?«

»Ja. Ein Agreement ist ungefähr die gleiche Sache wie ein Übereinkommen.«

»Ja, wahrhaftig. Worauf soll das Agreement hinauslaufen?«

Mit einer abgemessenen Geste tötete er die Zigarettenkippe in einem Keramikaschenbecher, auf dessen Boden ein stilisierter Hirsch zu sehen war. Axehag beugte sich über den Schreibtisch und faltete locker die Hände. Er sah aus wie ein soeben ernannter Hilfsprediger, der nach dem Bischofsstab trachtete.

»Wie Sie sicher verstanden haben, Herr Hassel, besteht das Übereinkommen aus zwei Teilen. Sie vergessen das, von dem mein Auftraggeber wünscht, daß Sie es vergessen möchten. Das ist das eine. Für Ihre Leistung werden Sie finanziell entschädigt. Das ist das andere.«

Ich nickte nachdenklich und versuchte, einen gierigen Eindruck zu machen, was nicht so schwer war.

»Und wieviel Kies wäre das?«

»Verzeihung?«

»Wieviel will er blechen? Wieviel Piepen ist er bereit auszuspucken? Kurz gesagt, um welche Summe handelt es sich?«

Eine neue Zigarette. Er brauchte den Rauch, um die rechte Atmosphäre für seine geheimen Überlegungen zu bilden.

»Mein Auftraggeber hat mir keine genaue Summe genannt.«

»Er will mich doch schmieren. Dann muß er schon mit fettem Fleisch kommen, damit es nicht im Halse stecken bleibt.«

Der Notar sah mißbilligend auf den polizeilichen Leuteschinder, der in einem Klartext sprach, den er durch eine verquaste Sprache zu verschleiern suchte. Vielleicht sollte ich auch ein wenig flackern und sabbern?

»Mein Auftraggeber hat dafür Sorge getragen, daß eine entsprechend vernünftige Summe, ganz gleich auf welches Bankkonto, überwiesen werden kann. Ich möchte vorschlagen, daß Sie, Herr Hassel, ein erstes Angebot unterbreiten.«

»Wie ein Pferdehändler vielleicht?«

»Haben Sie ein Angebot?«

»Natürlich. Selbstverständlich.«

»Schön. Lassen Sie hören.«

Nun war ich an der Reihe mich vorzubeugen, und ich sah direkt in seine Jur.-kand.-Augen.

»Hunderttausendmillionen Trillionen. Ist das O. K.?«

Er zuckte zusammen, und es sah aus, als hätte ich ihn mit einem nassen Wischlappen erschlagen. Ich nahm das Telefon und wählte die Nummer zur K. Ich hatte Glück und konnte direkt mit Ruda sprechen. Axehag saß in seinem Stuhl und begriff nicht, was im Gange war. Ich grinste ihn freundlich an.

»Hier ist Rolle. Schick ein paar Männer in die St. Eriksgatan 8, drei Treppen. Axehags Juristisches Büro. Ich habe Axehag aufgegriffen, er soll verhört werden, da der Verdacht auf Zusammenarbeit mit Sören Linder besteht. Ich warte mit ihm im Innenraum. Im Büro befindet sich noch eine Dame. Ihr ist zuzutrauen, daß sie mit den Papieren manipuliert, sobald sie erfährt, daß es interessant sein kann, seine Papiere durchzuackern.«

»Sie kommen.«

»Der Teufelsbraten versuchte, mich durch Linder bestechen zu lassen.«

»Der Teufel ist der Herr aller Toren.«

Ich legte den Hörer auf und setzte mich wieder. Axehags schmächtiger Körper zitterte, und der Adamsapfel fuhr mit dem Expreßfahrstuhl herauf und hinunter, da er unaufhörlich schluckte. Er fühlte sich recht unwohl, und das freute mich. Seine Finger suchten nach dem Knopf der Sprechanlage, aber ich verhinderte es, indem ich den Apparat außer Reichweite zog.

»Nun brauchen wir nur noch zu warten«, klärte ich ihn auf. »Gleich kommen ein paar uniformierte Gentlemen und schließen mit dir ein schnelles Agreement. Es wird eine kurze Vergnügungsreise durch das herbstlich schöne Stockholm.«

»Ich ... ich ... ich habe nichts zu sagen.«

»Vielleicht änderst du deine Meinung noch.«

»Ich habe Schweigepflicht! Nichts kann mich dazu bringen, daß ... ich habe das Gesetz auf meiner Seite ... als Jurist ...«

»Keineswegs, mein lieber Junge. Advokaten und Priester, Ärzte und – seltsam genug – Zahnärzte unterliegen laut Gesetz der Schweigepflicht. Aber nicht ein kleiner Jur.-kand., auch nicht ein Notar. So, das reicht nun, bis du die Freßluke wieder aufsperren kannst, um entsprechende Fragen zu beantworten.«

Ich merkte, daß er mich einen verzweifelten Augenblick lang abschätzend taxierte. Würde er fliehen können? Doch selbst wenn ich mit meinem physischen Training weit zurücklag, so lag ich doch achtzehn Meilen vor ihm.

Er sank wieder auf seinem schwarzen Stuhl zusammen. Seine Augen starben. Seine kurze juristische Laufbahn war zu Ende, und er wußte es. Seine Mama würde um ihn weinen. Er selbst schluchzte. Wieder einer, von dem ich denken sollte, daß es schade um ihn war. Wieder einer, von dem ich nicht denken konnte, daß es schade um ihn war.

Es war Pelle Petersson, der in Begleitung zweier Polizisten der Funkstreife kam. Nach ihnen erschien eine verwirrte Frau Albrektsson, aber ihr Chef, der Herr Notar, konnte sie nicht trösten. Er sog lediglich tief den Atem ein und schwankte ein wenig, als ihn die Polizisten hinausführten. Ich erklärte Pelle schnell dic Situation. Er berichtete, daß noch ein weiterer Mann kommen würde.

»Und du sollst zu Yngve«, sagte er. »Dort brennt eine Zündschnur.«

»Ist etwas passiert?«

Er zog an den Fingern, daß die Gelenke knackten, was bei ihm stets ein Zeichen dafür war, daß er sich in Aufruhr befand.

»Ein neuer Mord. Oder auf jeden Fall ein Mordversuch. Und wie Yngve es darstellte, sei es deine Schuld!«

10

Karsten Hell war zusammengeschlagen worden, lag nun im Söder-Krankenhaus und konnte nur flüssige Nahrung zu sich nehmen. Ruda war persönlich oben gewesen, hatte mit ihm gesprochen und war nun nicht mehr der Meinung, daß die Mißhandlung auf einen Fehler meinerseits zurückzuführen sei.

»Es war eindeutig eine ganz gewöhnliche Schlägerei auf einer Sauftour. Ich dachte zuerst, es hätte sich um einen Racheakt Linders gehandelt, und in diesem Falle wäre es ein Fehler gewesen, Hell gehen zu lassen. Aber Karsten hat einen dicken Bierkopf. Er feierte die Freiheit, indem er gierig den Schnaps in sich hineinsoff, bis er zu schielen anfing und halb Europa zum Boxkampf herausforderte.«

Mit einer Handbewegung erledigte Ruda die Angelegenheit Hell und zog ein anderes Papier zu sich heran, das durch eine Büroklammer mit einer Zeichnung zusammengeheftet war, die den Mann in der Mordbande zeigte, der wie ein sizilianischer Maffiaboß aussah. Öhman hatte sie gemacht.

»Rolf hat Verbindung mit allen Dolmetschern für Minderheitsgruppen aufgenommen und kam dahinter, daß Gergeo ein assyrischer Familienname ist. Er zeigte die Zeichnung zwei assyrischen Dolmetschern und einem Mann, der verantwortlich ist für Aktivitäten der Gruppe. Sie glauben, daß es sich um Murat Gergeo handelt. Er lebt seit sechs Jahren in Schweden und wird als intelligente Person eingeschätzt. Außerdem gibt er Unterricht in erstaunlich gutem Schwedisch.«

»Haben wir seine Adresse?«

»Ich habe sie gerade bekommen.«

»Södertälje oder Botkyrka?«

»Botkyrka. Bestimmt fast in Alby. Wir nehmen ein paar Wagen und fahren hinaus. Du mußt mit, um ihn zu identifizieren. Wir können uns keinen weiteren Irrtum leisten.«

Die Wagen wendeten im Hof, aber ich stahl mich einige Minuten davon, um Virena anzurufen. Ich erklärte ihr, daß es wahrscheinlich spät würde. Ich sprach mit leichtem Ton und saß dann mit offenem Mund da, die Hand um den Hörer gelegt, um zu hören, ob mein Fühler eine entsprechende Respons erhalten würde. Wir hatten uns ja nur ein bißchen verheddert. Das jedenfalls war meine Meinung, aber ich wußte ja nicht, ob sie auch von ihr geteilt wurde.

»Gut. Soll ich das Essen warm halten?«

»Ja, danke. Doch du ... äh ...«

»Ja?«

»Ist heute abend etwas im Fernsehen?«

Sie kicherte, und eine warme Woge überflutete mich. Der verhedderte Knoten hatte sich gelöst, ich war weiterhin ein werdender Vater mit festem Kernholz.

»Es ist wohl bloß das übliche. Vielleicht können wir statt dessen ein paar von deinen Platten auflegen.«

»Ich verspreche dir auch, die Nadel zu wechseln.«

Ich meinte es in doppelter Hinsicht, und ich rechnete damit, daß sie es auch so verstanden hatte. In fast aufgeräumter Stimmung ging ich zu den Wagen hinunter. Dort wartete eine bewaffnete Truppe, ganz offensichtlich dachte man nicht daran, Gergeo auch nur die geringste Chance zu geben, sich querzulegen. Ich hoffte wirklich, daß dies kein neuer Karsten Hell war, den wir von seinem halb ausgetrunkenen Whisky wegzerrten.

Wir fuhren nach Alby in Botkyrka hinaus, und das war ganz in der Nähe jenes Platzes, wo Bolinder erschossen worden war. Botkyrka war ein Zentrum für Einwanderer, in verschiedenen Teilen der Gegend waren die Schweden in der Minderheit. Mehr als fünfunddreißig Nationen waren vertreten, und es hatte sein Gutes, daß viele Kulturen in die schwedische eingebracht wurden, aber nur die Allertreuherzigsten konnten die Augen davor verschließen, daß das Dasein nicht ganz frei von Problemen war.

Blauäugige Einwanderer wie die Assyrer waren in ein Land gekommen, von dem behauptet wurde, daß dort Milch und Honig flössen. Genauso blauäugige Behörden gaben ihnen eine moderne Wohnung, einen Stoß Papiere über die schwedischen Verhältnisse, und damit, so glaubte man, habe man das Seinige getan. Chromglanz und Kacheln, so wurde vorausgesetzt, rufen Glücksschauer in einem solch hohen Grad hervor, daß man sich sofort anpaßt. Aber Menschen haben andere Träume.

Einwanderer aus vielen Ländern haben mit dem jahrhundertealten Mißtrauen gegenüber allen Arten von Behörden gelebt, und warum sollten sie plötzlich annehmen, daß die schwedischen die Ausnahme wären von der Regel, die besagt, daß die Übergeordneten dazu da sind, beschummelt zu werden, und daß der Staat ein Feind ist, über den die Meinung vorherrscht, man könne ihm höchstens aus dem Hinterhalt entgegentreten?

Als sie entdeckten, daß die Milch des Landes versiegte und daß der Honig zur Neige ging, kamen die Probleme, jene Probleme, die zwar schon die ganze Zeit vorhanden waren, die man aber hatte überspielen können. Die Arbeitslosigkeit traf sie zuerst. In den Ländern, aus denen sie kamen, verlor meist der Vater den Respekt der Familie, wenn er sie nicht aus eigener Kraft versorgen konnte. Konflikte über Konflikte. Die Frauen traten in das Arbeitsleben ein. Konflikte über Konflikte.

Die Kinder wuchsen in schwedischen Verhältnissen auf und akzeptierten die schwedischen Wertungen. Konflikte, Konflikte. Sie fügten sich nicht länger, sie befolgten nicht die uralten Gebote, sie stellten selbstverständliche Moralauffassungen in Frage. Tag für Tag Konfrontationen. Die Kinder hatten die Sprache erlernt und mußten oft die Gespräche der Eltern mit den Behörden führen. Die Väter schämten sich wegen des Mangels an Autorität und forderten stärkere Respektierung ihrer Familienoberhoheit, um ihre Mängel zu kompensieren. Aber den Respekt bekamen sie von den Kindern nicht mehr. Die Familienbande wurden durchgeschnitten, und blutende Wunden entstanden.

Die Kirche kämpfte für das ihre. Die geistliche Obrigkeit – kirchliche Würdenträger und Priester – war es gewohnt, daß alles, was sie sagte, in ihrem Heimatland als heilig angesehen wurde. Sie war unfehlbar, und als nun die Jungen sich weigerten, blind zu gehorchen, verwirrte sie das, und sie ermahnte die Eltern zu strengerer Erziehung. Furchtbare Konflikte.

Abgestumpfte Schweden wollten andere Denkarten nicht akzeptieren. Das, was bei uns üblich war, sollte für alle gelten. Vor einem Jahr war ich bei der Untersuchung eines Selbstmords dabei, den eine assyrische Frau im mittleren Alter begangen hatte. Sie hatte sich im Badezimmer erhängt. Die Ursache? Sie hatte Hilfe in einem Krankenhaus gesucht und den Bescheid bekommen, daß ein männlicher Gynäkologe sie untersuchen werde. Sie bettelte und flehte, man solle sie doch zu einer Ärztin schicken. Was für Dummheiten. Das wissen doch wohl alle, daß viele Gynäkologen Männer sind. Aber lieber nahm sie sich das Leben, als ihre Moralbegriffe, die ihr heilig waren, von einem Mann beschmutzen zu lassen.

Die Gewalt ist Alltag in diesen Gruppen. Das meiste kommt der Polizei gar nicht zur Kenntnis. Man ist es seit Urzeiten gewohnt, von Geschlecht zu Geschlecht und von Familie zu Familie abzurechnen. Blutrache und Vendetta. Drohung, Mißhandlung und Totschlag für etwas, was ein Schwede als Bagatelle ansieht, was aber im alten, überlieferten Zusammenhang betrachtet zur unverzeihlichen

Kränkung wird, vor allem, wenn die Ehre junger Mädchen in Frage gestellt wird. Messer und Äxte werden angewandt, ja, der Verhaßte kann durchaus, mit Ketten gefesselt, hinter einem Auto hergeschleift werden. Und trotzdem treffen wir Polizisten nur auf ein glattes, blankes Gesicht, wenn wir erfahren wollen, was hinter all dem steckt. Es war nichts. Doch wir ahnten, daß er dachte, das nächstemal sei er an der Reihe, er und sein Geschlecht, und die Blutrache würde unerbittlich sein.

Die Treuherzigsten bilden sich ein, daß sich alle Einwanderer wie Brüder und Schwestern fühlen und sich in allen Lebenslagen helfen. Keineswegs. Es gibt enorme Spannungen zwischen den verschiedenen ethnischen Gruppen und dann noch in den einzelnen Gruppen selbst.

Plötzlich wollte sich ein Teil der Assyrer nicht mehr länger Assyrer nennen. Sie kamen aus anderen Gegenden und wollten als Syrier bezeichnet werden, selbst wenn sie einräumten, daß es einen gemeinsamen Hintergrund gab. Es begann ein Kampf um die Macht zwischen den Familien, und sie schlugen sich – nur wegen der Benennung – so hart, daß es den Behörden nicht gelang, sie zu trennen, und sie ihnen, trotz beiderseitiger dauernder Proteste, die gemeinsame Bezeichnung Assyrer/Syrier gaben.

Ich war mehrmals dabeigewesen, als Einwanderer in den verschiedensten Fragen gehört wurden und wo sich die Einwanderer und die schwedischen Fragesteller zum Schluß nur noch gegenseitig anstarrten. Keiner verstand den anderen. Sie hätten Wesen von zwei verschiedenen Planeten sein können, die die Unbegreifbarkeit ihrer Orte erklärten.

Daß dies alles so geworden war, konnte keinem angelastet werden. Keiner hatte bewußt schuld. Die Einwanderer waren über die schwedischen Verhältnisse falsch informiert worden. Verschiedene waren regelrecht geflohen, um Verfolgungen zu entgehen, aber man kann nicht in einem ständigen Zustand der Dankbarkeit leben. Die meisten Einwanderer fühlten sich nicht besonders wohl in unserem Land und sehnten sich zurück an ihren ursprünglichen Ankerplatz, selbst wenn die äußeren Umstände dort schwerer waren. Aber sie konnten nicht ohne die Kinder zurück, und die Kinder weigerten sich, auf einen niedrigeren äußeren Standard hinabzusteigen, und sie weigerten sich, von anderen ihr Leben bestimmen zu lassen. So saß und sitzt man nun in feinen und hellen Wohnungen und sehnt sich, aus fünfunddreißig Ländern gekommen, durch fünfunddreißig Löcher in der Wand hindurch nach Ghettos, Hütten oder unmodernen Steinhäusern, die mit Menschen vollgestopft sind.

Schwedische Gangsterbosse heuerten Männer an und lockten mit Geld und Statussymbolen. Das waren Versuchungen, denen man leicht erliegen konnte. Das Gesetz war immer zu ihrem Nachteil gewesen, und um ihren verlorenen Respekt wiederzuerlangen durch so einfache Sachen wie etwa das Umgehen unbegreiflicher Gesetze, da mußte man keinen großen Schritt tun. Viele fingen auch an, Menschen aus dem Heimatland herauszuschmuggeln, und verdienten so an der verzweifelten Lage ihrer Landsleute große Summen. Nicht wenige jammerten darüber. Doch es bot einen Lebensunterhalt, und das war das einzige, was zählte, so, wie Geld und Macht in Ländern mit starker feudalen Herrschaft schon immer zählten. Die nächste Generation würde besser zurechtkommen und die Generation danach auch, aber die gegenwärtige hatte große Probleme. Eigentlich war es verwunderlich, daß trotzdem so viele äußerst ehrenhaft waren. Wie sich ausgewanderte Schweden in der gleichen Situation benehmen würden, darüber kann man nur spekulieren. Aber wahrscheinlich würden sie dadurch zurechtkommen, daß sie untereinander Schwarzgebrannten verkauften.

Die Wagen rollten zwischen die Hausreihen von Alby hinein und hielten ein Stück von der Tür entfernt. Außer mir waren noch sechs bewaffnete und uniformierte Polizisten dabei, um einen einzigen Mann festzunehmen, der vorläufig nur ein mutmaßlicher Übeltäter war. David gegen Goliath. Und natürlich mußte es so sein. Wenn Gergeo der Mörder war oder zumindest an einem Mord beteiligt, konnte kein Mensch verlangen, daß auch nur ein einziger Polizist unnötige Risiken auf sich nahm.

Viele lachen über die großen Polizeiaktionen, aber sie begreifen nicht, daß ein Polizist heil wieder nach Hause kommen möchte, jeden Abend, daß er mit seiner Frau zusammen sein will, mit seinen Kindern spielen, vor der Glotze sitzen und Urlaubspläne schmieden möchte. Er genauso wie all die anderen Mitbürger im Land, die in ihrem Beruf keinem größeren Risiko ausgesetzt sind, als sich beim Nasebohren den Arm zu brechen.

Alle hinaus aus dem Wagen und durch die Tür hinein in das siebenstöckige Wohnhaus. Die Fahrstuhltür auf und blockiert, damit sich kein Fluchtweg bot. Dem hingeschmierten Namensschild nach wohnte er drei Treppen hoch. Die gesamte Streitkraft rannte bis zu dieser Etage nach oben. Der Leiter der Aktion klingelte, und die anderen hielten sich in Bereitschaft.

Eine Frau öffnete. Die Tür wurde aufgestoßen, und die Polizisten stürmten mit schußbereiten Waffen hinein, gefolgt vom wilden Schrei der Frau. Dieser Moment ist stets der unangenehmste, aber es gibt keine andere Wahl. Ist man zu feinfühlig und bittet um Erlaubnis, könnte der Verfolgte eine eventuell vorhandene Waffe hervorziehen und dem einen oder anderen Polizisten Schaden zufügen. Wegen dieser Art Aktionen werden wir von einigen als Faschisten und Gestapo beschimpft, aber damit müssen wir leben – und zu leben ist wohl das Wichtigste!

Als wir hineinstürmten, saß im Wohnzimmer eine Gruppe von ungefähr zehn Personen beim Essen, Männer, Frauen und Kinder. Die Kinder stimmten sofort in die Schreie der Frauen ein, und die Männer fuhren von den Stühlen hoch, wurden aber von den gezogenen Pistolen in Schach gehalten. Drei Polizisten untersuchten schnell die anderen Zimmer. Doch ganz offensichtlich hatten sich alle zum Essen versammelt.

»Ist er hier?« fragte der Polizeioffizier.

Diesmal gab es keinen Zweifel für mich. Murat Gergeo stand reglos am Tisch. Um den Hals hatte er eine Serviette geknotet. Als ich ihn das vorige Mal gesehen hatte, gehörte er zu Sören Linders Mordgesellen.

»Das ist er«, antwortete ich und nickte in seine Richtung.

Die Schreie der Frauen hörten nicht auf, und die vier Kinder rannten gegen die Polizisten an, stießen sie gegen die Schienbeine und heulten aus allen Kräften. Die Eltern ließen es geschehen. Gergeo bekam den strengen Befehl, sich an die Wand zu stellen. Er wischte sich den Mund mit der Serviette ab, sein Gesicht war völlig ausdruckslos.

Er ließ die Leibesvisitation über sich ergehen, doch außer einem zusammenklappbaren Taschenmesser, das wir sofort mit Beschlag belegten, fanden wir keine Waffe bei ihm.

Wortlos kam er mit uns in die Diele und auf die Treppe hinaus. Die Frau schrie und schrie und schrie, und wir hörten, daß die Türen im gesamten Haus geöffnet wurden.

Die anderen Männer und Frauen standen starr am Tisch und waren keiner Regung fähig. Sie schienen keine Angst zu haben. Sie waren aufmerksam, doch ohne Aggression.

Sie waren Realisten. Man hatte Murat Gergeo ergriffen, woran sie nichts ändern konnten. So war es eben.

Schweigsame Leute standen in den Türen und schauten uns zu, als wir mit Gergeo vorbeikamen. Hinter uns ging die Frau und heulte, und der letzte Mann spürte ihre trommelnden Fäuste auf seinem Rücken. Doch er kümmerte sich nicht darum. Er war schon öfter bei solchen Aktionen dabeigewesen und wußte, daß die Verzweiflung irgendwie heraus mußte. Und so hart konnte sie nun auch wieder nicht zuschlagen.

Gergeo wurde, flankiert von zwei Polizisten, auf dem Rücksitz eines Autos plaziert. Das letzte, was wir hörten, war ein Fußtritt gegen einen Kotflügel und der Schrei, der bis nach Essingeleden in den Ohren widerhallte. Murat Gergeo hatte die Arme verschränkt und starrte durch die Windschutzscheibe. Er hatte sich nicht umgedreht, der Frau zuzuwinken oder ihr ein aufmunterndes Zeichen zu geben.

Ruda war überglücklich und rieb sich die Hände wie ein Pensionär, der zu Gast war. Er traf sogleich die Vorbereitungen zu dem Verhör. Ich verspürte keine Lust, mit dabeizusein, und ging nach Hause. Nach Hause zu meinem Essen, das warm gehalten worden war, nach Hause zu Miles Davis und Dave Brubeck und zum Modern Jazz Quartett, nach Hause zu einem späten Kaffee und einem kleinen Plauderstündchen, nach Hause in mein Bett und zum Schlafen. Und die ganze Zeit über lag der Schrei der Frau irgendwo in meinem Hirn, lag dort und irritierte mich wie ein Juckreiz, den man loswerden wollte, was aber nicht gelang.

Gegen neun am nächsten Morgen kam ich zur Fahndungsabteilung. Ich war müde, obwohl ich meine sieben Stunden geschlafen hatte. Ruda jedoch war noch abgespannter. Er hatte bis zwei Uhr früh durchgemacht, erst dann hatten alle schlafen gehen können, einschließlich Gergeo. Ich konnte es Ruda ansehen, daß sie nicht weitergekommen waren.

»Er sagt keinen Ton«, grunzte er. »Er hat immer nur an uns vorbeigesehen und ein Pokerface aufgesetzt wie ein alter Fuchs. Rein nichts hatte er in den Taschen, was uns einen Fingerzeig hätte geben können.«

»Und zu Hause?«

»Wir waren gestern abend gegen halb zehn noch mal dort, doch da war die Wohnung verrammelt. Selbstverständlich sind wir hineingekommen, aber es war nichts zu finden. Die Familie ist wohl zu Freunden oder Verwandten abgehauen. Die Nachbarn wußten nichts. Willst du ihn dir ansehen? Es ist Zeit zum Morgenverhör.«

Er fuhr mit seinen kurzen stumpfen Fingern durch sein graues Borstenhaar und seufzte mit tiefer Baßstimme.

»Bald habe ich das hier vom Halse. Vom Tag nach meiner Pensionierung an werde ich niemand mehr nach irgendwas fragen. Nicht mal, wie spät es ist.«

»Ist schon alles klar mit deinem Nachfolger?«

»Die Rede ist von Ållerman.«

»Oh, verdammt, dieser Sauertopf!«

»Du hast auch nicht die beste Meinung von ihm. Ein Kerl, der sicher tüchtig war, als er die Schulbank gewetzt hat. Kommt er raus in die Praxis, kriegt er wahrscheinlich einen Schlaganfall, aber bestimmt wird er große Denkschriften verfassen. Zunächst wird er nur kommissarisch eingesetzt, aber er liegt denen oben ganz schön in den

Ohren und wird den Posten bestimmt fest zugesprochen bekommen.«

»Das wird nie etwas mit ihm.«

»Es wird schon gehen. Eine Abteilung steht und fällt nicht mit ihrem Chef. Die Qualität der Leute ist entscheidend.«

»Glaubst du selbst daran?«

»Nee, aber das ist euer Problem. Ihr könnt ja bei ihm ein paar anständige Jungenstreiche ausprobieren, doch verrat nicht, daß ich es gesagt habe. Eine Reißzwecke auf dem Stuhl zum Beispiel. Oder die Galoschen festnageln.«

Murat Gergeo hätte eine Anstellung als Mumie annehmen können. Er saß mit gekreuzten Armen da, sein Blick zeigte nur Leere. Obwohl von ihm behauptet wird, daß er gut Schwedisch sprechen könne, hatte Ruda einen Dolmetscher dazugeholt. Doch das waren unnötige Ausgaben für das Staatsbudget.

»Gergeo, das hier ist Kriminalinspektor Roland Hassel.«

Ich war Luft für ihn, wahrscheinlich schlechte Luft.

»Ihm gelang die Flucht, als ihr Kriminalinspektor Einar Bolinder ermordet habt.«

Das erschütterte ihn nicht.

»Du wirst zu einer langen Freiheitsstrafe verurteilt, Gergeo, und du wirst ausgewiesen. Wir würden dir raten, auf unsere Fragen zu antworten.«

Er zwinkerte nicht einmal. Ruda überließ das Verhör, oder besser gesagt den Monolog, anderen, und wir gingen in sein Zimmer. Er holte Kaffee vom Automaten. Doch selbst das Vergnügen, das Getränk als Muckefuck beschimpfen zu können, besserte seine Laune nicht.

»Irgend etwas ist seltsam an diesem Fall, Rolle«, grunzte er.

»In welcher Hinsicht seltsam?«

»Du weißt, wie das ist. Es sitzt im Rückenmark. Man spürt, daß man beim Verhör eigentlich nach ganz anderen Sachen fragen sollte, aber man weiß nicht, wie man es formulieren soll. Naja, das wird ja dann wohl eure und Ållermans Sorge sein. Wenn ich nur Sören Linder schnappen kann, am liebsten natürlich die ganze Bande, dann wäre ich mehr als zufrieden und könnte beruhigt am Nachmittag nach der Siesta meinen Strega zum Cappucino trinken.«

Er lächelte, und in Gedanken war er in einem sonnenüberfluteten italienischen Dorf, während bei uns Winter herrschte. Gemeinsam schlossen er und Rut mit den Leuten Bekanntschaft, radebrechte er in der fremden Sprache und war froh, wenn man ihn verstand, und keinen Augenblick dachte er an die K, die Fahndungsabteilung und an Roland Hassel. Für mich ein sonderbares Gefühl der Leere, als hätte ich ihm all die Jahre über nicht das geringste bedeutet. Vielleicht hatte er meine Gedanken gelesen, denn er beugte sich zu mir herüber und gab mir einen leichten Klaps auf die Schulter.

»Bring deine Virena und den kleinen Hassel mit und besucht mich. Ihr seid willkommen – unter der Bedingung, daß kein Wort über den Polizeijob fällt.«

Den Rest des Tages ging ich verdächtigen Spuren nach, und sollte es tatsächlich mit einer von ihnen etwas auf sich gehabt haben, dann hatte ich es auf keinen Fall bemerkt. Einer jener Tage, an dem das meiste schiefgeht. Aber das gehört nun mal auch dazu. Ich schrieb meine dummen Rapporte und dachte gerade daran, nach Hause zu gehen, als Ruda mich durch die Sprechanlage bat, zu ihm zu kommen. In seinem Zimmer saß die Frau, die geschrien hatte. Auch wenn sie jetzt nicht heulte, so war sie doch genauso aufgeregt wie am Vortag.

»Mein Mann nichts hat mit der Polizei zu tun. Sie freilassen ihn nun. Die Kinder wollen haben ihren Vater.«

»Das hier ist also Frau Samira Gergeo«, stellte Ruda sie formell vor. »Kriminalinspektor Hassel kennen Sie ja schon.«

Sie richtete ihre schwarzen Augen auf mich, und es fiel mir schwer, ihnen standzuhalten. Kinder, die ihren Vater wiederhaben wollten. Früher hätte ich darauf nie reagiert. Aber jetzt . . . Es ist ja nicht Schuld der Kleinen.

»Sie freilassen Mann mein.«

»Wir werden sehen«, antwortete Ruda unbestimmt. »Ihr Mann antwortet auf unsere paar Fragen nicht, und das erschwert das Ganze etwas.«

»Mann mein arbeiten und verdienen ehrlich. Kein Dieb.«

Ruda nickte freundlich.

»Genau das. Er arbeitet. Sag mir, wo ist das, wo er jetzt wieder arbeitet?«

»Das Lager. Verdienen so, daß reichen.«

»Ein Lager war das, ja. Wie heißt der Betrieb, dem das Lager gehört?«

»Eris er heißt. Mann mein gewesen dort mchrere Monate. Er war ehrlich Mann und nichts nehmen.«

»Wir wollen es hoffen, Frau Gergeo. Wenn er völlig unschuldig ist, werden Sie ihn bald wiederhaben. Ich verspreche, daß ich ihn von Ihnen und den Kindern grüßen werde. Er ist ja in Untersuchungshaft, darum wird er auch bald einen Verteidiger zur Unterstützung bekommen. Alles andere wird sich schon finden, Frau Gergeo.«

Sie war von nichts überzeugt. Sie wollte in diesem fremden Land nur ihre Geborgenheit zurück haben. Sie verließ das Zimmer, ohne zu heulen, aber mit einem solch starren Gesichtsausdruck, daß sie dem Weinen nahe war.

»Eris?« murmelte Ruda. »Er muß wohl irgend eine Gelegenheitsarbeit gehabt haben. Kannst du dich mal darum kümmern, Rolle?«

»Die Firma hat jetzt sicher geschlossen. Ich erledige das morgen früh. Und wie ist es mit dem Notar Axehag ausgegangen? Dem Starjuristen?«

»Ein Grünschnabel, der Geld verdienen wollte.«

»Es steckte doch wohl mehr dahinter?«

»Ja, sicher, aber . . .«

Ruda bohrte mit dem kleinen Finger im Ohr herum und schnippte das Schmalz zum Papierkorb hin. Langjähriges Training sicherte, daß die Kugel traf. Er gähnte und kratzte sich heftig an der Brust. Yngve Ruda war ein Mann mit vielen Gesten, und ich würde jede einzelne vermissen.

»Sie bekommen keine Arbeit mehr, diese Jur.-Kandidaten. Alles ist besetzt. Kein Anwaltsbüro nimmt sie. Auch die Gerichtswege sind mehr oder weniger verschlossen. Sie müssen als Taxifahrer arbeiten oder als Nachtwächter, wenn sie überhaupt eingestellt werden, sie nehmen jede Arbeit an, um ihre Existenz zu sichern. Ich habe heute mit einem bekannten Anwalt gesprochen, er erzählte mir, daß jede Woche mindestens fünf junge Juristen zu ihm kommen und ihm anbieten, umsonst zu arbeiten, nur um die Praxis kennenzulernen. Aber in der heutigen Gesellschaft ist so etwas nicht statthaft, übrig bleibt, eine Nachtwache oder etwas ähnliches zu ergattern.«

»Aber Axehag gelang es, der Nachtwache zu entrinnen?«

Ruda nickte.

»Ein alter Verwandter von ihm hatte ein dahinsiechendes Anwaltsbüro, das er kaufen konnte. Seine Mutter lieh ihm das Geld.«

»Ich ahnte es. Die Mutti!«

»Für so etwas sind Mütter eben da. Richte es Virena aus. Jedenfalls hat er das Büro ein halbes Jahr lang betrieben und noch nicht mal das Porto verdient, aber die Mutti hat alles gestützt. Das müsse sich nun ändern, habe sie räsoniert. Vor einigen Tagen bekam er einen Anruf von einem, der sich Andersson nannte.«

»Das nenne ich Phantasie.«

»Nicht wahr? Besagter Andersson bot Axehag fünftausend Kronen, wenn er es übernähme, mit dir zu verhandeln, und weitere fünftausend, wenn alles gut ginge. Unter der Hand hat er zugesagt.«

»Hatte er denn als Jurist keine Gewissensbisse?«

»Doch, schon. Aber er hatte auch kein Geld. Ich glaube ihm tatsächlich, aber wir sind trotzdem mit ihm noch lange nicht fertig. Irgend etwas an der Sache ist auf alle Fälle faul.«

Der späte Nachmittag gab sich lau, und ich beschloß, Virena vorzuschlagen, hinaus nach Djurgården zu fahren, um etwas zu Abend zu essen. Ich holte den Wagen aus der Polizeigarage und fuhr langsam das kleine Stück nach Hause. Den Wagen stellte ich in Åhléns Garage unter, die gleich in der Nähe war.

Würde man in Mariefred wohnen, benötigte man jedenfalls keinen Wagen. Man brauchte nur die Storgatan entlangzutraben, die Hände auf den Rücken gelegt und den kläffenden Polizeihund Karolina zu Füßen. Åhléns war Stockholms City mit Tausenden von Wagen in der Garage, mit Leuten, die gerade ihre Einkaufstaschen beluden oder erst noch hineinwollten, um, verheerend wie ägyptische Heuschrecken, über die gewaltigen Warenträger voller Nahrungsmittel herzufallen.

Auf der untersten Etage entdeckte ich eine leere Box. In der Nähe wurden einige Wagentüren zugeschlagen, und ich schloß ab. Diebstähle aus den in Parkhäusern abgestellten Wagen ist für Rauschgiftsüchtige eine durchaus gewohnte und lohnende Beschäftigung. Ich ging zu den Fahrstühlen, als ein Mann, mit einer halben Flasche Koskenkorva winkend, meinen Weg kreuzte. Er war wie ein gewöhnlicher Stadtstreicher gekleidet und hatte die Mütze tief in die Stirn gezogen.

»V-verflixt n-nochmal, n-nimmste einen mit z-zur Brust?«

Der finnische Wodka hatte offensichtlich seine Wirkung getan. Ich ging einen Schritt zur Seite, er aber war halsstarrig.

»H-hab G-g-geburtstag h-heute. L-lad dich ein.«

»Schieß in den Wind«, mahnte ich, der Sache überdrüssig.

Er wedelte mit den Armen, um die Balance zu halten, stieß mich an und ergriff mich am rechten Oberarm. Ein scharfer, muffiger Schnapsgeruch schlug mir entgegen wie die Ausdünstung eines Sumpfes.

»H-hab v-viele G-geburtstage g-gehabt.«

»Laß den Arm los!«

Es stach heftig in meinem Arm, und er glotzte auf einen Verschluß, den er in der Hand hielt, und der voller Blut war. Ich fuhr wütend hoch. Wollte er meinen Anzug auch beschmutzen?

»Hau ab. Ich bin Polizist.«

Ein Schluckauf schüttelte ihn, er machte eine Art flotte Ehrerbietung, bevor er mit seiner Flasche und seinem Geburtstag weitertorkelte, um jemand zu finden, der gewillt war, das Fest mit ihm zu teilen. Was für ein Unterschied, in einer Garage zu stehen und direkt aus einer Flasche zu trinken oder beispielsweise bei Godthem im Djurgården zu sitzen, einen Happen Fleisch zu essen und vielleicht einen guten Rotwein dazu zu trinken. Das Auto konnte ja stehen bleiben.

Verdammt müde fühlte ich mich. Was war bloß mit mir los? War ich krank? Vielleicht war es das beste, mich in den Wagen zu setzen und mich ein wenig auszuruhen. Ich drehte mich um und sah den Wagen wie im Dämmerschein viele, viele Kilometer entfernt. Ich holte wieder die Schlüssel aus der Tasche, vermochte aber nicht, sie zu halten, sondern ließ sie zu Boden fallen. Ich ging in die Knie und griff wieder nach den Schlüsseln, aber sie waren schwer wie Blei. Die Hand war schwer wie Blei. Der Arm war noch schwerer.

Keuchend stand ich auf allen Vieren, und die Dämmerung nahm zu. Mußte zum Wagen, mußte hin und ausruhen. Mit Virena würde ich später hinausfahren. Ein winzig kleiner Schritt nach vorn, noch einer und . . . das Bein gehorchte nicht. Die Arme waren so schwer, daß ich sie nicht mehr rühren konnte. Ein Blitz fuhr durch das Gehirn, und mir wurde verschwommen bewußt, daß ich mit der Stirn auf den Betonfußboden aufgeschlagen war.

Daß man so krank werden konnte! Ich stöhnte, vermochte es aber kaum zu hören. Versuchte, mich weiter zum Wagen zu schleppen, aber es konnten nicht viele Zentimeter gewesen sein, die ich vorwärtskam. Mußte dann wohl auf dem Boden ausruhen. Es würde schon gehen. Hauptsache, man konnte sich ausruhen . . . Ich konnte keinen klaren Gedanken mehr fassen, in meinem Kopf war alles eine einzige graue Dämmerung. Springende, klappernde Schritte auf dem Beton. Jemand faßte mich um die Taille und hob mich hoch.

»Der Wagen«, gurgelte ich. »Ausruhen . . . Nimm die Schlüssel . . . hier . . .«

Ich sah nicht, wer es war. Er befand sich hinter mir und schleppte mich davon. Ich war nahe daran, hinüberzudämmern. Die Wagentür, die geöffnet wurde, dann wurde ich nach unten gestoßen. Der Motor wurde gestartet, und der Wagen fuhr in Richtung Ausgang, wenn ich ihn auch nur ahnen konnte. Aber irgend etwas stimmte nicht. Etwas war falsch. Kurz bevor ich in die Dunkelheit hinüberglitt, wußte ich, was es war.

Es war nicht mein Wagen!

11

Das Rascheln klang, als schüttle man Würfel in einer Büchse. Es war lange her, seit ich mit Würfeln gespielt hatte. Früher. Einen Hunderter in den Topf, dann warf man seine Würfel. Damals. In jener Zeit war so etwas wichtig. Warum wollte man, daß ich jetzt wieder Würfel spielen sollte?

Die Augen aufzubekommen, glich einer Kraftprobe in der Klasse beim Versuch, eine Lok anzuheben. Ich hörte mich selbst atmen, stoßweise und keuchend, und es klang recht sonderbar mit dem Rascheln im Hintergrund. Der Mund war trocken wie die Sahara, wie sehr ich auch schluckte, ich konnte keinen Speichel erzeugen. Träge sah ich umher. Ein Wald. Ich saß in einem Wald. Das Rascheln erzeugte ein kräftiger Wind, der durch das Geäst fuhr. Noch waren die Blätter nicht gefallen, wenn ich mich auch erinnerte, daß sich viele gelb gefärbt hatten.

Erinnerte, erinnerte. Woran erinnerte ich mich eigentlich? Die Garage. Der Wagen. Der Mann mit der nur zur Hälfte sichtbaren Stirn. Meine bleischweren Arme. Warum in aller Welt saß ich bloß mitten in einem Wald?

Aber war es wirklich ein Wald? Ich war zwar von Bäumen umgeben und ganz allein, doch diese Konturen schien ich wiederzuerkennen. Hier und da sah ich Lichtkegel. Meine Finger tasteten die nähere Umgebung ab und trafen auf glattes Holz. Eine Bank.

Und nun konnte ich auch andere Laute im Rascheln des Windes vernehmen. Reifen auf Asphalt, einen Motor, der irgendwo brüllend ansprang. Ich blinzelte in die Runde, richtete dann aber meinen Blick fest auf die dunkle, hockende gewaltige Kontur. Ein Haus. Ein großes Gebäude. Die Königliche Bibliothek. Mir wurde langsam klar, daß ich auf einer Bank im Humlegården saß.

Wie konnte man nur so unendlich müde sein? Es war

nicht zu fassen. Ich näherte mein Handgelenk meinen Augen und strengte mich an, die Stellung der Uhrzeiger zu erkennen. Dreiviertel vier. Da es draußen so schwarz war, mußte es Nacht sein. Das hieß, sofern ich nicht daran glauben mochte, daß ich auf dem besten Weg war zu erblinden, und es das Licht war, was als erstes verschwand.

Wenn es Nacht war, dann mußte ich ja wohl nach Hause. Hier noch länger sitzen bleiben und schlafen, konnte ich sicher nicht. Nur Stadtstreicher schlafen auf Parkbänken, und soweit war ich ja nun wirklich nicht heruntergekommen. Ich war doch ein ordentlicher Mann mit einem Bankkonto und einer Frau und einem Kind, das unterwegs war, ich hatte ein staatliches Anstellungsverhältnis und das Recht auf Pension und nach fünfundzwanzigjährigem Dienst auf eine Uhr aus der Hand des Chefs.

Auf mit dir, du Nicht-Stadtstreicher, mach dich auf die Socken in Richtung Drottninggatan und lege dich stattdessen zwischen ordentliches Bettzeug. Leichter gesagt als getan. Aber es mußte wohl gehen, das, wie all das andere. Ich erinnerte mich, als ich der einzige in der Klasse war, der auf dem Halbjahreszeugnis in Ordnung ein B stehen hatte und nach Hause mußte, um die Zensur der Mama vorzuweisen. Wie lang der Weg nach Hause wurde. Aber es ging, denn es mußte gehen. Außerdem war ja noch die Zensur in Ordnung zu tragen.

Schließlich, nach strengen Zurechtweisungen, die von einer etwas stammelnden Zunge kamen, gehorchten die Knie. Doch es war schwer, sowohl Haltung zu wahren als auch den Kurs zu halten. Ich kam auf die Sturegatan hinaus, und wenn ich mich recht erinnerte, mußte der Stureplan westlich liegen. Oder war es in südlicher Richtung? Mein innerer Kompaß zeigte wie wild in alle Himmelsrichtungen, aber ich mühte mich den leichten Abhang hinunter, und dann bemerkte ich den Stureplan.

Ich mußte stehenbleiben, mich an die Hauswand lehnen, um Kraft und Luft zu schöpfen und die Balance wiederzuerlangen. Ein junges Paar kam näher, warf einen Blick auf mich und ging zur anderen Straßenseite hinüber. Ich hätte heulen mögen. Ausgestoßen aus der jungen, einander liebenden Gemeinschaft. Ich, der ihnen so viel Gutes über das Wesen der Liebe hätte erzählen können. Wenn ich doch bloß ein bißchen schlafen dürfte. Vielleicht sollte man einfach zur Bank zurück. Jedenfalls war sie doch nicht ganz so hart gewesen, und es war weit, weit bis nach Hause.

Dann hatte ich wieder ein Stück geschafft. Was für eine Kondition man doch hatte! Verschwitzt wie ein Gebrauchtwagenhändler während der Steuerrevision. Einzelne Taxis fuhren vorbei, aber ich war nicht imstande, eine zu mir heranzuwinken. Wie winkt man, wenn man es kaum schafft, mit Kardangelenken die Kurve zu kriegen, während man der heimatlichen Hütte zuschwankt?

Ganz schwach bekam ich nun doch mit, daß seitlich von mir ein Auto hielt. Mühsam wandte ich mich zur Fahrbahn hin. Ein schwarzweiß lackierter Volvo. Der Kontrast konnte nicht fehlgedeutet werden. Meine Jungs. Kumpels. Herzensfreunde. Burschen, die am gleichen kleinen unsicheren staatlichen Kuchen knabberten wie ich. Das Fenster wurde heruntergedreht und eine gebieterische Stimme rief: »Was ist denn hier los?«

Das ewige Schlagwort der Polizei, aber was zum Donnerwetter sollte man darauf bloß sagen? Sicher war es nicht angebracht, irgend etwas zu erfinden und ins Blaue hinein zu reden. Am besten, man hält sich an den internationalen Standard.

»Ja, meine geschätzten Kollegen, ich gedenke in dieser morgendlichen frühen Stunde den einsamen Weg zu meiner gemütlichen Wohnstatt zu gehen, an und für sich um einige Stunden wohlbehaglichen Schlafes zu frönen, bevor ich wieder in den gestrengen Dienst der Gerechtigkeit treten werde.«

Möglich, daß ich genau das sagen wollte, aber nach einem kurzen Schweigen hörte ich, wie der Funkstreifenpolizist den anderen fragte: »Was, zum Teufel, brummelt der?«

»Blau wie eine Haubitze.«

»Wollen wir ihn mitnehmen? Allein kommt er nicht zurecht.«

Ich wollte die Hand zu einem angemessenen Protest erheben, aber es wurde nur eine schlappe, leichte Bewegung.

»Hör mal, weißt du, wie du heißt und wo du wohnst?«

»Ich habe mir meine Sporen im Polizeidienst erworben, und ganz gleich, wen du von der Truppe fragst, stets wirst du einen einstimmigen Lobgesang über den Arbeitssüchtigen Roland Hassel zu hören bekommen.«

Das half ganz offensichtlich auch nicht weiter. Die beiden stiegen aus dem Wagen, und ich dachte schon daran, sie wegen ihres moralischen Mutes zu loben, da sie die angenehme Wärme des Wagens verließen, als ich merkte, daß ich mich schon bei den ersten Silben verhaspelte. Sonderbar. Ich, der eben so wohlgesetzt gesprochen hatte.

»Hör mal, es ist wohl das beste, wir kümmern uns um dich. Du mußt deinen Rausch ausschlafen.«

Er packte mich am Oberarm und führte mich zum Wagen. Ich holte tief Atem und formte die Lippen zu einer langen Rede, der er tatsächlich geduldig zuzuhören schien.

»Er quatscht eine ganze Menge undeutliches Zeug. Möchte wissen, was er alles in sich hineingegossen hat. Schwarzgebrannten natürlich.«

»Ich glaube, er hat gesagt, daß er selbst Polizist ist.«

Wäre er in meiner Nähe gewesen, hätte ich ihn geküßt. Und da gibt es Leute, die an allem herumkritteln müssen und behaupten, Polizisten hätten eine beschränkte Auffassungsgabe! Dort saß nachweisbar einer, der mit mehrsilbigen Wörtern fertig wurde, obendrein ganz ohne Hilfe.

»Das sind sie plötzlich alle, wenn wir sie nachts in der Kneipe aufstöbern. Mitunter kennen sie auch den Polizeipräsidenten oder Justizminister persönlich.«

»Auf alle Fälle kontrollieren.«

»O. K. Schaden kann es nichts.«

Er tastete in meiner Innentasche herum und entdeckte meine Brieftasche aus schwarzem Kalbsleder. Es war ein Weihnachtsgeschenk von Virena. Was hatte sie eigentlich von mir bekommen? Ich konnte mich nicht recht daran erinnern. Gewöhnlich kriegte sie bei solchen Anlässen schöne Bettwäsche geschenkt, und sicher hatte ich dieses Weihnachten keine Ausnahme gemacht.

»Verdammt, das stimmt. Kriminalinspektor Hassel heißt er. Roland Hassel. Wie konnte er sich nur so zurichten?«

»Hast du seine Adresse?«

Ich hatte ihnen mindestens dreihundertachtzehnmal erzählt, daß ich in der Drottninggatan wohnte, aber wenn sie glaubten, sie könnten mir gegenüber die Tauben spielen, dann hatten sie sich getäuscht. Ich kann äußerst mürrisch sein, wenn ich will. Sauer wie ein altes Stück Seife aus der Krisenzeit.

»Laß mal sehen. Doch, hier. Drottninggatan 55. Wir müssen den armen Teufel wohl nach Hause schaffen. Das ist sicher das beste für alle.«

Sie brachten mich auf dem Rücksitz unter und fuhren die Birger Jarlsgatan entlang, die Hamngatan hinauf und dann in die alte, wohlbekannte heimatliche Straße hinein. Hätte ich soeben die Polizisten küssen können, so wurde ich jetzt von dem Verlangen überwältigt, einen Pflasterstein zu küssen. Doch als ein Mann von Welt glückte es mir, mich zu beherrschen. Während der ganzen Fahrt hatte ich sie mit Schilderungen aus meinem abwechslungsreichen und interessanten Leben als Spanner bewirtet. Ihr Schweigen deutete ich mir so, daß sie verzaubert waren von meiner lebensvollen Erzählerkunst.

»O. K., Hassel, kommst du allein hinein?«

»Am besten, die Schlüssel herausnehmen.«

Sie halfen mir bis zur Tür, holten das Schlüsselbund aus der Jackentasche, und einer von ihnen schloß auf. Ich riß mich zusammen, und drinnen steuerte ich auf die Hoftür zu. Wachsam folgten sie mir, aber ich meisterte den Weg mit lediglich vier Stößen gegen die Wände, und das, so schien mir, war ein glänzendes Resultat, untrainiert wie ich war. Dann über den Hof, und ich spürte, daß in meiner Brust Lieder und Gesänge brodelten. Schnell schöne kühle Laken, in einem schönen warmen Zimmer, mit einer herrlichen Decke über dem Körper, gebettet auf einer lieblichen Matratze. Sicher mußte es so etwas gewesen sein, was die Heilige Schrift mit dem Paradies meinte.

Summend gelangte ich die Treppe hinauf. Dann zielte ich auf das Schlüsselloch, was nach dem zweiten Versuch glückte, und endlich konnte ich Schlafzimmer, Ruhe und Träume wittern, von Sommerwiesen, Häuschen, die mit Faluner Rot gestrichen waren, und vom kleinen Toto, der unten am Flüßchen, wo die Mutter die Wäsche bleute, Barsche angelte.

»Roland! Wo – wo bist du gewesen?«

»Im Humlegården.«

»Was sagst du?«

»Im Humlegården. Dort wo Linnés Statue steht. Der mit den Pistillen.«

Ich versuchte, den Rock auszuziehen, hatte aber offenbar Schwierigkeiten damit, und sie half mir. Ich hörte, daß sie schluchzte. Warum heulte sie? Ich war ja zu Hause und würde schlafen können, und das war doch wirklich erfreulich.

»Roland, ich hätte nie geglaubt, daß du ... nach so langer Zeit, und vor allem jetzt ...«

»Verflixt, das Hemd sitzt fest. Sei nett und hilf mir mit den Knöpfen. Sie müssen zusammengeklebt sein.«

Ihre Finger bekamen die Knöpfe auf, und ich seufzte zufrieden, als ich endlich das Hemd ausziehen konnte. Wenn ich bloß nicht so schrecklich müde wäre. Sie schluchzte noch immer.

»Du – du stinkst nach Schnaps, Roland.«

»War im Humlegården«, wiederholte ich dösig.

»Und ... und ...«

Ihre Stimme fing seltsam an zu zittern, ohne daß ich mir denken konnte warum.

»Und ... nach Parfüm!«

»Der Gürtel ist auch festgehakt. Zieh mal.«

»Geh und leg dich hin, Roland. Das hier müssen wir ... wenn es nur irgendeinen Sinn hätte, daß wir ... Ich verstehe dich nicht mehr.«

»Oh, schlafen!«

Es drehte und drehte sich vor meinen Augen, dann fiel ich ins Bett. Virena zog mir noch die restlichen Sachen aus und mühte sich, mir den Pyjama anzuziehen. Ich starrte auf meine Füße herunter. Die Strümpfe hatte ich noch an. Einer von ihnen war links angezogen. Seltsam. So zog ich mich nie an. Man konnte von mir sagen, was man wollte, aber Strümpfe anziehen, das konnte ich.

»Nacht«, murmelte ich und spürte, wie das Drehen schneller wurde. Aber es war schön, im Karussel mitzufahren, bis ich mich in die schöne Dunkelheit des Schlafes hineindrehte.

Jemand schüttelte Leben in mich, und als ich die Augen öffnete, sah ich als ersten Ruda. Einen Ruda mit einem solch verbiesterten Blick, daß er in einem Büro für Reklamationen sofort seine Rückerstattung bekommen hätte. Ich erhob mich halb im Bett und stützte mich auf die Ellenbogen. Virena saß an ihrem Toilettentisch und sah äußerst frostig aus.

»Also, du ... Teufel«, brummte Ruda mit seinem Baß, daß die Vokale in das Kellergeschoß hinunterstürzten. »Jedenfalls müßtest du nun wach sein.«

Ich schloß wieder die Augen und legte mich eine Weile auf das Kissen zurück. Plötzlich erinnerte ich mich an alles. Ich massierte mit den Handflächen mein Gesicht und schwang mich aus dem Bett. Ohne mich anzusehen, sagte Virena leise: »Im Thermosbehälter ist heißer Kaffee. Ich nehme an, du möchtest jetzt welchen haben. Gewöhnlich ist es ja wohl so.«

»Wieviel Uhr ist es?«

»Du verflixter benebelter Glockenschwengel«, schnauzte Ruda los. »Du jedenfalls wirst schon wissen, was die Uhr geschlagen hat.«

Ich sah ihn ruhig an.

»Zunächst werde ich in der Küche erstmal Kaffee trinken. Ihr zwei könnt ja mitkommen, dann reden wir miteinander. Wie spät ist es?«

»Viertel elf«, murmelte Virena.

»Dann habe ich nicht allzuviel Arbeitszeit versäumt. Wartet in der Küche. Ich muß mich erst noch in Ordnung bringen.«

Ohne auf eine Antwort zu warten, ging ich in das Badezimmer, rasierte mich und duschte ausgiebig. Ich besah mich im Spiegel. Schön nach landläufiger Meinung war ich ja nun nicht gerade, aber es gibt schließlich die unterschiedlichsten Arten von Schönheitsidealen.

In der Küche saßen sie schweigend da, und auf dem Tisch stand lediglich eine Tasse. Ich ließ mich nieder, goß mir Kaffee ein und schaute Virena an. Sie saß mit gesenktem Kopf dort, die Hände lagen locker im Schoß. Sie war nicht mehr in der gleichen Welt zu Hause wie ich. Doch ich liebte sie so, daß es mich zutiefst schmerzte.

»Virena«, sagte ich mit fester Stimme. »Glaubst du, daß ich weg war und die Nacht hindurch gesoffen habe? Glaubst du, daß ich mit einer anderen Frau unterwegs war?«

Sie sah nicht hoch und murmelte etwas, was ich nicht verstand, aber Ruda ereiferte sich so, daß sich die Topfpflanzen duckten.

»Du kommst nach Hause, voll wie eine Strandhaubitze, stinkst, entschuldige den Ausdruck, wie ein billiges Bordell, und dann verlangst du von Virena noch, sie soll glauben, daß du aus der Betstunde kommst? Nee, mein lieber Roland Hassel, ich erkenne deine Streifzüge von früher wieder, und ich werde . . .«

Ich sah ihm gerade in die Augen und sagte ihm einige Wörter, von denen ich bisher geglaubt hatte, daß ich sie ihm nie würde sagen können.

»Nun halt du mal deine Schnauze!«

Seine Augenbrauen wurden zu struppigen Ästen, und seine Brust wölbte sich, um Verwünschungen auszustoßen, aber ich fuhr im gleichen Ton fort: »Das hier geht Virena und mich an. Vorläufig. Drum halt die Schnauze, bis du weißt, worum es sich dreht.«

Ich nahm Virenas Hand. Sie war schlaff und leblos.

»Scher dich nicht drum, was du heute nacht gesehen oder gehört hast. Ich frage dich nur, ob du glaubst, daß ich gern mit jemandem ausgehen würde, um mich sinnlos zu betrinken, obwohl du weißt, daß ich am liebsten mit dir zusammen bin? Glaubst du, daß ich daran denken könnte, mit einer anderen Frau zusammen zu sein, wo ich doch dich habe?«

Endlich sah sie hoch, und ihr Blick grub sich in mich hinein, bohrte sich in mein Innerstes, schnitt mich in Stücke und untersuchte jedes noch so kleine Teil. Mein gesamtes weiteres Leben hing jetzt davon ab, was sie finden und wie sie das werten würde, was sie tief innen bei mir entdeckte. Es vergingen Sekunden, Minuten, Jahre, Jahrhunderte, Ewigkeiten in der Ewigkeit.

»Ich glaube nicht, daß du dich betrinken willst, wenn du mich hast,« flüsterte sie. »Ich glaube nicht daran, daß du eine andere Frau haben willst, obwohl du mich hast. Aber . . .«

»Kein Aber. Danke, Virena.«

Ruda schnaubte noch immer, daß seine Nasenflügel bebten. Er war nicht von der Unschuld meiner Seele überzeugt, aber das war ja auch nicht so wichtig. Virena war wichtig und unsere weitere Gemeinsamkeit.

»Quatschen kannst du, aber deine Taten sprechen für sich.«

»Über meine Taten ist mir nichts bekannt. Ich war nicht bei Bewußtsein, von gestern nachmittag an, kurz nach fünf, bis ich im Humlegården spät in der Nacht aufwachte.«

Ich erzählte in ruhigem Ton, kalt und leidenschaftslos, was passiert war. Jeder andere hätte sich gescheut, eine solch dumme Geschichte zu erzählen, aber es war die einzige, die ich servieren konnte.

»Gedopt«, grunzte Ruda, und die Skepsis war ihm so deutlich anzusehen wie die silbergestreifte Weste eines Soldaten von der Heilsarmee.

»Roland spricht die Wahrheit«, sagte Virena, und eine lieblichere Musik hatten meine Ohren noch nie vernommen. »Gibt es denn diese Art Betäubung, von der Roland gesprochen hat, etwa nicht?«

»Doch, doch. Auf alle Fälle. Diese Erscheinungsform ist nicht ganz ungewöhnlich, nur wohl kaum in unserem Land. Da es diese Mittel bloß in bestimmten Krankenhäusern und Laboratorien gibt, ist es verflixt schwer, an sie heranzukommen. In diesem Fall . . .«

»Roland spricht die Wahrheit«, wiederholte Virena.

»Jaja, du glaubst eben, weil du glauben möchtest. Ich

bin ein bißchen zu alt, um an Mirakel, eingetroffene Ahnungen und Wunder zu glauben. Du sagtest, daß du eine Art Spritze in den rechten Oberarm bekommen hättest?«

»Es muß eine Spritze oder Ampulle gewesen sein.«

»Zieh das Hemd aus.«

Ohne etwas zu erwidern, streifte ich das blaue Hemd ab. Er setzte sich mir gegenüber, quetschte am Oberarm herum und richtete seinen Blick auf die Haut, als wolle er sie zwingen, alles auszusagen, was sie wußte. Virena starrte ihn an, und es sah aus, als könne sie nur schwer Luft bekommen.

»Hier ist, verflucht nochmal, ein Fleck«, murmelte Ruda.

»Na, siehst du«, sagte Virena heiser.

»Im Prinzip könnte das irgendein x-beliebiger Fleck sein. Andererseits . . .«

Er stand auf, drehte uns den Rücken zu und schaute aus dem Fenster. Virena lehnte sich an mich, küßte mich leicht auf die Wange und lächelte. Es war kein großes und glühendheißes Lächeln voller Liebe, im Gegenteil, es war wie der Widerschein einer gerade noch flackernden Flamme. Aber es war auf jeden Fall ein Lächeln, und das war eigentlich auch alles, was ich begehren konnte. Ruda drehte sich um und machte eine kurze Verbeugung.

»O. K., Rolle. Ich kauf dir deine Geschichte ab. Was sollen wir nun mit ihr machen?«

»Nichts«, antwortete ich. »Ich habe gerade in meiner Brieftasche nachgesehen, die ich in der Jackentasche bei mir hatte. Nichts fehlt. Nichts wurde herausgenommen.«

»Aber wir müßten ja wohl, zum Teufel nochmal, herausbekommen, warum sich jemand die Mühe machte, dich zu dopen? Wir können die Garagenwächter verhören und in der Garage und im Park nach Zeugen suchen. Vielleicht bekommen wir doch etwas heraus.«

»Ich wüßte nicht, wen und warum, aber ,ich denke schon, daß ich so nach und nach die Antwort finden werde. Dann wird es an der Zeit sein zu handeln.«

Ruda billigte meine Gedanken nicht, aber er wußte auch, was für Reserven er für so fusslige Aufgaben in Anspruch nehmen müßte, Reserven, die wir für andere Sachen dringender brauchten.

»Auf alle Fälle kann es nicht Sören Linder gewesen sein, der hinter dem allen steckt. In diesem Falle wäre ich jetzt hier, um einer Witwe zu kondolieren. Vielleicht hat es etwas mit einem alten Fall zu tun. Eine Art Rache, wenn ich jetzt auch nicht in der Lage bin, herauszufinden, wo der springende Punkt liegen könnte.«

Ich wußte nicht, ob er mir wirklich glaubte oder ob er vor dem Publikum Virena Theater spielte. Ich bildete mir ein, eine gewisse Distanz in der Art zu bemerken, wie er sich mir gegenüber gab, daß er eine gewisse Wertschätzung gegenüber meinen ausgefeilten Methoden hegte, obwohl er davon überzeugt war, ich sei ein geschickter Betrüger mit einer Moral, die verurteilt werden mußte.

»Bist du imstande, heute zu arbeiten? Oder denkst du, daß du dich hinlegen und erholen mußt?«

»Ich kann und ich werde arbeiten. Ich kann mich noch genau erinnern, wie es war, wenn ich voll bis zum Eichstrich war. Ich erinnere mich, wie die Zunge wie ein trokkener Schlips im Munde hing und es im Kopf brummte und summte. Heute nacht hat man mich vergiftet, und ich konnte nicht allein damit fertig werden. Aber jetzt fühle ich mich wieder wie immer. Gut. Perfekt. Ich möchte nur noch ein belegtes Brot essen, dann komme ich schon klar.«

Ruda nickte und spitzte seine dicken Lippen.

»Wie du willst. Gergeo arbeitete offensichtlich in der Eris Rohstoff Import AG. Die Adresse steht im Buch. Zieh los und schnuppre ein bißchen herum. Vielleicht wissen sie, ob er außerhalb der Firma noch bestimmte Kontakte hatte, die es wert sein könnten, untersucht zu werden.«

Er zog den Mantel an und grüßte mit erhobener Hand, wechselte einen Blick mit Virena und ging. Ich machte mir ein belegtes Brot und trank noch etwas Kaffee. Es war schon so, wie ich gesagt hatte. Ich fühlte mich jetzt fast ausgezeichnet.

»Ich rief gestern abend gegen acht bei Yngve an«, sagte Virena. »Ich war ein bißchen beunruhigt. Er sagte, daß du gegen fünf heimgefahren seist. Ich glaubte schon, du hättest einen Unfall.«

»Das hatte ich auch.«

»Ja gewiß. Aber die übliche Art meine ich. Darum schloß ich das Telefon an, und jedesmal wenn ein Anruf von den Zeitungen, dem Rundfunk und dem Fernsehen kam, hat es mir einen Schlag versetzt. Ich sah dich schon verstümmelt im Krankenhaus liegen.«

»Ich mag das, wenn du dir Sorgen um mich machst. Hör nie damit auf.«

Sie wollte noch eine Menge sagen, aber Worte wurden überflüssig. Sie brauchte mir nicht zu erzählen, wie sie sich gefühlt haben mußte, als ich auftauchte, heimatlos und mir selbst überlassen, wie in früheren, schlimmen Tagen in meiner ersten Ehe, mit verschobenem Kragen, heraushängendem Hemd und zerzaustem Haar und das Maul voller Unsinnigkeiten. Diesmal war es nicht so, doch sie hatte es mehrere Stunden lang geglaubt.

»Sollte wohl auch auf Arbeit gehen«, sagte sie. »Ich bin fast krank vom Anrufen, doch da ich nicht wirklich krank bin, kann ich nicht zu Hause bleiben.«

»Wir gehen zusammen.«

Während sie sich fertig machte, widmete ich mich den Morgenzeitungen. Aber die ganze Zeit über hämmerte die Frage in mir, jene Frage, die sowohl Ruda als auch Virena als die wesentliche ansahen: warum? Warum hatte jemand mir einige Stunden aus meinem Leben gestohlen? Was hatte man mit mir gemacht? Wohin hatte man mich geführt?

Und warum war der eine Strumpf links herum angezogen?

12

Die Eris Rohstoff Import AG hatte ihr Büro in der Majorsgatan, einem Trakt zwischen der Linnégatan und der Humlegårdsgatan. Aber es war ein solider Trakt mit dem Abglanz hervorgehobener Wohlhabenheit aus vergangenen Zeiten, die sich selbst in mehreren neu erbauten Gebäuden widerspiegelte. Papa, der unermüdlich über Stockholm zu erzählen wußte – und wie mein alter Herr, so wollte auch ich werden! – und der Zeit hatte, mit mir an der Hand umherzutraben, nachdem er durch eine Generatorgasvergiftung arbeitsunfähig geworden war, berichtete mir, daß die Straße früher Profossgatan hieß. Vermutlich wegen der von der Armee angestellten Henker und Vollstrecker der Prügelstrafe, die hier ihres Amtes walteten. Eine Adresse, die damals die Soldaten vor Schreck hatte erschauern lassen.

Auf der anderen Seite der Straße stand die Dreifaltigkeitskirche, die mir mit ihrer Ziegelfassade, ihrer Spitzgotik, ihrem breiten, gewölbten Eingang und ihren runden, kleinen Türmen immer wie eine überdekorierte Kaufhalle vorkam. Früher stand sie freier, wurde sie flankiert von Gartenzäunen und niedrigen Häusern. In meiner Erinnerung erschien sie mir ziemlich mächtig, jetzt aber schmiegte sie sich in gleichhohe profane Gebäudereihen ein, und es hatte den Anschein, daß sie sich zusammenkauerte, voller Scham, daß sie nicht länger mehr dominieren konnte.

Aus der Nähe machte die Kirche einen ziemlich verfallenen Eindruck, aber nachdem sie mit einem K versehen worden war, dem Zeichen für Kulturdenkmäler, würde sie nun stehen bleiben, bis die Posaunen zum Jüngsten Gericht riefen. Sie war die älteste Freikirche Stockholms und wurde von den Methodisten genutzt. War sie auch weiterhin ein Tempel, oder hatte sie lediglich noch ihren Standort dort, eingehüllt in die Erinnerung an aufbrausende Psalmen? Der Eingang war verschlossen und mit Eisengittern versehen. Aber das mußte ja noch nichts bedeuten, da für viele der Diebstahl in Kirchen ein gutes Geschäft war. Die Sachen sind ja auf Garantie wertvoll und zur eventuellen Strafe des Himmels mußte man erst Stellung nehmen, wenn die Stunde geschlagen hatte.

Eines der Eisengitter war unverschlossen, und drinnen konnte ich auf einem kleinen gedruckten Prospekt lesen – es war auf einer braunen Holztafel festgepinnt –, daß die Gemeinde am Leben war und arbeitete. Doch, da gab es Gottesdienste an den Sonntagen, aber auch Bibelstunden, gemütliches Beisammensein mit Kindern und Lichtbildervorträge. Am Samstagabend würde Ingvar Carlsson kommen, um über »Unsere Zukunft« zu sprechen. Eintritt frei. Jedenfalls einer, der glaubte, wir hätten eine.

An der Tür des Hauses befand sich der obligatorische Kasten mit dem Türcode, der einen spontanen Besuch bei einem der Mieter unmöglich machte, sofern man den entsprechenden Code nicht kannte, um die Nummer wählen zu können. Aber da war auch ein Türtelefon zur Eris Rohstoff Import AG. Ein Pfeil zeigte auf einen Knopf mit der Aufforderung: »Hier drücken«, und ein anderer Pfeil zeigte auf ein kleines rundes Loch: »Hier sprechen«. Da ich eine äußerst gehorsame und folgsame Person bin, drückte ich hier und hielt andächtig den Mund vor das Loch. Eine junge Mädchenstimme mit einem metallischen Beiton drang aus dem Kasten.

»Eris, guten Tag.«

»Guten Tag, guten Tag. Mein Name ist Hassel. Ich möchte mit einem Vertreter Ihrer Firma sprechen.«

»Geht es um einen Verkauf?«

»Kriminalpolizei.«

Es entstand eine kurze Pause, und ich mochte wissen, ob sie auf einer Panik beruhte. Alles aufgedeckt, Flucht durch die Fenster an der Rückseite, Feuer an die Gardinen legen, die Papiere verbrennen, Bomben in die Luft sprengen, ein Flugzeug kapern, Flug nach Libyen.

»Äh . . . bitte.«

Ein Knacken in der Tür wurde zu einem modernen »Sesam öffne dich«, und ich trat ein und ging die Treppe hinauf ins Büro. Es war verschlossen, aber gerade als ich oben ankam, wurde die Tür von einem Mädchen geöffnet, das Anfang Zwanzig war. Sie sah nervös und ängstlich aus und machte direkt einen Knicks. Nun war es zu spät für einen Stock mit Silberknauf.

»Ich habe Frau Sahlman Bescheid gesagt.«

»Finos caramellos.«

Eine runde Halle mit einer kleinen Sitzgruppe in rotem Leder. Auf einem kleinen Tisch zwischen den Sesseln und der zweisitzigen Couch lagen das Svenska Dagbladet und Dagens Industri. In der Halle befand sich noch der Arbeitsplatz des Mädchens mit einem Mikrodatengerät der billigen Sorte, aber sie hatte auch eine einfache elektrische Schreibmaschine und ein Tischkopiergerät dort stehen.

An der Wand hingen ein paar vergrößerte Fotos von der Hoffman-Stoffe-GmbH. Das obere zeigte eine gigantische Fabrikanlage mit einer Mischung von alten und neuen Gebäuden, die von Stacheldraht umspannt war. Auf dem unteren Schwarzweißbild konnte man sich an einem älteren Mann mit runden Brillengläsern erfreuen, der mit einem langen Rock bekleidet war und Säcke auf einen Karren lud. Weiter konnte man einen jungen Mann hinter einer Glasscheibe sehen, der an einem Instrumentenpult saß. Er sah energisch und verbissen aus. Man konnte sofort die Meinung des Fotografen nachvollziehen: Hier paarte sich alte Handwerkskunst mit modernem technischem Denken. Das war, wenn man so wollte, eine Art Hutziehen vor Herrn Hoffman.

Von der Halle zweigten zwei Korridore ab. Ganz offensichtlich war das Büro in früheren Zeiten eine Privatwohnung. Darüber mußte man nicht indigniert sein. Das Einstreuen von Büros hatte es ja schon immer gegeben. Wogegen man statt dessen ankämpfen sollte, sofern man Lust, Kraft, Zeit und Engagement hatte, war die Verwandlung der City in eine Ödnis. Eine City, die während der Geschäftszeit lebte und die jeden Abend eines keuchenden, von Krankheit gezeichneten Todes starb. Nirgends Wohnstätten, und das als eine bewußte politische Maßnahme. Ein Stich mit dem Messer gegen die Stockholmer, eine Resignation gegenüber dem Kommerz, ein Verrat an der Zukunft.

Eine Frau Mitte Dreißig kam aus einer Tür, die einen der Korridore abschloß. Sie machte einen sehr würdigen Eindruck und wirkte in ihrem nüchternen dunklen Rock, einer grauen Bluse und mit einer dünnen Goldkette um den Hals äußerst streng. Ihr cendrégefärbtes Haar war kurzgeschnitten und zeitlos wohlfrisiert. Sie hatte helle blaue Augen, die lediglich angemessene Distanz ausdrückten. Über den hochliegenden Wangenknochen spannte sich die Haut – wer die Filme Marlene Dietrichs aus ihren Glanztagen gesehen hatte, für den waren solche Wangen stets interessant –, und der Mund schien sich am besten in einer gewissen Leblosigkeit zu gefallen, der keine größeren Emotionen zeigte. Vielleicht ließ die geschwungene Linie der Unterlippe im Unterschied zur demonstrierten Strenge so etwas wie einen sensuellen Zug erahnen, aber das konnte natürlich auch ein männliches Vorurteil sein.

»Ich bin Frau Sahlman, der Direktor von Eris. Worum handelt es sich?«

»Können wir miteinander sprechen? Ich habe einige Fragen zu stellen.«

»Worüber?«

»Es handelt sich genaugenommen um einen Mord.«

Jemand rang nach Atem und stieß einen kurzen pfeifenden Laut aus. Es war das junge Mädchen. Frau Sahlman hingegen stieß weder einen kurzen pfeifenden Laut aus noch rang sie keuchend nach Atem. Es war, als hätte ich gesagt, daß es bald nur noch hundert Einkaufstage bis Weihnachten seien.

»Haben wir etwas damit zu tun?«

»Das ist es eben, was ich herausfinden muß.«

»Nun ja. Unter diesen Umständen. Wenn wir helfen können, tun wir das natürlich. Mia, sollte jemand anrufen, so frage, ob ich zurückrufen kann. Bitte, Herr Hassel.«

Sie ging mit sicheren Schritten voran, und ich folgte ihr. Mitunter wird man mit Du angesprochen, mitunter mit Herr. Einmal gab es überhaupt keine Titel mehr, und alle sagten Du, aber in den letzten Jahren sind das Sie und der Herr zurückgekommen, wahrscheinlich um nachzuweisen, daß man Stilempfinden und Sinn für das Passende hatte.

Ihr Zimmer war sicher das Schlafzimmer gewesen, war aber zu einem mittelprächtigen, jedoch keineswegs protzigen Büro umgewandelt worden. Alles war unpersönlich, als hätte sie auf einem Bild ein Büro gesehen, das ihr zusagte, und darum gebeten, eine entsprechende Kopie zu installieren.

»Was möchten Sie wissen?«

»Können Sie mir etwas über Ihr Unternehmen erzählen?«

Sie zog die dünnen Augenbrauen in die Höhe, und es war durchaus möglich, daß dies ein Zeichen ihrer Verwunderung war. Aber sie war zu wohlerzogen, um zu sagen, daß mich das nichts anginge. Statt dessen gab sie in leidenschaftslosem neutralem Ton eine rhapsodische Darstellung des Betriebes, als würde ich sie für »Wer sind Sie?« interviewen.

»Die Firma wurde von meinem Mann Erland Ingvar Sahlman gegründet, und der Name kommt von seinen Initialen. Er starb vor sechs Jahren, danach übernahm ich die Leitung. Ich arbeite hier seit meinem einundzwanzigsten Lebensjahr, damals als Schriftführerin. Ich habe eine Handelsausbildung genossen, aber auch Kurse über Chemie besucht. Wir arbeiten als Importeur und zugleich als Agent für chemisches Rohmaterial, das die Industrie benötigt, hauptsächlich für Hoffman-Stoffe in Deutschland. Der Umsatz beträgt achtzehn Millionen im Jahr, aber er bringt nicht viel ein, so daß der Gewinn, wenn auch akzeptabel, doch nicht sensationell ist. Früher hatten wir einige Talsohlen zu durchqueren, aber wir haben verlorene Marktanteile zurückerobert, und die Entwicklungstendenz kann als recht stabil angesehen werden. Was sollte das alles mit einem Mord zu tun haben?«

»Haben Sie viel Personal?«

»Das würde sich nicht tragen. Hier im Büro sind wir lediglich vier. Dann haben wir ein Lager, in dem ein paar Mann arbeiten. Das ist alles, und soweit ich weiß, ist niemand von uns ermordet worden.«

»Der Ermordete ist Polizist und heißt Einar Bolinder.«

»Darüber habe ich in den Zeitungen gelesen. Das war ja ... Oh! Sind Sie der Hassel? Der, dem es glückte zu entkommen?«

Sie führte den rechten kleinen Finger zum Mundwinkel und steckte den Nagel ein paar Millimeter hinein, ohne jedoch das leicht glänzende Lippengemälde zu zerstören.

»In der Mordbande haben wir einen Mann aufgespürt, Murat Gergeo. Er soll in Ihrem Betrieb angestellt sein.«

Dieses Mal zogen sich die Augenbrauen zusammen und bildeten eine Falte über der Nasenwurzel. Eine Weile dachte sie über meine Frage nach.

»Wir haben keinen Ausländer im Lager beschäftigt. Ich nehme an, der Mann ist nicht aus Schweden?«

»Er ist ein Assyrer. Nach Aussage seiner Frau arbeitet er hier. Ich sehe keinen Grund, daß sie wegen dieser Sache lügen sollte.«

»Wir können Davidsson und Andén fragen. Ich werde sie hereinbitten.«

Sie drückte zwei Knöpfe einer Sprechanlage.

»Tommy? Edvard?«

Ich hörte zwei männliche Stimmen, die »Ja« brummten.

»Kommt doch einmal herein zu mir.«

Nachdem sie die Knöpfe losgelassen hatte, erklärte sie im gleichen neutralen Ton wie vorher: »Das sind meine Kompagnons, auch wenn jeder von ihnen nur ein Viertel der Aktien besitzt. Tommy Davidsson erledigt den Verkauf und Edvard Andén die Ökonomie.

»Bleibt denn da für Sie überhaupt noch etwas zu tun?«

»Ich kann mich nicht über Mangel an Arbeitsaufgaben beklagen.«

Sie sagte dies, ohne auch nur zu lächeln, die Sachlichkeit war ihre Waffe. Zwei Männer kamen herein, und ich wurde ihnen vorgestellt. Davidsson machte den Eindruck eines herumstrolchenden, leicht angespeckten bärenhaften Typs Mitte der Vierzig. Er gehörte zu den Männern, bei denen die Kleidung stets falsch zu sitzen schien und Falten schlug. Schwarzes, widerborstiges Haar, das fettig glänzte. Der Haarboden sonderte Schuppen ab, die auf den Kragen fielen, unter den Augen hingen Tränensäcke, und der Teint schien von den Mitessern eines Teenagers geplagt zu sein. Wenn er erzählte, stieß er den Kopf wie eine Eule nach vorn und blinzelte, als sei er kurzsichtig und habe die Brille zu Hause liegenlassen.

Mit Edvard Andén hingegen hätte man zusammen Mittagessen gehen können, korrekt und gepflegt, rein und fein und fleckenfrei, wie eine soeben geweihte Nonne. Er war großgewachsen und gut durchtrainiert. Obwohl er sicher seinen fünfzigsten Geburtstag hinter sich hatte, war er um den Leib herum schlank und bewegte sich jugendlich, und man konnte vermuten, daß er seine Freizeit teilte zwischen Golf und Segeln. Sein Gesicht war wettergebräunt, wie dies bei Leuten üblich ist, die sich viel im Freien aufhalten, während andere erst hundert Kronen für Dosen ausgeben müssen, um den gleichen Effekt zu erzielen. Das Haar war so kurz geschnitten, daß es stopplig wirkte, dies aber war nur gemacht, um einen wachsenden Mond zu kaschieren. Dunkle, wachsame Augen, schmale Nase, Lippen, die lächelten, ohne daß es zu etwas verpflichtete. Das einzige Abweichende war seine viereckige Brille mit Goldgestell, ein Modell, das nirgends mehr getragen wurde und ihm das Aussehen eines amerikanischen Wanderpredigers verlieh.

»Herr Hassel ist von der Kriminalpolizei. Es geht um Ermittlungen wegen des Mordes an dem Polizisten, von dem ihr sicher gelesen habt.«

»War auch im Rapport«, sagte Davidsson mit undeutlicher Stimme. »Auch im Aktuellt. Das stand in dieser Woche drin, in der Nummer, die gestern kam.«

Andén nickte, ohne etwas zu sagen.

»Ein Assyrer, der Murat Gergeo heißt, hat gesagt, daß er bei uns arbeitet. Oder besser gesagt, seine Frau behauptet das. Davon weiß ich gar nichts. Wißt ihr davon?«

Davidsson zuckte die Schultern, und die Schuppen fielen herunter wie der erste Schnee.

»Nicht mein Bier.«

»Ist das dann dein Bier, Edvard?«

Andén nahm die Brille ab und säuberte sie mit einem Tuch, auf dem der Reklameaufdruck einer Optikerfirma zu sehen war.

»Fest angestellt sind nur Lundstedt und Bergman, aber wie Sie wissen, war Bergman in letzter Zeit nicht recht auf dem Posten und über längere Perioden krank geschrieben. Lundstedt hat hin und wieder Extrapersonal hereingenommen, wenn sich die Arbeit zu sehr gehäuft hat.«

»In diesem Falle müßtest du ja wohl Auszahlungen an diesen Gergeo geleistet haben, oder nicht?«

»Selbstverständlich.«

»Dann prüfe das nach. Herr Hassel will es sicher wissen.«

Sie sagte das so ruhig, daß es, auch wenn es eine Anordnung war, wie eine sanfte Anfrage klang. Andén ging mit federnden Schritten wieder hinaus, und es entstand ein Schweigen, während wir warteten. Wir hatten uns nichts zu sagen, und Davidsson schien sich in seinem braunmelierten Anzug nicht wohl zu fühlen. Nach einigen Minuten kam Andén mit einer Akte und einem Kassenbuch zurück. Die Brille rutschte auf den Nasenrücken herab, als er die Angaben durchging.

»Es stimmt. Ein Murat Gergeo hat fünfmal im letzten halben Jahr im Lager gearbeitet, jeweils eine Woche lang. Ich habe seine Quittungen hier, wenn die Polizei Zugang zu ihnen haben möchte. Soll ich Kopien machen?«

»Ja, bitte. Ist er der einzige, der außer der Reihe im Lager angestellt worden war?«

»Keineswegs. Lundstedt ist von Anfang an in der Firma, und er hat völlig freie Hand, wenn es um das Lager geht. Als ob es sein eigenes kleines Unternehmen wäre. Unsere einzige Forderung an ihn ist, daß alles mit den Lieferungen und der Lagerhaltung klappen muß, so daß wir nie Außenstände haben. Mal sehen . . . Auf die Schnelle kann ich noch sieben andere gelegentliche Springer entdecken. Acht sind es. Nein – neun.«

»Kann ich deren Angaben auch bekommen?«

»Ich werde Kopien anfertigen.«

»Ich möchte mit Ihrem Lagerchef Lundstedt sprechen. Wo befindet sich Ihr Lager?«

»Auf Värmdö. Nicht weit von Gustavsberg entfernt«, sagte Frau Sahlman. »Sind Sie mit dem Wagen hier?«

»Ich habe ihn hier.«

»In diesem Fall würde ich mit Ihnen hinausfahren. Ich muß sowieso einige Sachen mit Lundstedt besprechen.«

Andén machte die gewünschten Kopien, und ich bekam sogar noch ein Kuvert dazu. Ich verließ gemeinsam mit Frau Sahlman das Büro. Der Saab war ziemlich neu, so daß ich um eine Entschuldigung herumkam, die ich zu Zeiten meines Simca oft nötig hatte. Ich fuhr in Richtung

Värmdövägen. Nachdem wir ein paar Häuserblöcke passiert hatten, schien ihr die Zeit für eine Konversation gekommen zu sein.

»Wie fühlen Sie sich nach diesem Erlebnis, bei dem Ihr Kamerad erschossen wurde?«

»Man kommt über das meiste hinweg.«

»Man wird mit viel mehr fertig, als man gemeinhin glaubt. Mein Mann . . .«

Sie schwieg und streifte mich mit einem schnellen Blick, doch in dem engen Innenraum eines Autos ist es nicht schwer, miteinander vertrauter zu werden. Im gleichen leidenschaftslosen Ton schlug sie vor, daß man sich ja duzen könne.

»Mein Vorname ist Ylva. Deiner war wohl Roland, wenn ich mich recht an das erinnere, was in den Zeitungen stand.«

»Du erinnerst dich recht.«

»Mein Mann bekam eine schwere Krankheit, und er machte sechs Monate lang eine Hölle durch, eine Hölle, die ich mit ihm teilen mußte. Ich glaubte nie, daß ich damit fertig werden würde, und als er schließlich starb, glaubte ich nie, daß ich auch damit fertig werden würde. Aber natürlich ging es. Der Mensch hat eine unglaubliche Fähigkeit, sich anzupassen.«

»War es schwer, seine Aufgabe zu übernehmen?«

»Weil ich eine Frau bin, meinst du?«

»Es gab doch wohl mehr Probleme als das, was mit dem Geschlecht zusammenhing.«

Sie nickte und schaute auf ihre wohlgepflegten Nägel.

»Es gab Probleme genug. Erland war den Geschäften nie richtig gewachsen, und obwohl Tommy als Verkaufschef bezeichnet wird, ist er meistens Befehlsempfänger. Er ist arbeitssam und genau, ihm fehlt aber die notwendige Initiative. Ich mußte mehr oder weniger wieder ganz von vorn anfangen und mit den Kunden Kontakte aufnehmen, und ich mußte die Deutschen davon überzeugen, daß ich wirklich die richtige Person war, den Betrieb weiterzuführen. Das war verdammt nicht leicht. Die deutschen Unternehmensführer sind eine konservative Gattung. Darf ich im Wagen rauchen?«

»Nur, wenn du unbedingt mußt.«

»Dann laß ich es.«

Sie schenkte mir den Schatten eines Lächelns.

»Ich schätze Männer, die ihre Meinung frei heraus sagen. Es gibt so viele blöde Heringe, die sich Männer nennen, daß man glaubt, die Natur sei einem Irrtum erlegen.«

Wen meinte sie damit? Ihre Kompagnons? Oder war sie nach dem Tod ihres Mannes in ein Heringsnetz geraten? Auch wenn ich nun als ein Prachtkerl angesehen wurde, sollte ich eine solche Frage vielleicht doch nicht stellen, die Virilität hatte schließlich ihre Grenzen, und zwar im guten Ton.

»Tommy und Erland waren Kameraden auf der Handelsschule. Mein Mann war neun Jahre älter als ich und schlug diese Laufbahn aus reinem Zufall ein. Und da Tommy sein guter Freund war, bot er diesem an, Teilhaber zu werden. Natürlich stimmte Tommy zu. Es kostete ihn nicht eine einzige Öre, fünfundzwanzig Prozent der Aktien zu bekommen. Erland vertrat stets die Auffassung, daß derjenige, der Interesse am Gewinn hat, auch besser arbeitet.«

»Wenn das doch bei der Polizei auch so wäre! Waren Andén und dein Mann gleichfalls Jugendfreunde?«

»Sie hatten sich vorher nie getroffen. Ich brauchte einen finanziellen Zuschuß, und es war schwer, bei der Bank einen Kredit zu bekommen. Ich annoncierte in der Zeitung nach einem weiteren Kompagnon, der in der Firma mitarbeiten wolle, und Edvard antwortete. Er ist Diplomökonom und besaß ein wenig Geld aus einer Erbschaft. Es kam ihm sehr gelegen. Der Betrieb, in dem er gearbeitet hatte, war bankrott gegangen, und er stand im Alter von siebenundvierzig Jahren ohne Job da.«

»Das klingt ja nun nicht gerade danach, als habe er besondere Verdienste vorzuweisen.«

Sie stieß einen Ton aus, der vielleicht ein Lachen darstellen sollte, und sagte leichthin: »Das war nun nicht allein seine Schuld. Wenn du dann nach Gustavsberg kommst, kannst du durchfahren.«

Wir schwiegen eine Weile, und ich nahm an, daß sie

nach Tabak gierte. Es war wenig Verkehr, und die neuen Straßen ermöglichten es, die ganze Zeit über konstante Geschwindigkeit zu halten.

»Gibt es Akademiker bei der Polizei?« fragte sie plötzlich.

»Es gibt welche, aber auf anderer Ebene. Leider viel zu viele.«

»Leider?«

»Zur Polizeiarbeit gehört entschieden mehr als das, was man aus Büchern lernen kann. Die Akademiker erkennen das nicht an, und kraft ihrer Examina bekommen sie nun dort leitende Stellungen, wo man eigentlich wissen müßte, wie die gewöhnliche Welt wirklich aussieht.«

»Und wie sieht die gewöhnliche Welt aus?«

»Sie ist nicht in Ordnung.«

Neuerliches Schweigen. Als wir in die Nähe von Gustavsberg kamen, seufzte sie.

»Ich habe eine Menge Chemie gelernt, weil ich dazu gezwungen gewesen bin. Jemand mußte sich mit den Deutschen und den Kunden in ihrer eigenen Sprache verständigen können. Aber wenn ich hätte wählen können, hätte ich lieber Ökonomie und Technik studiert. Dort hinten nach rechts. Ösby steht auf dem Schild.«

Nachdem wir einen halben Kilometer auf einem schmalen Weg gefahren waren, bog ich in einen noch schmaleren Weg ein, und nach einer Weile erreichten wir ein kleines Industriegebiet, das aussah, als sei die Projektierung ins Stocken geraten, nachdem sich dort einige Betriebe niedergelassen hatten. Zwischen den Gebäudekomplexen war viel Platz, und die freien Flächen waren groß und verwildert.

»Unser Lager befindet sich in dem roten Haus dort drüben.«

»Warum ist es von einem so hohen Stacheldrahtzaun umgeben?«

»Wir haben teure und sehr gefragte Rohstoffe.«

Ich fuhr durch das offenstehende Tor und hielt vor einem Lagergebäude aus Stein mit einem Obergeschoß. Lediglich im oberen Stockwerk waren kleine Fenster, und an der ganzen Fassade war kein auffälliges Reklameschild zu sehen. Nur neben dem breiten, mit Blech beschlagenen Tor zum Lager befand sich eine kleine Metallplatte: »Eris AG. Lager«. Ich vermutete, daß sie den Inhalt des Lagers vor eventuellen Dieben geheimhalten wollten.

Der Raum war hoch, und überall waren Säcke, Kisten und Kartons in minutiöser Ordnung gestapelt. Eine Eisentreppe führte zum oberen Stockwerk, und in ungefähr vier Metern Höhe umschloß ein eiserner Rundgang die ganze Lagerhalle. Aber kein Lundstedt, kein unpäßlicher Bergman und kein Gelegenheitsarbeiter irgendwo zwischen all den Rohwaren.

»Vielleicht ist er essen gegangen«, sagte ich.

Der Gedanke kam von einem leeren Gefühl im Magen. Aber ich war seit Jahrzehnten daran gewöhnt, unregelmäßig zu essen, so daß mir diese Leere im Magen geläufig war und kaum der Rede wert schien.

»Lundstedt hat immer einen Essenbeutel mit sich. Wenn er das Gebäude verläßt, schließt er die Türen ab. Hier gibt es ein kleines Zimmer, wo er gewöhnlich ißt oder Kaffee trinkt. Er kann hier zwar schalten und walten, wie er will, aber Pausen sind ihm im Arbeitsvertrag zugesichert.«

Es klang etwas verdrossen, so als meine sie, es sei Verschwendung, Personal zu bezahlen, das gezwungen ist, während der Arbeitszeit auch noch zu essen. Wir gingen an der einen Längsseite entlang auf etwas zu, das wie ein Glaskasten am anderen Ende des Raumes aussah.

»Wir haben von einigen Waren teilweise ganz neue Sorten bekommen, die wir versuchen, auf dem Markt einzuführen, und Lundstedt hat die Aufgabe . . .«

Hinter einer Stahltür, an der wir gerade vorübergingen, war lautes Krachen und schweres Stöhnen zu hören.

»Sie müßte zugeschlossen sein«, sagte Ylva Sahlman. »Was bloß in aller Welt . . .«

Ich stieß die Tür auf. Am Fußboden hockte ein Mann auf allen vieren, und während wir dastanden, kippte er langsam zur Seite. Aber der Mann interessierte mich nicht. Dicht neben ihm lag eine Tonne aus Blech. In diesem Raum befanden sich ganze Reihen von Blechtonnen.

Diese Tonnen hatte ich schon früher gesehen!

13

Der Mann am Boden erhob sich auf die Knie und schüttelte den Kopf, als müsse er die einzelnen Teile seines Hirns wieder an den richtigen Platz bekommen. Ylva Sahlman beugte sich über ihn und fragte behutsam: »Was ist passiert, Lundi?«

Der Lagerchef schaute auf und rieb sich eine Stelle an der Schläfe, wo schon eine blaurote Schwellung zu sehen war. Seine Stimme klang leicht weinerlich wie die eines Alten, obwohl er sicher noch nicht einmal sechzig war.

»Wollte so ein Ding hochheben und flog mit dem ganzen Teufelszeug hin.«

»Wie fühlst du dich?«

»Wie ein Schneeball in der Hölle.«

Sie reichte ihm die Hände, und er kam wieder auf die Füße, ein Kerl, lang wie eine Bohnenstange, mit hängenden Schultern und schlacksigen Armen. Ein schmutziggrauer Arbeitskittel hing ihm lose um den mageren Körper. Unter dem Kittel konnte man ein kariertes Flanellhemd sehen, über das ein fadenscheiniger Pulli gezogen war. Er erinnerte mit seinem fast kahlen Scheitel und mit seiner Kopfform, die einem quergestellten Ei auf einem dünnen Hals glich, stark an Kronblom. Seine Nase stand weit vor und schien schon in der Stirn zu beginnen. Die kleinen Augen blinzelten triefig, und unter dem schlaffen Mund verabschiedete sich schnell das Kinn.

»Das hier ist Roland Hassel. Er will dich ein paar Sachen fragen. Bist du dazu in der Lage?«

Lundstedt ließ seinen Blick flüchtig über mich hinweggleiten und schien nicht besonders glücklich zu sein über das, was er sah, bestimmt aber würde er seinen aufopferungsvollen guten Willen gegenüber seiner Brotherrin unter Beweis stellen.

»Wenn es sich nicht gar so verteufelt lang hinzieht . . .«

»Es geht ganz schnell.«

»Ich brauche eine Tasse Kaffee. Schwarz wie die Nacht. Danach bin ich wieder parat.«

Der schnell wieder Parate ging vor uns hinaus ins große

Lager, dann verschloß er die Tür zu den Tonnen, drehte den Schlüssel zweimal im Schloß herum. Ich hatte noch nichts weiter gesagt, denn es ist immer besser, mit seinen Fragen zu warten. Lundstedt war ein Paßgänger, der eilig auf den Kaffee zuschwankte wie auf eine Fata Morgana. Es sah komisch aus, doch ich vermutete, daß Ylva Sahlman schon seit geraumer Zeit aufgehört hatte, darüber zu lachen. Sie folgte ihm in der ihr eigenen energischen Art. Ich war lediglich ein Anhängsel.

Wir gingen in den kleinen Glaskasten, den Lundstedt als kombiniertes Lagerbüro und zweites Heim eingerichtet hatte. Ein uraltes Bücherregal mit Akten und Formularen, ein kleiner Schreibmaschinentisch, auf dem eine altertümliche Rechenmaschine mit Hebel und Streifen stand, und ein Tisch mit zwei Stühlen. Auf dem Tisch standen eine blaue Vase mit künstlichen Blumen und ein halbgefüllter Aschenbecher, der Frau Sahlman an ihr Laster erinnerte. Sie steckte sich eine Zigarette an und schien den ersten Zug voll zu genießen.

Sie setzte sich an den Tisch, und Lundstedt holte eine Thermosflasche aus seinem Brotsack. Er setzte sich auf den anderen Stuhl und schaute mich, den Eindringling in sein Reich, verstohlen an.

»Habe nur soviel, daß es für zwei Tassen reicht. Außerdem habe ich auch bloß zwei Pappbecher.«

»Trinken Sie nur«, sagte ich großzügig. »Ich halte nicht viel von Kaffee.«

Das war eine schöne Lüge. Es gab faktisch keinen Polizisten, der nicht viel von Kaffee hielt. Wenn ein Obduzent einen mit Koffein vollgepumpten Magen entdeckt, dann weiß er, daß der Welt hier eigentlich ein Polizist verlorengegangen ist.

»Für mich nicht soviel, danke«, sagte Frau Sahlman. Nachdem er einen halben Pappbecher voll in sich hineingegossen hatte, dachte ich, daß sich nun seine Psyche ausreichend von dem Zusammenstoß mit der Tonne erholt haben mußte. Ich lehnte mich an die im Bücherregal aufgereihten Akten und begann.

»Erzähl, was du über Murat Gergeo weißt.«

Er nahm einen weiteren großen Schluck. Vielleicht,

weil er meinte, Kaffee sei ein göttlicher Nektar, vielleicht auch, um Zeit zu gewinnen.

»Was für ein Kerl?«

»Du hast ihn fünfmal bei verschiedenen Gelegenheiten angestellt, damit er dir bei deiner Arbeit im Lager hilft.«

»Was hast du damit zu schaffen?«

»Hassel ist von der Kriminalpolizei«, klärte ihn Ylva Sahlman auf. »Du mußt schon auf seine Fragen antworten. Hattest du einen Assyrer mit diesem Namen hier?«

Lundstedt rieb sich, tief nachsinnend, die lange Nase und dachte nach. Oder tat so, als ob er nachdenke. Ich konnte nicht sagen, was richtig war. Man weiß ja vorher nie, was man hinterher weiß. Alle Zeichen können in jeder Hinsicht gedeutet werden.

»Da kam so ein Lakritzenonkel von der Arbeitsvermittlung.

Vielleicht hieß er Gergeo. Der Teufel soll ihre verdammten Namen behalten.«

»Fünfmal«, berichtigte ich ihn. »Nicht einmal. Fünf.«

»Einmal von der Vermittlung. Er konnte ja wirklich arbeiten im Unterschied zu den anderen Faulenzern, darum durfte er wiederkommen, wenn ich Hilfe brauchte. Dieser verflixte Bergman hustet ja bloß und . . .«

»Wie durfte er zurückkommen? Hast du angerufen, oder war er es?«

»Äh . . . Ich habe selbstverständlich Kontakt mit ihm aufgenommen, und er . . .«

»Wenn du ihn angerufen hast, dann mußt du ja wahrscheinlich seinen Namen kennen. Warum sagst du, daß du ihn nicht kennst?«

Er schlug mit der Faust auf den Tisch, daß die künstlichen Blumen erbebten.

»Ist das hier so was wie ein verfluchtes Verhör?«

»Natürlich. Was dachtest du?«

»Ich habe verdammt keine Lust zu . . .«

»Das kannst du halten, wie du willst. Doch dann wirst du zur K gebracht. Ich kann sofort einen Wagen anfordern, wenn du das vorziehst. Und Kaffee haben wir dort auch.«

»Antworte auf das, was du gefragt wirst«, sagte Frau Sahlman beruhigend. »Hassel macht ja auch bloß seine Arbeit.«

War das wirklich meine Arbeit, kleine Schweißtropfen dazu zu bringen, daß sie aus der kugligen Stirn hervorbrachen? Den Blick dazu zu bringen, daß er zu flackern anfing? Den Mann dazu zu bringen, daß er den letzten Tropfen Kaffee aus dem Pappbecher herauspreßte?

»Ich habe so meine Schwierigkeiten mit den Namen«, murmelte er. »Besonders bei den Lakritzenonkeln.«

»Wenn du damit Einwanderer meinst, so hieße der also Gergeo. Na? Was weißt du über ihn?«

»Er konnte wirklich arbeiten. Machte, was man ihm sagte.«

»Und weiter?«

»Tja, was zum Teufel ... Das war ja genau das, was er machen sollte.«

»Das ist zu wenig, Lundstedt. Bekam er Besuch? Bekam er Anrufe? Rief er selbst an? Was für einen Eindruck hattest du von ihm? Worüber habt ihr euch unterhalten? Ihr wart ja die ganzen Tage über zusammen, und wahrscheinlich seid ihr euch da ja auch entsprechend nahe gekommen, so daß du etwas Wesentliches berichten kannst.«

Die Kronblomkopie trocknete den Scheitel mit der Rückseite ihrer schwammigen Hand und fuhr sich mit der Zunge über die Lippen. Frau Sahlman steckte sich eine neue Zigarette an und überließ es ihrem Untergebenen, so gut er es vermochte, allein mit allem fertig zu werden. Vielleicht auch war sie neugierig auf das, was er in seinem einsamen Lager trieb.

»Da war so gut wie nichts. Zum Teufel nochmal, man arbeitet und schuftet und versucht, mit dabei zu sein, wenn die Lieferungen eintreffen, und man kommt gar nicht ...«

»Du willst also nicht antworten. Ich verstehe.«

»Was zum Teufel, was soll ich denn sagen? Er konnte ja kaum Schwedisch, und es ist klar, daß ...«

»Er spricht besser Schwedisch als du.«

Lundstedt schwieg mehrere Sekunden und trocknete sich wieder den Schweiß ab.

»Ja, so? Das wußte ich nicht. Man setzt ja gewissermaßen voraus, daß sie bloß in ihrer verflixten Muttersprache rülpsen können. Soweit ich mich erinnern kann, hatte er keinen Kontakt mit irgend jemandem. Und keiner rief ihn an. Er war bloß da, arbeitete und wurde nach Stunden bezahlt.«

»Was ist denn in diesen Blechtonnen?«

Er fuhr sich mit der Hand über die Nase und röchelte: »Was für verdammte Blechtonnen?«

»Sei so freundlich und frage nicht nach dem, was du schon weißt. Du bist ja gerade mit einer umgefallen.«

Frau Sahlman rauchte und schaute ungerührt zur Decke, wo sich der Tabaksqualm zu graublauen Schwaden verdichtete.

»Na, Abfalltonnen. Die wir bekommen und wegschikken.«

»Welche Art von Abfall ist das?«

Nun griff sie ein, und seine eingesunkene Brust wölbte sich vor Dankbarkeit, weil er ein paar Minuten Aufschub erhielt.

»In den Tonnen befindet sich Gift. Oder besser gesagt, umweltgefährdender Abfall. Wir liefern chemische Rohstoffe an verschiedene Unternehmen, und wir haben auch die Verantwortung übernommen und Abkommen getroffen, uns um den giftigen Abfall zu kümmern, wenn das Unternehmen keine Müllvernichtungsanlage besitzt oder ihn nicht zu Sakab schickt. Der Betrieb bezahlt uns dafür, daß wir den Abfall übernehmen, und wir wiederum müssen bezahlen, wenn wir ihn weiterschicken zur endgültigen Vernichtung.«

»Wo gibt es so etwas?«

»Hoffman-Stoffe hat eine große Anlage, und es ist ganz natürlich, daß sie uns eine Menge abnehmen. Wir schikken den Abfall an einen Distributeur nach Deutschland, und der verteilt die Tonnen, je nachdem, was vernichtet werden muß und was nicht. Es gibt jetzt viele Anlagen in Deutschland, die sich unterschiedlich spezialisiert haben.«

»Ist das ein gutes Geschäft für euch?«

»Geschäft? Gott im Himmel. Am liebsten sähen wir es,

wenn wir mit dem ganzen Elend wenig zu tun hätten, doch wir tragen, wie gesagt, schließlich auch eine Verantwortung. Es gibt ja jetzt so viele Umweltschutzgruppen, die nicht einsehen wollen, daß wir chemische Mittel benötigen, und wir müssen aufpassen, daß wir keine Kritik ernten. Das ist genau das, worum sich alles dreht. Die Kosten sind viel zu hoch.«

Wenn Lundstedt geglaubt hatte, er käme so davon, dann kannte er nicht den Blutegel Hassel. Er war unbarmherzig wie eine restliche, noch zu begleichende Steuerschuld.

»Arbeitete Gergeo irgendwann einmal mit den Tonnen?«

»Zum Teufel, ich kann mich nicht erinnern . . .

»Du mußt dich daran erinnern. Tat er das?«

»Vielleicht hatte er damit zu tun. Mitunter kommen ja ganze Autofuhren zusammen, die bis zur nächsten Lieferung nach Deutschland gelagert werden. Die Tonnen sind dazu noch schwer wie der Satan selbst. Was haben die Tonnen mit dem Lakritzenonkel zu tun?«

Ich spielte meine Trumpfkarte aus.

»Als ich mit dem Polizisten zusammen war, der erschossen wurde, hat man uns in einem Lagergebäude in der Gegend von Tumba gefangengehalten. Dort befand sich schwarzgeschlachtetes Fleisch. Aber dort befand sich auch eine Anzahl dieser Tonnen, die ihr hier drinnen in dem abgeschlossenen Lager stehen habt. Und als sie flüchteten, nahmen sie die Tonnen mit und nicht das schwarzgeschlachtete Fleisch. Uns kommt das sonderbar vor.«

Er hatte dazu nichts zu sagen und zerdrückte den Pappbecher zu einem kleinen Ball. Das Licht der Deckenlampe, die er angeknipst hatte, warf Reflexe auf seinen schweißnassen, schimmernden Scheitel.

»Bist du denn wirklich sicher, daß das genau die Tonnen waren?« fragte Frau Sahlman.

»Es waren die gleichen.«

»Die Tonnen sind ein Standardmodell. Sie werden von Plåtmekano in Värnamo geliefert. Ich glaube, die gesamte Branche schätzt sie als die zuverlässigsten ein. Das Schloß besteht aus einer patentierten Konstruktion, die völlig dicht hält. Stand denn irgendwo auf den Tonnen, daß sie aus unserem Betrieb kamen?«

Ich strengte meine kleinen, abgenutzten grauen Zellen an, aber keine von ihnen hatte eine Erinnerung an den Firmennamen. So mußte ich mit nein antworten.

»War dann irgendeine andere Bezeichnung auf ihnen zu lesen?«

»Nichts, an das ich mich erinnern könnte.«

»Dann können es ja ganz x-beliebige Tonnen gewesen sein. Plåtmekano verkauft Tausende von ihnen, und sie werden für alle Arten von Abfall benutzt.«

»Was steht denn auf euren Tonnen?«

»Eris, in blauer Schrift. Auf alle Fälle sind sie mit unserem Namen gekennzeichnet, wenn auch nicht gerade so, daß es ins Auge fällt, aber der Adressat muß sie ja mit dem Lieferschein vergleichen und abhaken können.«

»Es ist meine Aufgabe, sie zu kennzeichnen«, plärrte Lundstedt. »Hab so eine verdammte Schablone, die ich mit dem Farbpinsel überstreichen muß.«

Im Augenblick hatte ich nichts, was ich dagegensetzen konnte. Als Polizist sammelt man Informationen. Mitunter erweisen sie sich als wertvoll, mitunter sind sie ohne Substanz wie ein Wahlversprechen. Die Ermittlungen würden fortgesetzt werden und vielleicht aufzeigen, wie das mit den Tonnen war. Aber warum schwitzte Lundstedt so mächtig? Warum zitterte seine rechte Hand, als er für Frau Sahlman einen neuen Aschenbecher hervorholte? Warum warf er ihr so scheele Blicke zu? Hatte er Angst, weil er doch etwas wußte? Auch sie merkte seine Nervosität und beugte sich zu ihm hin, und obwohl sich ihre Stimme nicht ein bißchen hob, spürte man die stählernen Widerhaken darin. Er hockte auf seinem Stuhl.

»Hör mal, Lundi, wenn du etwas weißt, was die Polizei wissen muß, dann sprich es frei aus.«

»Aber, zum Teufel, Ylva, ich weiß nicht das geringste.«

»Du bist schon sehr lange bei Eris. Erland vertraute dir vorbehaltlos, auch wir tun das, und darum darfst du das Lager völlig selbständig führen. Ich hoffe, daß du dieses Vertrauen nicht mißbraucht hast.«

Lundstedt tat nun das, was Hunderttausende von Schweden in einer allzu strengen Gesellschaft machen, er flüchtete sich in die Krankheit. Er rieb die Beule, und seine kleinen Augen bekamen einen schwer leidenden Ausdruck.

»Wenn es mir nur nicht so dreckig ginge! Komm später wieder. In meinem Schädel dröhnt es, als ob ich einen Vorschlaghammer im Gehirn hätte.«

Frau Sahlman kümmerte sich nicht um seinen Schädel mit einem Gehirn von unbekannter Größe. Sie fing ihn mit ihrem Blick ein, und er schaute zu Boden, an die Decke, sein Blick flatterte an den Wänden entlang und konnte ihr doch nicht entweichen. Sie war nicht die Frau, die mit sich spaßen ließ, wenn es um ihren Betrieb ging, das heißt, falls man überhaupt auf den Gedanken kommen sollte.

»Du hast doch nicht irgendwelchen Unfug angestellt?«

»Was zum Teufel . . .«

»Lundi! Mach keine Ausflüchte. Du kennst Erlands Einstellung zu Schummeleien und weißt, daß ich genauso darüber denke.«

Lundstedt mußte den Gürtel seines Arbeitskittels lösen und Gesicht und Scheitel mit dem Stoff trocknen. Frau Sahlman und ich hatten den Eindruck, daß im Raum eine ganz normale Temperatur herrschte, der Lagerchef hingegen mußte glauben, daß er in einem geheizten Ofen saß. War er überdreht und aufgeregt? Oder ging es ihm wirklich schlecht, weil er einen entsprechenden Schaden davongetragen hatte? Man darf nicht im voraus verurteilen, darauf hatte ich mich spezialisiert.

»Klipp und klar, Ylva. Für mich war Gergius, oder wie er hieß, bloß ein Kerl, der Säcke zu schleppen hatte.«

Endlich ließ sie den bohrenden Blick sein, und Lundstedt stieß einen Seufzer aus, der klang, als käme er aus einem tiefen Brunnen.

»Gut, Lundi. Es reicht erst einmal. Aber in Zukunft sähe ich es gern, daß du im Büro Bescheid sagst, wenn du zusätzliche Arbeitskräfte brauchst. Möchtest du Lundstedt noch mehr fragen?« wandte sie sich an mich und zeigte leicht mit der Zigarettenkippe auf den schweißtriefenden Angestellten.

»Wo kann man dich erreichen, wenn wir von dir nähere Auskünfte benötigen?«

»Zum Teufel, ich bin ja fünf Tage in der Woche hier.«

»Und wo am sechsten und siebenten? Und wo nach fünf Uhr täglich? Denn ich nehme ja an, daß du nicht im Lager wohnst.«

»Wa? Wohnen? Nee, zum Teufel. Wohne in der Sibyllegatan 16. Untermieter in einem Einzelzimmer als ein verdammter Logisgast bei einer alten Schachtel, die vermietet. Vor kurzem geschieden. Die Schachtel hat die Wohnung übernommen, obwohl ich . . .«

Er wurde durch Frau Sahlman unterbrochen, die mit der flachen Hand auf den Tisch geschlagen hatte, daß es laut knallte. Sie hatte zwei rote Flecke unterhalb der Wangenknochen und funkelte ihn wütend an, daß er, wäre er das Männchen einer Gottesanbeterin gewesen, im Handumdrehen verschluckt worden wäre, ohne selbst zuvor ein Vergnügen gehabt zu haben.

»Schachtel! Alte Schachtel! Du gebrauchst diesen Ausdruck gefälligst nicht in meiner Gegenwart. Ist das klar?«

Das letzte klang für mich wie ein Echo – die Stimme eines bissigen Obergefreiten aus jener Zeit, als ich meine Wehrpflicht ableistete und ein Befehl etwas galt. Lundstedt sah so mitgenommen aus, als hätte er sich an denselben Obergefreiten erinnert.

»Verzeihung. Meinte nichts verdammt Schlimmes damit.«

Ich dachte, daß ich nunmehr genug gehört hatte, und bedankte mich für die angenehme Gesellschaft. Frau Sahlman sagte, daß sie noch hierbleiben wolle. Lundstedt sah unterwürfig resigniert aus und schien auf ein paar tüchtig angesäuerte Lektionen in Sachen Lebensart zu warten.

Während ich zur Stadt fuhr, dachte ich darüber nach, was ich herausgefunden hatte. Doch hatte ich denn überhaupt etwas herausgefunden? Vielleicht war es genug, um es Ruda zu ermöglichen, den schweigenden Gergeo mit einigen Fragen zu füttern.

Ich ging direkt in den Speisesaal hinunter, wo ich den Kommissar in einsamer Majestät an einem Tisch antraf. Er betrachtete mißtrauisch eine Portion Fleischklößchen mit Kartoffeln, Sahnesoße und ein paar verschrumpelten Sauregurkenscheiben. Meine Scholle in Senf schien ihm auch keine bessere Wahl zu sein.

»Das, was ich am wenigsten vermissen werde, ist der Speisesaalfraß. Das ist ja eine Beleidigung des Gaumens. Junge, dann gibt es jeden Tag nur noch Fegato und Saltimbocca und lauter solchen feinen Kiki.«

»Und bald wirst du durch die Gegend rollen.«

»Sicher nennen sie mich dann die schwedische Dorfkugel, aber das nehme ich als eine Ehrerbietung an. Nicht?«

Während er betrübt die in der Großküche hergestellten und aufgewärmten Klößchen und die maschinengeschälten und ausgiebig gekochten Kartoffeln in sich hineinstopfte, erstattete ich einen mündlichen Rapport über Eris, woraus er den gleichen Schluß zog wie ich.

»Das kann kein Zufall gewesen sein, daß Gergeo bei einer Firma gearbeitet hat, die die gleiche Art Tonnen verwendet, die du gesehen hast und die beiseite gebracht wurden.«

Er dachte eine Weile nach, während sein Magen sicher nur unter Stöhnen das Essen verdaute. Wie üblich trommelte er mit den Fingerspitzen auf der Tischplatte und summte mit seinem tiefen, rauchigen Baß eine Melodie, die ich noch nie wirklich deuten konnte. Zwei wohlbekannte Laute, die ich ebenfalls vermissen würde, das Trommeln und das Summen. Ich fragte mich, was für Eigenheiten der neue Kommissar wohl haben mochte. Das hieß, sofern er nicht einer von der modernen Sorte aus Plast war, denen alle Eigenheiten fehlten, weil ihnen jegliche Persönlichkeit abging.

»Umweltgefährdender Abfall? Das wäre ein Faden, den man weiterspinnen könnte. Dieser Lundstedt kann zusammen mit Gergeo so einen Hang zur Schwarzarbeit haben und vielleicht auch Linder.«

»Wie sollte man damit Geld verdienen können? Außerdem gibt es ja wohl eine Buchführung, die über jede Tonne Auskunft gibt.«

»He, zum Teufelchen, weißt du immer noch nicht, daß man heutzutage in Schweden mit allem schwarz Geld verdienen kann? Ich werde dich mal mit Birger Flink von der fünften Abteilung zusammenspannen. Eine Spezialabteilung. Er beschäftigt sich mit Umweltverbrechen. Er wäre wahrscheinlich der richtige Mann für eine solche Sache. Sie könnten sich Lundstedt und seine mit Sicherheit schmutzigen Geschäfte einmal näher ansehen. Wenn das ein Glied in der Linderschen Kette wäre . . .«

Er schob das Tablett mit einer demonstrativen Geste des Abscheus von sich und faltete die Hände locker über dem dicken Bauch, der sicher bald alle Ufer überschwemmen würde, gefüllt mit italienischen Speisen und rotem Landwein.

»Wir haben jede Nacht mit so vielen Leuten zusammengesessen, die wir aufgegabelt hatten, und wir haben eine Menge Kerle festgenommen, aber niemand hatte mit dem Fall etwas zu tun. Ich kann jetzt Bolinders Tod nicht mehr länger die Priorität zugestehen, aber ich werde die Sache, so gut ich kann, mit aller Kraft weiter vorantreiben.«

Er klemmte einen dicken Daumen und einen dicken Zeigefinger um einen dicken Nasenrücken und schloß die Augen. Es sah aus, als wolle er sich auf den Boden legen, zu schnarchen anfangen und von südlichen Ländern träumen.

»Willst du nicht fragen, wie weit wir gekommen sind?«

»Wie weit sind wir gekommen?«

»Gut, daß du fragst. Ich hätte nie geglaubt, daß du dich dazu bequemen würdest. Wenn man Wassertreten auf der Stelle als Ortsveränderung ansieht, dann sind wir ziemlich weit gekommen. Carlsson brennt wohl darauf, uns alles recht zu machen, aber er weiß nicht mehr, was er aussagen soll. Außerdem ist seine Seelenverfassung ziemlich in Mitleidenschaft gezogen worden, und wir müssen vorsichtig mit ihm umgehen. Er hat darum gebeten, mit einem Priester reden zu dürfen. Und den bekommt er natürlich.«

»Hat Gergeo seine Luke noch immer nicht aufgemacht?«

»Nur zum Essen. Ich habe noch ein paarmal mit seiner Frau gesprochen, aber jetzt sagt sie nur noch, daß wir ihren Mann freilassen sollen. Es sieht aus, als hätte sie Anweisung bekommen, das Maul zusammenzukneifen.«

»Soll ich Kaffee holen?« bot ich mich dienstwillig an.

»Ich habe eine Thermosflasche von zu Hause mit. Bis jetzt ist meine Magensäure in Ordnung, und von einem Katarrh bin ich auch verschont geblieben. Jetzt gehe ich kein Risiko mehr ein.«

Wir stellten die Tabletts zurück und fuhren mit dem Fahrstuhl nach oben. Wir waren ganz allein dort. Er senkte die Stimme und fragte: »Es wird nichts mit einer Uhr, was?«

»Wir haben noch nichts beschlossen, und ich habe ja bloß eine Stimme in der Gruppe. Vielleicht werde ich überstimmt. Sune Bengtsson ist ja ein Romantiker, darum spricht er sich warm für eine schöne Sache aus, mit echtem Blattgold und mit erhabenen Weinlaubranken unter dem Gold.«

Ruda erschauerte.

»Na, dann prost Mahlzeit! Solch eine Uhr, und das Komitee wird von mir zu hören kriegen, was die Glocke geschlagen hat.«

Er trottete in sein Zimmer hinein zu seinen Stößen von Papier, Rapports und Formularen, die ausgefüllt werden mußten, zu seinem Terminkalender, der abzuarbeiten war, zu den Ankündigungen, die mit der gewerkschaftlichen Mitbestimmung zusammenhingen, und zu all dem, was heutzutage zu den Aufgaben eines Chefs gehört. In einem Warteraum sah ich einige der Männer, die mit Gergeo beim Essen gesessen hatten, als er festgenommen wurde. Sie sprachen erregt mit dem Dolmetscher, der sein Bestes tat, um sie zu beruhigen. Zu der zusammengewürfelten Tischgesellschaft hatten Gergeos Verwandte, Freunde und flüchtige Bekannte gehört. Alle mußten verhört werden, einer nach dem anderen, und danach mußten die Berichte gemacht, verglichen, auf Herz und Nieren geprüft und abgewogen werden. Oft sind es die vielen Kleinigkeiten, die, jede für sich genommen, harmlos erscheinen, zusammengefaßt jedoch ein neues, überraschendes Bild ergeben. Einer der Männer entdeckte mich und sagte etwas in seiner Muttersprache zu den anderen, die sogleich verstummten und zu Stein erstarrten.

In meinem Zimmer fand ich einen vervielfältigten Abzug von der Gewerkschaft über neue Abgaben, eine Mahnung, die jährliche Schießprüfung noch rechtzeitig zu machen, und ein dickes braunes Kuvert im A5-Format. Mein Name war in breiter Blockschrift darauf geschrieben, und das Kuvert war unfrankiert. Es mußte also durch einen Boten überbracht worden sein. Das Telefon klingelte, und ich nahm geistesabwesend den Hörer ab. Eine Stimme, die ich nicht so recht kannte.

»Hassel? Roland Hassel?«

»Worum geht es?«

»Wie gefällt dir unser kleines Geschenk?«

»Was für ein Geschenk?«

»Soo? Du hast es noch gar nicht geöffnet? Ich will nur betonen, daß wir das, was wir schreiben, auch wirklich meinen. Schönheit wird ja wohl nicht von allen geschätzt.«

Er kicherte wie ein besoffener Weihnachtsmann und legte den Hörer auf. Geschenk? Meinte er das Kuvert damit? Ich schlitzte es auf, und eine Anzahl Schwarzweißfotos im Format 12 x 18 Zentimeter fiel auf den Schreibtisch. Ich nahm ein paar hoch und schaute sie näher an.

Plötzlich wußte ich, wo ich während der Zeit, in der ich unter Drogen gestanden hatte, gewesen war!

14

Die Frau war auf wildkatzenartige Weise schön, und in ihren Augen glomm ungestüme Leidenschaft. Die sinnlichen Lippen waren halb geöffnet, und sie sah aus, als bestehe ihr einziger Wunsch darin, ganze Feuerwerke von Liebesspielen abzubrennen.

Ich hätte mich geschmeichelt fühlen können, nachdem die ganze Glut einmal mir gehört hatte. Keiner von uns hatte irgendwelche Kleidungsstücke an. Sie lagen verstreut um uns herum, zum Teil auf dem Boden, zum Teil auf einem Stuhl. Ganz offensichtlich hatte uns beide plötzlich ein unerhörtes Verlangen überwältigt, und ohne Rücksicht auf irgendwelche Konventionen hatten wir uns die Klamotten von den Körpern gerissen und uns einer flammenden Ekstase hingegeben.

Technisch gesehen waren die Bilder ohne Fehl und Tadel. Klar, scharf und entlarvend. Die verschiedenen Stellungen wurden detailreich und ohne störende Schatten dargeboten, also auch die Beleuchtung war perfekt. Das einzige, was noch zu tun übrig blieb: den Hut vor dem Fotografen und dem Regisseur zu ziehen.

Das Gesicht der Frau war auf jedem Bild zu sehen, mich hingegen hatte man stets schräg oder direkt von hinten fotografiert. Auch wenn ich zugeben mußte, daß sicher viele sagen würden, das sei meine vorteilhafteste Seite, so wußte ich doch, daß dies allein darauf beruhte, daß man einen abgeschlafften Körper zwar auf eine gewisse Weise hinlegen, man jedoch keineswegs schlafende Augen dazu bringen konnte, offen und hellwach zu erscheinen.

Ich nahm das Kuvert und fuhr eilig zur ABAB-Wache am Eingang hinunter, um es dort zu zeigen und zu erfragen, wer es abgegeben hatte. Er drehte und wendete es in den Händen und besah sich die Schrift.

»Sorry, Hassel. Ich sitze erst seit einer Stunde hier. Wassberg muß es entgegengenommen haben.«

»Und wo ist der jetzt?«

»Er wollte sich davonmachen und das Boot in Ordnung bringen.«

»Wo?«

»Weiß nicht. Wassberg sagte nur, daß er das Boot in Ordnung bringen wollte.«

»Ruf Rolf Öhman in der Fahndung an und gib ihm durch, was du von Wassberg gehört hast. Bitte ihn, auch mit der Personalabteilung zu sprechen. Es ist wichtig, daß wir ihn finden, so schnell es nur irgend geht.«

»Aber er ist doch morgen früh beizeiten wieder hier.«

»Da kann es schon zu spät sein.«

Mit dem Kuvert in der Hand ging ich zu Ruda hinein, der am Telefon saß und mir Zeichen gab, daß ich mich setzen solle. Während ich wartete, blätterte ich noch mal die Fotos durch und entdeckte einen mit Blockschrift beschriebenen Zettel, der noch im Kuvert steckte. »Wenn du nicht alles vergißt, bekommt deine Frau alle diese Fotos.«

»Was ist das?« fragte Ruda und legte den Hörer auf.

Schweigend breitete ich die Bilder vor ihm aus. Sein Gesicht war wie aus Holz geschnitzt, als er sie durchging, Stück für Stück, und als er mit der Serie fertig war, begann er aufs neue.

»Das war der Teufel selbst«, grunzte er.

»Könnte man die Bilder nicht an den Playboy verkaufen? Ich dachte eigentlich, mir mit dem Zeug hier ein Vermögen zu ergattern. Es wäre wirklich an der Zeit, mein Hobby aufzudecken.«

»Hör auf, Rolle. Was ist los damit?«

Er war keineswegs erfreut darüber, während ich selbst tüchtig lachen mußte. Ich gab ihm den Zettel aus dem Brief und erzählte ihm, daß ich die Wache und Öhman angespitzt hatte, zu versuchen, die Person aufzuspüren, die das Kuvert abgegeben hatte.

»Die Bilder erinnern mich an die Fotos, die man in der Volksschule heimlich mit sich herumtrug«, sagte ich. »Da war vor allem ein Junge in der Sieben, der gute Verbindungen hatte. Das waren Zeiten damals. Nie hätte ich mir träumen lassen, daß ich einmal selbst den Helden in einer eigenen Serie spielen würde.«

»Rolle, ich kann wirklich nichts Lustiges daran finden. Ich verstehe überhaupt nichts. Warum hat Sören Linder dich nicht zusammengeschlagen, statt auf diese Art weiterzumachen und so etwas zusammenzufummeln?«

»Da gehörten ja noch ein paar Mann mehr zur Bande. Einmal der wie Karsten Hell aussah, der es dann aber nicht war, und zum anderen diese helle Gestalt. Nicht etwa lichte Gestalt, wenn du den feinen Unterschied begreifst. Sie könnten etwas weichherziger sein.«

»Ja, ja, das war ja meine Theorie früher auch, aber . . .«

Er trommelte und summte, und alles recht laut wegen des Wachspfropfens im Ohr.

»Alles ist so offensichtlich idiotisch«, meinte ich. »Wie können sie bloß einen einzigen Augenblick glauben, daß ich darauf eingehe? Sind sie geistig leicht unterentwikkelt? Was denken sie überhaupt von der schwedischen Polizei?«

Ruda warf mir einen Blick zu, der schwer zu deuten war.

»Vielleicht könnten sie, und das dann völlig zu Recht, damit rechnen, daß die Methode effektiver wird, wenn sie nur die richtige Person erreicht.«

»Aber mein lieber Yngve . . .«

Er hob seine einem Schinken ähnelnde Hand und gebot Schweigen.

»Du weißt aus Erfahrung, daß unsere Widersacher stets ihre Karten überreizen. Da gibt es so viel Geschwätz in den Häusern und Wohnvierteln, man brauche bloß mit ein paar Tausendern zu winken und schon ließen wir uns sofort bereitwillig und glatt bestechen und dazu bringen, die Augen zu verschließen, ganz gleich vor welchen Verbrechen. Sie glauben, daß es überhaupt keine Kunst ist, einen von uns an die Leine zu kriegen. Du hast doch wohl gelesen, was damals in den Zeitungen stand? Daß wir entweder mit Vergnügen alles kurz und klein schlagen würden oder aber Korruptionsbolzen ohnegleichen seien.«

Sein Ton war bitter, und diese Bitterkeit wurde von der überwiegenden Mehrheit der Polizisten geteilt, vor allem von denen, die im praktischen Einsatz waren, sowohl von den Kriminalisten als auch von der Ordnungspolizei. Daß Mißhandlungen und Bestechungen tatsächlich vorkamen, machte uns nur noch verbitterter.

»Du hast diese Bilder bekommen, und sie denken nun, daß es bei dir funkt. Daß du genau wie jene Ehemänner bist, die sie kennen, die an jedem Finger ein Frauenzimmer hängen haben und die für ihr Leben nicht wollen, daß ihre Frau etwas davon erfährt. Sie können einfach nicht begreifen, daß es auch gute und dauerhafte Ehen gibt, wo sich die Empfindungen füreinander im Laufe der Jahre nur noch vertiefen, man gut miteinander auskommt und Gefallen daran findet, zusammen zu sein. Wo es vielleicht auch Versuchungen gegeben haben mag, deshalb, weil wir Menschen und keine Roboter sind, wo man herausgefunden hat, daß keine Versuchung den Preis wert ist, den man zahlen müßte. Ehen wie meine mit Rut zum Beispiel. Oder die Simons mit Nadja. Das geht über ihren Horizont. Sie kennen nur Muscheleien und Schiebung, Schmierereien, Schmuggel und Betrug. Darum auch können sie solche Bilder hier schicken und obendrein davon überzeugt sein, daß sie Erfolg haben werden.«

»Dank, Herr Pastor«, sagte ich und verbeugte mich.

Er lächelte nicht einmal, er sah abgespannt und müde aus.

»Du hast solche Ehen vergessen wie die zwischen mir und Virena«, fuhr ich fort.

Er schwieg eine Weile, schob die Unterlippe nach vorn und antwortete dann in neutralem Ton: »Genauso ist es. Wie deine und Virenas. Ich behalte die Bilder, den Brief und das Kuvert. Dann können sich die von der Technik schon mal über das Material hermachen.«

»Gewiß. Aber laß von den Fotos Kopien anfertigen. Ich möchte sie mit nach Hause nehmen und Virena zeigen. Es ist notwendig.«

Trommeln und Summen.

»Ja, das kann sich vielleicht tatsächlich als notwendig erweisen. Ich werde zusehen, daß die Kopien später in deinem Zimmer bereitliegen. Aber du, Rolle . . .«

»Ja?«

Er sah mich eine ganze Weile fest an, dann zuckte er mit seinen massigen Schultern.

»Nichts. Du weißt wohl am besten, wie . . . Was machst du mit dem Rest des Tages?«

»Ich habe noch eine Menge Papierkram liegen.«

»Mhm. Könntest du heute nacht arbeiten?«

»Nein. Nächste Woche vielleicht.«

»Ich zwinge niemand«, sagte er mit Distanz in der Stimme.

»Das ist gut so. Ich möchte nicht gern gezwungen werden«, antwortete ich mit der gleichen Distanz in der Stimme.

Wir blieben beide eine Weile schweigend sitzen. Irgendwo zwischen uns befand sich eine Mauer. Im Laufe der Jahre hatte es verschiedene Mauern gegeben, aber letzten Endes hatte Ruda sie alle zerstört. Die ersten

Steine zu dieser Mauer hatte ich wahrscheinlich gelegt, als ich ihn bat, das Maul zu halten. Offenbar dachte er, daß es wohl wieder einmal an der Zeit sei, einen neuen Abbrucheinsatz zu starten, denn plötzlich lächelte er so breit und warm, wie nur er lächeln konnte, stand auf und stubste mich in den Rücken.

»Mensch, du, Junge. Ich verstehe doch, daß du bloß zu Hause bei deiner Virena sein willst, um aufzupassen, daß sie sich nicht überanstrengt. Hör mal, was habt ihr übernächsten Sonnabend vor?«

»Krabben, Weißwein und Fernsehen.«

»Äh, hör auf, solche Dummheiten zu erzählen. Ihr kommt zu uns nach Hause und kriegt ein Essen vorgesetzt, daß es nur so kracht. Rut hat die Anweisung dazu schon erlassen, und ich stimme zu. Das wird für lange Zeit wohl das letzte in Schweden sein.«

Ich verbeugte mich sehr tief, um zu zeigen, daß ich meinerseits eine ausgestreckte Hand annahm, die – im Unterschied zu denen der Politiker – ehrlich gemeint war.

»Wir kommen und üben uns bis dahin in Zurückhaltung.«

Meine Akten befanden sich in einem betrüblichen Zustand. Ich sortierte aus, legte Prioritäten fest, füllte neue Scheine aus, und gegen fünf wurde meinem administrativen schlechten Gewissen eine Aufmunterung zuteil. Ein Mann kam herein und schmiß ein Kuvert auf den Tisch. Ich mußte grinsen, als ich die Kopien kontrollierte. Es war nicht klug von ihm, sich solche Umstände zu machen, um mich an die Leine zu kriegen.

Virena war vor mir nach Hause gekommen und hatte ein leichtes Essen zurechtgemacht. Ich hatte außerordentlich gute Laune und gab eine Geschichte zum besten, die sie regelrecht zum Lachen brachte, und schon das allein war ermutigend, denn gewöhnlich fielen meine Geschichten sofort durch das Sieb. Außerdem war sie nur selten von Anekdoten entzückt.

Als wir uns auf die Couch setzten, holte ich das Kuvert hervor, und sie zog fragend die Augenbrauen in die Höhe. Sie hatte dünne, schmale Möwenschwingen als Augenbrauen . . . Ich hoffte, daß sie sich einmal auf unser Mädchen vererben würden, sofern es eine Sie würde. Natürlich würden sie auch einem Jungen nicht schlecht anstehen, falls das Schicksal die Würfel so warf.

»Hier kannst du dir einiges Material ansehen, daß zur Erpressung gedacht war«, sagte ich aufgeräumt. »Wenn ich nicht die Schnauze halte und das ausplaudere, was ich weiß, bekommst du diese Fotos mit der Post zugeschickt.«

»Was weißt du denn, was so gefährlich ist?«

»Das müßte die Identifizierung der Mörderbande betreffen. Jaja, Fotos mit einem betäubten Roland und einer Madame unbekannten Ursprungs.«

Sie nahm zögernd das Kuvert und zog noch zögernder die Bilder heraus. Ich sah, wie sie zusammenschrak und gleichsam erstarrte, als sie das erste Bild sah. Ihre Zunge machte eine Runde über die Lippen, und die Haut unter ihren Augen schien anzuschwellen. Langsam legte sie das Bild unter die anderen und betrachtete das nächste. Dann reichte sie mir den Stoß.

»Das genügt«, murmelte sie.

»Die besten kommen noch. Du glaubst nicht, was . . .«

»Das genügt, sagte ich.«

Was war los mit ihr? Erkannte sie denn nicht das Grotesk-Wahnsinnige an der ganzen Sache? Die lächerliche schwarze Farce? Sie stand auf und ging ins Badezimmer, und ich hörte, daß sie die Tür hinter sich abschloß. Ich ließ mich mit den Abendzeitungen nieder und registrierte voller Zufriedenheit, daß die Rubriken über den Polizistenmord auffallend zusammengeschrumpft waren. Bald konnte man das Telefon wieder normal an das Netz anschließen. Was machte sie bloß so lange im Badezimmer? Es war ja nun schon fast eine Stunde vergangen, und ich hatte nicht gehört, daß sie Wasser in die Wanne hatte laufen lassen. Ich stand auf und klopfte sacht an die Tür. War ihr etwas zugestoßen?

»Virena? Bist du da?«

Das war sicher die blödsinnigste Frage des Jahrhunderts, aber man kommt ja auf nichts anderes. Ich hörte ein schwaches Murmeln, konnte jedoch kein Wort verstehen, also klopfte ich noch einmal. Die Tür öffnete sich, und Virena ging an mir vorbei. Sie hatte inzwischen den Morgenrock angezogen. Es schien, daß die Haut unter den Augen noch stärker geschwollen war.

»Ich lege mich hin«, sagte sie leise.

»Aber sie bringen doch die englische Serie im Fernsehen, die du so magst und die . . .«

»Ich habe eine Schlaftablette genommen.«

Sie schloß die Schlafzimmertür, und ich starrte verdutzt hinter ihr her. Kein »Gute Nacht« und kein Kuß. Verwirrt setzte ich mich wieder auf die Couch und fühlte mich im Innersten wie ausgehöhlt. Ich hatte ja überhaupt nichts gemacht. Konnte doch nichts dafür, was andere mit mir anstellten, wenn ich bewußtlos war. Völlig unschuldig, sowohl in juristischer als auch in moralischer Hinsicht.

Ein Stündchen später öffnete ich einen Spalt breit die Tür zum Schlafzimmer. Virena schlief. Sie lag an der äußersten Kante des Bettes. Eigentlich war es viel zu zeitig, um sich hinzulegen, aber ich sah keine Alternative und kroch geräuschvoll in mein Bett, um sie vielleicht dadurch wachzukriegen und ihr meine Argumente darlegen zu können. Aber die Tablette hatte gründliche Arbeit geleistet, und schließlich schlief auch ich ein.

Ihr Weinen weckte mich. Viertel nach drei. Ich machte mich bemerkbar, und sofort hörte ihr Schluchzen auf. Sie drehte sich so, daß sie mir den Rücken zuwandte. Ich räusperte mich mehrmals und überlegte, wie ich am besten ein Gespräch beginnen könnte.

»Virena, was ist mit dir? Was habe ich dir getan?«

Nach ein paar Sekunden, die mir wie eine Ewigkeit vorkamen, sagte sie verschnupft: »Ich verstehe dich nicht mehr.«

»Sind es die Bilder?«

»Ich versteh dich immer weniger.«

»Aber, liebe Virena, ich stand doch unter Drogen! Bewußtlos. Ich war lediglich ein Werkzeug ihrer idiotischen Pläne. Du kannst doch wohl nicht glauben . . .«

»Du lachst nur und lachst. Mitunter zeigst du so wenig Gefühl, daß man wissen möchte, woraus du eigentlich gemacht bist.«

»Ich denke doch bloß, daß dies so dumm . . .«

»Dumm!«

Sie richtete sich mit einem Ruck auf, und in der Dunkelheit ahnte ich ihren Körper, der wie ein Bogen gespannt war, und ich ahnte auch, daß sie mich anstarrte.

»Wenn du einen Packen Bilder bekommen hättest, die mich in der gleichen Situation mit einem wildfremden Mann zeigten? Wäre das für dich auch etwas zum Lachen gewesen, weil es so dumm war?«

Ich streckte die Hand aus und berührte sie leicht, und sie fuhr zurück, als hätte ich sie mit einem Waschholz geschlagen.

»Rühr mich nicht an!«

»Aber, Virena . . . das ist doch . . . ich meine . . . ein gewaltiger Unterschied . . .«

»Für mich ist das kein Unterschied, und für dich sollte es auch keiner sein. Geh nach draußen und schlafe auf der Couch weiter. Ich möchte hier drinnen allein sein.«

»Könnten wir denn nicht darüber reden wie . . .«

»Hinaus mit dir! Verschwinde!«

Sie schrie in einem solchen Falsett, daß ihre Stimme zu einem zerbrechlichen Stab wurde. War das überhaupt noch meine Virena? Sie, die stets so ruhig und besonnen war und für alles Verständnis hatte? Ich sah ein, daß sie sich in einem Zustand befand, in dem sie nicht ansprechbar war, nahm Decke und Kissen und schlüpfte ins Wohnzimmer. Hinter mir wurde die Tür mit lautem Knall zugeschlagen, und das war das erste Mal, daß Virena eine Tür zuschlug. Ich legte mich auf die Couch, glotzte zur Decke hinauf und fühlte mich elend. Ich konnte mich nicht erinnern, mich jemals so elend gefühlt zu haben.

War ich wirklich so gefühllos? Nur weil ich nicht . . . Ihre Worte hämmerten sich in mein Bewußtsein. »Denk mal, wenn ich das nun gewesen wäre.« Gegen meinen Willen tauchten in meinem Kopf widerwärtige Phantasiebilder auf. Virena lag bewußtlos auf dem Fußboden. Ohne Kleider. Ein unangenehmer Kerl stellte mit ihr ekelhafte Sachen an, während zugleich alles fotografiert wird.

Ameisen krabbelten über meine Haut. Ich konnte nicht

mehr länger liegen bleiben, sondern stellte mich an das Fenster und starrte durch die Scheibe hinaus in den dunklen Hinterhof. Es war schon so, wie Virena es sah. Genauso mußte man es sehen. Als eine schreckliche Kränkung. Und ich dummer Trottel hatte in allem nur eine absurde Komik gesehen!

Im Prinzip hatten sie Erfolg gehabt. Nur ich allein hatte das nicht begriffen. Die Bilder waren ein perfektes Erpressungsmittel. Zuerst war es ihnen gelungen, Mißtrauen in Virenas Kopf zu säen, indem sie mich in dieser flegelhaften Weise hatten nach Hause torkeln lassen, mit dem Gestank nach Schnaps und Parfüm. Damit wurde der Ehe der erste Stoß versetzt, wenn sich auch alles wieder zusammenflicken ließ. Solange jedenfalls, wie der Frau diese Bilder nicht vor Augen kamen. Bilder einer Art, wie sie kein Mann würde hinwegdiskutieren können. Es bliebe nur die Wahl, entweder die Ehe zu opfern oder den Anweisungen Folge zu leisten. Außerdem die Identität der Täter abzustreiten, falls wir sie ergreifen sollten. »Nein, ich erkenne sie auf keinen Fall wieder.« Sie würden nie verurteilt werden können, selbst wenn andere Beweise gegen sie gefunden werden sollten. Denn ich, ich wäre ja ihr Zeuge, und dem würde man Glauben schenken.

Schon früher einmal stand ich vor der Wahl zwischen meiner Pflicht als Polizist und meiner Liebe zu Virena. Damals hatte ich den Weg der Pflicht gewählt, da ich glaubte, dies meinem Gewissen schuldig zu sein. Das Resultat war eine einzige Katastrophe für mich gewesen. Vor eine neue Wahl gestellt, würde ich vielleicht doch anders handeln. Pflichten und Gewissen gab es viele, doch für mich gab es nur eine einzige Virena.

Aber wenn ich diese Bande zu fassen kriegte ... Ein wilder, unkontrollierter Haß stieg in mir auf, mit den bloßen Füßen trat ich gegen die Scheuerleiste und scherte mich nicht um den Schmerz. Wenn ich ihnen auch allem Anschein nach die Waffe aus der Hand geschlagen hatte, so hatten sie doch wahrscheinlich meine Ehe zerstört. Meine Schuld, da ich der einzige große Einfaltspinsel war, aber sie waren es, die die Grundlage des einzigen, woran ich glauben und was ich auch weiterhin behalten wollte, zerstört hatten. Wieder sah ich die ekelhaften Bilder einer erniedrigten Virena, und ich biß die Zähne so sehr zusammen, daß die Halsmuskeln zu gespannten Seilen wurden. Ich ging leise zur Schlafzimmertür, öffnete sie ein wenig und sprach mit gurgelnder Stimme zum Bett hin: »Es tut mir leid, Virena. Gib mir noch eine Chance. Alles ist zum Teufel. Am meisten ich. Ich habe einfach nichts begriffen.«

Danach schloß ich die Tür, ohne auf eine eventuelle Antwort zu warten, ließ mich auf die Couch fallen und zog die Decke über das Gesicht. Es war, als müßte auch ich jeden Augenblick anfangen zu heulen, doch als ein Mann mittleren Alters und mit meinen Voraussetzungen heult man nicht, man beißt lediglich die Zähne zusammen bis zum Krampf und läßt statt dessen die Tränen nach innen rollen. Falls es wirklich Tränen waren und nicht etwa Salzsäure.

Am Morgen mußte sie wie ein Geist herumgeschlichen sein, um mich nicht zu wecken. In der Küche war kein Tisch gedeckt, kein kleiner Gruß auf einem Stückchen Papier. Ich machte mir einen Tee. Schmeckte muffig. Aß eine Käseschnitte. Schmeckte wie aus einem Sumpf gezogen. Trank Apfelsinenjuice. Schmeckte wie aus einer schmutzigen Badewanne geschöpft.

Gegen halb neun fuhr ich zur K. Das Wetter hatte sich gehalten, doch ich wünschte, es hätte Pech und Schwefel auf Stockholm herabgeregnet, was entschieden besser meiner Verfassung entsprochen hätte. In meinem Zimmer saß ein Mann Mitte der Fünfzig. Er hatte einen kurzen, scharf abgesetzten graumelierten Bart, wallendes graugesprenkeltes Haar, das eine kleine Idee zu lang schien, um zu einem gutgesitteten Beamten zu passen, ruhige dunkelbraune Augen, eine Nase mit stark ausgeprägtem Knick und einen Mund, der einen ernsten, wenn auch nicht humorlosen Eindruck machte. Er war mit sackartigen braunen Hosen und einer Lederjacke bekleidet. Das kleinkarierte Hemd stand am Hals offen. Er streckte zur Begrüßung die Hand nach vorn.

»Ich erkenne dich wieder von den Bildern in der Zeitung. Birger Flink heiße ich. Birre werde ich von den meisten genannt.«

Er hatte eine sanfte melodische Stimme, in die sich zu verlieben den Frauen sicher nicht schwerfiel. Obwohl, was wußte ich schon davon? Ich, der noch nicht mal einen Gutenachtkuß von seiner Frau bekam. Ich grunzte ein »Hej« hervor.

»Ruda hat mich von der Fünften zur Verfügung gestellt bekommen. Wir beide werden sicher eine Zeitlang zusammen als Funkwagenpärchen fahren.«

»Aha.«

Ich setzte mich auf meinen Stuhl und ließ den Blick lustlos über den Schreibtisch gleiten. Wie unsinnig alles war! Immer nur herumwühlen und sich mit Leuten beschäftigen, die nicht genügend Schneid besaßen, sich zu melden, wenn man nach ihnen pfiff, und demzufolge gesucht werden mußten. Warum nur, zum Teufel, konnten wir sie nicht in Ruhe lassen?

»Du scheinst nicht gerade überglücklich zu sein«, sagte Flink.

»Das bin ich auch nicht«, seufzte ich. »Aber das hat nichts mit dir zu tun.«

Er nickte, ohne einen Kommentar abzugeben.

»Der Kommissar will uns sprechen, sobald du da bist.«

»Am besten, wir bringen es gleich hinter uns«, sagte ich ohne Enthusiasmus.

Als wir zu Ruda hineinkamen, studierte er die Protokolle, die über die Verhöre unserer Gäste angefertigt worden waren. Er wies mit großzügiger Geste auf die Stühle, wir sollten uns setzen. Die dunkle, kräftige Hornbrille saß halb auf der wohlbekannten Knollennase, und während er zur Kenntnis nahm, was die Leiter der Verhöre zu berichten hatten, spielten seine Fingerspitzen mit der Schreibtischplatte. Seinem verdrossenen Gesichtsausdruck nach zu urteilen, war dies jedoch recht wenig.

»Elend mager«, murmelte er und warf die Rapporte auf den Tisch.

Da sah ich, daß auch das Kuvert mit den Fotos dort lag, und ich hatte nicht übel Lust, den ganzen Krempel zum

Fenster hinauszuschmeißen. Am liebsten zusammen mit dem Fotografen, dem Regisseur und der Partnerin.

»Wie ich sehe, habt ihr euch inzwischen miteinander bekannt gemacht. Laßt dies nun zu einer langen, schönen und blühenden Freundschaft gedeihen und kommt mit anständigen Resultaten zu Papa. Du hast dich wohl inzwischen in den Fall eingelesen, Flink? In das bißchen, was vorhanden ist jedenfalls.«

»Ja. Ich habe da einige Fragen.«

»Ich kann dich nicht daran hindern.«

»Ist das Schwarzschlachten das Primärverbrechen?«

»Damit hat es angefangen. Aber eigentlich sollte der Jäger jetzt wissen, wie weit wir gekommen sind und um welche Art Verbrechen es sich handelt, wenn ich vom Mord einmal absehe.«

»Ich habe keine Protokolle über Verhöre derjenigen gelesen, die möglicherweise am Schwarzschlachten beteiligt sind. Bauern, kleine Fleischwarenhändler, Restaurantbesitzer und ähnliche. Ich nehme an, daß uns Verdächtige bekannt sind.«

»Eine ganze Menge, aber das Dezernat für Gewaltverbrechen hat sich der Sache angenommen. Ich habe mit Kommissar Nord gesprochen. Er sagt, es habe sich nichts ergeben. Sören Linder flößt allen einen heillosen Respekt ein.«

»Das einzige, was wir in Verbindung mit Umweltverbrechen bis jetzt herausgefunden haben, sind demnach wohl diese Tonnen, die Hassel am Platz, wo der Mord geschehen ist, gesehen hat und dann im Lager der Firma Eris und die vermutlich miteinander im Zusammenhang stehen?«

»Das stimmt. Alles ist mager und trist wie eine Faluner Wurst.«

Flink nickte und zupfte nachdenklich an seinem Nakkenhaar herum.

»Nicht viel, was man weiß. Wir fangen wohl damit an, daß wir zu diesem Betrieb fahren und anschließend dann ins Lager, um mit Lundstedt zu sprechen.«

»Ich bin schon in der Firma gewesen«, wandte ich ein.

»Ja? Aber ich kann weitere Fragen stellen.«

»Fahrt und macht es so«, sagte Ruda. »Seht zu, daß ihr handfeste Antworten bekommt. Ich könnte ein paar Dutzend gebrauchen.«

Das Telefon läutete, was wir zum Anlaß nahmen, das Zimmer zu verlassen. Ich war gerade an der Tür, als mich Ruda zurückrief.

»Virena ist am Apparat«, sagte er. »Du hast doch sicher meine Einladung zum Schlemmerfest ausgerichtet?«

»Was? Schlemmerfest? Ach so, ja, natürlich. Das ist klar«, log ich.

Es kribbelte im Magen, als ich den Hörer nahm. Was wollte sie von mir? Wollte sie mir sagen, daß sie in Zukunft lieber allein leben wollte? Daß ich einen Schritt zu weit gegangen war und es keine Rückkehr gab? In diesem Fall . . .

»Ja, hej«, murmelte ich verschwommen.

Es war schwierig, die Tonlage zu finden, die meinem momentanen Gefühl entsprach, zugleich aber berücksichtigte, daß ich Publikum im Zimmer hatte.

»Es geht um die Fotos«, sagte Virena mit ihrer gewohnten klaren Stimme.

»Virena, es gibt . . .«

»Ich denke an das Bild, das ich zuerst gesehen hatte. Die Kleider der Frau liegen auf einem Stuhl. Kannst du das Foto heraussuchen?«

»Wenn du willst, kann ich es natürlich . . .«

»Bitte gleich. Ich habe viel zu tun.«

Ich fummelte das Kuvert hervor und breitete die Bilder auf dem Schreibtisch aus. Sie stellten für Flink offensichtlich eine Neuigkeit dar, denn er sah äußerst verwundert aus und warf mir einen Blick zu, den er vielleicht doch lieber hätte unterdrücken sollen.

»Ich glaube, ich weiß, welches du meinst. Das ist auf dem Bild, wo diese Schweine . . .«

»Wenn du ihr Kostüm betrachtest, sieht man, daß es einen recht exklusiven Eindruck macht und sicher in einer Boutique gekauft worden ist. Die Jacke liegt so, daß man die Marke sehen kann. Wenn ihr das Bild vergrößern laßt, könnte man möglicherweise erkennen, wo es gekauft wurde.«

»Eine wunderbare Idee, Virena, Spitze, daß du daran gedacht hast. Das brummt. Sehr schön, ganz phantastisch, und . . .«

»Schon gut.«

Sie legte den Hörer auf. Kein Gruß, kein Morgenkuß in der Stimme. Ich fühlte mich abgeschnitten wie eine Havannazigarre. Andererseits, sie hatte mich schließlich angerufen und mit mir gesprochen. Und kein Wort hatte sie davon gesagt, daß sie allein leben und sich scheiden lassen wolle und ich meine Siebensachen packen und mich in eine Junggesellenbude scheren solle. Ich wußte nicht, ob ich froh oder traurig sein sollte, aber ich beschloß, das Schwergewicht auf das Positive zu legen.

»Und was brummt so?« fragte Ruda.

Ich berichtete, was Virena gesagt hatte. Er nahm das Bild, legte es auf den Tisch und schirmte es mit seinen großen Händen so ab, daß sie einen Ausschnitt bildeten, durch den er auf das Viereck sah, wobei er seinen Mund spitzte.

»Das könnte möglich sein«, murmelte er. »So etwas kann eben bloß eine Frau. Herausfinden, daß das teure Klamotten sind. Ich habe schon immer gesagt, Virena hat Köpfchen. Ich werde veranlassen, daß der Bildausschnitt vergrößert wird.«

Flink und ich fuhren in meinem Saab zur Majorsgatan. Er saß locker und bequem auf dem Beifahrersitz. Mit seiner Jacke, dem Haar und Bart ähnelte er eher einem überwinterten Hippie als einem Polizisten.

»Bringt es etwas ein, sich mit Umweltverbrechen zu befassen?« fragte ich.

»Meinst du von unserem oder vom Standpunkt der Täter aus?«

»Vorschlagsweise von unserem.«

»Könntest du erraten, wie viele in Stockholm wegen Verstöße gegen das Umweltgesetz verurteilt wurden? Ich meine ernsthafte Vergehen.«

Das war nun etwas, wovon ich nicht die geringste Ahnung hatte, doch ich mußte ja mit einer Zahl aufwarten.

»Hundert vielleicht.«

Flink lachte. Es war ein warmes, belustigtes Lachen, aber tief drinnen schwang bittere Resignation mit.

»Das wären hundert zuviel. Nicht ein einziges Urteil wurde gefällt. Und fast genauso ist es im ganzen Land. Wir haben strenge Gesetze gegen das heimliche Verklappen und Deponieren von giftigen Abfällen und all solchen Sachen, aber niemand wird verurteilt. Die Ermittlungen werden eingestellt. Die Staatsanwälte erheben keine Anklage. Und doch wissen alle, die sich mit dem Ganzen hier herumschlagen müssen, wie schrecklich die Wirklichkeit ist. Ich bin nun seit sieben Jahren in der Fünften, und am Anfang habe ich alles nicht so ernst genommen. Aber je mehr Zeit verstreicht . . .«

Es wurde eine Weile ruhig. Ich fuhr die Kungsgatan hinunter. Die Straße fing an, ihre verlorene Ehre allmählich wiederzugewinnen, nachdem sie das Walk-over dem verführerischen Glanz der Hamngatan mit dem PK-Kaufhaus, dem NK von der Nordischen Kompanie und der Einkaufsgalerie hatte überlassen müssen. Nachdem sie ein paar traurige Jahre in dieser Misere verbracht hatte, kamen neue Geschäfte, neue Häuser, ein neuer Enthusiasmus und ein neues Publikum. Früher hatte man die Kungsgatan Stockholms Broadway genannt – vielleicht würde der Begriff noch einmal geprägt werden.

»Das ist mit der Umwelt wie mit der Kernkraft«, sagte ich. »Man wird mit dem großen Engagement Tag für Tag nicht mehr fertig.«

»Ich weiß. Die Umweltdiskussion hängt einem schon zum Halse heraus. Die Leute können sich immer nur mit einer Frage beschäftigen, und das Umweltgequatsche ist nun durchgedroschen und von der Tagesordnung abgesetzt worden. Die Leute glauben vielleicht, daß diese Fragen, da man sie nicht mehr diskutiert, nun nicht mehr existieren. Wir haben eine merkwürdige Fähigkeit, all das zu verdrängen, woran wir nicht denken möchten.«

Er hatte wohl recht. Nur mit Unlust erinnerte man sich an all die Propheten, die man auf der Mattscheibe sah oder auf allgemeinen Versammlungen antraf und die das Jüngste Gericht voraussagten, an alle diese drohend erhobenen Zeigefinger und diese ermüdende Meinung, daß wir uns dann von Linsen ernähren müßten, die wir in einer Blechdose über offenem Feuer gekocht hatten.

»Die Umweltpartei ist ja auch gescheitert«, sagte ich. »Das einzige, was übrigblieb, waren die Schulden.«

»Eine Partei, die nur eine einzige Frage stellt, wird stets scheitern«, antwortete Flink. »Aber sie haben trotz allem eine Reihe richtiger Fragen aufgegriffen, über die andere Parteien jetzt einfach hinweggehen, da sie sich anderem zuwenden, was mehr Stimmen einbringen kann. Aber ich will keine Predigt halten. Das ist wirklich nicht meine Aufgabe. Hast du Kinder?«

»Unterwegs.«

Ein etwas albernes Lächeln stahl sich auf meine Lippen, ohne daß ich es verhindern konnte.

»Ich habe zwei Enkel, und ich sehe das ausgesprochen eng und persönlich. In was für einem Milieu wünschte ich mir, sollten sie aufwachsen?«

Ich entdeckte einen Parkplatz in der Majorsgatan. Dann hatte ich meine kleine Konversation mit dem Telefonkasten an der Tür, und die helle Mädchenstimme bat uns herein. Auch diesmal stand sie an der Treppe, und die Tür war offen.

»Frau Sahlman ist verreist«, erklärte sie nervös, als sei sie an der Reise schuld und als würden wir sie deshalb zu einer Geldstrafe verurteilen.

»Das macht nichts«, beruhigte ich sie. »Wir können ja statt dessen mit den Herren Davidsson und Andén sprechen.«

»Sie können schon in das Konferenzzimmer gehen«, sagte sie. »So kann ich Bescheid geben.«

Es war ein anmaßender Name für einen solch kleinen Raum, aber er trug ihn mit einer gewissen Würde. Ein heller, runder Tisch mit sechs Stühlen aus dem gleichen Holz und mit hellbraunem Tuch bespannten Sitzen. An den mit hellgelbem Gewebe bezogenen Wänden hingen in schmalen Goldrahmen nichtssagende Lithografien. Ein Teppich, der den gesamten Boden bedeckte, und ein Schreibmaschinentisch mit Rolltüren.

Davidsson und Andén kamen gemeinsam. Sie stellten sich Flink vor, und wir setzten uns an den Tisch. Alles sah wirklich sehr geschäftsmäßig aus. Sollten wir ASEA kaufen oder lieber warten, bis der Kurs sank? Ich beschloß, zuerst für den Ausverkauf von Elektrolux zu stimmen.

»Ylva ist in Finnland«, erklärte Davidsson. »Also, Frau Sahlman meine ich natürlich.«

»Wir sind dazu übergegangen, uns zu duzen«, antwortete ich. »Es ist wohl das beste, ich gebe Flink das Wort.«

Davidsson strich sich unbewußt mit der Hand über die Schultern, um die Schuppen von der Jacke zu streifen, und Andén putzte seine viereckigen Brillengläser.

»Sie verkaufen diverse Rohstoffe«, begann Flink. »Und ich habe erfahren, daß Sie es auch übernommen haben, den Abfall zu beseitigen. Gilt das für alle Ihre Kunden?«

Davidsson und Andén schauten sich an, und Andén übernahm die Aufgabe, die Farben des Unternehmens hochzuhalten.

»Nein. Unsere größten Kunden besitzen eigene Vernichtungsanlagen. Besonders was das Öl betrifft, denn damit kann man Geld machen.«

»Nehmen Sie auch von anderen Abfall entgegen, von Firmen, die nicht zu Ihrem Kundenkreis gehören?«

»Ja, doch. Wir haben mehrere Quellen. Da diese Tätigkeit einen solch geringen Gewinn abwirft, sind wir wegen der Kostendeckung gezwungen, Abfall abzunehmen, ganz gleich, wo wir solche Kunden finden.«

»Warum wenden Sie sich nicht an Sakab?«

Andén lächelte nachsichtig, und mir schien, daß er ein gut Teil Respekt vor Flink verlor.

»Sakab? Ein Denkmal für schwedisches Versagen. Ich dachte, das sei allgemein bekannt. Es gibt eine Menge Kommunen, die mit dem Abfallmonopol nicht einverstanden sind, und kleine Unternehmen können Sakab nicht in Anspruch nehmen. Nicht bei diesen Preisen.«

»Sie exportieren alles?«

»Unser Empfänger ist Stundt & Mahler in Allsdorff am Waldsee. Das ist ein kleiner Betrieb mit hohen Spezialkenntnissen, welcher Abfall zu welcher Anlage weitergeleitet werden muß. Selbstverständlich haben wir die Genehmigung für den Export. Sakab ist ja auch ein großer Abfallexporteur geworden. Früher nahm die dänische

Kommunechemie in Nyborg schwedischen Abfall entgegen, aber nun hat man die Tür zugemacht. ReChem in England nimmt viel, auch Kali und Salz in Deutschland. Um nur ein paar Anlagen von vielen zu nennen.«

»Um welche Arten von umweltschädlichem Abfall handelt es sich?«

»Jedenfalls nicht um Kaffeesatz«, warf Davidsson ein.

Wir schauten zu ihm hin. Andéns Brillengläser blitzten den Kompagnon mißbilligend an, und Davidssons Gesicht färbte sich dunkelrot. Es war ein plumper Versuch, einen Scherz zu machen. Er hustete und sah zum Teppich hinunter und hoffte wohl, daß wir den Einwurf vergaßen.

»Alle möglichen Arten«, sagte Andén. »Die Lösungsmittel machen natürlich einen großen Teil aus. Plaste. Schwermetalle. Chemikalienreste. Abfall aus der Industrie, die Unkraut- und Ungeziefervertilgungsmittel herstellt. Quecksilberhaltiger Abfall. Zyanide. PCB. Saurer oder alkalischer Abfall. Verbindungen unterschiedlichster Art etwa mit Arsenik und Antimon.«

»Die schlimmsten Gifte«, murmelte Flink.

»Darum übernehmen wir sie ja.«

»Haben Sie ein Verzeichnis Ihrer Kunden und Transporte?«

»Alles ist in Ordnung. Sie können Kopien bekommen unter der Voraussetzung, daß Sie uns garantieren, keinem Außenstehenden Einblick in die Materialien zu gewähren. Jeder Betrieb hat seine kleinen Geheimnisse. Der allergrößte Teil wird mit Lastwagen transportiert.«

»Nehmen Sie die ASG in Anspruch?«

»Wir haben einen Vertrag mit dem Törnbergs Fuhrunternehmen. Das ist billiger.«

»Ich würde die Listen gern mitnehmen«, sagte Flink.

Die Tür wurde aufgestoßen, und das junge Mädchen stürzte herein. Mit weitaufgerissenen Augen stammelte sie: »Das . . . das . . . das . . .«

»Aber, liebe Mia, komm zu dir«, ermahnte Andén sie.

Sie holte tief Luft.

»Ein Gespräch aus Finnland. Frau Sahlman, sie . . .«

»Was willst du uns sagen, Mia?«

»Ich glaube, sie stirbt!«

15

Es war Davidsson, der sich zum Telefon hin streckte, doch es war Andén, der das Gespräch entgegennahm. Mia war außer sich und rang in klassischer Weise die Hände. Davidsson begnügte sich damit, den Kopf zu schütteln, als ob der Schnee in diesem Jahr sehr zeitig käme. Andén gab vor der Sprechmuschel lediglich brummende Laute von sich. An seinem glatten Gesicht war kaum etwas abzulesen, nur, daß er möglicherweise besorgt war.

Er legte den Hörer auf, kratzte sich nachdenklich am Kinn, und es scherte ihn nicht im geringsten, daß Mia wie eine junge Katze winselte und Davidsson den Kopf nach vorn streckte und nach Neuigkeiten gierte.

»Sie ist tot!« keuchte Mia. »Das ist ja schrecklich. Was soll nun aus uns werden? Es ist ja so schlecht, einen neuen Job zu bekommen.«

Andén schüttelte leicht den Kopf über ihre Jeremiade.

»Meine liebe kleine Mia, was quasselst du nur zusammen. Ylva liegt zwar im Krankenhaus, doch den Umständen entsprechend geht es ihr gut.«

»Was zum Teufel hat sie angestellt?« fragte Davidsson, die Sache direkt angehend.

»Sie überschlug sich zwischen Helsingfors und Tammerfors mit dem Wagen. Dreimal. Der Wagen scheint nur noch Schrott zu sein, doch sie kam mit diversen blauen Flecken und einem schweren Schock davon. Bei einem großen lokalen Platzregen verlor sie infolge Aquaplaning die Gewalt über den Wagen. Mia, such die Versicherungsunterlagen für den Wagen heraus. Am besten, man erledigt das ganze Unglücksgeschehen gleich in einem Ritt.«

Mia blieb wegen einer so materialistischen Betrachtungsweise der Mund offen stehen, aber sie griff dann eine Akte heraus und blätterte in den Papieren.

»Mach zuerst die Kopien für uns«, ermahnte sie Flink. »Das eilt mehr.«

»Könnten Sie nicht später noch mal wiederkommen?« fragte Andén zögernd. »Das dauert schon ein Weilchen.«

»Wir warten. Aber wir könnten auch inzwischen zum Lager hinausfahren, um mit Lundstedt zu reden.«

»Er ist nicht da«, sagte Davidsson. »Krank geschrieben.«

Andén runzelte die Stirn, nahm die Brille ab und ließ sie hin und her wippen, indem er sie am Bügel faßte. Er schaute Davidsson streng an, der sich unter dem Blick duckte. Sie waren Kompagnons mit gleich großen Aktienanteilen, aber Andén war die dominierende Person, was sicher nicht nur auf der größeren Statur beruhte.

»Soo? Davon habe ich ja noch gar nichts gehört!«

»Er rief mich gestern abend an. Oder besser gesagt, sein Kumpel rief an. Lundis sei so speiübel zumute, daß er nicht selbst telefonieren könne. Ihm sei vor einiger Zeit etwas auf den Kopf gefallen, was ihm immer mehr Beschwerden mache.«

»Das war eine Abfalltonne«, klärte ich ihn auf.

»Bergman ist heute wieder da«, fuhr Davidsson in einem Ton fort, als sei die Genesung des Angestellten auf seinen eigenen magischen Einfluß zurückzuführen. »Es ist also heute trotzdem alles O. K. im Lager.«

»Kann sein. Doch ich will Bescheid wissen, wenn sich jemand krank meldet.«

»In diesem Fall bleiben wir hier und warten auf die Kopien«, sagte Flink.

Wir wurden wieder in den Konferenzraum verwiesen, wo wir allein blieben, während Mia nach Anweisungen von Andén die Kopien anfertigte. Flink setzte sich bequem auf einen Stuhl und legte die Füße auf einen anderen. Er war ganz offensichtlich ein Mann, der das machte, was er für richtig hielt, und dagegen hatte ich nichts einzuwenden. Viele von uns sind allzusehr über einen Kamm geschoren.

»Was hat es eigentlich mit dieser Sakab auf sich, worüber ihr gesprochen habt?« fragte ich.

»Das heißt Schwedische Abfall Konvertierung AB, also eine Aktiengesellschaft und ein Beispiel für einen typisch schwedischen Kompromiß. Die Anlage liegt in Norrtorp in Närke. Ein staatliches Unternehmen. Von der Anlage wird behauptet, sie sei modern, die Wahrheit aber ist, daß sie schon überholt war, als man 1978 beschloß, sie zu bauen. Es ging noch oft hin und her, bis sie gebaut und Ende 1983 eingeweiht werden konnte. Sakab sollte das Monopol für sämtlichen umweltgefährlichen Abfall bekommen, aber man konnte die Kommunen nicht dazu zwingen. Die Kritiker sagten sehr zeitig voraus, daß die Sakab nicht funktionieren würde. Die Anlage hätte durch den Öl-Abfall am Leben bleiben können, aber nach all den Ölkrisen reinigten die Unternehmen selbst ihr Öl, und die Sakab mußte nun den anderen Abfall mit solchen Preisen belegen, daß die Unternehmen nicht mehr in der Lage waren, diese zu bezahlen, zumindest die kleineren und die konkurrenzanfälligsten. Aber wie dem auch sei, wenn wir eine Industrie haben, die Gifte verarbeitet, dann müssen wir uns auch darum kümmern. Das Schlimmste ist, daß viele glauben, Norrtorp könnte ein neues Seveso werden.«

»Raben krächzen immer.«

Er zuckte leicht die Schultern.

»Das stimmt, doch in diesem Fall handelt es sich um glaubwürdige Raben. Da gibt es einen Ingenieur, der Sten Waldemarsson heißt. Er wird als einer der führenden Experten für diese Art Anlagen und besonders der in Norrtorp angesehen. Der hat mich überzeugt, und ich gehöre wirklich nicht zu denen, die auf alles und jedes hereinfallen. Er hat nachgewiesen, daß Norrtorp eine Fehlkonstruktion ist. Die Öfen sind nicht in der Lage, PCB zu verbrennen oder die chlorierten Phenole. Die kleinste Panne, und die Giftwolken breiten sich über die gesamte Närkeebene aus. Das ist ein Landwirtschaftsgebiet. Die Dioxingase, die freigesetzt werden, sind unheimlich stark. Wir werden schon sehen, mit welchen Entschuldigungen man kommen wird, wenn die Katastrophe da ist.«

»*Falls* sie eintreffen sollte, will ich hoffen.«

»*Wenn* sie *da ist.* Junge, wenn du gesehen hättest, was ich an Scheuklappen, Blauäugigkeit, Gutgläubigkeit und Unvermögen gesehen habe, die Wirklichkeit zu beurteilen, und an Unwillen, Konsequenzen daraus zu ziehen, sowie die Hoffnung all der Toren, die da glauben, mit Gottes Hilfe wird schon alles gut werden, dann hat man jegliche Hoffnung und Illusion verloren.«

»Steht es wirklich so schlecht damit?«

»Schlimmer. Das Menschengeschlecht wird nicht durch den großen Knall umkommen, sondern röchelnd.«

»Man bekommt nicht gerade die Fröhlichkeit einer Heidelerche, wenn man dir zuhört.«

Er zog eine Grimasse, und mir wurde klar, daß er eine ähnliche Bemerkung wohl schon früher einmal gehört haben mußte.

»Es wird bald keine Lerchen mehr geben.«

»Du redest nicht gerade wie ein Polizist.«

»Der Teufel weiß, was ich noch bin.«

Andén kam mit einem Stoß Kopien herein. Er widmete Flinks Füßen auf dem Stuhl einen längeren Blick, aber entweder seine Erziehung oder die allgemein verbreitete Auffassung, man solle sich nicht mit Polizisten anlegen, brachten ihn dazu, zu schweigen. Flink stand auf, reckte sich und steckte die Papiere unter die Jacke. Wir verabschiedeten uns und versprachen wiederzukommen, und er zog ein Gesicht, aus dem zu entnehmen war, daß er uns wahrscheinlich nicht daran hindern könne.

»Du hast doch Lundstedts Adresse, nicht wahr?« fragte Flink, als wir wieder im Auto Platz nahmen.

»Er wohnt gleich hier in der Nähe. In der Sibyllegatan.«

Während wir das kurze Stück bis dort fuhren, erzählte ich ihm von Rudas Verdacht, daß Lundstedt und Murat Gergeo vielleicht zu Linders Bande gehören und durch Schwarzarbeit mit den Gifttonnen zu tun haben könnten. Für Flink war dies nicht gerade ein Schock.

»Das klingt ziemlich wahrscheinlich. Der Umgang mit dem Abfall ist für das Unternehmen sehr teuer. Den billigsten Abfall loszuwerden, kostet pro Blechtonne etwa 400 Kronen, dann gehen die Preise für den Abfall, der am schwersten zu zerstören ist, hoch bis 3.000 Kronen pro Tonne. Du kannst damit rechnen, daß Lundstedt und die, die mit ihm zusammenhängen, sich bereit erklären, die ganze Schmiere zum halben Preis zu übernehmen. Sie bekommen wahrscheinlich sogar noch eine Quittung dafür. Was bedeutet schon eine Quittung? Der Unternehmer erkauft sich ein ruhiges Gewissen, und vielleicht bekreuzigt er sich, wenn er ihnen die Tonnen überläßt, aber er kann schwarz auf weiß nachweisen, daß er die Regeln im Umgang mit Umweltgiften befolgt. Die kleinen Unternehmer sind keine schlimmeren Schurken als wir anderen. Du brauchst bloß daran zu denken, wenn du dein gebrauchtes Auto verkaufen willst. Nie wirst du all die Fehler lautstark herausstreichen, die du kennst.«

»Ist das so üblich?«

Langsam begannen seine Worte in mein Bewußtsein einzudringen. Es ging ja um die nächste Generation. Um Flinks Kinder, um meine und Virenas. Dies war ein neuer Gedanke für mich, wenn auch ein alter für andere.

»O ja. Eine große Menge verschiedener Industrien verwendet in der täglichen Produktion Stoffe, die zu giftigem Abfall werden. Allein werden sie damit nicht fertig. Man hat berechnet, daß pro Jahr Gifte im Gewicht von etwa zehntausend Tonnen ohne Kontrolle im Land herumliegen, um die sich also weder die Sakab noch andere kümmern. Doch das ist nur eine Dunkelziffer. Würde man tiefer graben, wären noch einige zehntausend Tonnen hinzuzufügen. Aber keiner weiß Genaues. Alles sind nur Vermutungen, und gewöhnlich wird so etwas Prognose genannt. Es ist kein schlechtes Geschäft, sich um den Abfall zu kümmern. Wenn Lundstedt & Konsorten, laß uns sagen, mit mehr als dreitausend solcher Blechtonnen ihr Scherflein zu all dem beitragen, dann ist das schon ein big business.«

Ich rechnete schnell im Kopf nach und fand, daß dies sicher ein Geschäft sein konnte, das Sören Linder zusagte.

»Und was machen sie dann mit dem Abfall?« fragte ich. Er warf mir einen Blick zu, als sei ich ein blauäugiger junger Wolf.

»Jede der verflixten Müllkippen in diesem Land steckt voller Gift. Du erinnerst dich, daß die Unternehmer früher mit dem Zeug machen durften, was sie wollten. Und so kippten sie alles auf den Müll, was zu einer Tradition wurde, die man immer weiter fortsetzte. Und über Nacht landete man da, wo wir jetzt sind. Und nun liegt der Müll auf dem Grund der Meere und Seen, wo Kinder baden, und früher oder später verrosten die mit Gift gefüllten Tonnen. Sie sind in alten Bergwerken gestapelt, und sie liegen in den Wäldern in Gruben, und sie liegen überall dort, wo man sie notdürftig verbergen kann. Die Nord- und Ostsee sind so voll davon, daß man bald trocknen Fußes über sie hinweggehen kann.«

Er schüttelte den Kopf und lächelte schwach.

»Sorry. Ich hatte versprochen, dich nicht mit Predigten zu belästigen. In Zukunft werde ich meine sündhafte Schnauze halten.«

»Ich würde vielleicht doch noch etwas wissen wollen.«

»In diesem Fall solltest du ruhig fragen.«

»Was hältst du vom Autofahren?«

»Ah, zum Teufel mit dir. Ich gehöre nicht zu denen, die in Sack und Asche gehen. Jedenfalls nicht, was das betrifft. Selbstverständlich sollte das Auto weiter fortbestehen. Die beste Erfindung, die je gemacht wurde, um die Menschen unabhängig und frei zu machen. Und wenn mein eigenes kleines Auto nicht mehr als einen halben Liter auf zehn Kilometer verbraucht, so hat das vor allem etwas mit Ökonomie zu tun. Mit meiner eigenen traurigen Ökonomie.«

Ich parkte in der Sibyllegatan auf der Seite mit den ungeraden Hausnummern. Gegenüber lag Nummer sechzehn, ein Eckgebäude zur Linnégatan hin. Das Haus hatte mit seiner schweren Backsteinfassade etwas von einer mittelalterlichen Burg an sich. Über den Fenstern, die so schmal waren, daß sie eher Öffnungen für Bogenschützen glichen, spannten sich aus Ziegelsteinen gefertigte gotische Spitzbögen. Die eine Hälfte des Hauses hatte einen weitausladenden Dachvorsprung, während die andere Hälfte der Fassade nach oben hin von einer gezackten, mit Zinnen bewehrten Silhouette abgeschlossen wurde.

»Bei denen da gibt es gutes Gebäck«, klärte Flink mich auf und nickte zur Bäckerei Kakhuset hin, die zu ebener Erde neben der Haustür lag, und wo man über die drei Schaufenster braune Pfefferkuchenhäuser gemalt hatte.

Wir gingen über die Straße, und ich beobachtete seinen kräftigen schlendernden Schritt. Mir wurde bewußt, daß er einer jener Kerle war, die aus den Wäldern kamen, im Unterschied zu mir, der fest davon überzeugt war, daß der frischeste Duft am Stureplan zu finden war, wo sich

Regen, Asphalt und der Dunst von Benzin zu einem unwiderstehlichen Nasengebräu mischten.

Natürlich waren an der Tür Telefon und Kodenummern angebracht. Ich suchte am Telefon das Namensverzeichnis nach Lundstedt ab, der jedoch nirgends aufgeführt war, und sollte er zur Untermiete wohnen, wäre er sicher zu unbedeutend für eine solche Aufmerksamkeit. Polizisten benutzen am liebsten nie die Haustelefone, zumal es mit zu unserer Rolle gehört, stets bloß die unerwartet auftauchenden und üblen Burschen zu sein. Doch früher oder später kommt immer ein Mieter, mit dem man hineinschlüpfen kann.

Unwillkommen konnte man sich hier nicht fühlen, denn in dem mit Blei ausgegossenen Fenster, das oberhalb der Tür in den grauen Stein eingelassen war, stand in Druckbuchstaben »Salve« – sei gegrüßt. Ich möchte wissen, vor wie vielen Türen ich im Laufe der Jahre schon gestanden und gewartet habe. Fünfundzwanzig Jahre als Polizist, die meiste Zeit davon in der Fahndungsabteilung. Ein Vierteljahrhundert! Kein Wunder, daß man Neuankömmlinge als schreckliche Grünschnäbel betrachtete, die soeben der Brust entwöhnt waren und von denen man erwartete, daß ihnen die Mama während der ersten Tage auf Schritt und Tritt folgen würde.

»Bist du aus der Stadt?« fragte ich.

»Nee, komme von Hälsingland, nicht weit von Bollnäs, und so langsam sollte man wieder dort hinziehen. Stockholm ist nichts für anständige Menschen.«

»Das einzige, was ich von Hälsingland kenne, ist das Hasselakollektiv. Andrerseits ist es vielleicht auch wohl das einzige, was man unbedingt kennen sollte.«

Flink nickte zustimmend.

»Ein bißchen mehr gibt es dort wohl zu sehen, aber Hassela allein ist schon eine Reise wert. Noch viel mehr Leute sollten dort hinfahren, um die Methoden dieser Enthusiasten zu studieren. Sie verstehen ihr Handwerk. Und all das verdammt Gute, das sie geleistet haben, indem sie sich dieser jungen, hoffnungslosen Drogensüchtigen angenommen haben, um ihnen in mühsamer Arbeit Selbstvertrauen und Gesundheit wiederzugeben. Das wäre schon einen Nobelpreis wert. Warum eigentlich nicht den Friedenspreis? Sie bringen ja im Grunde anständigen Jugendlichen bei, wieder in Frieden mit sich selbst zu leben.«

Eine ältere Dame öffnete, und wir halfen ihr und hielten die Tür auf. Sie musterte uns äußerst mißtrauisch und zögerte, ob sie nicht doch lieber wieder hineingehen solle, um die Polizei zu rufen, damit sie diese Männer, die allem Anschein nach nur Landstreicher sein konnten und zudem noch die Treppe beschmutzen würden, verhaften konnte. Aber in diesem Falle würde sie vielleicht Prügel von den Flegeln beziehen, und sie wollte kein Risiko eingehen. Es gibt heutzutage keine Zivilcourage mehr unter den Leuten.

Als wir das Entree betraten, verstand ich ihre Haltung. Hier gab es wirklich etwas, was man bewahren sollte und worum man Angst haben mußte. In dem achteckigen Raum zogen sich, jeweils von einer Ecke ausgehend und in eineinhalb Meter Höhe beginnend, sternförmig Bögen nach oben, die sich im Zentrum der Decke trafen, wo eine verglaste Messingleuchte an einer Kette hing. Die Bögen waren in Schwarz und Gold gehalten, und zwischen ihnen befanden sich gotische Blindfenster, die reich mit großen Blumenkronen, Blattornamenten und Rankenmustern, alle in starken, satten Farben gemalt, ausgeschmückt waren. Zwei der Blindfenster waren größer als die anderen. Dort zeigten zwei Drachen ihre mächtigen Rachen. Das Gemälde ging bis zur Decke hinauf.

Man war sicher der Ansicht, daß dies einen Einblick in die Zeit des Mittelalters geben sollte, eine fast barbarische Pracht, und es schien geglückt. Der Fußboden bestand aus rhomboidförmigen, roten Marmorplatten mit dekorativen Streifen aus weißem und schwarzem Marmor dazwischen, und der rote Marmor kroch an den Wänden hinauf und bildete ein Paneel.

»Das ist doch etwas anderes als bei uns zu Hause in der Gegend von Hökar«, meinte Flink. »Da wird alles in der Fabrik vorgefertigt und an Ort und Stelle dann montiert.«

Wir kamen durch dunkle Eichentüren, deren Scheiben mit Blei eingefaßt waren, zum Erdgeschoß, und auch hier setzte sich die Pracht mit einer fast betäubenden Wirkung fort. Nichts schien auch nur eine einzige Funktion zu haben, jedes kleine Detail sollte eine dekorative Wirkung ausstrahlen. Der Fahrstuhl war auf dem Weg nach unten, aber noch hatte ich keine Zeit, an die Arbeit zu denken, ich mußte die Eindrücke in mich hineinsaugen, und Flink schien es auch nicht eilig zu haben. Simon hätte sicher über mein Interesse gejammert, doch Flink sagte bloß: »Das hier ist ja auch eine Art Umweltfrage.«

Der Marmor setzte sich selbst hier drinnen fort, und auch hier war eine Lampe aus Messing angebracht. Die Wände waren mit Medaillons bemalt, die in Schwarz und blassem Gold gehalten waren, und die Rankenmuster wurden durch stilisierte Kronen vereinigt. Die weiße Gipsdecke war in Felder eingeteilt und von Ornamenten umgeben, und von der ersten Stufe, die zu der breiten, leicht spiralförmigen weißen Marmortreppe führte, ging eine Ehrenpforte ab, die gleichfalls aus dieser dunklen Eiche bestand, sich nun in anderer Weise wiederholte und voller geschnitzter figürlicher Muster war.

Auf der Treppe lag ein roter Läufer, mit blitzenden Messingstangen befestigt, und etwa nach jeder siebten Stufe war ein hohes Spitzfenster, das wahrscheinlich zum Hof hinausführte. Die mit Blei eingefaßten Scheiben bildeten ein farbenprächtiges Mosaik. Die Fenster waren nach alter Meisterart signiert: »Wilhelm Schnell, Offenberg y. B.« Flink schaute zu der langen Fensterreihe hinauf und sagte: »Schnell muß ja ein wahrer Teufelskerl gewesen sein, was die Fenster betrifft.«

Das Fahrstuhlgitter erstreckte sich vom Fußboden bis zur Decke und war eine ausgezeichnete, dekorative Eisenschmiedearbeit, die bis zu einem schwarzen, ausgeschmiedeten Pfeiler reichte, dessen Spitze mit Messing verziert war.

»Warum das alles?« fragte Flink. »Ich kann mit diesem alten Stil nicht allzuviel anfangen.«

An drei Wänden befanden sich auf Banderolen schwarzkonturierte Texte mit Wörtern von sehr altertümlicher Prägung und Form. Auf den beiden ersten Wänden wurde den Schöpfern des Hauses gehuldigt: Johan

Sjöqvist, der, dem langen Text nach zu urteilen, der Baumeister gewesen sein mußte. Ludvig Peterson, der Architekt, und Carl Borén, der Maurermeister. Sie sollen leben! Dann wurde noch Agi Lindgren gefeiert, gleichfalls Architekt, Richard Sundell, der für die Tischlerarbeiten und Carl Petter Lundgren, der für die Schmiedearbeiten verantwortlich war. Ich dachte, es sei eine ausgezeichnete Idee, auf diese Art zu zeigen, wie stolz man auf sein eigenes Schaffen war.

An der dritten Wand anbefahl man auf der ersten Banderole das Haus in Gottes Hand. Auf der zweiten wurde berichtet, daß das schöne Haus 1889 erbaut worden war, und auf der untersten stand, im gleichen alten Schwedisch gehalten wie schon die anderen Texte, der Satz: »En kånneswen i bokalist wånde thässa sententias a gambla swånsko.« Was soviel heißt wie: »Ein Sprachkundiger übersetzte diese Sätze in altes Schwedisch.«

»Ich habe Lundstedts Namen auf dem Schild entdeckt«, sagte Flink. »Er wohnt bei einem Bäckström zur Untermiete.«

Seufzend sah ich ein, daß ich nicht einfach hier im Erdgeschoß einziehen konnte, sondern an den Unterhalt für Frau und Kind denken mußte. Sicher, die Frau konnte sich selbst versorgen, und das Kind bedurfte noch nicht meiner Fürsorge, aber Luther, der Puritaner, schnaufte hinter meinem Rücken und war der Meinung, daß dies allein schon vom Prinzip her nicht gehe.

Der Fahrstuhlkorb bildete einen Halbkreis. In mittlerer Höhe, und von da an aufwärts, war ein gleichfalls halbkreisförmiger Spiegel angebracht, der aus zehn Teilen bestand und dadurch einen eigentümlichen optischen Effekt hervorrief, man sah sich selbst in zehnfacher Auflage und aus zehn verschiedenen Richtungen.

An der dunklen Eichentür, die sich fast unmerklich in das mächtige Holzpaneel des Treppenabsatzes einfügte, befand sich eine matte Kupferplatte, auf der in schnörkligen Buchstaben der Name Bäckström stand. Lundstedt war mit gespreizten Buchstaben auf einen unsauber ausgeschnittenen Zettel geschrieben. Es sah aus, als ob ein einlogierter Dorftrottel, nun in Gottes Namen dann, seine

Identität beweisen durfte. Ich klingelte, und der Ton kam so plötzlich und war so scharf wie ein Schwertstreich im Rücken.

Eine Frau fortgeschrittenen Alters öffnete. Sie konnte sicher, ganz gleich in welchem halbdemokratischen Land auch immer, einen Platz als Majestät einnehmen. Groß und ausladend gewachsen, gebieterisch, den Rücken steif und gerade, das Kinn im Wind, befehlsgewohnte Augen und einen so schmalen Mund, daß er mit einer Rasierklinge gezogen worden sein mußte. Sie war in große Blumen gekleidet, und ich vermutete, daß es Sonnenblumen waren, denn andere Blumen wären bei ihr undenkbar gewesen. Sie stieß einen Laut aus, der soviel bedeuten mochte wie »Heraus mit der Sprache«. Ich holte meine Id-Karte hervor, aus der zu entnehmen war, daß ich ein rechtmäßiger Polizist war. Ihr Blick darauf brachte die Plastehülle zum Schrumpfen.

»Wir suchen Herrn Lundstedt«, klärte ich sie auf.

»Herrn Lundstedt? Was könnten Sie von Herrn Lundstedt wollen?«

Sie hatte jene gellende, auffordernde Stimme, die einen dazu brachte, sofort in einer vom schlechten Gewissen geplagten Defensive zu landen, wo man das Bedürfnis verspürte, nicht nur sich selbst, sondern auch alles andere und die ganze Welt zu verteidigen: Das Verkehrschaos, das auf die Verbesserung der Straßen zurückzuführen war, die Erdbeben hatten etwas mit dem inneren Druck der Erde zu tun, Stürme und Unwetter lagen in den Händen Unseres Herrn, und selbst wenn man zur Verantwortung gezogen würde, dürfte die Schuldbürde nur als äußerst gering angesehen und höchstens eine Geldstrafe verhängt werden, und diese auch nur bedingt.

»Wir wollen mit ihm reden.«

»Will er mit Ihnen reden?«

Das war eine berechtigte Frage, aber sie war falsch gestellt, so als würde man fragen, ob ein kleinerer Gebrauchtwagenhändler auch eine rechtmäßige Buchführung habe.

»Ist er zu Hause?« mischte sich jetzt Flink ein.

Sie schüttelte ihr königliches Haupt, und damit sollte

die Audienz eigentlich zu Ende sein. Aber wir Spanner sind ein starrköpfiges Völkchen und verspüren keine Scham, uns Mensch und Vieh aufzudrängen. Mitunter decken sie sich.

»Bitte zeigen Sie uns sein Zimmer«, sagte ich.

Sie bewegte sich nicht von der Stelle, und wir konnten uns nicht an ihr vorbeidrängen, es wäre dasselbe, als wollten wir das Matterhorn bezwingen.

»Ich bin seine Wirtin, und es ist nicht meine Pflicht, Ihnen meine Wohnung zu zeigen, wo Herr Lundstedt ein Zimmer gemietet hat.«

Flink hielt ihr seinen Dienstausweis vor die Nase und sagte in berufsmäßigem Ton: »Wenn Sie nicht sofort tun, was wir Ihnen sagen, lassen wir die Tür aufbrechen, und Sie müssen noch selbst die Kosten tragen.«

Ihre geschürzte Oberlippe signalisierte, daß sie damit schon fertig würde.

»Sie sind Polizist? Sie sehen eigentlich aus wie diese langhaarigen ungepflegten Typen.«

»Das kommt daher, weil ich einer von diesen langhaarigen ungepflegten Typen bin. Das darf man heutzutage scin, und trotzdem bleibt man Angehöriger der Polizei.«

»Dann ist es kein Wunder, daß es im Land so aussieht. Kein Benehmen, nirgends.«

Sie trat nun doch, wenn auch widerwillig, zur Seite und ließ den Typ und seinen Trabanten, der zumindest einen Schlips trug, herein.

Durch eine dunkle Halle kamen wir in ein großes Wohnzimmer. Als Raum war es sehr schön mit der farbigen Kassettendecke und dem bemalten und kräftig profilierten Sims. Die halbe Wand bestand aus einem dunklen Eichenpaneel mit einem kleinen Regal. Aber die Dominanz bildete ein grüner Kachelofen, der so reich mit Skulpturen verziert war, daß man in ihm eher ein Kunstwerk als eine Feuerstätte sehen mußte. Er war in einem Stil gehalten, den ich für mich Renaissance nannte.

Frau Bäckström hatte ihr Bestes getan, um mit Plast, Prunk und Flitter die ursprüngliche Schönheit zu zerstören. Alle modernen Stilarten waren zu einem Hexensud zusammengebraut, und alle Erfindungen der Warenversandhäuser gesammelt, die diese in ihren Postwurfsendungen den Hausfrauen und Einsiedlern als ein »Muß« anpriesen, wobei der Verkäufer krampfhaft den Daumen drückte, damit genügend Schafsköpfe darauf hereinfielen, um durch den Kauf den Mißgriff des Unternehmens beim Einkauf zu kompensieren. Da waren Brandmalerei und das Schneckengehäuse zu finden, italienische Vasen, die so mit Gold überladen waren, daß die Blumen allein schon vom Metallgeschmack verwelken mußten, eine Sammlung Wildenten verschiedener Größe aus Gips, die in gestreckter Reihe über eine ganze Wand flogen, schlecht gedruckte Reproduktionen mit allen möglichen banalen Motiven waren in mächtige Goldrahmen gefaßt und von Lampen beleuchtet, so daß man die traurig rufenden Elche am Waldsee sehr gut betrachten konnte. Und wie zur Parade standen die Gipsköpfe der Großen aus dem Reich der Musik auf einem Regal: Beethoven, Bach, Brahms und Wagner. Und hinter ihnen hing, wie zum Beweis für die Komik des Alltags, ein signiertes und eingerahmtes Foto von Snoddas, dem Bandyspieler und Naturburschen, der im Fernsehen sang und mit seinen Liedern und Schallplatten die Leute unterhielt. Auf dem Fries des Kachelofens stand das Hochzeitsfoto des jungen Paares Bäckström, auf dem sie nicht anders aussah als heute, wenn auch etwas schlanker, mit einem melancholischen Schimmer im Blick, der vermuten ließ, daß sie sich schon damals über den Fotografen ärgerte.

»Sie haben nicht gesagt, was Sie von Herrn Lundstedt wollen«, sagte sie, ließ sich auf ein blaues Sofa nieder und nahm ein grünes Velourkissen, auf dem »Souvenir of Niagara Falls« stand und in fluoreszierenden grünen und roten Farben ein stilisierter Wasserfall gemalt war. Sie legte das Kissen auf die Knie und hielt es an beiden Seiten mit den Händen fest.

»Wo ist sein Zimmer?« fragte ich.

Sie nickte leicht zu einer Tür in der Halle hin, und ohne ihre Proteste zu beachten, gingen wir sofort hinein. Das Zimmer war – welcher Gegensatz – sehr ärmlich ausgestattet, irgendwelcher Ramsch, der von Verkaufsaktionen stammen mußte. Selbst der Kachelofen war nur ein Standardmodell in weiß.

Kein Lundstedt war zu sehen, und so konnten wir Frau Bäckström auch nicht der Lüge bezichtigen. Das Bett war gemacht, und als wir die Überdecke wegzogen, entdeckten wir einen gestreiften Pyjama unter dem Kissen, der sauber zusammengelegt war. Er besaß nicht viele persönliche Sachen. Ganz augenscheinlich war dies eine Scheidung gewesen, bei der er nur das bekommen hatte, was er auf dem Leibe trug und wegtragen konnte, das andere ging an die Frau. Im Schrank hingen ein dunkler Anzug und ein heller Blazer von der Art, die Domus als »Grundausstattung« anpries, eine graue Hose, einige Hemden auf Bügeln und vier unmoderne Schlipse mit Falten, die von den seit Jahren gebundenen Knoten herrührten, und auf dem Boden standen je ein Paar braune und schwarze Schuhe. In einem anderen Schrank hingen ein schäbiger Regenmantel und ein graukarierter, ausgebeulter Wintermantel.

Flink zog die Schubladen des fleckigen Schreibtischs auf und legte die Papiere, die er dort vorfand, auf die Schreibtischplattc. Wir gingen sie gemeinsam durch, was eine leichte Aufgabe war. Es fanden sich sieben Rechnungen, die er bezahlt und ordentlich mit den Quittungen von der Post zusammengeklebt hatte, drei kleinere Rechnungen, bei denen es an der Zeit war, daß sie mit Geld begossen wurden, einige Prospekte von Buchclubs, eine Einladung zur Teilnahme an einem religiösen gemütlichen Beisammensein bei einer Tasse Kaffee und ein farbenfreudiger Reisekatalog, der oft durchgeblättert worden sein mußte. Ich sah Lundstedt vor mir, wie er in seinem tristen Zimmer saß, im Katalog herumsuchte, von billigem Wein und von Wärme träumte und niemand da war, der ihn drangsalierte.

»Das war nicht viel«, sagte ich.

»Er muß ein einsamer Mann geworden sein.«

Ich entdeckte auf dem zerschlissenen Teppich ein paar feuchte Flecke, fuhr mit dem Finger darüber und roch daran. Es roch vor allem nach Nässe, aber da war noch ein süßliches Aroma. Vielleicht.

»Birre, was sagst du dazu? Könnte das Blut sein?«

Er ließ sich auf die Knie hinunter und schnupperte, indem er die Nase fast in den Fleck drückte.

»Das wäre schon möglich. In diesem Falle müßte es jemand abgewaschen haben. Er kann auch selbst etwas verschüttet haben.«

Frau Bäckström kam hereingesegelt und warf Blicke voller Abscheu auf die Repräsentanten der Gesellschaft, vor allem auf den, der da wie ein Hund auf allen vieren herumkroch und ihren Teppich beschnupperte. Flink stand auf und klopfte sich die Hose ab, was sie gleichfalls als eine Verunglimpfung empfand. Wer bei ihr auf dem Boden herumkroch, mußte sich nicht die Hosen abklopfen.

»Wissen Sie, wo sich Herr Lundstedt zur Zeit aufhält?« fragte Flink.

»Ich bin es nicht gewohnt, meinen Logisgästen nachzuspionieren«, antwortete sie verärgert, und ganz sicher war das gelogen.

»Danach habe ich Sie nicht gefragt. Sprechen Sie direkt zur Sache und ohne Ausflüchte. Wissen Sie, wo er sich jetzt aufhält?«

Das kantige Kinn zitterte in der Luft, aber die Tatsache, daß jemand zu ihr sagte, was sie zu tun habe, brachte sie nun doch dazu, zu gehorchen, aber selbstverständlich mit der Absicht, uns später wieder auf den entsprechenden Platz zurückzuweisen.

»Nein. Ich war zwei Tage weg und kam erst vor zwei Stunden zurück. Und da war Herr Lundstedt schon gegangen.«

»Seit wann wohnt er in diesem Zimmer?«

»Seit knapp drei Monaten. Ich bin wegen der Miete immer viel zu freundlich gewesen. Für andere Zimmer, die viel kleiner sind, muß man . . .«

»Haben Sie öfter mit ihm gesprochen? Kam er zu Ihnen, wenn er sich einsam fühlte? Gingen Sie zu ihm hinein, um ein bißchen zu plaudern?«

An ihrer Miene war zu sehen, daß sie selbstverständlich nicht daran dachte, sich mit dem Pöbel zu verbrüdern.

»Nie.«

»Blieb er an den Abenden zu Hause?«

»Das war unterschiedlich. Es passierte schon, daß er spät nach Hause kam. Aber nüchtern. Andernfalls hätte er sofort den Laufpaß bekommen. In meinem Heim hat keiner zu rauchen und zu trinken, und ich dulde kein Abweichen von der Regel.«

»Pflegte er Freunde mitzubringen?« fuhr Flink weiter fort.

»Das machte er nicht, und das weiß ich mit Bestimmtheit. Nach zehn ist kein Besuch mehr gestattet.«

»Brachte er Frauen mit?« warf ich ein, da mein Spezialinteresse ja bekannt war.

Sie sah aus, als wolle sie bei dem bloßen Gedanken daran schon ohnmächtig werden. Nachdem sie sich erholt hatte, antwortete sie kurz und treffend: »Herr Lundstedt ist schließlich verheiratet gewesen!«

»Und danach? Er ist ja nun frei und ledig wie ein Vogel.«

»Er kommt bald ins Rentenalter und hat auf keinen Fall derartige Neigungen.«

»Woher wissen Sie das? Alte Stubben brennen am besten.«

In ihre Wangen schossen unglückverheißende Flammen, und die Zähne knirschten hinter den scharfgeschnittenen Lippen, was sicherlich gut in Cerisefarben zu malen war. Daß der Pöbel sich mit »so was« beschäftigte, schien ihr nicht unbekannt zu sein, doch selbstverständlich war dies zu vernachlässigen.

»Herr Lundstedt hat nicht ein einziges Mal bei irgendeiner Gelegenheit in diesem Zimmer Damenbesuch empfangen«, sagte sie mit voller Stimme und jede Silbe betonend.

Ich schenkte ihr eines meiner liederlichsten Lächeln, von dem selbst Casanova noch etwas hätte lernen können, und sagte mit vor Schlüpfrigkeit triefender Stimme: »Sie sind ja zwei Tage weg gewesen, Frau Bäckström. Er kann doch in dieser Zeit mehrere Frauen empfangen haben. Wer weiß, welche Orgien hier in diesem Zimmer stattgefunden haben. Vielleicht sogar im Salon?«

Sie schluckte, um den entsprechenden Speichel zum

Sprechen zu produzieren, und stieß hervor: »Hier ist keine Frau gewesen! Verstehen Sie?«

Flink korrigierte sie.

»Genau das ist der springende Punkt, Frau Bäckström. Sie wissen das nicht, denn Sie sind nicht hier gewesen. Einer seiner Kollegen soll angerufen haben, Lundstedt sei krank. Wer ist dieser Kollege? Rief er von hier aus an? Wo befindet er sich jetzt?«

Sie entdeckte ein gut faßbares Stückchen Draht, was sie nun vor uns abspulte.

»Vielleicht ist er im Krankenhaus oder bei einem Arzt.«

»Das wäre schon möglich. Wir werden es überprüfen. Würden Sie uns etwas über seine Kleidung erzählen.«

»Kleidung? Ich habe nicht . . .«

»Liebe Frau Bäckström, machen Sie doch keine Schwierigkeiten! Sie haben ihn fast ein viertel Jahr lang gesehen. Sie müßten schon wissen, welche Garderobe er besitzt. Versuchen Sie, sich an so viel wie möglich zu erinnern.«

Nach einer kurzen Pause des Schweigens rechnete sie seine Garderobe zusammen, und sie tat das mit einer bewundernswerten Vollständigkeit. Sie mußte ein fotografisches Gedächtnis haben. Flink öffnete die Türen der beiden Schränke und zeigte ihr, was dort vorhanden war.

»Sie haben alles aufgezählt, was hier hängt. Nicht wahr?«

Sie sah die Kleidungsstücke durch und nickte.

»Ich habe Ihnen alles genannt, was hier vorhanden ist. Herrn Lundstedt kleidet das, was er besitzt, nicht besonders gut. Aber ich bin ja nicht für seinen Geschmack verantwortlich.«

»Genauso ist es, Frau Bäckström. Sie haben alles aufgezählt, aber auch kein Stück mehr. Sie haben alle seine Hemden, die Oberbekleidung und Schuhe erwähnt. Was hatte er denn dann an, als er das Zimmer verließ?«

Es entstand eine kurze Pause.

»Aber er hatte doch nicht mehr!« stieß sie gellend hervor.

»Dann ging er vielleicht nackt?« schlug ich vor. »Oder vielleicht hat er sich auch cinen ganzen Stoß neuer aufregender Kleidung gekauft, um den galanten Damen zu gefallen, die er sich hierher eingeladen hatte.«

Es war nicht nur Frau Bäckström, die mir schlimme Strahlenblicke zuwarf. Auch Flink hatte dunkle Augen bekommen. Ich sah ein, daß ich zu weit gegangen war und mich entschuldigen sollte, aber ich hatte heute ganz einfach keine Lust dazu.

»Wir kommen vielleicht wieder«, sagte Flink. »Wenn Sie etwas von Herrn Lundstedt hören, rufen Sie uns bitte unter dieser Nummer an. Ich hoffe, Sie haben verstanden, daß es von größter Wichtigkeit ist, daß wir ihn finden.«

Er schrieb unsere Namen auf eine Karte und gab sie ihr. Ohne besondere Freude ließ sie diese in einer Tasche ihres Kleides verschwinden. Sie begleitete uns nicht zur Tür, sondern verschränkte, als wir gingen, die Arme über dem mächtigen Busen, und wieder redeten ihre Blicke eine schweigsame, wenn auch deutliche Sprache. Vielleicht war Flink tatsächlich ein langhaariger ungepflegter Typ, doch dann war dieser Hassel ein Strolch und Stromer. Und viele würden ihr beistimmen.

»Wenn ich einmal die Gesellschaft eines Possenreißers brauche, werde ich darauf zurückkommen«, murmelte Flink, als wir die Treppe hinuntergingen.

»Versprich mir, daß du mich dann auch anrufst, ja?«

»Pfui Teufel, Roland . . .«

»Den Rolle nennen alle einen Possenreißer. Du müßtest mich einmal in meiner großen Nummer sehen, mit fünf Apfelsinen und einem Stock. Unschlagbar!«

Es dauerte eine Weile, bis er etwas sagte. Erst als wir wieder im Auto saßen. Und es klang recht vergnatzt: »Du, ich nehme meinen Job wirklich ernst.«

»Das gleiche gilt auch für mich. In der Regel. Es war nur, weil . . . nun, das kann auf dasselbe herauskommen.«

Ich steckte den Schlüssel ins Schloß, startete aber nicht, und er sah mich an. Ich schlug mit der Faust auf das gepolsterte Oberteil des Instrumentenbrettes und sagte mit lauter Stimme: »Zum Teufel noch mal, hier stimmt was nicht. Irgend etwas ist da faul. Bloß was?«

»Ich weiß nicht, was du meinst.«

»Hast du mitunter nicht auch irgendwo tief drinnen im Rückenmark so ein Gefühl, daß etwas zum Teufel geht, ohne daß du genau weißt, was?«

Flink zuckte die Schultern.

»Ich habe nicht diese Art Rückenmark. Ich arbeite nur mit dem, was ich sehe, höre und begreife.«

»Du bist wirklich glücklich dran. Aber das gibt sich noch. Jetzt fahren wir erst mal zum Essen, und dann erstatten wir Ruda Rapport.«

Flink war während der ganzen Zeit, wo wir in irgendeinem Billigrestaurant irgend etwas aßen, schweigsam, und ich hatte keine Lust, Empfindsamkeit und Rücksichtnahme anzudeuten. Wollte er nachtragend sein, dann sollte er. Waren nicht die Hälsinglander überhaupt nachtragend? Oder waren es die aus Jämtland?

Gleichfalls schweigend fuhren wir nach Kungsholmen, was mir nicht unrecht war. Was könnte wohl dieses seltsame Gefühl im Rückenmark zu bedeuten haben? Meine Intuition hatte mir während der ganzen Jahre schon manchen traurigen Streich gespielt, aber diesmal . . . oder vielleicht wieder . . . Es war, als wolle man mit eingeseiften Händen einen Aal fangen, und schließlich verschwand dieses seltsame Gefühl wieder.

Ruda saß allein und hatte sich kein bißchen erholt, seit ich ihn zuletzt gesehen hatte, aber ein leicht zufriedener Zug um seinen Mund verriet, daß er womöglich einen Schritt vorangekommen war. Er las den von mir schnell hingeschriebenen Rapport und legte ihn ohne Kommentar zu den Akten.

»Heute kaufst du Rosen für Virena«, sagte er.

Einen Augenblick dachte ich, daß er mit ihr gesprochen haben könnte und daß sie ihm erzählt haben mochte, was für ein gefühlskaltes Monster ich sei, aber das wäre andererseits ja nun wirklich keine Neuigkeit für ihn gewesen. So wußte ich, was er damit meinte.

»Ging es in Ordnung mit den Vergrößerungen?«

»Bekam die Bilder gerade herein. Das wird jetzt dein Job.«

16

Die Fotolaboranten hatten eine ausgezeichnete Arbeit geleistet, im Bund der Kostümjacke konnte man auf dem Firmenetikett lesen: »Fashion Maria & Mario«. Es war trotz der starken Vergrößerung noch klar zu erkennen.

»Laut Telefonbuch ist die Boutique im Sveavägen ganz in der Nähe vom Riviera. Ich habe mit Elisabeth Holm in der Kanzlei gesprochen. Sie ist ja so verrückt nach Kleidern, daß sie sich kaum ein Salatblatt leistet, um das Neueste vom Neuen kaufen zu können. Sie sagt, das Geschäft sei erst vor kurzem eingerichtet worden und liege für diese Art von auffälliger Mode etwas ungünstig, aber es gehe gut, da man auf das wirklich Exklusive setze.«

Er grunzte noch etwas und sah ein wenig verunsichert aus.

»Ist das so was, was aus Paris kommt? Oder geben jetzt andere Städte den Ton an? Ganz egal, du wirst hinfahren und ein bißchen herumschnüffeln. Hier hast du die Bilder von der Schönen, die du dort vorzeigen kannst.«

Die Laboranten hatten das Gesicht der Frau herausgeholt und Vergrößerungen davon gemacht. In dem Format sah sie seltsam lebendig aus, als könne sie ihr Gesicht aus dem Papier herausstrecken und mich ins Ohr beißen. Der erste Eindruck blieb. Ein gefährliches Weibchen.

»Nimm Flink mit. Alle Jungs sind draußen, um für Papa Informationen zusammenzukratzen. Hau ab und tu dasselbe.«

Obwohl er physisch abgespannt war, polterte er wieder los wie eh und je. Ein Mann, der Resultate haben wollte und der, um sie zu bekommen, in der Lage war, seine Leute anzutreiben. Im Hause wurde auf den verschiedensten Etagen an diesem Fall gearbeitet, und Ruda saß – gemeinsam mit dem Staatsanwalt und Kommissar Nord – als Spinne im Netz. Welche Menge Material ihnen zur Verfügung stand, wußte ich nicht, aber es waren viele damit beschäftigt, jedem kleinen Anhaltspunkt nachzugehen. Viele Fehlgriffe und Fehlschlüsse würde es dabei geben, doch mitunter würden wir auch treffen, und ein weiteres Teilchen konnte dem unbekannten Puzzle hinzugefügt werden. Und wenn Sören Linder es wagen würde, seine unangenehme Visage irgendwo sehen zu lassen, dann mußte er schon gut verkleidet sein, um den Tausenden Argusaugen entgehen zu können.

Wir fuhren zum Sveavägen. Flink schien über den Auftritt des Clowns hinweg zu sein, war wieder gesprächig, und das war gut so. Da man bei gemeinsamer Fahndung ziemlich zusammengekettet wird, sind normale Verhältnisse untereinander eine Notwendigkeit. Sicher ist es bei uns nicht wie bei der Ordnungspolizei, wo die Jungs im Funkwagen als Zweimannbesatzung über Jahre hinweg zusammenarbeiten und schließlich fast wie Brüder miteinander verkehren oder wie Vater und Sohn, wenn der Altersunterschied entsprechend ist. Aber auch für uns ist es wichtig.

»Was stimmt nicht mit Stockholm?« fragte ich Flink, als wir bei Rotlicht an der Kreuzung zur Vasagatan halten mußten. »Du sagtest, daß die Stadt nichts für Menschen sei. Ich bin da anderer Meinung. Mit all ihren Fehlern ist es doch eine herrliche Stadt.«

»Da ich von außerhalb komme, sehe ich mehr als du. Du bist in diesen Verhältnissen hier groß geworden und hast dich so langsam daran gewöhnt. Du siehst nicht die vielen Konfrontationen.«

»Aber doch! Selbstverständlich kenne ich die Konfrontationen!«

»Aber nicht als Lebensform der Stadt. Hier liegen die Aggressionen offen zutage, keiner versucht, sie zu verbergen oder in Grenzen zu halten. Stockholm ist überfüllt mit den verschiedensten Typen, die die Konfrontation suchen.«

»Wenn man Polizist ist, sieht man vielleicht nur die Aggressionen und nicht die vielen Schönheiten.«

»Dafür kann ich mir aber was kaufen. Viele Polizisten kriegen wegen all dem Magengeschwüre, aber das berührt mich nicht. Der ganze Polizeijob geht mich, ehrlich gesagt, nicht das geringste an.«

»Nicht mal der Mord an Bolinder?«

Er legte die Spitze des Ringfingers gegen den Daumen und ließ ihn durch die Luft schnippen.

»So viel hier kümmert es mich, daß dieser Bolinder, den ich nie getroffen habe, ermordet wurde. Wie sollte ich da irgendwelche Trauer um ihn empfinden? Das ist genauso albern, wie daran glauben zu wollen, daß ein Pfarrer Trauer empfindet, wenn er am Grab steht und diese drei Kellen Sand auf den Sarg kippt.«

Ich blieb einige Meter Kungsgatan schweigsam. Sicher hatte er ganz ungeschminkt das ausgesprochen, was auch ich fühlte, obwohl ich mit Bolinder viele Jahre zusammengearbeitet hatte. Aber das klang fast schon unanständig aufrichtig, so, als sage man, man sei Royalist, weil die Königin so schöne Beine habe.

»Wer nicht trauert, kann ganz schnell zum Teufel gewünscht werden«, meinte ich.

Flink starrte durch die Windschutzscheibe und antwortete mit bornierter Stimme: »Wenn ich zum Teufel gewünscht werde, finde ich genügend andere Objekte.«

»Ein Glück, daß nicht alle Polizisten so reden wie du.«

Ich polemisierte nicht gegen ihn, vielmehr war ich neugierig darauf, aus welchem Grund er zu dieser Auffassung gekommen war. Auch wenn er zur Fünften Abteilung gehörte, war seine Aufgabe die Verbrechensbekämpfung mit dem traditionellen Gesichtspunkt auf die Einteilung in schwarz und weiß.

»Ist dir bekannt, daß sich jährlich etwa fünfundzwanzig Arbeiter eine schwere Bleivergiftung holen? Es gibt eine Unzahl von Industrien, die Blei verwenden. Das Nervensystem wird geschädigt. Die Nieren versagen. Und noch bevor du überhaupt als geschädigt anerkannt wirst, gehst du jahrelang wie im Nebel herum, du kannst nicht schlafen und kotzt von früh bis spät. So ergeht es heutzutage Hunderten von Arbeitern, und es werden immer mehr.«

»Ja«, sagte ich, nur um etwas zu sagen.

»Kadmium soll nicht mehr in solchen Unmengen wie früher verwendet werden, aber die Begrenzung war ein Schlag ins Wasser. Jeden Tag arbeiten ein paar Tausend Personen mit Kadmium, dabei sind die Risiken enorm. Du kriegst eine Rachenentzündung und kannst den Geruchssinn verlieren, du trägst Nierenschäden davon, Blutarmut kannst du bekommen, dein Knochengerüst wird geschwächt, und deine Leber verändert sich, und doch wird nichts getan, um etwas zum Besseren hin zu verändern.«

Ein Bus vor meinem Wagen hatte einen Radfahrer gestreift, Fahrer und Radfahrer führten mit großen Gesten eine aufgeregte Diskussion, und, wie ich vermutete, mit gegenseitigen Anwürfen, was den Hintergrund und die Herkunft des anderen betraf. Ich stand so dicht hinter dem Bus, daß ich beschloß zu warten, bis sich der Sturm gelegt haben und der Bus weiterfahren würde. Aber der Sturm neben meinem Fahrersitz legte sich nicht. Flinks Stimme wurde immer bitterer.

»Es gibt noch eine Menge anderer Schwermetalle, die Kraft und Saft und schließlich das Leben aus den Arbeitern saugen. Wie viele in der täglichen Plackerei mit Quecksilber beschäftigt sind, weiß keiner, doch im Unterschied dazu weiß man, wie es ist, wenn man eine Quecksilbervergiftung davonträgt. Zuerst fangen deine Hände an zu zittern, und du bekommst den Tatterich, die Nieren können zum Teufel gehen, aber oft dringt der Schaden direkt bis ins zentrale Nervensystem vor. Du wirst gefühllos und verlierst das Gedächtnis, du kannst dich kaum rühren und hast Schwierigkeiten mit dem Sprechen. Frauen können Kinder mit schweren Mißbildungen gebären. Du glaubst doch nicht, daß sich die Situation verbessert, solange es nicht andere Tätigkeiten gibt, wo die Arbeiter die Chance haben, Monat für Monat denselben Lohn zu kriegen. Es ist ja immer irgendein anderer, der davon betroffen wird. Bis zu dem Tag, wo deine eigenen Hände wie ein Schneebesen herumwirbeln.«

Offensichtlich hatte der Radfahrer den kürzeren gezogen, da es ihm nicht glückte, einen Schaden am Rad nachzuweisen. Nachdem er seinen Gegenspieler einen wütenden Blick zugeworfen hatte, schwang er sich wieder in den Sattel.

»Du glaubst doch wohl nicht, daß es mit den Staublungen zu Ende ist! Oder mit den von Eisenpartikeln geschädigten Lungen? Viele der älteren Arbeiter laufen herum und husten auf dem letzten Loch, und wenn die Jungen in die Erde hinunterkriechen, fangen sie mit dem gleichen teuflischen Husten an und können sich ausrechnen, wann sie soweit sind. Geschädigte Lungen lassen sich nie ersetzen. Sind sie am Ende, dann sind sie am Ende.«

Links herum und an Ströms Ecke vorbei, wo ich einen kurzen Blick auf die Herbstmode riskieren konnte. Früher war Ström ja ein Begriff, aber da ich so selten neue Kleidung kaufe, wußte ich nicht, ob es noch immer an dem war. Es sind ja so viele Firmen verschwunden, die in der Branche für Herrenkleidung ein Begriff waren. Fröjds. Rydholms. Standards Hörna mit den uralten Schaufensterpuppen.

»Über tausend Personen kommen bei ihrer Arbeit direkt mit Chrom in Berührung, eine Menge indirekt, und genauso viele mit Nickel oder Kobalt. Die harmlosesten Folgeerkrankungen sind Allergien. Aber die Luftröhre kann in Mitleidenschaft gezogen werden, die Lunge, du kriegst Atembeschwerden, und das Blut verändert sich. Bei einigen Arbeitsplätzen, wo man mit Chrom hantiert, geht man ein dreißigmal höheres Risiko ein, Lungenkrebs zu bekommen, als an anderen Arbeitsplätzen. Arbeitest du in einer Nickelbude, so werden Lungenkrebs oder Krebs in den Nebenhöhlen der Nase als Berufskrankheit gerechnet.«

Weibulls Samenhandlung. Muß ein Riesengeschäft sein. Sune Bengtsson zum Beispiel gibt einen großen Teil seines Gehalts für Samen, Pflanzen und Kunstdünger aus. Und wenn es auf den Frühling zugeht, stöhnen die Leute vor Lust, wenn sie den Jahreskatalog durchblättern. Porr für hingebungsvolle Amateurzüchter und -gärtner. Live show mit Tomaten und anderem Krimskram. Die Gruppe Acht sollte da wirklich eingreifen.

»Weißt du, welchem Risiko die Leute ausgesetzt sind, die tagtäglich mit Plasten und Lösungsmitteln umgehen müssen? Die geringsten Folgen sind noch, daß du ein Mensch zweiter Klasse wirst. Daß Hirnzellen zerstört werden. Du denkst langsamer und vergißt schneller. Du kriegst Ekzeme, weil die Haut austrocknet. Die Augen können davon angegriffen werden. Du bekommst Stechen und Schwindel, und die Dünste dringen in den Körper ein und schädigen das Gewebe, und danach kommt der Krebs. Verteufelt vielfältige Krebsformen.«

Das große Haus der Versicherungsgesellschaft Skandia. Hieß sie früher nicht Thule? Ich konnte mich noch sehr genau erinnern, daß man das Haus Thule nannte. Damals war es imposant. Alle Versicherungsgesellschaften schlossen sich ja zu enormen Konzernen zusammen. Wo waren all die anheimelnden kleinen Gesellschaften mit den herzzerreißenden Plakaten und den knurrig-gemütlichen Vertretern geblieben, die man nie über Verkaufstechnik hatte reden hören. Balder, Zenith, Liv-Oden, Thor und wie sie alle hießen. Hilflos geschluckt von hungrigen Riesen. Ich weiß noch, daß jeden Freitag ein Vertreter der Lebensversicherung zu Vater nach Hause kam und Papa die Prämie bezahlte und der Vertreter die Marken in Papas Buch einklebte. Ein regelrechtes kleines Ritual war das, durch das Papa sich bedeutungsschwer als ein Mann voller Verantwortung fühlen konnte. Wenn man heute einen Vertreter der Skandia bitten würde, mit einer Marke zu einem nach Hause zu kommen, bekäme man wohl eine Datenmaschine an den Kopf geworfen.

»Man weiß, daß heute mindestens zweitausend Arbeiter in der Industrie, die Lösungsmittel herstellt oder verarbeitet, aufgrund von Berufsschäden vorzeitig sterben. Ein verdammt teuflischer Tod, und sie können ihm nicht entgehen. Und es wird immer schlimmer. Der Industriearbeiterverband zum Beispiel sagt, daß die Lösungsmittel noch in den achtziger Jahren bei uns in Schweden zu einer Umweltkatastrophe führen werden.«

Das Kino Riviera. Dort hatte man viele unmoralische gute Filme gesehen. Wand an Wand mit Bonniers, dem wahrscheinlich bekanntesten Familiennamen in unserem Land. Daß der König mit Familiennamen Bernadotte heißt, wäre sicher für einen großen Teil eine Überraschung, aber daß die Herrschaft Bonnier mit Büchern handelt, ist ein genauso selbstverständliches Faktum wie die Tatsache, daß auf den Sonntag der Montag folgt.

»Mein Sohn arbeitete in einem Betrieb, wo er Lösungsmittel in sich aufnahm. Er glaubte, das sei nicht so gefährlich, er genauso wie die anderen. Als man Blutkrebs feststellte, war es zu spät.«

Das Geschäft, besser gesagt die Boutique. War dort früher nicht ein Rundfunkgeschäft? Ich konnte mich schwach an große Musikboxen mit Garrards Plattenwechsler erinnern, die so phantastisch waren, daß man zehn 78er Platten nacheinander abspielen konnte. Ich fand eine Lücke und parkte.

»Lennart starb vor acht Monaten. Er war unser einziger. Wir sind nie darüber hinweggekommen, Tora und ich.«

Ich nahm das Kuvert mit den Fotos aus dem Handschuhfach. Was sollte ich Flink sagen? Was konnte ich ihm schon sagen?

»Du hattest mir versprochen, keine Predigten zu halten«, murmelte ich.

»Wenn du mich erst kennengelernt hast, weißt du, daß ich meine Versprechen nie halte.«

Wir gingen in die Boutique, und sanfte Musik floß wie weicher Honig aus versteckten Lautsprechern. Die Lokalität war nicht besonders groß, aber jeder Quadratzentimeter war ausgenützt mit Kleiderständern, mit Puppen aus der Welt der Science fiction und mit Kleidung, die für mich zum gleichen Genre gehörte, mit riesigen Plüschtieren, die eigentlich nicht in dieses Milieu gehörten, dann aber doch auf ihre Weise hineinpaßten.

Man verkaufte sowohl Herren- als auch Damenkleidung, und es war ganz gleich, ob man als Herr oder Dame angesehen wurde, wenn man so etwas trug. Nie fühlte sich wohl ein Mann mittleren Alters nichtiger innerhalb der, so wird behauptet, goldenen Ära, als beim Besuch eines solchen Wasserlochs, wo nur junge Leute ihr Wasser holen. Wir waren ganz allein in der Boutique, und wenn der Raum auch eng war, so hatte man doch wandgroße Spiegel angebracht, die über die Proportionen hinwegtäuschten. Ich räusperte mich, um mit diesem uralten Trick die Aufmerksamkeit auf mich zu lenken.

Eine junge Frau kam aus einem weiter innen gelegenen Stand herausgeschlüpft, eingehüllt in Wohlgeruch wie in ein besonderes Gewand, und ich vermutete, daß sie genau jene Mode zur Schau stellte, die im Moment die herrschende war, mir aber keineswegs gefiel. Wie ich überhaupt niemals viel von der neuesten Mode hielt. Und wenn ich dann anfing, mich an sie zu gewöhnen, war sie schon wieder passé und aus.

»Womit kann ich Ihnen helfen?«

»Bist du Maria?« fragte ich.

»Ja, ich bin Maria. Wollen Sie etwas verkaufen?«

»Wir wollten nur mal fragen, ob wir eine Nebenbeschäftigung als Mannequins bekommen könnten.«

Ich hörte Flink laut seufzen und wußte, was er dachte: »Nun ist der Clown wieder an der Reihe«, aber Maria lachte und ließ ihre Augen spielen. Sie war schon ein Mädchen, das man gern haben konnte.

»Gestatten Sie, daß ich sage, das hieße ja wohl den Bock zum Gärtner machen?«

»Sind wir denn nicht genau trendrichtig?«

»Doch, schon, aber nicht für den Trend, der gerade *in* ist. Vielleicht wären Sie etwas für Kapp-Ahl?«

»Auch nicht, wenn wir uns als Punks herrichten mit Grün im Haar?«

»Leider bin ich nicht davon überzeugt, daß sich das lohnen würde.«

Sie lachte wieder, und ich merkte, daß Flink mich anraunzen wollte, aber diesmal entsprach mein Benehmen durchaus unserem Beruf. Um Informationen zu bekommen, mußte man eine Atmosphäre schaffen, die ungezwungen und familiär war. Bindungen zwischen Menschen können innerhalb von Sekunden entstehen, und seinen Freunden hilft man. Das war nicht meine Erfindung, es war die Art, wie Simon mit den Leuten verkehrte, und ich hatte von ihm gelernt.

»Du hast einen Kunden, mit dem wir Kontakt aufnehmen wollen.«

»Hab ich das?«

»Ja. Wir sind eigentlich Polizisten.«

Sie durfte sich an unserer Legitimation ergötzen, dann zeigte ich ihr die Bilder mit der Raubtierdame. Sie sah die Bilder genau an, wobei sie nachdenklich eine wohlbemalte Unterlippe nach vorn schob. Dann schnipste sie mit dem Zeigefingernagel auf eins der Fotos, und der Nagel war lang und rot und schön.

»Was wollen Sie von ihr?«

»Es geht um eine Erbschaft«, log ich unbeschwert. »Aus dem Ausland. Die Fotos sind unser einziges Mittel, um sie zu finden.«

Sie schaute sich die Fotos noch mal an und schüttelte den Kopf.

»Sie gehört nicht zu meinen Kunden. Ich werde meinen Freund fragen.«

Sie wandte sich einer Querwand zu, die aus einem silberglänzenden Vorhang bestand, und rief: »Mario!«

Ein junger Mann schob die Draperie zur Seite und kam mit den gleichen gleitenden Bewegungen wie schon zuvor seine Freundin auf uns zu. Seine Wiege mußte irgendwo in Italien gestanden haben, und er sah aus wie die lebende Antwort auf das Gebet einer modernen Jungfrau. Gekräuseltes schwarzes Haar, sehr viel davon, ein diskreter Ring in einem der Ohrläppchen, breite Schultern und die Taille dünn wie ein Faden. Große, dunkle verzehrende Augen, der Mund war voll und rund, scharfgeschnittene Gesichtszüge, panthergleiche Bewegungen. Es gab viele Gründe, eifersüchtig zu sein. Warum bloß war man nicht mehr so jung? Und warum hatte man kein gekräuseltes Haar? Warum keine schmale Hüfte? Und warum hatte man keinen Ring im Ohr?

»Erkennst du sie wieder, Mario? Die Jungs von der Polizei suchen sie, weil sie eine Erbschaft gemacht hat und Geld kriegen soll.«

Er legte eine Hand um sie und nahm mit der anderen die Fotos. Sie lächelte und schmiegte sich an ihn. Wäre in seinen dunklen Brunnen nicht ein humoristisches Schimmern zu sehen, wäre er ein unerträglicher Gigolo gewesen. Aber solche leben sicher ein anderes Leben.

»Hätte ich sie gesehen, hätte ich es nicht vergessen«, sagte er in sanftem Schwedisch.

Sie stupste ihm spielerisch auf die Nase, aber es war leicht zu merken, daß sie keineswegs unruhig war wegen einer eventuellen Konkurrenz.

»So, du erkennst sie nicht wieder?« fragte ich.

»Ich bedaure. Vielleicht hat ihr meine Schwester etwas verkauft, die halbtags hier arbeitet.«

»Wann kommt sie?«

»Sie sitzt gerade im Atelier und ändert etwas. Ich kann Lucia holen.«

Er glitt hinter den Vorhang. Ich nestelte an einer Bluse herum, von der ich annahm, sie könnte vielleicht Virena passen. Als Opfergabe sozusagen.

»Was kostet die hier?«

Sie warf einen flüchtigen Blick darauf und sagte ohne Zögern: »Du kannst sie für achtzehnhundert bekommen.«

»Achtzehnhundert?«

»Sie kostet zwei drei sonst. Wir schmeißen einen Teil heraus, weil wir neue Sendungen erwarten.«

Als ich etwas näher hinsah, bemerkte ich, daß es doch nicht Virenas Größe war. Eigentlich sogar weit davon entfernt. Das hatte nun nicht das geringste mit dem Preis zu tun, aber so etwas sollte man eigentlich nicht machen, da man weiß, daß man sich bloß ins schlechte Licht rückt.

Flink hatte die ganze Zeit über nichts gesagt, sondern mir die Vorstellung überlassen. Vielleicht ärgerte er sich, weil er soeben im Wagen so offenherzig über den Tod seines Sohnes gesprochen hatte. Man erzählt ja so vieles, wenn einen eine Sache bewegt.

Mario kam mit seiner Schwester Lucia zurück, die ein jüngeres Modell war und mit ihren schweren, blutvollen Gesichtszügen und einer kräftigen römischen Nase echt italienisch aussah. Im Unterschied zu ihrem Bruder und Maria trug sie ein paar ausgewaschene Jeans und ein ausgefranstes T-shirt. Eine Schande für eine Boutique. Aber vielleicht wollte man sie an der Nähmaschine versteckt halten. Sie grüßte mit einem Nicken, bekam die Fotos vorgezeigt, und endlich hatten wir die fünfte Zahl im Bingo.

»Sie kaufte ein Kleid bei mir ... nein, es war ein Kostüm, vergangenen Monat.«

»Das stimmt«, antwortete ich. »Kannst du mir ein paar nähere Angaben über sie machen?«

Lucia wußte nicht recht, worauf ich hinauswollte und machte mit der rechten Hand cine unbestimmte Geste, wodurch in der Daumenfalte Schwielen sichtbar wurden, wie man sie beim häufigen Gebrauch einer Schere bekommt.

»Sie hatte das Kostüm im Fenster gesehen. Es gab keine Schwierigkeiten.«

»War es teuer?«

»Nicht bei dieser Qualität. Dreitausendsiebenhundert kostet es mich selbst.«

»Eh – nee, nicht bei dieser Qualität.«

Etwas hilflos dachte ich daran, was Virena für ihre Kleidung ausgeben mochte. Die Zeit mußte mir einfach davongelaufen sein. Gab es überhaupt einen Markt für Kleidung in dieser Preislage? Eigentlich müßte man Gehaltserhöhung verlangen.

»War noch jemand dabei, als sie das Kostüm kaufte?«

»Was hat das denn mit der Erbschaft zu tun?« fragte Maria und zog die Augenbrauen zusammen.

»Sie soll verheiratet sein, und wenn wir den Mann finden, finden wir zugleich sie«, erklärte ich.

Das klang nicht sehr plausibel, aber sie ließ es auf sich beruhen. Wenn sie uns in Verdacht hätte, daß wir einen ihrer Kunden einlochen wollten, wäre ihre Art uns gegenüber sicher frostiger ausgefallen, was ich durchaus verstehen könnte. Man möchte ja keinen verlieren, der, mit meinen Maßstäben gemessen, einen ganzen Nettomonatsverdienst für ein Kostüm ausgibt.

»Sie war wohl allein«, sagte Lucia zögernd. »So genau kann ich mich nicht erinnern.«

»Wie bezahlte sie?«

»Sie bezahlte bar. Daran kann ich mich sehr gut erinnern, weil sie ein ganzes Bündel Hunderter auf den Tisch legte.«

Eine neue Fehlrechnung. Die Quittung für den Kontoauszug könnte man beim kontoführenden Unternehmen finden, aber die Scheine verschwinden einfach. So wie beim Freitagseinkauf im Lebensmittelgeschäft.

»Könntest du mir nicht noch ein paar Angaben machen, die uns weiterhelfen?« fragte ich entmutigt.

»Doch. Ich weiß, wie sie heißt.«

Flink und ich starrten sie an, und Lucia erklärte: »Ich

mußte den Rock im Bund etwas enger machen. Und weil sie so selten in der Stadt ist, erklärte ich mich bereit, ihr den Rock zu bringen, sobald ich damit fertig war. Selbstverständlich bezahlte sie mir das.«

Ich hätte sie in die Arme nehmen und küssen mögen, doch dann hätte Maria vielleicht die Sitte angerufen, und Flink wäre der Zeuge gewesen.

»Ich habe es mir in mein kleines Buch geschrieben, werde es holen.«

Sie ging schnell in ihr verborgenes Atelier zurück, und ich dachte, daß dies ein solch unverhoffter Fortschritt war, daß ich wieder über die Bluse nachzudenken begann. Man würde ja auf alle Fälle fünfhundert Mäuse verdienen, wenn man zuschlug, aber teuer genug blieb sie trotzdem. Lucia kam schnell zurück und suchte in einem kleinen schwarzen Notizbuch herum, wobei sie sorgfältig darauf achtete, daß ihr Bruder nicht mitlesen konnte. Vielleicht hatte sie Namen von Burschen darin verzeichnet, die er, mit seinem südländischen Temperament, nicht als die rechte Gesellschaft für seine junge Schwester ansehen mochte.

»Hier ist es. Jytte Schiller heißt sie. Sie ist Dänin. Sie wohnt im Kottlavägen. Auf Lindingö. Was für eine Nummer habe ich denn aufgeschrieben?«

Sie gab uns zwei Varianten, da die zweite Ziffer eine Vier oder eine Neun sein konnte.

»Es ist auf alle Fälle eine große weißliche Villa.«

Ich dankte ihr herzlich, und Flink nickte zustimmend. Zwei Frauen kamen in das Geschäft und fingen an, zwischen den Bügeln zu wühlen. Das Leben wurde für das Eigentümerpaar der Boutique wieder zum Kommerz und für uns zur Menschenjagd. Als wir im Wagen saßen, fragte ich: »Na? Wollen wir allein hinausfahren oder Alarm schlagen und mit einer großen Streitmacht anrükken?«

»Das ist deine Sache. Ich bin kein Spanner.«

Ich beschloß, daß wir kompetent genug seien, um eine Frau aus einer weißlichen Villa zu holen, meine persönlichen, niedrigen Beweggründe jedoch deckte ich nicht auf. Vielleicht war einer der Männer, die versucht hatten, meine Ehe mit Virena zu zerstören, ebenfalls da draußen. Hatte ich Glück, konnte es tüchtigen Krach geben . . .

»Lindingö die nächste«, sagte ich aufgeräumt und fuhr zum Valhallavägen weiter. »Hier, der Kottla-See könnte dir sicher gefallen. Man sagt, er habe das sauberste Wasser des ganzen Gebiets.«

»Jaha«, antwortete Flink tonlos. »Spitze, daß ich dich erheitern konnte.«

»Aber, Birre, verdammt nochmal!«

»Entschuldige, daß ich so etwas gesagt habe. Soll nie wieder vorkommen.«

Er saß einen halben Meter von mir entfernt, doch es hätte genausogut eine Meile sein können, und genausoweit war er davon entfernt, daß er von mir Birre genannt werden wollte. Ich seufzte und versuchte es mit einer freundlichen und ehrlich gemeinten Entschuldigung.

»Es ist nicht so, daß ich dich etwa nicht ernst nehme. Es ist nur, alles ist so verflixt . . . viel.«

Auch das taute ihn nicht auf. Er starrte durch die Windschutzscheibe, und selbst die Nachmittagsspaziergänger, mit denen der Stureplan überflutet war, schien er nicht zu sehen. Er hatte zwar den Blick nach dort gerichtet, aber nur, um nicht mich ansehen zu müssen.

»Du fährst jetzt dorthin, wo wir hinwollen, und hältst den Mund.«

Trotz dieser Aufforderung versuchte ich, ihn in meine geistreiche Diskussion hineinzuziehen, doch er kniff demonstrativ die Lippen zusammen. Er wollte nicht die Anlage mit dem neuen Typ der Kohleverbrennung in Värtan kommentieren, die dort eventuell gebaut werden sollte, er hatte nichts zu den Fähren der Silja Lines im Hafen zu sagen, äußerte sich nicht zur neuen Lindingö-Brücke und hörte nicht meine ausgeschmückten Erinnerungen über die alte verkehrswidrige Holzbrücke an. Zuletzt gab ich meine Anstrengungen auf und konzentrierte mich darauf, den schnellsten Weg zum Kottlavägen zu finden. Irgendwie mußte ich ihn tief verletzt haben.

Die Einwohner von Lindingö lieben ihre Insel, und es gibt Gründe für diese Liebe. Die Insel ist grün und luftig, und zwischen den umsichtig geplanten Bauten sind große

Gebiete unberührter Natur. Ich wollte dies Flink zeigen, doch er war an meiner Meinung nicht interessiert, und so wendete ich statt dessen am Södra Kungsvägen und fuhr zum Kottla-See. Bald konnte ich zwischen den Bäumen hindurch einen flüchtigen Blick auf die sich kräuselnde Oberfläche des Binnensees werfen. Ich fuhr so langsam, daß ich die Namen auf den Briefkästen der Villen lesen konnte. Noch war der Weg nicht zu Ende, aber nachdem wir an einer Schule und einem Spielfeld vorbeigekommen waren, mußten wir uns unserem Ziel schon ziemlich genähert haben.

»Diese Bude dort müßte es sein«, sagte ich und zeigte auf eine Holzvilla im älteren Stil.

Flink zupfte sich am Nackenhaar, und das amüsierte mich allmählich. Die Villa lag hinter einem kleinen Hügel, und das Grundstück war größer als das der anderen Häuser in der Nachbarschaft, was ihm das Gepräge eines Herrensitzes gab. Die Holzverkleidung hatte einen neuen gelblichweißen Anstrich, und vom Wagen aus konnten wir das Oberteil einer verglasten Veranda sowie ein neugedecktes Ziegeldach sehen.

»Es ist möglich, daß sich an der Rückseite des Hauses noch ein Ausgang befindet«, meinte ich. »Ich gehe nach dort. Du übernimmst den Eingang. Dich kennt sie nicht.«

Er nickte und stieg aus. Ich fuhr zurück, bis ich außer Sichtweite war, und stellte den Wagen dicht am Eisenzaun des Nachbargrundstückes ab. Ich sah nirgends einen Menschen. Eine Möwe schrie über dem Kottla-See, das war das einzige Lebenszeichen.

Eine niedrige Hecke schirmte die Grundstücke voneinander ab. Ich kletterte über den Zaun und schlich geduckt an der Hecke entlang, wobei ich mich auf der Seite des Nachbarn hielt. Wenn mich jemand von diesem Haus aus sehen sollte, würde ihm nur das eine übrig bleiben, entweder einen Herzschlag zu kriegen oder zum Telefon zu stürzen, Alarm zu schlagen und von der suspekten Person zu berichten, die das Gras niedertrampelte.

Die Hecke hörte an der Grundstücksgrenze auf, und von da an führte ein Drahtzaun weiter. Ich sah über die Zweige zur Villa hinüber, konnte dort aber niemand entdecken. Flink mußte nun auf dem Weg zum Haus sein. Ich schwang mich hinüber und beeilte mich, die Knie tief gebeugt, zur Rückseite der Villa zu gelangen.

Von dort aus führte ein Abhang zum See hinunter. In einem idyllischen Laubengang, der ein Halbrund bildete und noch immer dicht belaubt war, auch wenn der Herbst schon die Blätter mit seinen Spritzern gezeichnet hatte, standen weiße Gartenmöbel; eine Bank, auf der Kissen lagen, ein paar Stühle, auch mit Kissen belegt, ein weiß gestrichener Tisch aus Holz im Jugendstil, eine Art Cafémodell. Auf dem Tisch stand ein Aschenbecher, und daneben lagen eine Schachtel Zigaretten und ein Feuerzeug.

Wie ich vermutet hatte, befand sich an der Rückseite des Hauses eine Tür, die direkt in den Garten führte. Sie stand einen Spalt weit offen. Ich schaute durch das verglaste Oberteil der Tür hinein. Soviel ich sehen konnte, war niemand da. Langsam zog ich die Tür ein bißchen weiter auf, die Angeln quietschten leise, und dann schlich ich ins Haus hinein.

Das untere Geschoß der Villa bestand aus einem einzigen großen Raum mit Möbeln im älteren englischen Stil. Man hatte nur das Notwendigste darin belassen, um die Nähe der Natur genießen zu können, und die Wand zum Garten hin – mit der Sicht auf den See – in ein einziges perspektivisches Fenster verwandelt. Auf Holzbänken wucherten in Keramikgefäßen allerhand Gewächse verschiedener Größe und Farbe.

Eine steile Holztreppe führte ins Obergeschoß. Ich stelllte mich auf die unterste Stufe und lauschte. Obwohl ich wußte, daß es klingeln würde, fuhr ich nun doch zusammen. Ein Zeichen, wie nervös ich war, nervös in der Art, wie man es in einer unklaren Situation meistens ist.

Nun hörte ich auch Musik, Rock, wie er gewöhnlich von P 3 gesendet wird. Ein neues Klingelsignal von der Tür her, und eine unbekannte Hand schaltete das Radio aus. Über meinem Kopf wurden Schritte laut, Absätze klapperten über das Parkett.

Ich knöpfte meine Jacke auf und prüfte, ob ich die Pistole leicht aus dem Achselfutteral ziehen konnte. Die

Tür wurde geöffnet, doch obwohl es recht nahe war, konnte ich nur murmelnde Stimmen hören. Wahrscheinlich befand sich noch eine geschlossene Tür zwischen mir und der Unbekannten und Flink. Hastig rannte ich die Treppe hinauf, stellte mich seitlich von einer grüngestrichenen Tür auf, die zu dem Zimmer im oberen Stockwerk führte, und preßte mein Ohr an die Tür.

»Mein Name ist Birger Flink. Sind Sie Jytte Schiller?«

Also eine Frau.

»Was geht dich das an?«

Eine helle, arrogante Stimme mit einem Stich zum Kopenhagener Dialekt hin.

»Polizei.«

Er zeigte wahrscheinlich seine Id-Karte vor. Es entstand ein Schweigen, das ich nicht deuten konnte. Die Frau murmelte etwas, und plötzlich stöhnte Flink auf. Sie schrie gellend, und er stöhnte wieder.

Plötzlich wurde die Tür aufgestoßen, und in voller Flucht lief die Frau auf mich zu. Sie rannte gegen mich an, doch ich war darauf vorbereitet und stemmte mich dagegen. Sie versuchte mir einen Tritt gegen das Knie zu versetzen, aber auch darauf war ich vorbereitet. Ich zog das Bein zur Seite, und sie verlor die Balance. Ich bekam ihre rechte Hand zu fassen und drehte sie ihr auf den Rücken. Sie keuchte und schrie, doch ich war im Vorteil. Ich trieb sie durch die offenstehende Tür vor mich her und zwang sie strammzustehen, um dadurch jegliches plötzliches Aufbäumen und Stoßen zu verhindern. Sie war fast wahnsinnig vor Wut, doch das war ihr Problem und nicht meins. Nun ja, es war die Raubtierdame von den Fotos. Wieder hielt ich sie in meinen Armen, aber diesmal war ich bei vollem Bewußtsein, und keiner von uns dachte an Liebe.

Ihre linke Hand flatterte wie ein verirrter Vogel, und sie heulte vor Schmerzen über meinen Griff. Ihre Hand tauchte in die Jackentasche und kam mit einer langen scharfen Schere wieder zum Vorschein. Sie stieß damit wild nach hinten gegen meinen Leib.

17

Die Spitze der Schere schlitzte das Hemd auf. Doch ich stieß die Frau nach vorn und packte sie zugleich am Haar, wodurch ich ihren Kopf nach hinten bekam, während ich ihren Arm ein bißchen weiter den Rücken hinaufdrückte. Ihre Stimme wurde zum Falsett, und die Schere fiel zu Boden. Ich scheuchte sie zur Wand und stellte mich breitbeinig hinter sie.

Flink kam zu mir herangehumpelt und massierte mit leidender Miene seine Kniescheibe. Ein kräftiger Tritt hat unweigerlich zur Folge, daß man vorübergehend das Spiel aufgibt. Der Schmerz ist so stark, daß man blind und taub wird für alles andere. Jytte heulte wie besessen, aber der wohlbekannte Polizeigriff ist effektiv, und ich schämte mich nicht, ihn gegen eine Frau anzuwenden. Ich bin in anderer Beziehung auch kein Gentleman, warum sollte ich es nun ausgerechnet hier sein?

»Wie geht es?« fragte ich.

»Es geht vorüber«, brummte Flink. »Sie hat nur nach mir getreten.«

Wir stellten uns so, daß wir ihr den Weg versperrten, und sie war im wahrsten Sinne des Wortes in die Ecke getrieben wie eine Ratte. Ich schüttelte sie, so daß ihr klar wurde, daß ich es ernst meinte.

»Halt endlich Ruhe. Machst du Scherereien, wird es nur noch schlimmer für dich.«

Ich lockerte den Griff, war aber darauf vorbereitet, sie erneut zu packen, falls sie auf die Idee kam, sich auf mich oder Flink zu stürzen. Er stand genauso da wie ich. Leicht vornübergebeugt und mit hängenden Armen, und ganz offensichtlich hatte sie erkannt, daß sie keine Chance hatte. Sie stand da, den Rücken an die Wand gedrückt, und ihr Atem zischte. Ihre Zunge fuhr über die Lippen, was an das Züngeln einer Schlange erinnerte. Sie kümmerte sich nicht um Flink. Ich war es, mit dem ihre Augen ein beredtes Spiel trieben.

»Ich kenne dich angezogen kaum wieder«, sagte ich.

Es schien ihr keine Freude zu machen. Ich fand auch nicht gerade Spaß daran. Sie war zwar schön, attraktiv, anziehend und sexy; all die Attribute, mit denen in der kommerziellen Welt eine Frau versehen wird, paßten zu ihr, für mich aber war sie nur ein Weib, das einen Keil zwischen Baum und Borke getrieben hatte.

»Du kommst jetzt mit«, fuhr ich fort. »Und ich rate dir, keine Umstände zu machen. Du kannst alles Gequatsche über Ritterlichkeit vergessen. Wir sind zwei ungehobelte Klötze.«

Sie atmete mit geöffnetem Mund, und ihr Blick ging zwischen Flink und mir hin und her. Ihre langen Nägel rissen Wunden in die Luft, aber plötzlich entspannte sie sich und richtete sich auf. Sie lehnte sich locker an die Wand, kreuzte die Arme und sah aus, als habe sie plötzlich unheimlich viel Zeit. Ihr voller Mund verzog sich zu einem schiefen Lächeln.

»Du sollst wissen, Jytte, daß du . . .«

»Rührt euch nicht! Wir schießen.«

Der Befehl, von einem Mann ausgesprochen, kam von hinten. Trotz der Aufforderung drehte ich den Kopf herum. Dort stand die helle Gestalt mit meiner guten alten Pistole in der Hand und neben ihr jener Mann mittleren Alters, auf dessen Brust das Friedenssymbol baumelte, und er war es auch, der gesprochen hatte. Sie mußten sich irgendwo in einem unteren Raum aufgehalten haben und die Treppe heraufgeschlichen sein, als sie ihr Gebrüll hörten.

Jytte glitt mit übertrieben lässigen Bewegungen auf mich zu. Die Schlangenzunge fuhr über die Lippen, und als sie die Oberlippe hochzog, entblößte sie ein paar spitze Zähne. Sie stellte sich vor mich hin. Mit einer plötzlichen Kopfbewegung spuckte sie mir ins Gesicht.

»Wir hätten dich letztens töten sollen«, murmelte sie. »Doch jetzt kriegt dich der Teufel auf alle Fälle!«

Ihre Stimme war ungeschliffen und roh und stand in scharfem Kontrast zu ihrem animalisch attraktiven Aussehen. Vielleicht wußte sie, daß viele Männer lieber hinschauten als zuhörten. Ich deutete eine leichte Verbeugung an und spöttelte, denn ich war nicht im geringsten beunruhigt. Alles wirkte irgendwie unwirklich. Es war, als stünde ich neben meinem Körper und betrachtete mich selbst und mein Benehmen.

»Nachdem ich dich nackt gesehen habe, wäre es auf alle Fälle ein glücklicher Tod, und ich werde den Teufel von dir grüßen. Sicher wartet er auch auf dich.«

»Laß das bleiben, Hassel«, sagte der Mann im mittleren Alter. »Es lohnt sich nicht. Du kannst gern ein paar zwischen die Hörner kriegen.«

Ich erkannte die Stimme aus dem Telefon wieder, jetzt aber klang sie piepsig und unsicher. Er wollte sich knallhart geben, hatte aber nicht genügend Ausstrahlungskraft. Die helle Gestalt schien aus härterem Holz geschnitzt, doch sie sagte nichts. Jytte hob die Hand und gab mir eine Ohrfeige, daß die Wange brannte.

»Das war nur ein kleiner Vorgeschmack. Du wirst es noch bereuen.«

Plötzlich stieg in mir glühend heiß eine brodelnde Wut auf. Meine Ruhe, eine unbewußte Reaktion, um den Zorn in Schach zu halten, war ein Fehler. Es ging nicht mehr. Dieses Lumpenpack! Dieses Gesindel, das Virena dazu brachte, die Schlafzimmertür hinter sich zuzuknallen! Wegen diesem Pack würde mich Virena vielleicht noch verlassen wollen! Das höhnische Gesicht Jyttes war dicht vor mir, und ich haßte es so, daß ich es am liebsten angespuckt hätte.

Es gab keine Bedrohung mehr. Keine Pistolen. Keine Lebensgefahr. Es gab nur noch diese ekelhafte Raubtierfresse, und ohne mich zu besinnen, schlug ich ihr mit der offenen Hand auf die Wange und das Ohr. Ihr Kopf wippte wie bei einer mechanischen Puppe. Durch den Schlag fuhr sie zur Seite, und ich gab dieser Bewegung noch mehr Schwung, indem ich sie gewaltsam gegen die Männer stieß.

Ein Schuß krachte, der Knall schlug wie ein Hammer gegen die Trommelfelle, doch ich kümmerte mich nicht darum. Ich wandte mich den Männern zu und schlug mit den Fäusten auf sie ein. Jemand heulte wie wahnsinnig. Das Heulen kam aus meiner Kehle. Ein neuer Schuß, ein Feuerstrahl dicht neben meiner Wange. Was hatte ich überhaupt mit all dem zu tun? Los jetzt, auf ein neues!

In meiner wilden Raserei hatte ich jegliche eingeübte Nahkampftechnik vergessen. Das hier war eine Tanzbodenschlägerei, eine Prügelei unter Rockern, und alle Mittel, alle Arten von Schlägen, Tritten und Knochenbrecherei waren zugelassen. Ich wurde zum Berserker und merkte es nicht, es war, als schlüge ich mich in einer roten Dämmerung herum, und das einzige, was in meinem Hirn glühte, war der Wunsch, das ganze Pack auf einem Haufen auf dem Boden zu sehen.

Ein Schlag mit dem Kolben auf den Hinterkopf. Zu Boden. Doch dann wieder hoch, mit den Fäusten herumgewirbelt und geheult wie ein tollwütiger Wolf. Jemand zog mich am Haar, versuchte mir die Augen auszukratzen, das mußte Jytte sein. Ich schlug in diese Richtung, und meine Faust versank in einem weichen Körper. Ihr Stöhnen vermischte sich mit meinem Geheul. Schläge prasselten auf mich nieder, doch sie glichen einem Sprühregen, den man übersieht. Ein Schuß knallte nur wenige Millimeter von meinem Ohr entfernt, und ich schwankte durch die Explosion, die den Kopf in eine Trommel verwandelte. Doch meine geballten Fäuste schlugen noch immer um sich, und mitunter trafen sie.

Ein neuer Kolbenschlag in den Nacken nahm mir vorläufig die Kraft. Ich wurde zur Treppe gezogen und bekam einen Tritt, so daß ich, mit dem Kopf voran, die Treppenstufen nach unten torkelte. Die Männer sprangen hinterher, doch als ich, die Treppe hinunterkullernd, am Ende anlangte, kam ich wieder hoch und rannte wie ein Stier gegen den Hellen an, den Kopf auf sein Zwerchfell gerichtet. Er machte einen schnellen Schritt zur Seite, und ich traf nur halb. Und wieder schlug er mit dem Kolben zu. Ich wollte den Kampf fortsetzen, wollte mich schlagen, mit jeder Fiber meines Körpers, in der primitiven Art eines Höhlenmenschen, doch der Körper gehorchte meinem heißen Willen nicht mehr. Jyttes schneidende Keifstimme drang mir tief ins Hirn.

»Erschieß sie! Erschieß sie! Töte die Schweine!«

Das Keuchen des Mittelalters.

»Reicht für die Teufel ... die Polizei bald hier ... hinuntcr in dcn Keller ...«

Ich wurde auf einem Seitengang zu einer Tür geschleppt und eine weitere Treppe hinuntergestoßen. Auf, und wieder zugeschlagen! Aber der Wunsch reichte nur soweit, daß ich auf allen vieren auf einem Betonfußboden zu stehen kam. Ich kriegte einen Tritt in die Seite und wurde in einen Kesselraum gezogen.

Flink flog zu mir herein, und dann wurde die Metalltür wieder zugeworfen. Ich hörte, daß sie von außen zugeschlossen wurde, doch ich wußte, daß sie mir nicht entkommen würden. Ich würde sie zu fassen kriegen. Denn die Rache ist mein, spricht der Herr, und der Herr, das war ich. Ich nahm einen Ölkessel wahr und rappelte mich hoch. Weit entfernt war zu hören, daß Autotüren zuschlugen und mit lautem Aufheulen ein Motor gestartet wurde.

»Wir müssen hinterher!« stieß ich hervor und taumelte zur Tür.

»Ich . . . kann . . . nicht . . .«, stöhnte Flink.

Durch ein Fenster hoch oben kam Licht herein, ein Fenster, das einbruchsicher war, weil es zu klein war, als daß sich jemand hätte hindurchzwängen können, doch es spendete dem Kesselraum Licht. Flinks Gesicht war geschwollen und völlig blau geschlagen, und er sah aus, als sei er am Ende. Bagatellen! Hier durfte man nicht am Ende sein.

»Nimm deine Pistole«, stammelte ich.

Ich war genauso verschwollen und voller blauer Beulen wie er, doch da wir uns nicht in einem Schönheitswettbewerb befanden, schenkte ich dem keine Beachtung.

Er machte mühsam eine resignierende Geste.

»Ich trage nie eine Waffe.«

Metalltür und Metalltür. Sie war an der Innenseite mit Aluminiumblech beschlagen, und es schien kein besonderes Schloß zu sein. Der Eigentümer der Villa hatte sicher nicht mit der Angewohnheit gerechnet, im Kesselraum zwei Polizisten eingesperrt zu halten, von denen der eine noch dazu wild und wütend war.

Die Muskeln der Oberschenkel schrien gequält auf, als ich das Bein hob und – so gut ich das vermochte – gegen die Tür trat. Prima Material, Gratulation dem Baumeister. Kein Pfusch, jedenfalls nicht zu jener Zeit.

»Komm und hilf mit«, schrie ich Flink an.

»Kann's versuchen«, seufzte er.

Er wälzte sich hoch, doch mit ihm war kaum zu rechnen. Achtzig Kilo sterbendes Fleisch. Ich trat noch einmal gegen die Tür, aber sie hätte genausogut aus Eisen sein können. Gab es denn hier nichts, womit man zuschlagen konnte? Oder etwas zum Aufbrechen, Verbiegen oder Zertrümmern? Ein Ölkessel, klinisch rein und ohne mobiles Zubehör. Eine verglaste Instruktion an der Wand, wie der Kessel zu bedienen ist. Ein schmaler, über Kreuz gelegter Flickenteppich auf dem Boden. Das war alles.

»Verdammt«, explodierte ich.

Wir mußten hier heraus, und zwar schnell. Jede Sekunde war ein Jahr zuviel. Ich wischte mir den Schweiß von der Stirn und spürte, daß er mir auch über die Brust lief. Das Halfter. Meine eigene Pistole. Sie hatten sie mir nicht abgenommen, und daß ich nicht an sie gedacht hatte, war der Beweis, wie sehr mein Hirn brodelte. Meine geliebte Walther, mein bester Freund, meine Stütze in einem schweren Leben. Ich preßte die Mündung gegen das Schloß und drückte ab. Einmal, zweimal, drei ...

Die Schüsse hallten von den Wänden ringsum wider, es war, als sollten die Trommelfelle abermals zum Platzen gebracht werden, und ich wurde vorübergehend taub. Aber das Schloß wurde zertrümmert, und beim nächsten Tritt ging die Tür auf. Die Scharniere waren verbogen.

»Komm!« rief ich Flink zu. Ich vermutete, daß ich laut brüllte, dann hastete ich die Treppenstufen hinauf.

Inzwischen waren aus den benachbarten Villen Leute herausgekommen. Sie standen in kleinen Gruppen beisammen und starrten auf die Villa, als sollte sie plötzlich anfangen, Cancan zu tanzen. Als ich zum Wagen galoppierte, wichen sie scheu zurück. Doch wo war Flink bloß geblieben? Hatte er sich in der Bude häuslich niedergelassen? Über meine Haut krochen Termiten und bissen kleine Fleischhappen heraus.

»Flink!« heulte ich. »Birre!«

Er kam aus der Villa herausgeschwankt und hielt sich mit beiden Händen die Ohren zu, und ich spornte ihn mit mahnenden Gesten an. Gerade als ich mein Auto erreichte, kam in rasender Fahrt ein Funkwagen an, bremste kurz, und zwei uniformierte Polizisten sprangen heraus.

»Birre, du fährst mit ihnen. Hängt euch bei mir an. Alarmiere Ruda über Funk. Hast du verstanden?«

Er nickte wohl, und ich warf mich in meinen Saab, startete ihn, drückte auf die Hupe, um Mensch und Tier zur Seite zu scheuchen, und raste mit Vollgas den Kottlavägen entlang. Was mit dem Polizeiwagen passierte, ging mich nichts an. Das war Flinks Problem. Ich fädelte mich in den schwachen Verkehr ein, machte Überholmanöver, bei denen ein Fahrschullehrer Blut und Wasser geschwitzt hätte, mitunter fuhr ich auf der inneren Fahrspur mit dem halben Saab auf dem Fußgängerweg um die Kurven, aber es ging schnell, und das allein war wichtig.

Auf den Vasavägen hinaus, der stärker befahren war, neue halsbrecherische Manöver. Die ganze Zeit über hatte ich die Hupe im Betrieb. Auf dem Stockholmsvägen gab es noch mehr Fahrzeuge, und ich fluchte, daß das Instrumentenbrett Brandblasen bekam, über Autos, Busse, Motorradfahrer und Mopedfahrer, die halsstarrig darauf bestanden, mir den Weg zu versperren.

Endlich auf der Lindingö-Brücke, und hier konnte ich nun alles aus den Pferdekräften herausholen, was in ihnen steckte. Hin und wieder streiften die Reifen den Beton, um zu zeigen, daß es sich um eine Autofahrt handelte und nicht um eine Flugunterweisung. Als ich zur südlichen Brückenbefestigung kam, ein Stück von der Ropsten-Kreuzung entfernt, wo sich die Fahrbahn der Brücke teilt, trat ich auf die Bremse, und die Reifen quietschten aus Protest. Der Wagen hielt nach kurzem Bremsweg mitten auf der Straße, und der Verkehr mußte rechts und links um ihn herumfließen. Ich sprang heraus, stellte mich ein paar Meter vor dem Wagen auf und schaute aufmerksam in die Fahrzeuge hinein, die bremsen und langsam vorbeifahren mußten. Man drohte mir mit geballten Fäusten, und wenn ich die Schimpfwörter von den Lippen hätte ablesen können, wäre ich bestimmt rot geworden.

Ein paar Minuten später kam der Funkwagen mit Sirene und Blaulicht. Er hielt, und ich brüllte dem Fahrer zu, er solle den Wagen ein bißchen hinter mir und in schrägem Winkel aufstellen, so daß sich alle Fahrzeuge zwischen uns hindurchlavieren mußten. Aus Richtung Stockholm kam ein weiterer Funkwagen und stellte sich an der Seite seines Kollegen auf. Flink humpelte zu mir nach vorn und warf mir einen scheuen Blick zu.

»Nichts?«

Da ich meine ganze Aufmerksamkeit auf die Passagiere der vorbeifahrenden Fahrzeuge richten mußte, antwortete ich, ohne ihn anzusehen: »Verdammt, sie sind sicher schon über die Brücke, aber wir mußten ganz einfach die Chance wahrnehmen.«

»Kommissar Ruda will persönlich herkommen.«

»Er ist willkommen.«

Er blieb eine Weile schweigend stehen, und aus den Augenwinkeln sah ich, daß er die verschiedensten Teile seines Körpers massierte.

»Du hättest erschossen werden können. Und ich auch«, murmelte er schließlich.

»Das ist im Gehalt inbegriffen.«

»Als ob du wahnsinnig geworden wärst.«

»Mein Charme ist mitunter unberechenbar.«

»Herrgott, ich fühle mich, als sei ich aus dem fünften Stock eines Wohnhauses gesprungen und ganz ohne Netz.«

»Sie haben dich in der Fünften verhätschelt, komm zu uns, dort ist das wahre Leben.«

Fords, Volvos, Mazdas, Volkswagen und Opel aller Jahrgänge und Modelle fuhren vorbei, doch in keinem der Wagen die Bande aus der Villa. Ich versuchte, mich an den Klang des Motors zu erinnern, um die Marke herauszufinden, doch es war zu unbestimmt.

»War das wirklich den Preis wert?« fragte Flink mit der gleichen leisen Stimme.

Den Preis? Er meinte die Schüsse auf uns und die Absicht der Männer, uns zu töten. Ich hatte ein unerhörtes Risiko auf mich genommen, weil ich ihnen nicht Folge geleistet hatte. Mit meinem und seinem Leben gespielt. Dies war ein vernünftiger Gedankengang, eines kühlen

Wissenschaftlers würdig. Ein Kalkül mit abwägbarem Plus und Minus und einer vorausberechenbaren Summe.

»Wie sollte ich das wissen?« antwortete ich. »Man handelt, wie man mitunter handeln muß. Es gibt kein Fazit im voraus.«

Flink murmelte etwas, was ich nicht verstand, humpelte zurück zum Funkwagen, wo er sich anlehnte und half, die Autos zu kontrollieren, die sich zwischen den aufgestellten Hindernissen hindurchschlängelten. Meine eruptive Glut sackte langsam in sich zusammen, und pukkernd meldeten sich die Schmerzen.

Schmerzen im rechten Schienbein. Im linken Bein und Knie, Stechen wie nach einem chinesischen Nadelbrief. Der einen Hüfte war es allerdings besser ergangen. Im Nacken und Hinterkopf läuteten dumpfe, schmerzhafte Glocken. Das Kinn hatte einen Schlag abbekommen und tat weh. Die Knöchel waren wundgescheuert, und die Fingerknochen schmerzten. Oberhalb des Kreuzes hatte ich an einer Stelle das Gefühl, als ob eine Ahle rotierte.

Aber wie dem auch sei. Soweit ich es übersehen konnte, war nichts gebrochen oder wirklich kaputt, und oberflächliche Schmerzen hatte ich ja früher auch schon ausstehen müssen, ohne allzuviel darüber zu heulen. Die Schmerzen würden sich geben, Steifheit und Empfindlichkeit waren zu ertragen.

»Sauber hingekriegt!« grollte hinter mir eine wohlbekannte Stimme. »Nicht zu glauben, daß es wahr sein könnte.«

Im Verkehr war eine Lücke entstanden, so daß ich mich umdrehen konnte. Ein weiterer Funkwagen und ein Zivilwagen waren angekommen. Ruda stand dort mit seinem abgetragenen Herbstmantel, und seine gesamte korpulente, kräftige Gestalt war eine einzige Mißbilligung.

»Wir waren nahe daran, sie festzunehmen«, antwortete ich tonlos.

»Nahe daran! Seit wann, zum Teufel, ist es ein Verdienst, nahe daran zu sein, Leute zu ergreifen?«

»So war es jedenfalls.«

»Erzähle.«

Es kamen wieder Wagen vorbei, und während ich den

Inhalt überprüfte, schilderte ich so wahrheitsgetreu und so gut ich es aus der Erinnerung heraus vermochte, was in der Boutique und später draußen in der Villa geschehen war. Ich fing an, mich schlapp und mißgestimmt zu fühlen. Obwohl ich gefahren war, was die Karre hergab, mußten wir doch zu spät gekommen sein. Jytte und die zwei Männer waren inzwischen sicher längst irgendwo in Stockholm. Vielleicht waren sie auch schon auf dem Weg in unbekannte Gefilde. Mir war alles schiefgegangen, und das war es, was mich so fertig machte.

»Auf alle Fälle haben wir ja die Bude«, meinte ich. »Dort müssen massenhaft Spuren zu finden sein, und wenn du . . .«

»Vielen Dank, ich kenne meinen Job. Unsere Leute sind unter Leitung von Sune Bengtsson auf dem Weg nach dort.«

»Aha, gut, wenn Sune Bengtsson dort nichts findet, findet keiner was. Er ist ein As, was Tatortuntersuchungen betrifft.«

»Ja, *er* versteht seine Arbeit.«

Die Betonung war so stark, daß ich eine ganze Weile an der Zurechtweisung zu knabbern hatte. Es machte keinen Spaß mehr. Nichts machte mehr Spaß. Roland Hassel war keinem eine Freude. Ein Montagsexemplar, ein neues Auto, das nichts als Scherereien machte.

»Wie lange willst du noch hier stehen und wie ein Dorftrottel glotzen?«

»Sie könnten ja hier vorbeifahren, und ich . . .«

»Noch eine halbe Stunde. Höchstens. Danach kommst du mit Birger zurück zur K. Dort könnt ihr die Fotografien durchgehen. Wenn wir schon nicht die Originale zur Hand haben.«

Dreißig Minuten flossen zäh dahin. Der lokale Rundfunksender war mit seiner Ausrüstung zur Stelle, und ich sah einen grimmigen Ruda die Fragen des Reporters mit einem kleinen Text beantworten. Ich war dankbar, daß Ruda die Reporter von mir fernhielt. Diese Kleinigkeit war aber auch das einzige, worüber ich Dankbarkeit empfinden konnte.

»Habt ihr nun genug geglotzt?«

»Wird wohl so sein.«

»Du siehst wie ein zusammengeschlagener achtklassiger Zirkusboxer nach einem Match gegen einen Muhammed Ali in Höchstform aus. Gelinde gesagt. Ich komme in deinem Auto mit, falls du in der Lage bist zu fahren. Flink kann in ein anderes steigen.«

Er ließ sich neben mich auf den Beifahrersitz fallen, und ich startete den Motor, nun jedoch zu einer ruhigeren Fahrt. Ob ich in der Lage war oder nicht? Es mußte eben gehen. Alles mußte gehen. Doch andererseits, warum eigentlich mußte alles gehen? Die Schwerhörigkeit ließ langsam nach, auch wenn das Hörvermögen des einen Ohres herabgesetzt war, aber diesen Schaden hatte ich schon seit mehreren Jahren.

»Verflixt noch mal, wie konntest du bloß mit Flink allein zur Villa im Kottlavägen fahren?«

»Tja, ich dachte, sie sei allein dort. Die Jytte Schiller meine ich.«

»Und warum hast du Einfaltspinsel das gedacht?«

Ich zuckte mit den Schultern und stieß ein paar unverständliche Laute aus. Mein Mißerfolg bedrückte mich mehr und mehr.

»Auch noch mit Flink! Einem Kerl, der mit einer solchen Arbeit nicht vertraut ist. Einem Amateur in dieser Hinsicht.«

»Ich denke, daß er doch einen ganz tüchtigen Eindruck macht«, verteidigte ich mich schwach.

»Wenn es um sein spezielles Gebiet geht, ja! Was für ein Spezialgebiet hast du eigentlich? Ich dachte immer, du wärst ein erfahrener Fahnder, doch du benimmst dich wie ein junger Hüpfer, der den ersten Tag Dienst macht. Wir hatten die Chance, uns Bolinders Mörder zu bemächtigen. Statt dessen feiern sie nun wohl in Saus und Braus ihre geglückte Flucht.

Ich hatte mehrere offene Wunden, und Ruda streute in jede einzelne Salz hinein.

»Sören Linder war jedenfalls nicht dabei«, murmelte ich.

»Er hatte wirklich Glück. Hätten wir die Bande festnageln können, hätten wir aus ihr schon die Adresse herausgepreßt. Tja, man kann mit einem Eskimokind schwanger gehen!«

Ich hätte wissen wollen, ob seine Einladung an Virena und mich noch immer galt, daß wir ihn daheim zu einem Schlemmermahl besuchen sollten. Doch ich hatte das Gefühl, jetzt sei nicht der richtige Augenblick, danach zu fragen. Der Rest der Fahrt nach Kungsholmen verlief in einem Schweigen, das sich wie ein rohes feuchtes Sackgewand über die Haut legte. Wie dem auch sei, ich konnte Ruda verstehen. Hätte ich mich nicht so schrecklich dumm benommen, hätte er vielleicht seinen langjährigen Dienst damit abschließen können, Bolinders Mörder hinter Schloß und Riegel zu bringen. Wurde nichts daraus, dann würde er sich so ärgern, daß sich sein italienischer Lieblingswein an seinem Gaumen in Essig verwandeln würde.

Oben in der Abteilung saß ich wieder, jetzt gemeinsam mit Flink, vor dem Fotoalbum, und gleichzeitig zeichnete ein Profi die Gesichter nach unseren Anweisungen. Beide hatten wir noch starke, unmittelbare Erinnerungen an sie, und wir hießen die endgültigen Zeichnungen gut. Trotzdem war die Stimmung gedrückt und brummig. Viertel sechs kam Ruda herein, die Hornbrille war ein Stück heruntergerutscht.

»Ist das hier einer von ihnen?«

Er warf einen internationalen Führerschein auf den Tisch. Das Foto zeigte die helle Gestalt, aber zu einer Zeit, als sie noch jünger war und das Gesicht noch weichere Züge aufwies.

»Ausgestellt auf den österreichischen Bürger Erich Schiller«, grunzte Ruda. »Aus Sunes Fundgrube.«

»Jytte müßte dann Schillers Frau sein«, meinte ich.

»Ah, so? Müßte sie das? Könnte sie nicht genausogut seine Schwester sein?«

»Das ist klar, aber . . .«

»Oder seine alte Mutti, die sich das Gesicht hat liften lassen.«

Er schnaubte noch immer und verließ das Zimmer. Ich stand auf und streckte mich, was jedoch von meinem Körper nicht gerade gutgeheißen wurde. Vielleicht fragte er sich, ob er nun schon wieder durch die Mangel gedreht werden solle.

»Ich geh jetzt heim«, sagte ich.

Flink schaute von den Fotos auf.

»Sollten wir nicht lieber hierbleiben, bis wir etwas gefunden haben?«

»Ich bin müde. Bleibe ich hier, schlafe ich ein, und das kann ich besser zu Hause im Schlafzimmer.«

»O. K. Ich bin auch erschlagen.«

Ich fühlte mich vergnatzt wie ein Schuljunge, der die Mathematikstunde verlassen hatte, weil er den Lehrer nicht leiden konnte. Und so legte ich schon die entsprechenden heißen Wörter auf Lager, die ich anzuwenden gedachte, falls Direktor Ruda die Absicht haben sollte, mich daran zu hindern. Doch kein Ruda ließ sich sehen, und wir gingen durch den Eingang Bergsgatan hinaus. Den Wagen ließ ich in der Polizeigarage stehen, ich wollte in der frischen Luft einen Spaziergang zur Drottninggatan machen.

»Dann werde ich wohl in meine Richtung gehen«, sagte Flink. »Nehme die U-Bahn am Fridhemsplan.«

»Hej!« Ich nickte zu ihm hinüber.

»Du, Rolle . . .« Er warf mir einen scheuen Blick zu. »Das war aber ein verrückter Tag heute.«

»Vielleicht.«

»Wir hätten ja beide zum Teufel gehen können.«

»Ich hab's gehört. Mit beiden Ohren.«

Ein sekundenschnelles Lächeln huschte über seine Lippen, und er versetzte mir einen kleinen Stoß mit der lokker geballten Faust.

»Verrückt allein schon, weil ich nicht einmal gewollt hätte, daß ich von all dem ausgeschlossen gewesen wäre. Der Teufel weiß warum, aber so ist es nun mal.«

Seine seltsame Zuneigung konnte mich nicht trösten, und ich strebte mühsam heimwärts, und zwar in Moll. Ruda hatte recht. Virena hatte recht. Meine hypochondrische Veranlagung feierte Weihnachten.

Sollte ich etwas für zu Hause kaufen? Die ewige Frage. Eine Bluse für achtzehnhundert war es ja nun nicht geworden, doch vielleicht tat es ein kleiner Strauß für ein paar Zehner. Doch es ist albern, mit Blumen daherzukommen, schließlich ist es bloß ein Zeichen für ein schlechtes Gewissen, den Besen so herauszustrecken. Das beste war wohl doch, wie üblich mit leeren Händen nach Hause zu kommen und zu hoffen, daß meine Offenbarung als ein vollgültiger Ersatz für ein erträumtes Paradies angesehen werden würde. Eine Hoffnung, in einer Betonwand mit einem Nagel verankert.

Virena war zu Hause, und etwas zu essen war auch noch da. Sie hatte gegessen und saß am Küchentisch, während ich mir Lasagne in das Gesicht stopfte und »Lyckholms Stolz« meine Kehle erfrischen ließ. Ihr ruhiger Blick glitt über eine bestimmte Stelle an meinem Hals.

»Ist irgend etwas passiert?«

»Eine Schlägerei, als wir ein paar festnehmen wollten, nach denen gefahndet wird. Das geht schnell vorüber.«

»Nimm eine warme Dusche, dann wird es besser.«

Das klang ermutigend, sie wollte wieder Kontakt aufnehmen, und selbstverständlich ergriff ich den Vogel Phönix im Flug, doch wie immer bekam ich statt dessen eine Krähe zu fassen.

»Deine Idee mit dem Vergrößern der Fotos hat schon Resultate gebracht. Ich habe mit einem Kollegen die Frau auf den Fotos aufgespürt. In Wirklichkeit sah sie ganz anders aus. Auf alle Fälle. Und sie . . .«

»Ich will von diesen Bildern nichts mehr hören«, sagte sie starr.

»Nee, ich wollte doch bloß sagen, daß sie faktisch . . .«

»Ich will nichts mehr davon hören.«

»Das ist klar, nur eben weil es deine Idee war, dachte ich, daß du wissen solltest, dieser Mensch . . .«

»Rolle! Herrgott im Himmel! Begreifst du denn nicht?«

Und dann waren wir allein, die Lasagne, das dünne Bier und ich. Und wieder fuhr der Lift hinunter ins Schwarze. Vertrauen und Vertrautheit zwischen uns war eine zerbrechliche und spröde Sache, die mit behutsamen und achtsamen Händen und nicht mit meinen groben Schmiedepfoten angefaßt werden sollte. Hat es denn jemals einen Tag gegeben, an dem ich keine Dummheit gemacht hatte? Doch, ich glaube ja, Ende der siebziger Jahre, an dem Tag, als ich krank im Bett gelegen hatte.

Ich trottete ins Schlafzimmer. Sie lag auf dem Bett und las ein Buch, doch soweit ich sehen konnte, bewegten sich ihre Pupillen nicht. Ich setzte mich dicht neben sie, brachte ein schiefes Lächeln hervor und legte wie ein junger Scout die Finger an die Stirn.

»Gelobe und schwöre. Nie mehr.«

Ohne das Buch zu senken, murmelte sie: »Das hast du schon viel zu oft gesagt.«

»In diesem Fall verspreche ich, daß ich nie mehr nie sagen werde.«

Langsam glitt das Buch nach unten, und sie schaute mich an. Ihr Blick war forschend. Konnte man auf diesen dummen Holzklotz wirklich noch einmal setzen?

Nur einen kleinen Einsatz, einen Jeton für Arme, das war alles, was ich begehrte.

»Dusch dich jetzt«, sagte sie leise.

Ich nahm ihre Hand und küßte sie, und sie ließ es geschehen, wenn auch ohne sichtbaren Enthusiasmus. Doch immerhin. Man mußte dankbar sein, daß man überhaupt dankbar sein durfte. Ich ging unter die Dusche und dachte, daß diese Situation hier doch allzu niederdrückend war, um als gut angesehen werden zu können. Ich mußte mich ändern. Mich bessern. In einen Gesangverein eintreten. Anfangen, Französisch zu lernen. Einen Kurs besuchen über das Zubereiten kleiner Gerichte mit Pfiff.

Die warmen Wasserstrahlen der Dusche lösten das bohrende Puckern und Schmerzpunkte. Im großen Spiegel sah ich große, dunkle blaue Flecke auf meiner Haut. Eigentlich brauchte ich nur noch einen gelben Pyjama anzuziehen, und schon hätte ich mich, mit unseren Nationalfarben geschmückt, in einen Großschweden verwandelt, wie einer von der Moderaten Sammlungspartei am 6. Juni, am Tag unserer Fahne.

Das Bett war schön weich, und neue Laken hatte ich bekommen, die in Ermangelung ehelicher Zuwendung als eine willkommene Umarmung empfunden wurden. Ich dachte daran, mit Virena darüber zu sprechen, in einem unverfänglichen Ton, doch vielleicht war noch nicht der geeignete Zeitpunkt dafür gekommen. Sie hatte wieder das Buch vor den Augen, doch nun las sie. Statt zu reden, ließ ich mich in eine angenehme Schlaffheit versinken und dachte über die Ereignisse des Tages nach, ganz ohne Gram.

Sibyllegatan 16 ... das war schon ein Haus ..., das würde meinem alten Herrn bestimmt gefallen haben ... vielleicht kannte er es ... doch Frau Bäckström war eine Dame, der man in Zukunft ausweichen sollte, und das würde ganz leicht werden ... warum bloß hatte ich gesagt, daß dort etwas nicht stimmte? ... alles war doch so, wie es sein müßte ... wie ich es kannte ...«

Es war Viertel nach elf, als ich mit einem Ruck erwachte, mich aufrecht ins Bett setzte und versuchte, einige der davongleitenden Traumschleier des Gehirns zu erhaschen. Was hatte ich nur gesehen? Was war das, was dort nicht stimmte? Könnte es sein ...

Ich wälzte mich aus dem Bett, und ich spürte meine Knochen, als seien sie ein einziger Haufen Abfall. Doch irgendwie mußte ich in meine Kleider hinein. Virena erwachte, als ich gegen einen Stuhl stieß, und knipste die Lampe an.

»Roland, was in aller Welt ist los?«

»Ich muß raus«, sagte ich heiser. »Würdest du mir Flinks Telefonnummer heraussuchen? Birger Flink. Gibt es mehr davon, dann ist es der, der irgendwo westlich von der Stadt wohnt.«

»Aber, Roland ... ist das denn so wichtig?«

»Es könnte es werden. Ich bin nicht ganz sicher, aber ich muß mir Gewißheit verschaffen.«

Während ich grunzte, die Strümpfe anzog und stöhnend in Hemd und Hose fuhr, suchte sie im Telefonbuch und unterstrich mit einem Kugelschreiber die richtige Nummer. Ich wählte, und es vergingen drei Signale, bis eine schläfrige Frauenstimme die Ziffern murmelte.

»Mein Name ist Roland Hassel. Ein Kollege. Ich muß unbedingt mit Birger sprechen.«

»Er schläft, und ich möchte ihn nicht wecken.«

»Das verstehe ich schon, doch bitte, tue es trotzdem. Es ist absolut notwendig, daß ich mit ihm spreche.«

»Ich versuche, ihn zum Leben zu erwecken.«

Es dauerte seine Zeit, und ich klemmte den Hörer mit meiner Schulter fest, während ich den Knoten meines Schlipses in Ordnung brachte. Nicht, daß ich mitten in der Nacht einen Schlips gebraucht hätte, doch wer eitel ist, der ist nun mal ein Mann. Virena saß ruhig auf der Bettkante, schaute mir zu und biß sich leicht auf die Unterlippe.

»Mhm?«

»Nimm einen Wagen zur Sibyllegatan 16. Deinen eigenen oder ein Taxi oder klaue ein Auto, aber mach das innerhalb der zehn roten Sekunden.«

Ein kurzes Schweigen, um schlaftrunkene Gedanken zu verscheuchen.

»Ich nehme an, du weißt, was du tust.«

»Das nehme ich auch an. Schmeiß dich in die Klamotten. Ich warte draußen vor der Bude auf dich.«

Ich zog die Schuhe an, und Virena reichte mir den Rock.

»Möchtest du, daß ich mitkomme?« fragte sie.

»Mir wäre es das liebste, wir könnten stets und überall zusammensein, doch laß uns heute nacht eine Ausnahme machen.«

»Ich rufe ein Taxi.«

Obwohl es auf Mitternacht ging, die Kinos gerade aus waren und die Gaststätten bald schlossen, wurde ich nicht in die Schlange eingeordnet. Das Taxi würde umgehend kommen. Aus dem Werkzeugkasten nahm ich einen kräftigen Schraubenzieher und steckte ihn in die Innentasche.

»Irre ich mich, bin ich schnell wieder zurück und mache weiter heia«, sagte ich.

»Und irrst du dich?«

»Wahrscheinlich. Bin fast sicher. Aber ich muß dort hin, um mich auf alle Fälle zu überzeugen.«

»Paß auf dich auf. Eigentlich hast du ja heute schon genug getan.«

»Es ist gleich zwölf, und dann beginnt ein neuer Tag, an dem ich wiederum meine Arbeit tun muß.«

Als ich im Taxi saß, spürte ich ihren Abschiedskuß auf

den Lippen, was ich als Zeichen einer neuen Verbindung ansah. Ich bezahlte, stand im scharfen Wind und hielt nach dem Fahrzeug Ausschau, das Flink bringen würde. Aber das dauerte. Naja, es war ja auch eine ganz schöne Strecke zu fahren.

Plötzlich wurde ich unsicher. Es war schließlich bloß ein flüchtiger Eindruck gewesen, der sich regelrecht in Luft auflöste. War dies wirklich den ganzen Aufwand wert, hierher zu fahren und zu kontrollieren? Hätte ich nicht doch besser im Bett bleiben sollen, hätte ich nicht auch Flink sich ausschlafen lassen sollen? Ein kleiner japanischer Wagen hielt vor dem Haus, und nun konnte ich ihn ja selbst danach fragen. Aber Flink sah munterer aus, als ich erwartet hatte.

»Das ist sicher ein Fehlschuß«, sagte ich entschuldigend.

»Wir werden ja sehen. Erst mal abwarten«, antwortete er ruhig.

Ich drückte den Knopf von Frau Bäckströms Türtelefon und ließ den Daumen so lange darauf, bis ihre schrille Stimme aus dem Kasten drang. »Hört auf mit dem verdammten Klingeln. Ihr elenden Schlingel, die . . .«

»Hier ist die Kriminalpolizei. Hassel und Flink. Sie kennen uns. Öffnen Sie die Tür.«

»Sie? Was wollen Sie hier mitten in der Nacht?«

Immer diese Gegenfragen.

»Öffnen, aber sofort.«

Es klickte in der Tür, und wir beeilten uns, hineinzukommen. Jetzt ließ mich die ganze Pracht gleichgültig. Weiter oben im Haus wurde eine Tür geöffnet, und ich wußte, daß es nur Frau Bäckström sein konnte, die dort im Morgenrock auf uns wartete. Aber wir hatten keine Zeit für sie.

»Als wir das vorige Mal hier standen, kam der Fahrstuhl gerade herunter«, sagte ich. »Eigentlich hatte ich ja nur Augen für die Kunstwerke, aber da war eine kleine gezackte Linie, wo genaugenommen gar keine hingehört, und die hatte sich auf meiner Netzhaut festgesetzt.«

Ich öffnete die Fahrstuhltür und blockierte mit dem Schraubenzieher den Sicherungsriegel.

»Geh eine Treppe hoch und drück dort auf den Knopf.«

Er rannte die Stufen hinauf, wenig später fuhr der Fahrstuhl nach oben, und Flink kam wieder herunter. Wir standen nebeneinander und starrten hinab in die Dunkelheit des Fahrstuhlschachts.

»Dort ist etwas«, murmelte Flink.

Ich ließ mich nach unten. Der Schacht ging ungewöhnlich tief hinab. Ein schwarzer Plastsack stand dicht an die Wand gedrückt, in der oben die Tür war. Der Sack war mit einem Band zugeschnürt, und dieser zugeschnürte Zipfel war es, den ich flüchtig als gezackte Linie wahrgenommen hatte.

Ein schwerer Sack, es machte Mühe, ihn hochzuheben. Flink legte sich flach auf den Steinfußboden und versuchte, den Sack am Zipfel nach oben zu ziehen, und ich schob von unten. Etwas Dickes und zugleich Hartes war im Sack. Dann half er mir nach oben, und wir blickten beide auf den schwarzen Plast.

»Was zum Teufel . . .«, sagte Flink unbestimmt.

»Ich schlitzte ihn mit dem Schraubenzieher auf.«

»Vorsicht. Ich meine, wenn . . .«

Ich schlitzte die Längsseite des Sackes auf. Schräg über uns war ein Schrei zu hören, der im Treppenaufgang widerhallte. Frau Bäckström war die halbe Treppe heruntergekommen und stand dort, die Hand an der Kehle und den starren Blick auf den aufgeschlitzten Plastsack gerichtet. Und sie sah dasselbe wie wir.

Das, was von Lundstedt noch übrig war.

18

Ruda hatte mich zu einem Gespräch zu sich hereingebeten, und zwar persönlich, was er dadurch anzeigte, daß er auf den roten Knopf drückte, was er ansonsten sehr selten tat. Es war halb neun.

In der Nacht hatte es viel Arbeit gegeben, doch die hatten andere machen müssen. Von halb zwei an, nachdem Flink und ich unsere Berichte abgegeben hatten, waren wir freigestellt.

»Ich habe dich gestern ganz schön angeödet, nicht wahr?« brummte er.

»Ja.«

Er stocherte mit dem kleinen Finger im Ohr herum und schloß das mit einer Geste ab, die so etwas wie eine schwache Anerkennung sein mochte.

»Ja, es war schön blöd ... Aber ich weiß, daß ich manches besser verstehe, wenn ich die Sache überschlafen habe. Eine ganze Stunde, während der du die neue Leiche entdecktest, hatte ich ja Zeit dazu. Es ging nicht gut mit Virena und den Fotos, wa?«

»Nein, das ging nicht gut.«

»Du warst gestern in der Villa mehr die Privatperson Hassel und nicht so sehr der Kriminalinspektor. Ist das richtig?«

»Stimmt genau.«

Er rollte mit seinen massiven Schultern und spitzte die Lippen.

»Das ist menschlich. Ich will nicht behaupten, daß ich das gutheiße, und ich will damit nicht sagen, daß du etwa einen Zollstock an die Liste deiner Verdienste anlegen könntest, doch mitunter hat man vielleicht ein gewisses Recht darauf, wie ein Mensch zu handeln. Aber behaupte nie, daß ich das gesagt hätte. Das nächstemal gilt es nicht als Entschuldigung.«

Es war schön, ihn in diesem Ton sprechen zu hören. Jedenfalls würde es bei dem Abschiedsessen bleiben, und ich würde seiner Baßstimme und Ruts Alt lauschen können, wenn sie ein italienisches Trinklied vortrugen. Das war schon etwas, worauf man sich freuen konnte.

»Was wissen wir über den Mord an Lundstedt?« fragte ich. »Was wissen wir überhaupt?«

Ruda gähnte, und ich konnte mich nicht erinnern, daß er sich jemals Mühe gegeben hätte, die Hand dabei vor den Mund zu halten. Er war aus einem Guß, und ich wollte ihn nicht anders. Seine großen, leicht gelbgefärbten Hauer kannte ich wohl bis zur letzten Plombe.

»Die Obduktion ist noch nicht abgeschlossen, doch daß er durch eine Anzahl wilder Messerstiche starb, ist schon geklärt. In die Brust, den Magen und den Bauch, in die

Seite und dann auch noch ein paar in den Rücken. Und der Hals, der war halb aufgeschlitzt.«

Das deutet auf Sören Linder hin.«

»Er und kein anderer. Ich denke, daß wir ein Muster erkennen können. Lundstedt, Schiller und der andere, von dem wir noch nicht wissen, wer er ist, haben eine einträgliche Erwerbsquelle gefunden, indem sie giftigen Abfall entgegennehmen und ihn dann irgendwo abkippen. Das ist so einträglich, daß Linder unbedingt mitmischen will. Wie er sich ins Bild rückt, müssen dann wohl die Ermittlungen zeigen. Wir haben eine verteufelte Menge Ermittlungen laufen, und es sollen noch mehr werden. Alle Industrieunternehmen, die im Verdacht stehen, daß bei ihrer Arbeit umweltgefährlicher Abfall erzeugt wird, müssen überprüft werden. Das ist aber nur eins unter vielen anderen. Linder stellt kleine Verbindungen zwischen seinen Tätigkeiten her, hält sie zugleich aber auch auseinander, und darum glaube ich schon Magnus Carlsson, wenn er sagt, daß er nur wenig weiß.«

Er stand auf, um das Fenster zu öffnen, blieb eine Weile stehen und sog die Morgenluft mit geräuschvollen Atemzügen ein.

»Ich habe gelesen, die Inder behaupten, richtige Atmung sei eine Voraussetzung für Kontemplation.«

»Willst du mit Yoga anfangen?«

»Nicht, wenn ich nicht unbedingt muß. Meine Seele ist für Wanderungen nicht geeignet. Linder muß erfahren haben, daß wir die Spur zu Lundstedt gefunden hatten. Lundstedt ist ein ängstlicher Mensch, der bessere Tage gesehen hat und bei dem der Verdacht besteht, er könnte auspacken. Linder geht kein Risiko ein. Mit Geld hat das auch etwas zu tun. Selbstverständlich. Wenn er Lundstedt zum Schweigen bringt, hat er auch weiterhin Zugang zu den Giftlieferanten.«

»Könnte er jener ›Kumpan‹ gewesen sein, der angerufen hat, Lundstedt sei krank?«

»Das wissen wir noch nicht, aber das werden wir schon noch herausbekommen. Es klingt zumindest plausibel, auch wenn Lundstedt wirklich von Herzensfreunden umgeben gewesen sein sollte. Schiller und seine Frau sowie der andere Kumpan sind lockerer und haben keinen Mord im Programm. Sie sind Geschäftsleute und handeln mit gefährlichen Giften, sie haben viele Brüder in der ganzen Welt.«

Ich erinnerte mich an Jytte Schillers Schrei, daß sie uns erschießen sollten, und sagte es Ruda.

»Mag sein, doch war sie hysterisch. Sollten sie noch im Land sein, fassen wir sie. Ich kann mir nicht denken, daß sie einen Unterschlupf kennen, wo sie sich verstecken können.«

»Die Villa in Lindingö? Was ist mit der?«

»Gehört einem Halvar Ahlfeldt. Er ist ein hohes Tier in einer halbstaatlichen Exportorganisation, und seit drei Monaten lebt er aufgrund eines Zweijahresvertrages in Tokio. Er reist zur Zeit in Asien umher, und man sucht ihn über die Botschaften. Wahrscheinlich hat er für die zwei Jahre die Villa vermietet, und ich möchte wissen, an wen und unter welchen Voraussetzungen.«

»Was hat Sunes Arbeit in der Bude ergeben?«

Ruda kratzte sich an der Nasenspitze, und von seiner Erdbeere fielen ein paar Schuppen auf den Teppich.

»Weniger, als ich erhofft habe. Wenn ich von Schillers Führerschein absehe, der in einer Jacke steckte, machte alles den Eindruck, daß sie sehr darauf bedacht waren, keine Spuren zu hinterlassen, und jederzeit bereit waren, die Flucht zu ergreifen. Fingerabdrücke natürlich, aber wenn wir keine Entsprechungen in unserem Register haben, sind sie vorläufig wertlos.«

»Gergeo sagt noch immer nichts?«

»Er spielt die Rolle des Stummen. Doch weißt du, Rolle, er wird bald seine Luke öffnen. Ich glaube, wir haben den Wendepunkt erreicht.«

Er rieb sich die Hände und lächelte erwartungsvoll wie der Preisrichter bei einer Schönheitskonkurrenz, der sich mit Nummer drei von rechts zu einem Stelldichein verabredet hat. Der Wendepunkt ist das Wichtigste bei allen schwierigen Ermittlungen. Man hat so viel Material, so viele Einzelteile, mit denen man puzzelt, wobei man aber nicht begreift, wie das alles ein Ganzes werden soll. Und plötzlich kommen ein paar zusätzliche Informationen und geben dem zusammengetragenen Material einen Sinn. Der Wendepunkt. Danach kommt meist nur noch die Vervollständigung.

»Da du sie bei Eris getroffen hast, mußt du dort anknüpfen. Sie sind über den Mord an Lundstedt informiert, und sie müssen eine Menge zu erzählen haben. Nimm Simon mit.«

Er sah mir ins Gesicht, das eine gute Testkarte war, an der man ablesen konnte, mit welchen Varianten man am besten in seinem Spiel vorankam.

»Natürlich nur, wenn du es schaffst«, fügte er als Beweis dafür hinzu, welch großzügiger Arbeitgeber er war.

»Noch kann ich ohne Stock auskommen.«

»Den Stock kriegst du ja wohl von alten Frauen oder auch von jungen, die dich verprügeln, oder von allem möglichen halbseidenen Volk, und das Tag für Tag. Vielleicht sollte man dich als Zielscheibe beim Probeschießen ausleihen.«

»Wenn ich eine Zulage für Arbeitserschwernis bekomme, mache ich mit.«

Das war albernes Geschwätz ohne Sinn – und doch mit Hintersinn. Wir besaßen beide einen gesunden Menschenverstand und waren Fahndungsbrüder, und das Leben war ein Fest. Er stellte mit dem Knopf wieder das gewohnte Grün ein, das draußen anzeigte, daß er zu sprechen sei. Es war eine freundliche Art, deutlich zu machen, daß ich mich nun davontrollen und mich etwas Nützlichem zuwenden könne.

Simon wartete in meinem Zimmer und vertrieb sich die Zeit damit, auf dem Prospekt eines Supermarktes für sich eine persönliche Liste abzuhaken.

»Ich verdiene elf Mäuse, wenn ich Apfelsinenjuice im Sechserpack kaufe«, sagte er zufrieden. »Und das ist etwas mehr, als in meiner Familie verbraucht wird.«

»Du weißt, wo wir hin sollen?«

»Junge, ich bin stets informiert.«

Diesmal war es Davidssons Stimme, die ich im Türtelefon in der Majorsgatan hörte. Sie klang trübsinnig, und als ich sagte, wer wir seien, murmelte er nur etwas Unverständliches und klickte uns die Tür auf. Er war es auch, der uns im Treppenaufgang in Empfang nahm. Er machte zur Begrüßung eine schlaffe Handbewegung zum Büro hin. Im Vorzimmer standen seine Kompagnons, und es war, als hätten sie sich zu einer Totenwache versammelt. Selbst der ökonomische Direktor hatte etwas von seiner Verbindlichkeit verloren, und man sah ihm an, daß er sich anstrengen mußte, seine Gefühle unter Kontrolle zu halten. Ylva Sahlman hatte ein den Umständen entsprechendes schwarzes Kleid angezogen, das allerdings ein paar kontrastierende Farben aufwies als Zeichen, daß die Trauer ihre Grenzen hatte; eine rote Schärpe und als Schmuck einen grünen Schmetterling, am Ärmelbund eine Reihe weißer Knöpfe.

»Ich nahm das erste Flugzeug nach Hause«, sagte sie müde. »Kam ins Büro erst vor zwanzig Minuten. Das ist ja unglaublich. Armer Lundi!«

Die junge Büroangestellte war nicht da. Beim Gedanken an ihre Schreckhaftigkeit konnte man annehmen, daß sie mit einem nassen Handtuch auf der Stirn zu Hause lag.

»Wir verstehen, daß sie alle Angaben über Lundstedt haben möchten, über die wir verfügen«, sagte Andén. »Davidsson und ich haben ein Teil zusammengesucht.«

»Wir sollten uns in das Konferenzzimmer begeben«, schlug Frau Sahlman vor. »Ich werde es so einrichten, daß wir nicht durch das Telefon gestört werden können. Armer Lundi . . .«

Ich sah, daß sie sich ziemlich steif bewegte, daß sie mit dem linken Bein hinkte und den Kopf leicht zur Seite streckte. Ich konnte mir denken, wie sie sich fühlte. Auch wenn ich mich nicht mit dem Auto überschlagen hatte, so hatte ich ja ähnliche Blessuren und spürte alle Gelenke, Sehnen und Knorpel. Wir zwei hätten uns so setzen können, daß wir unter uns waren, um um die Wette zu jammern, sofern Zeit dazu blieb.

»Das hier waren faktisch Lundstedts Aufgaben«, sagte Andén und gab uns ein Bündel Papiere, in dem wir herumblätterten.

Lohnabrechnungen, die zehn Jahre zurückreichten, Versicherungskarten, Lohnpfändungsbescheide über mehrere Jahre hin aufgrund einer Steuerschuld, eine Anzahl Briefe mit Verbesserungswünschen, die das Lager betrafen, ein Antrag um Genehmigung einer Zulage für Auslieferungsarbeiten, eine fünf Jahre zurückliegende temperamentvolle Kündigung, die eine Woche später zurückgenommen wurde, und ein paar verärgerte Zeilen an Davidsson, daß er im voraus Bescheid geben solle, wenn Kunden persönlich ins Lager kommen.

»Ausgesprochen mager«, sagte Simon. »Ist das wirklich alles?«

»Das meiste wird ja per Telefon erledigt«, erklärte Andén. »Oder auch unter vier Augen.«

»Was war der Grund für seine Kündigung?«

»Er hatte sich eingebildet, er sei unterbezahlt«, sagte Frau Sahlman. »Aber wir konnten ihm den Durchschnittslohn für gleichgeartete Aufgaben nachweisen, und er sah ein, daß genau das Gegenteil der Fall war. Er wurde besser bezahlt als die meisten anderen.«

Sie steckte sich eine Zigarette an und machte ein paar gierige Züge. Ich bemerkte, daß ihre Hand leicht zitterte, und fragte mich, warum. Zuerst war sie in ein Autounglück verwickelt, und später wurde ihr Lagerchef ermordet. Ich würde wahrscheinlich zittern wie das bekannte Espenlaub, wenn ich in ihren Kleidern steckte, selbst wenn ich mich nicht schwarz kleiden würde.

»Ein Polizist von der K war hier und hat alle Akten geholt, die die Transporte zu Stundt & Mahler betreffen«, berichtete Andén. »Und darunter sind ja auch noch ein ganz Teil Notizen zu finden, die Lundstedt gemacht hat.«

»Wie hieß der Polizist?« fragte Simon.

»Öhman. Rolf Öhman.«

Das war neu für uns, doch nichts, worüber man sich aufregen mußte. Ruda oder irgendein anderer hatte wohl herausgefunden, daß die Kopien, die Flink und ich bekommen hatten, nicht ausreichten und vervollständigt werden mußten, oder es war ganz einfach ein Einziehungsbescheid, völlig unabhängig von unserem Besuch.

»Er fragte mich auch wegen des Telefongesprächs, das Lundstedts Kamerad geführt hatte«, erklärte Davidsson. »Ich mußte auf Band sprechen, wie die Stimme des Mannes, soweit ich mich erinnern konnte, geklungen hatte. Ich bin ja nun kein Schauspieler. Es war recht anstrengend. Mir wurde klar, wie sich Kulle und die anstrengen müssen.«

Er grinste und streckte sich. Ylva Sahlman verzog abfällig die Oberlippe, und wir verstanden ihren stillen Gedanken, Tommy Davidsson als Charmeur vom Schlage Kulles, nichts, was schwerer vorstellbar gewesen wäre.

»Was wissen Sie über Lundstedts Privatleben? Mit wem pflegte er Umgang? Was für Interessen hatte er?«

Sie sahen sich gegenseitig an. Ylva Sahlman sog gedankenvoll an ihrer Zigarette, Andén putzte nachdenklich seine Brille, Davidsson fuhr sich bedächtig durchs Haar.

»Er war ja verheiratet«, sagte Andén langsam. »Öhman bekam von uns den Namen seiner früheren Frau. Sie soll nach der Scheidung nach Halmstad gezogen sein. Ich habe sie nie kennengelernt.«

»Sie war zu unseren kleinen, jährlich stattfindenden Betriebsfesten eingeladen«, erklärte Frau Sahlman. »Aber sie kam nie. Lundis hatte für sie stets eine Entschuldigung parat, aber ich glaube, sie wollte nicht. Warum, kann ich nicht sagen.«

»Als er vor ein paar Jahren einmal blau war«, warf Davidsson ein, »hängte er sich an mich ran und murmelte so etwas wie, daß seine Alte nicht viel von ihm hielt. Im Unterschied zu denen, die sich etwas angeschafft haben, hätte er es zu nichts gebracht. Sie schämte sich vielleicht wegen ihm.«

»Alte?« wiederholte Frau Sahlman frostig.

»Wa? Das war sein Wort. Nicht meins.«

»Trank er viel?« fuhr Simon fort.

Sie sahen sich abermals an und wiederholten ihre Gesten von vorhin, um dem Gehirn Zeit zu geben, Erinnerungsbilder hervorzuholen.

»Eigentlich recht wenig«, antwortete dann Andén. »Er war kein Abstinenzler, aber ich habe ihn nie richtig betrunken gesehen.«

Davidsson schob grinsend den Kopf vor und blinzelte.

»Voll war er im vergangenen Jahr. O Jesses! Wir waren

bei Gourmet gewesen, hatten mächtig reingehauen, und danach ...«

»Von dem Wein, den wir hatten servieren lassen, wurde er nicht betrunken«, unterbrach ihn Frau Sahlman. »Wir gehören nicht zu einer bestimmten Sorte Unternehmen.«

»Nee, aber wir machten danach weiter, Lundis und ich«, schnaufte Davidsson. »Es wurde ein bißchen feuchtfröhlich. Lundis war ziemlich beschwipst, und er ...«

Das Grinsen verwelkte und machte einer verschämten Verlegenheit Platz. Er schaute zur Decke in der Hoffnung, man würde seine Worte vergessen. Nun, vielleicht glaubte er es. Er war ein Mann, der erst redete und möglicherweise erst danach dachte, und solche Männer geraten dann stets in Verlegenheit.

»Ich habe nie gehört, daß du dir etwas daraus gemacht hättest, mit Lundi gemeinsam zu saufen«, sagte Frau Sahlman mit so viel Mißbilligung in der Stimme, daß von Davidssons Haarboden ohne äußere Einwirkung die Schuppen fielen.

»Nun ja, das war ja nur das eine Mal.«

»Und wer bezahlte die Orgien?«

»Das waren keine Orgien. Wir dachten nur beide, daß uns ein Whisky auch ganz gut schmecken würde. Wein in allen Ehren, aber ...«

Nun hatte Frau Sahlman die Stahlkrallen ausgestreckt, und Simon und ich ließen sie gewähren. Ein Konflikt bahnte sich an, und wenn Konflikte aufbrechen, kommen Gegensätze an den Tag, die ansonsten verborgen bleiben. Andéns Pokerface blieb verschlossen. Vielleicht war er an Zusammenstöße gewöhnt, vielleicht dachte er auch, daß es dem Kollegen recht geschah.

»Ging das auf Repräsentationskosten der Firma?«

»Bist du närrisch? Was wir tranken, bezahlten wir natürlich selbst.«

»Wir werden es überprüfen. Du hast freie Hand und bist voll verantwortlich für die Repräsentation, aber der Betrieb denkt gar nicht daran, eine private Pichelei zu bezahlen. Wir werden uns also genau deine Rechnungen ansehen, und wenn eine am gleichen Tag ausgestellt ist, an dem wir bei Gourmet unser Jahresessen hatten, werde ich meine Schlüsse daraus ziehen.«

Davidsson bekam es mit der Angst zu tun und verdammte seine lockere Zunge.

»Also, zuerst war ich mit Lundi zusammen, und danach trafen wir ... eh ... den Freund Ekberg von Garro-Chemie, und es ist doch klar, daß ich ihn auf einen Drink einladen mußte oder auch auf zwei, er ist ja ein großer Kunde, denke ich.«

»So, du behauptest also, daß das, was ihr in euch hineingeschüttet habt, auf Kosten der Repräsentation mit Ekberg gehen mußte?«

»Großer Kunde, Garro-Chemie.«

Er sah aus, als bekäme er wieder den dicken Kopf, den er sicher nach dem Fest gehabt hatte, und trocknete mit seiner kleinen schwammigen Hand seine kleine schwammige Stirn. Es war eine merkwürdige Vorführung. Auch wenn Davidsson nur ein Viertel der Aktien besaß, war er doch Teilhaber der Firma, aber er wurde behandelt wie ein Laufbursche, der ertappt wurde, als er gerade die Portokasse stiebitzte.

»Sicher ist das ein großer Kunde«, stimmte Frau Sahlman zu. »Ich werde sie nächste Woche treffen und bestimmt von Ekberg hören, was er von jenem Abend mit dir und Lundi hält.«

»Falls er sich an etwas erinnern kann«, murmelte Davidsson unglücklich. Er war ziemlich sauer.

Frau Sahlman ließ es auf sich beruhen, doch sie deutete mit einem strengen Blick auf den Sünder an, daß es nur vorübergehend war. Noch konnte sie ihm nichts beweisen, doch selbst wenn dieser Ekberg das Leben in Saus und Braus abstritt, würde sie Davidsson die Rechnungen um die Ohren hauen.

»Was sagte er an jenem Abend?« wollte Simon wissen.

Aber der goldene Augenblick war vorbei. Davidsson wollte so wenig wie möglich reden, außerdem wollte er die Erinnerung zerstören, sie pulverisieren, in schwerer Erde begraben und Disteln darauf pflanzen.

»Ich erinnere mich nicht.«

»Du warst also sternhagelvoll?« warf Frau Sahlman ein.

»Lundi brabbelte, und ich hörte nicht zu. So war das.«

»Sagte er etwas über seine Freunde? Mit denen er in der Freizeit Umgang pflegte?« fuhr Simon fort.

»Nee. Jedenfalls nicht, soweit ich mich erinnern kann.«

Wir kamen nicht weiter. Öhman hatte die Papiere. Vielleicht würden sie etwas ergeben, und bis dahin mußten wir abwarten. Kannte ich Öhman recht, würde das nicht lange dauern. Er war ja so tüchtig, dieser Öhman. Eigentlich müßte er zum Tag der Polizei eine Prämie bekommen und ein rotbäckiges Hoch noch dazu. Ja, nun war ich wieder bei meinem Thema. Da war kein Fehl und Tadel an Rolf Öhman. Und im Grunde sollte auch ich ein »Hoch soll er leben« auf unsere fleißige Ameise ausbringen.

»Es ist so, daß ich nun doch etwas zu tun hätte«, sagte Davidsson während dieses fehlgeschlagenen Versuchs, Land zurückzugewinnen. »Brauchen Sie mich noch?«

»Im Moment nicht«, antwortete Simon. »Aber wir kommen wieder.«

Davidsson triefte davon und ging in sein Zimmer, verfolgt von Frau Sahlmans säurehaltigen Blicken, die deutlich zum Ausdruck brachten, daß damals sicherlich alles auf Kosten des Betriebsfestes gegangen war.

»Sie müssen verstehen, daß wir in einer Krise stecken«, sagte Andén. »Wie sollen wir die Situation mit dem Lager lösen? Lundstedt war ein tüchtiger Kerl, und Bergman hat keineswegs das Arbeitsvermögen, auch dann nicht, wenn er hin und wieder gesund ist. Wir müssen mehr einstellen, und das dauert seine Zeit. Kann uns auch viel Geld kosten.«

»Vielleicht kostete euch Lundstedts Anwesenheit mehr Geld als Bergman im Krankenbett«, wandte ich ein.

»Das ist Ihre Auffassung«, sagte Andén etwas ermattet. »Solange Sie nicht den Beweis vorgelegt haben, daß sich Lundstedt unehrenhaft benommen hat, ziehe ich es vor, dies nicht zu glauben.«

Frau Sahlman zündete sich eine neue Zigarette an, doch es waren schließlich ihr Büro und ihre Luftwege.

»Sie glauben also, daß uns Lundi, was die Einkünfte betrifft, betrogen hat?« fragte sie.

»Sollten wir recht haben, dann hat er mehr als nur euren Betrieb betrogen. Vielleicht das ganze schwedische Volk – mit dem heimlichen Abladen von Umweltgiften auf irgendwelchen Halden, was gewaltigen Schaden anrichten kann.«

Simons Mundwinkel flatterten, und ich begriff, daß ich wie Birger Flink redete. Doch warum nicht? Wenn Flink Prediger war, dann konnte ich ruhig Hilfsprediger sein. Frau Sahlman hielt nichts von dem Gedanken und drückte in einem Keramikaschenbecher ihre Zigarette aus, obwohl noch viele katarrhfreundliche Züge übrig waren.

»Wir werden schon sehen, wie es um Lundi bestellt war«, murmelte sie. »Wenn es wichtige Aufschlüsse in der einen oder anderen Hinsicht gibt, so hoffe ich, werden wir sie von Ihnen erfahren.«

Wir verabschiedeten uns, und während Simon seinen Mantel nahm, ging Frau Sahlman mit Andén in dessen Zimmer. Das setzte natürlich voraus, daß wir von jener intellektuellen Art Polizisten waren, die selbst hinausfanden. Simon öffnete die Außentür, hielt aber mitten in der Bewegung nachdenklich inne.

»Hatte Lundstedt Eintragungen über die täglichen Lagerarbeiten gemacht? Dann könnte es sich lohnen, sie zu überprüfen.«

Er schloß wieder die Tür, und wir gingen einen Schritt in die Halle hinein. Simon legte die Hand an meine Brust und nickte zu Tommy Davidssons Tür hin. Sie stand einen Spalt weit offen, und Davidsson kam herausgeschlichen. Offenbar hatte er auf das Schließen der Tür gewartet und glaubte jetzt, daß wir gegangen seien, denn er schaute nicht in unsere Richtung, wo wir im Halbdunkel standen.

Er schlich langsam mit vornübergebeugtem Oberkörper zu Andéns Tür, stellte sich vor sie hin und starrte sie an, als wolle er sie mit seinen Blicken verbrennen. Er war ein völlig anderer Davidsson als der, den wir bisher gesehen hatten. Nicht jener ergebene und getretene.

Er rieb sich die Hände und leckte sich die Lippen. Man sah, daß er heftig atmete, und den Haß, den er ausstrahlte, verspürten selbst wir noch hier draußen in der Halle. Wir standen ruhig und waren gespannt, was weiter geschehen würde. Aus Andéns Zimmer drang leises Murmeln, die Stimmen von Andén und Frau Sahlman. Davidsson zog mit geöffneten Lippen die Mundwinkel so weit nach unten, bis man die Eckzähne als scharfe Zakken sehen konnte.

Langsam, ganz langsam hob er die leicht angewinkelten Arme vor seinem Oberkörper nach oben, die Finger krümmten sich, wurden zu Klauen. Nun schien ihn eine Art Krampf zu befallen, der seinen ganzen Körper schüttelte, während er die Klauen gegeneinander preßte. Jetzt kam ein sonderbarer dumpfer Laut aus seinem verzerrten Mund, und dann stürzte er in sein Zimmer zurück.

Simon zog die Augenbrauen in die Höhe und sah mich an. Es gab keinen Zweifel an dem, was wir gesehen hatten.

Ein symbolisches Erwürgen.

19

Simon rief von einer Telefonzelle aus Ruda an, während ich im Auto sitzen blieb. Davidssons kleine Vorstellung war doch recht verwirrend gewesen. Wen wollte er erwürgen? Andén? Frau Sahlman? Oder sogar beide? Wie ernst war das gemeint? Kam das aus einer zutiefst zerrissenen Seele, oder war die symbolische Handlung nur Ausdruck einer mehr zufälligen, miesen Laune? Es gibt ja Frauen, die behaupten, sie würden ihrem Mann bei lebendigem Leibe die Haut abziehen, wenn er bloß mit schmutzigen Schuhen über den frischgewischten Fußboden läuft. Es gibt Kinder, die schreien nach der Mama, sobald sie den Rücken wendet, nur weil sie nicht ihre Tüte Lakritze an der Schnellkasse bekommen.

Simon kam aus der Zelle heraus, und wie es schien, nicht ganz ohne Mühe, denn die sind nicht für solche Kleiderschränke wie Simon gebaut. Er ließ sich auf den Sitz neben mich fallen, und die Federung knirschte gequält. Auch die schwedischen Wagen sind nicht für solche Kleiderschränke gebaut, die weit vom gesunden Schlankheitsideal des Sozialamtes entfernt sind.

»Eigentlich müßte ich eine Stulle essen. Oder ein paar. Es gibt da einen Imbiss . . .«

»Was hat Yngve gesagt?«

»Wir sollen eine Adresse überprüfen. Eine mit Leberpastete und Gurke zum Beispiel, und eine mit Ei und Anchovis.«

»Ich habe noch keinen Hunger. Was für eine Adresse ist das?«

Er sah mich an, vorwurfsvoll wie ein Hund, doch ich blieb standhaft, und er mußte schnaufend seine Pasteten- und Anchovisträume für eine ganze Weile begraben.

»Wir haben ein Bankfach entdeckt, das sich Carlsson unter falschem Namen eingerichtet hat. Carlsson sei in Tränen ausgebrochen, als Yngve ihm erzählte, daß die sechsundachtzig Tausenderscheine, die sich dort befanden, nun verloren seien. Dann wurde dort auch noch ein Schlüssel gefunden, an dem ein Zettel befestigt war. Auf dem Zettel stand folgendes . . .«

Simon runzelte die Stirn und versuchte herauszubekommen, was er in sein Notizbuch gekritzelt hatte.

»31 ngrglspR. Da der letzte Buchstabe als Versalie geschrieben war, mußte der Text von hinten gelesen werden. Und da wurde dann 13 Rpslgrgn draus. Das kann eine Adresse ergeben und hieß möglicherweise Repslagargatan, und dort sollen wir zur Überprüfung hin. Irgendwo in Söder, wa?«

»Wir könnten den Götgatsbacken hinauffahren und dann in die St. Paulsgatan abbiegen.«

»Von Östermalm bis dorthin ist eine lange Strecke. Wenn ich unterwegs vor Hunger verscheiden sollte, möchte ich, daß zum Begräbnis Psalm 69 gelesen wird. In dem Psalm steht etwas über das Essen drin.«

»Du überstehst schon die halbe Stunde, danach nehmen wir einen Lunch ein.«

Ich fuhr zum Norrmalmstorg und blieb in einem zufälligen Stau stecken. Nachdem der Platz mehrere Jahre lang brachgelegen hatte, war er nun mit Marktständen zu neuem Leben erwacht, und nichts gibt der Seele mehr

Balsam als rote Tomaten, grüne Gurken, weiße Champignons, blaue Trauben und gelbe Pflaumen unter gestreiften Markisendächern und junge Menschen, die eifrig versuchen, die Kunden davon zu überzeugen, daß dies Lekkerbissen seien für alle, die Geld sparen und trotzdem vorteilhaft einkaufen möchten.

In dem Haus, das vor noch nicht allzu langer Zeit drohte, in den Morast des Kattsees zu versinken, hatte Stikkan Andersson sein Musik- und Finanzzentrum eingerichtet. Von den Fenstern aus konnte er mit Wohlbehagen das Menschengewimmel auf dem Markt beobachten, wo die ABBA-Käufer in ihren Brieftaschen schon die Zehner für die nächste LP bereithielten.

Eine kleine Schlange stand geduldig am Kiosk, der die letzten Billetts kurz vor Vorstellungsbeginn der Theater und anderer Unterhaltungsveranstaltungen verkaufte. Der Kiosk war ein Glückstreffer mit ständiger und wohlverdienter wohlwollender Presse, und der Eigentümer hatte für seine Idee schon einen halboffiziellen Preis erhalten. Jetzt konnte man dort sogar Billetts für die großen Erfolge in London und New York bekommen, und ich nahm mir vor, daß ich beim nächstenmal, wenn Virena auf eine Gelegenheitsreise nach Amerika mitkäme, Billetts für die Broadway-Musicals bestellen würde.

»Was bedeutet eigentlich Bolinders Tod für dich?« fragte ich.

»Bedeutet? Wie meinst du das?«

»Da war etwas, was Birger Flink sagte. Daß man vor allem von einem einzelnen Todesfall ergriffen wird, nicht so sehr von dem Massenmord, der in der Gesellschaft vor sich geht.« Ich erzählte ihm, soweit ich mich erinnern konnte, was Flink mir gesagt hatte und was ich seitdem gedreht und gewendet, gewälzt und geknetet hatte. Trotzdem kam ich nicht los davon, und nun wollte ich Simons Ansicht wissen. Er hörte schweigend zu, die Hände locker über der Bauchkathedrale gefaltet, vielleicht um das Gurgeln der Därme im Innern zu mildern.

Im Kungsträdgården sogen die Leute die letzte Süßigkeit aus der Saison, und da es windstill war, spielte man an mehreren Platten Tischtennis, ältere Männer dachten über listige Züge auf den Schachbrettischen nach, und auf dem Riesenspiel am Boden fanden die Spiele vor einem Kreis interessierter Zuschauer statt. König Karl XIII. zwischen all den Grünpflanzen wurde ja von den Blutrünstigen als ein feiger und weltfremder Monarch angesehen, und sicher schaute er auf die friedlichen Beschäftigungen seiner Mitbürger mit einer gewissen beifälligen Zufriedenheit herab, während sein Vorgänger, Karl XII., auf seinem Sockel über die Leute fluchte, weil sie sich nicht darin übten, einander den Kopf abzuschlagen. Er zeigte machtlos mit seinem Steinfinger auf den Feind im Osten.

»Und nun denkst du natürlich, daß Flink recht hat«, sagte Simon schließlich.

»Irgend etwas ist da jedenfalls dran.«

»Der Mord an Bolinder soll also auf die eine Waagschale gelegt werden und alle umweltgeschädigten Menschen auf die andere. Meinst du das?«

»Ich weiß nicht, was ich meine. Ich war ja selbst mit dabei, als er erschossen wurde, aber wenn man über Prinzipien spricht . . .«

»Rolle, wenn man anfängt, das Wort Prinzipien zu benutzen, wird alles so verdammt merkwürdig. Ich kenne dich nun viele Jahre und glaube, daß ich weiß, wie du läufst. Du hast dich nie damit begnügen können, dich nur der einzelnen kleinen Individuen anzunehmen, wenn du gesehen hast, wie die großen Bonzen ihr Schäfchen ins trockne brachten. Du wirst störrisch, sauer und verdrossen, und du hast ein schlechtes Gewissen, weil deine Befugnisse und Möglichkeiten so begrenzt sind und, entschuldige, auch deine Redefertigkeiten. Da gibt es so vieles, was du willst, und so wenig, was du machen kannst. Du wirst verrückt, weil die Gesellschaft schroffer und teuflischer wird und du dir das auf die Schultern packst. Du möchtest, daß die Stadt unberührt bleibt, so, wie sie war, als du hier aufgewachsen bist, so, wie du sie in Erinnerung hast; als ein Idyll voller Freundlichkeit, Rücksichtnahme und Nähe und mit all dem, wovon man behauptet, daß es das gegeben hätte, den freundlichen Polizisten, der einen alten Saufbruder nach Hause brachte, Jugendliche, die nicht tranken, Menschen, die das Wort Fixer noch nicht buchstabieren konnten; und nun, nachdem die Entwicklung, wenn man sie überhaupt so nennen kann, diesen Gang genommen hat, bekommst du wegen der ganzen Sache Magengeschwüre.«

»Nun ja«, murmelte ich.

Wir fuhren über die Strömbron. Schon vor vierzig Jahren wurde von dieser Brücke behauptet, sie sei wirklich nur ein vorübergehendes Provisorium.

»So ist das, Rolle. Du willst denen oben an den Kragen, die dafür verantwortlich sind, daß sich die Jugendlichen sinnlos betrinken, ohne daß es die Eltern überhaupt fertigkriegen zu reagieren, und du willst die ertränken, die ihren Teil dazu beitragen, daß alles härter und härter wird. Und dann bekommen wir das Idyll zurück mit Pelle Svanslös, dem schwanzlosen Kater, und dem Kinderbriefkasten und den langen Hosen zur Konfirmation. Aber die Welt ist über den schwanzlosen Kater als freudig akzeptiertes Freizeitvergnügen seit langem schon hinweggegangen.«

»Du plauderst.«

»... die Wahrheit über Roland Hassel aus. Gratis und franco und mit diskretem Absender.«

Er grinste mit seinem mächtigen Unterkiefer, und ich wurde nicht ganz schlau aus ihm, ob er das alles als Scherz gesagt hatte oder ob es eine Art ernsthafte Analyse sein sollte. Ich glaubte keineswegs, daß das stimmte, was er gesagt hatte, und im übrigen habe ich nie eine Schwäche für den Kinderbriefkasten gehabt.

»Und was hat das alles mit der Umweltgefährdung zu tun?« fragte ich und merkte, wie unfreundlich das klang, aber, zum Teufel ... Pelle Svanslös!

»Glaubst du nicht, daß auch ich an der Umwelt interessiert bin? Glaubst du nicht, daß ich da mitziehe? Ich mit meiner großen Familie, von der ich will, daß sie gedeihen soll, ohne von der Luft, dem Wasser oder dem Essen krank zu werden.«

Der Verkehr auf der Skeppsbron war zäh, das Straßenbauamt hatte zwei Fahrbahnen aufgerissen und nur noch eine konnte benutzt werden. Die Djurgårds-Fähre lag am Anlegeplatz und füllte sich schnell mit Kindern und Lehrern, die einen Tag in Skansen, dem Stockholmer Freiluftmuseum, verbringen wollten. Und die Besatzung mochte die Passagiere. Ganz anders war es an den Feiertagsabenden, und es war kein Zufall, daß alle Oberflächen der neuen Fähre aus blanken Platten bestand. Nach den Touren zum oder vom Vergnügungspark Gröna Lund brauchte man sie dann nur mit dem Wasserschlauch abzuspülen.

»Ich weiß, daß ungefähr fünf Millionen chemische Verbindungen bekannt sind und daß zirka dreihunderttausend jedes Jahr dazukommen. Siebzigtausend von ihnen werden kommerziell genutzt, und ich weiß, daß wir nicht von allen chemischen Produkten um die Folgen wissen. Mehrere in meiner Verwandtschaft sind an Krebs gestorben, und andere haben Krebs. Die Forscher sagen, daß jeder vierte Einwohner in der einen oder anderen Form Krebs bekommen wird und daß vieles auf die Umwelt zurückzuführen ist.«

»Aber Simon . . .«

Er hob die Hand zum Zeichen, daß er zu Ende sprechen wolle.

»Natürlich könnte ich auch eine Menge anderer Sachen aufzählen, und sicher bekümmert mich das, aber ich gräme mich nicht so darüber, daß ich deshalb Depressionen bekomme, weil ich nicht das geringste tun kann, außer möglicherweise die eine oder andere Liste unterschreiben. Ich habe keine Kompetenz für die großen Zusammenhänge. Doch ich kann mein Scherflein dazu beitragen, daß meine Kinder ein klein bißchen sicherer über die Straßen gehen können. Ich tue meine Arbeit, indem ich diejenigen ergreife, die auf Gewalt setzen. Und tue ich das, dann beseitige ich etwas, was Sergej und seine Geschwister bedroht. Und laß mich noch das eine sagen, Rolle. Ich bin tatsächlich stolz darauf.«

»Das ist nicht viel«, murmelte ich.

»Für mich ist es unheimlich viel. Und für dich müßte es das auch sein, weil du ja diesen Job gewählt hast. Dein Fehler ist, Rolle, daß du Christus sein möchtest, doch nicht einmal zu einem Simon von Kyrene taugst, um das Kreuz zu tragen.«

Er grübelte eine Weile und griff sich an seinen mächtigen Unterkiefer.

»War der von Kyrene, der das Kreuz tragen mußte? Daß er Simon hieß, daran kann ich mich erinnern, da wir den gleichen Namen haben, aber man schmeißt ja mitunter die Orte im Alten und Neuen Testament durcheinander.«

»Du legst dich ja ins Zeug, daß es nur so kracht«, sagte ich dunkel.

Simon gähnte und wischte die Bemerkung fort.

»Ich habe dich ja nicht mit Gott verglichen, sondern nur mit seinem Jünger. Hör mal, auf dem Götgatsbacken gibt es auch ein gutes Lokal. Wir könnten dort noch schnell einen kleinen Imbiß zu uns nehmen, bevor wir die Biege zur Repslagargatan machen.«

»Christus!«

»Die eine Salami haben, sind reinen Glaubens.«

»Mitunter akzeptiere ich nicht, was du so redest, Simon.«

»Das verwundert mich nicht. Wer sollte das schon? Bei meinem losen Mundwerk.«

Er versetzte mir mit dem Ellenbogen einen kleinen Stoß gegen die Rippen und lächelte, wie nur er lächeln konnte. Und wie bei einem Pawlowschen Hund ließ die Antwort nicht auf sich warten, ich spürte, wie sich meine Lippen zu einem Grinsen verzogen. Es ging einfach nicht, diesem Mann böse zu sein, ganz gleich, was er auch sagte. Er hätte einen anderen Beruf wählen und zum Beispiel Politiker werden sollen, dann hätte das Land endlich eine Gestalt bekommen, über die sich alle einig wären. Offenbar hätte auch ich einen anderen Job wählen sollen, vielleicht als assistierender Kreuzträger.

»Was die Salami betrifft . . .«

»Wir sind gleich dort, das ganze Gerede könnte einem regelrecht den Appetit auf das Essen verderben.«

»Aber das eine muß doch das andere nicht ausschließen.«

Der Götgatsbacken ist ein unruhiger und etwas vernachlässigter steiler Hang, angefüllt mit unerwartetem Charme. Immer wieder gibt es neue Geschäfte mit den unwahrscheinlichsten Dingen, mit denen die Eigentümer vertrauensvoll auf einen so großen Kundenkreis hoffen, daß sie glauben, sich davon ernähren zu können. Und wenn die Hoffnung stirbt und sie Pleite machen, werden die verschlissenen Räumlichkeiten von neuen Glückssuchern übernommen. Ein Reservat für Menschen mit ungebändigter romantischer Veranlagung. Es gibt mehrere solcher Inseln des Individualismus in Söder, vielleicht war dies der einzige Ort im Land, wo Menschen lebten, die gar nicht daran dachten, sich irgendwie anzupassen.

»Dort oben ist das Lokal«, sagte Simon und knapste sich einen Blick ab, als ich in die St. Paulsgatan einbog. »Der Käse, den sie da haben, ist auch Klasse!«

»Freßsack!«

»Man dankt. Heutzutage sind Komplimente Mangelware.«

Ich war besserer Laune, als nach Simons Schelte zu erwarten gewesen wäre, aber all die Gedanken, die mir in den letzten Jahren durch den Kopf gingen, bekamen neuen Aufschwung. Noch hatte ich fünfzehn Jahre bis zur Pensionierung. Sollte ich die ganze Zeit über noch Polizist bleiben? Wenn nicht, was sollte ich dann tun? Und wer wollte ich eigentlich sein? Noch immer dachte ich genau wie Simon, daß meine Arbeit wichtig und sinnvoll war, aber reichte das aus? Die Kleine, vielleicht auch der Kleine, sollte stolz auf den Papa sein, auf jemand, der etwas war und der etwas tat. Und das Stolzsein sollte nichts mit dem Geldverdienen zu tun haben.

»Fahr dort hinein! Sitzt du am Steuer und träumst?«

»Wa? Ja, natürlich.«

Ich hatte die Brücke überquert und war in den brausenden Verkehrsstrom der Södergatan geraten und mußte nun zurückfahren, um in die schmale Repslagargatan einschwenken zu können, wo ich mich zur Nummer dreizehn vortastete, die keine Ziffer am Eingang hatte. Doch mit der Pfiffigkeit, für die ich bekannt war, schlußfolgerte ich, daß das Haus zwischen der Elf und der Fünfzehn die Dreizehn sein müsse.

Außer dem Erdgeschoß hatte das Haus, dessen Fassade in rötlichem Ocker gehalten war, noch zwei Stockwerke.

Es sah über die Maßen wohlgeputzt aus, als habe man Charakter und Seele, die dem Haus einst eigen waren, austilgen wollen. Daß das Haus alt war, zeigte der Eingang, der aus einer gewölbten Durchfahrt bestand, durch die einstmals rumpelnde Pferdefuhrwerke in die Morgendämmerung hinauszogen. Auf die drei Fenster, die der linken Seite der Durchfahrt am nächsten waren, hatte man Streifen geklebt, auf denen sich die Worte »Fleißiger Finger« wiederholten, was wie ein Gruß an alte Tugenden aussah.

Wir gingen durch die mit Steinen ausgelegte Durchfahrt. Das einzige, was die neue Zeit kennzeichnete, waren große aufgesprühte Texte, die, so vermutete ich, Rockbands galten: »The Weed« und »Warriors«. Die Fans der letzteren Band hatten mit etwas kleiner aufgesprühten Buchstaben kundgetan: The Warriors paint gang was here.

Ein mächtiger, eingegrenzter Hof tat sich auf. Der Zahn der Zeit hatte Fassaden und Gebäude zernagt. Rechts war ein längeres Gebäude, das einmal ein Stall gewesen sein mußte, wo jetzt jedoch an den breiten Toren, die verriegelt waren, Garagenschilder hingen. Die Autos standen davor. Vielleicht hatte man Angst, das Dach könnte einstürzen und die Karossen verbeulen. Der Ziegelverbund, auf den sich das Dach stützte, war zerfressen und verwittert.

Gegenüber auf der linken Seite gab es ein weiteres Gebäude. Es war niedrig und hatte nur ein Stockwerk. An der Fassade stand: J. O. Rosén, Maler. Eine blau gestrichene Tür, und links von der Tür ein großer Blechkübel an einem Haken. Ich sah, daß uns jemand durch ein Fenster der Malerwerkstatt musterte.

Direkt vor uns eine zweigeschossige Hausfassade; ich bemerkte, daß sich dort ein Durchgang zur Götgatan befand. Der Putz war an so vielen Stellen abgefallen, daß man die ursprüngliche Farbe nicht mehr erkennen konnte. Nach den verschiedenen Schichten des Mauerwerks zu urteilen, waren die oberen Abschnitte auf einer älteren Grundmauer errichtet worden.

Das Haus hinter uns, durch das wir hereingekommen

waren, hatte gleichfalls zwei Stockwerke. Auch dort war der Putz abgebröckelt, und durch die porösen Mauerfugen mußte wohl der Wind heulen. Hinter den Häusern erhoben sich rund um den Hof mächtige Brandmauern mit einigen kleinen Fenstern, wie Riesen, die ihre Augen auf die kleinen Leute richteten, damit diese keine Dummheiten machten.

Ein großer Teil des Hofes bestand aus einem Bereich, der von den Mietern sicher als Park oder Garten bezeichnet wurde. Dieses Revier war mit einem niedrigen Holzzaun umgeben, an dessen Innenseite sich eine etwas höhere Hecke entlangzog. Dort standen ein paar Bäume, darunter Gartenmöbel aus braunem Holz. Ein Sandkasten, eine Schaukel und eine rostige Wasserpumpe waren auch da. Ein paar kleine Kinder spielten im Sandkasten, ein kleines Mädchen schaukelte so hoch, daß ihre Mutter, die an einem offenen Fenster saß und ihr zuschaute, nicht mehr ruhig sein konnte. Am Rande des Parks befanden sich ein hohes Gewächshaus mit zerbrochenen Scheiben, ein paar vom Alter zusammengeschrumpfte Schuppen mit schrägem Dach und eine stabile, eiserne Bank. Eine künstlerisch veranlagte Seele hatte irgend etwas Abstraktes im Format zwei mal zwei Meter direkt an den Fuß einer Brandmauer gemalt, die kräftigen Farben zogen die Blicke auf sich. In der einen Ecke des Parks lag eine Menge Müll, leere Kartons, ein ausrangierter Herd, eine alte Matratze, ein Kühlschrank mit kaputter Tür, ein Türrahmen und ein zusammengerollter Teppich.

Gewiß, eine Studie des Verfalls, aber ein Verfall in Würde und Stolz. Wie ein alter Mann, mit verschränkten Armen und breitbeinig: Hier stehe ich, noch lebe ich, und wenn du versuchen solltest, mich umzublasen, dann wirst du was erleben!

»Hier gibt es viele Aufgänge«, sagte ich. »Wo wollen wir anfangen?«

»Arme Teufel, die hier wohnen«, sagte Simon.

»Was meinst du damit, die armen Teufel hier?«

»Hier gibt es wohl nicht einmal eine Badewanne.«

»Ein hoher Standard schließt nicht notwendigerweise eine Badcwanne ein.«

»Nee, man braucht auch eine Dusche.«

Vom Malergebäude her kam ein Mann, der in den Dreißigern sein mochte. Er hatte einen kurzen Bart, ruhige forschende Augen und einen sinnlichen Mund. Er trug eine Lederjacke und Bluejeans.

»Wollen Sie den Plunder hier kaufen?« fragte er.

»Ist er zu verkaufen?« stellte Simon die Gegenfrage.

»Ich hoffe es und warte auf einen, der von so einem Viertel wie hier etwas versteht. Jetzt gehört es irgendeiner Gesellschaft der Stadt. Übrigens ... kommen Sie etwa von dort?«

Wir schüttelten beide gleichzeitig den Kopf. Vielleicht konnte er uns einen wertvollen Hinweis geben. Es kam aber darauf an, auf die gleiche Wellenlänge wie er zu kommen, und das hieß, ihm nicht sofort unsere Legitimationskarte zu zeigen. Teuer erkaufte Erfahrung hat die Fahnder gelehrt, daß viele nicht glauben, ein Polizist könnte die gleiche Wellenlänge haben wie sie selbst. Das sind wir, und das sind sie, und ist man »wir« gegen »sie«, dann sagt man nichts. Da Simon mit war, würde er wohl den Laden schmeißen, er hatte den Charme, der mir abging und den man nirgends kaufen kann.

»Wie geht es mit der Malerei?«

»Das ist lange her mit der Malerei. Ich bin Ofensetzer.«

»Hast du Arbeit?«

Der junge Mann zuckte mit den Schultern.

»Als die Kernkraftdebatte tobte, gab es viele, die einen Kachelofen haben wollten, danach aber versackte alles wieder. Ich war sechs Jahre in der Branche tätig, und die Abstände zwischen dem Setzen eines Ofens fingen an, immer länger zu werden. Schade, denn Kachelöfen sind eigentlich die einzige richtige Art, Wärme zu erzeugen. In einer Wohnung mit Elektroheizung wird die stillstehende Luft erhitzt, was den Bazillen gefällt. Hat man einen Kachelofen, wird die Luft achtzehnmal in der Stunde umgewälzt. Keiner in unserer Familie hat sich seit Jahren erkältet.«

»Wohnst du auch hier?«

Der Ofensetzer nickte zum Haus hin, das hinter uns stand.

»Ein paar Treppen hoch. Die Bude ist nicht schlecht, wir Mieter haben die Wohnungen selbst in Ordnung gebracht. Ich habe den Fußboden abgeschliffen, alles gestrichen und bearbeitet, und alles ist schön. Darum wollte ich wissen, ob Sie etwas mit dem Viertel hier zu tun haben. Wir möchten verhandeln, aber es gibt niemand, der uns anhören will.«

»Worüber wollen Sie verhandeln?«

»Daß wir unter den gegebenen Bedingungen hier weiter wohnen dürfen und daß man den Verfall aufhält, indem man eine kleine Instandsetzung macht. Dazu braucht man nicht unmäßig viel. Ein neues Dach ist das wichtigste. Alles läuft auf das Dach hinaus. Das hat Löcher, und der Schaden weitet sich aus.«

Er sah bekümmert zum Dach hinauf, und Simon, der nicht das geringste für etwas Altes übrig hat, sagte: »Neues Dach reicht wohl nicht? Muß es bei Ihnen nicht kalt wie in der Eiszeit sein, wenn Sie kein bißchen Putz mehr an den Wänden haben?«

»Das schon, aber es geht. Und ein wenig Putz kostet ja nun auch nicht die Welt. Wir heizen gern mit Holz, und wir können ganze Stapel davon in den Hof holen, so wie man es früher machte. Wo sollen wir hin, wir, die auf diese Art wie hier leben wollen, wenn alles luxussaniert wird? Wie sollen wir dann die Phantasiemieten bezahlen? Wir müßten wie die Tiere schuften, Zusatzarbeiten annehmen und würden dabei das versäumen, was wichtiger ist: anständig zu leben.«

Ich erinnerte mich an den Kachelofen zu Hause im Drottningholmsvägen. Es war nicht immer, daß Mama ihn heizte, aber wenn sie es tat, war es unerklärlich angenehm, und ich konnte stundenlang sitzen und in die Glut schauen, die durch die Öffnung in der Messingtür zu sehen war.

»Dann kennst du wohl alle Leute, die im Haus wohnen, wenn du der Vorsitzende der Vereinigung bist?« fragte Simon.

»Wir haben keine Vereinigung. Wir wollen nur verhandeln, um unser Recht zu bekommen.«

»Kennst du eine Wohnung, die mehr oder weniger leer

steht? Die zwar vermietet ist, aber von den Mietern nicht genutzt wird?«

Er runzelte die Stirn und fragte: »Seid ihr hinter einer Wohnung her?«

»Nein, Gott erbarme«, stieß Simon hervor. »Also, das wäre klar, daß wir nicht deshalb hier sind. Wir suchen die Wohnung einer bestimmten Person. Wir sind von der Polizei.«

Zeit, Farbe zu bekennen, aber er schien nicht davon geschockt zu sein, auch wirkte er nicht so, daß er uns ins Bein beißen wollte. Im Gegenteil, er dachte nach und kniff sich dabei ins Ohrläppchen, während der Blick über die zahlreichen Aufgänge glitt.

»Schwer zu sagen. Vielleicht ... möglicherweise dort oben.«

Er zeigte zum Aufgang hin, der sich rechts vom Eingang befand, und wir gingen langsam in die Richtung davon. Vor den Garagen blieb er stehen, und wie ich schon vermutet hatte, handelte es sich bei dem Gebäude um einen früheren Stall. »Dort hielt man die Pferde. Das Haus hat man in den 70er Jahren des vergangenen Jahrhunderts gebaut. Im linken Teil verwahrte man die Pferdegeschirre und die Wagen. Stell ein paar arbeitslose Jugendliche an, gib ihnen neue Ziegel und die Häuser würden wieder in Ordnung kommen. Es ist, wie gesagt, nicht allzuviel, was gebraucht würde.«

Als er weitergehen wollte, entdeckte er an der Schmalseite des Hauses eine Luke, die ein wenig offen stand.

»Sie sollte eigentlich geschlossen sein. Es könnte für die Kinder gefährlich werden, wenn sie dort hineinkriechen. Sie haben hier doch einen schönen Spielplatz.«

»Mit ein bißchen viel Gerümpel«, wandte Simon ein.

»Gerümpel gehört auch zum Leben. Kinder spielen gern mit alten Sachen. Und es sind die, die sich mit ganzen Armaden fertigen Spielzeugs vergnügen, die schließlich die Bürokraten von morgen werden. Wir würden sehr schnell aufräumen, bekämen wir nur Bescheid, wie es in Zukunft hier weitergehen wird.«

Er bückte sich, um die Luke zu schließen und einen Pflock davor zu setzen, doch er besann sich eines anderen, öffnete die Luke ganz und starrte in die Dunkelheit hinein.

»Es ist schon passiert, daß sich hier Fixer eingenistet haben, und die sehen wir am liebsten von hinten.«

Er rief in die Dunkelheit hinein: »Ist dort jemand? Sonst schließe ich von außen, und du kommst nicht mehr raus.« Niemand antwortete, doch er schloß die Luke trotzdem nicht. Ich beugte mich neben ihm nach unten und schaute auch hinein. Es war keineswegs kohlrabenschwarz dort drinnen, da durch die zerfressene Fassade Licht eindrang. Nach einer kurzen Weile hatten sich die Augen an die Dunkelheit gewöhnt, und man konnte Einzelheiten unterscheiden.

»Seltsam, ich dachte, ich hätte einen Laut gehört«, sagte der Ofensetzer.

»Hier wimmelt es wahrscheinlich von Ratten«, meinte Simon.

»Eigentlich nicht. Es gibt wohl ein paar, aber . . . Hallo! Komm raus, du da. Sonst wirst du verhungern.«

Noch immer keine Antwort, doch mir ging es genauso wie ihm. Da *war* etwas drin, was nicht dort hingehörte. Vielleicht Ratten, vielleicht eine Katze, auf alle Fälle irgend etwas. Der Ofensetzer richtete sich auf und sagte, an uns appellierend: »Am besten, ich steige hinein und seh mal nach, doch ich brauche Hilfe, falls es einer von diesen Pushern ist.«

»Nicht von mir«, sagte Simon mit Bestimmtheit. »In dieser Luke bleibe ich wie ein Pfropfen stecken, und meine Frau macht heute Buchweizenplinsen.«

»Ich steig zuerst hinein«, sagte ich. »Das gehört ja zu meinem Job.«

Ich schlängelte mich hinein, berührte mit den Händen den Boden und spürte, wie die Finger in Staub und Lehm einsanken. Der Ofensetzer kam geschmeidig nach. Wir richteten uns auf und schauten angespannt umher. Säcke und Ballen standen dort, verschiedene Sachen mit scharfen Konturen, von denen ich jedoch nicht feststellen konnte, was es war. Wir gingen zögernd ein paar Schritte nach vorn, blieben wieder stehen und lauschten. Ein leichtes Geprassel. Eine Art Piepsen.

»Kiss, kiss, kiss«, machte der Ofensetzer. »Komm her, dann kannst du mitkommen und ein bißchen Milch kriegen.«

Aber keine Katze tauchte auf. Wir gingen noch etwas weiter hinein, bis wir an einen Ballen Papier kamen, wo wir uns trennten und vorsichtig verschiedene Richtungen einschlugen. Man konnte leicht über das am Boden liegende Gerümpel stolpern, und man mußte sich mit den Füßen nach vorn tasten. Ich blieb wieder stehen und strengte mein Gehör an.

Da war abermals dieses Piepsen. Wie von einem Wesen voller Angst. War dies ein Pusher, der sich vor Entziehungsqualen krümmte? Oder ...? Ich spürte meinen ausgetrockneten Mund und mußte schlucken, um Speichel zu erzeugen. Woher war der Laut gekommen? Ich lauschte wieder. Es ist nichts so schwer wie das Herausbekommen, woher ein einzelner Laut kommt.

»Kiss, kiss, kiss«, lockte wieder der Ofensetzer. »Komm, komm, komm, kiss, Kleine, kiss, Milch und Sahne ...«

Wenn die Katze irgendwo eingeklemmt war, konnte sie vielleicht so piepsen. Wenn sie erschöpft war, weil sie mehrere Tage dort festgesessen hatte. Und doch hatte ich ein bestimmtes Gefühl, daß dies hier etwas anderes sein mußte. Das Piepsen war nun ganz in der Nähe zu hören, es zog sich durch einen dünnen schneidenden Ton in die Länge. Sicher war es Angst. Schreck. Jemand hielt die Hand vor den Mund gepreßt, konnte jedoch die Furcht nicht zurückhalten. Auf keinen Fall war es ein Tier. Mußte ein menschliches Wesen sein.

Ich stieß mit dem Fuß gegen etwas, was ein Ziegelstein sein mochte, stolperte, so daß ich fast zu Boden fiel. Die linke Hand griff in den Lehm und die rechte landete auf einem Lumpenhaufen alter Säcke. Vom Haufen her kam ein gellender Schrei, dem ein weiterer folgte. Weg mit den Säcken. Etwas Unförmiges blieb am Boden liegen. Die Hand bekam Haare zu fassen.

»Hier ist ein Kind«, stieß ich hervor.

»Mein lieber Mann«, sagte der Ofensetzer und kam herbeigeeilt.

Er beugte sich neben mich nieder, und gemeinsam

schauten wir auf ein seltsames Kind herab. Ein verschwommenes weißes Gesicht mit weit aufgerissenen Augen, und dieses dunkle Loch mußte ein offenstehender Mund sein. Aber das Kind war völlig unförmig. Wie ein dickes Monster.

»Komm«, sagte der Ofensetzer. »Jetzt gehen wir hinaus. Du brauchst keine Angst vor uns zu haben. Wir wollen dir nichts Böses tun. Du möchtest sicher nicht hier drinnen bleiben, und wir werden nicht mit dir schimpfen.«

Er wollte es anfassen und hochheben, doch er hielt inne und sagte mit Verwunderung in der Stimme:

»Aber ... das sind ja *zwei* Kinder!« Das eine schrie wieder, nun aber aus vollem Hals. Der Ofensetzer breitete die Arme aus und nahm die beiden hoch. Dann gingen wir zur Luke. Die Kinder hielten zwar in seinen Armen Ruhe, aber das Schreien klang, als käme es von jemandem, der völlig außer sich war vor Furcht.

»Schon gut, schon gut. Habt ihr Angst, was eure Mama dazu sagen wird? Sie hat sich bestimmt Sorgen um euch gemacht und wird euch umarmen, wenn ihr wieder nach Hause kommt. Weint jetzt nicht mehr.«

Er setzte sie direkt vor der Luke ab und schlängelte sich zuerst hinaus. Die Kinder drängten sich aneinander, hielten sich gegenseitig fest, legten die Arme umeinander, als müßten sie, einer vom anderen, Kraft schöpfen. Sie waren verschieden groß. Eines hatte längere Haare. Der Ofensetzer streckte die Hände herein, und ich schob die Kinder, um sie herauszubekommen. Sie zwängten sich gemeinsam nach draußen, und der Schrei wurde gellender und höher und schmerzte in den Ohren.

Dann war ich an der Reihe, mich hinauszuwinden. Die Kinder standen, als seien sie zusammengeleimt, und hatten die Arme umeinandergeschlungen. Ein Junge und ein Mädchen. Der Ofensetzer und Simon sprachen mit sanften Worten auf sie ein, um sie zu beruhigen. Sie waren schmutzig und hatten vor Müdigkeit dunkle Ringe unter den Augen. Es war der Junge, der schrie, und das Schreien wollte nicht verstummen. Plötzlich wurde mir eiskalt. Ich erkannte die beiden Kinder wieder.

»Ist das eure Wohnung, die leer steht?«

»Das Wichtigste sind ja wohl die Kinder und . . .«

»Schnell, zum Teufel! Wo?«

»Ganz oben, dort. Die einzige Wohnung auf der Etage, aber ich kann . . .«

»Du bleibst mit den Kindern hier. – Simon!«

Er brauchte keine Erklärungen. Wenn es mir ernst war, dann war es auch ernst für ihn. Wir rannten zum Aufgang, ich riß die Holztür auf und stürmte vor ihm die gewundenen Treppen hinauf. Als ich nicht mehr weiterkam, stand ich vor einer blau gestrichenen Holztür. Ich zog die Pistole und hielt sie schußbereit.

»Wer?« fragte Simon.

»Könnte Linder selbst sein.«

Er nickte und holte gleichfalls die Waffe heraus. Die Tür war mit einem Brecheisen aufgesprengt worden und bis untenhin zersplittert. Das zerfetzte Holz lag noch immer auf dem Steinfußboden. Ich tastete nach dem Griff. Die Tür ließ sich öffnen. Wir stellten uns jeder auf eine Seite, die Pistolen schußbereit, dann stieß ich die Tür auf. Keine hastenden Schritte. Keiner, der zu fliehen gedachte.

Wir stellten uns schnell nebeneinander, die Knie leicht federnd und die Waffen mit beiden Händen haltend. Doch wir sahen nur die Dunkelheit der Diele, von der die geschlossenen Türen der Wohnung abgingen. Ich streckte die Hand aus und drückte auf den Lichtschalter, doch die Lampe brannte nicht.

Langsam gingen wir in die Diele hinein, wir waren auf alles vorbereitet. Glas knirschte unter unseren Füßen. Simon stieß die erste Tür auf. Dort war eine winzige Toilette. Er versuchte es drinnen mit dem Lichtschalter, die Lampe war ganz. Aber das war auch das einzige, was ganz war. Im Licht der schwachen Glühbirne konnten wir die Zerstörungen in der Diele sehen. Alles war auf die wildeste Art zerstört und trug den Stempel Linders.

Da war noch etwas anderes: Unter den Glassplittern entdeckten wir Flecke, die nach Blut aussahen. Wir stiegen über die Splitter hinweg und öffneten die nächste Tür. Eine kleine Stube, die wahrscheinlich zugleich als Schlafzimmer diente. Aber wie die Möbel einmal ausgesehen haben mochten, war schwer zu sagen, jetzt, wo alles in Stücke geschlagen war. Blut auch dort, als sei jemand, der blutete, über den Boden gezogen worden.

Eine einzige Tür blieb noch übrig, und dorthin führte die Blutspur. Ich sah, wie Simons Zunge die Lippen anfeuchtete und auch ich war so angespannt, daß ich wie im Krampf zitterte. Vorsichtig öffnete ich. Die Küche. Genauso große Verwüstungen auch da. Das Licht, das vom Fenster her eindrang, deckte unbarmherzig alles auf.

Zusammengekrümmt über den kaputtgeschlagenen Herd lag Vera Linder. Das, was von ihrem Gesicht noch übriggeblieben war, war uns zugewandt, aber ihre Augen hatten schon seit langem das Sehvermögen verloren. Was hatte er in dem Drohbrief an sie geschrieben? »Ich werde Dich in Streifen schneiden . . .«

Und das hatte er gemacht. Sie buchstäblich in Streifen geschnitten.

20

Seit mehreren Tagen war es nicht möglich gewesen, Magnus Carlsson zu verhören. Als er erfuhr, was mit Vera Linder geschehen war, hatte er versucht, sich das Leben zu nehmen, indem er mit dem Kopf gegen die Zellenwand anrannte, so daß er mit Beruhigungsmitteln vollgepumpt werden mußte. Nun saßen wir gemeinsam im Vernehmungszimmer, er und ich, Ruda und Kommissar Nord.

»Ich werde alles sagen, was ich weiß«, murmelte Carlsson mit dünner, lebloser Stimme. »Nichts ist noch von irgendwelcher Bedeutung.«

»Das hättest du früher sagen sollen«, brummte Ruda. »Dann wäre vielleicht das Leben Frau Linders gerettet worden.«

»Ich hätte das nie geglaubt. Ich glaubte, daß . . . Aber das spielt jetzt auch keine Rolle mehr. Es ist aus mit mir.«

»Dann kannst du anfangen zu erzählen. Wir nehmen es auf Band auf.«

Er sprach über Tag und Zeit und diejenigen, die anwesend gewesen waren, und all das, was man im Verhör wissen wollte, er sprach es auf Band und stellte dann das Mikrofon auf den Tisch. Er atmete schwer und starrte ausdruckslos vor sich hin.

Der Freitag war vergangen und das Wochenende, und selbstverständlich hatte die Polizei in allen Etagen fieberhaft gearbeitet. Ich aber hatte mich nach dem Auffinden Vera Linders nicht wohl gefühlt und war von der Jagd auf den oder die Mörder freigestellt worden. Sobald ich die Augen schloß, sah ich die zerhackte Vera vor mir, und ich war gezwungen, starke Schlaftabletten zu nehmen. Virena hatte Verständnis dafür und ließ mich in Ruhe. Erst als es auf den Sonntagabend zuging, war ich wieder einigermaßen normal. Trotz allem. Schließlich war ich in der Arbeit abgehärtet worden, ich hatte vieles gesehen, was unauslöschbare Spuren bei anderen hinterlassen hätte. Alptraumartiges, Abscheuliches, aber selbst Alpträume haben ein Ende.

»Es tat mir so leid um Vera. Er war ja ein Teufel. Sie hätte eine Chance bekommen müssen. Ich mochte sie. Sie hatte etwas Nettes an sich.«

»Wie hast du sie kennengelernt?«

»Das war so, daß ich sie auf Befehl Sörens beobachten sollte. Und es war klar, daß ich ihm gehorchte. Aber sie entdeckte mich und fing an, sich mit mir zu unterhalten. Später traf ich sie wieder. Sie suchte Zuflucht bei mir. Warum, das wußte ich nicht. Aber ich wollte ihr eine Chance geben.«

Die Wörter kamen langsam und mühsam aus ihm heraus, und es war, als sei er sich nicht recht bewußt, wo er sich überhaupt befand. Er war ein Mann, der in einer tiefen Krise steckte.

»Mit Chance meinst du ein Versteck?«

»Ja, ein Versteck. Sie hatte sich ein Siedlungshäuschen besorgen können, und ich war draußen bei ihr, um mich mit ihr zu treffen. Aber sie hatte Angst, er könnte sie entdecken. Darum gab ich ihr den Schlüssel für die Wohnung in der Repslagargatan.«

»Das war also deine Mütze, die wir in dem Häuschen

entdeckten?« warf ich ein. Seine leblosen Augen glitten über mich hinweg, als müsse er überlegen, wer ich war.

»Mütze? Das mußte sie wohl gewesen sein. Es war warm an dem Tag. Ich wollte sie nicht mitnehmen.«

»Von wem hattest du die Wohnung bekommen?«

Sein Gesicht verzog sich zu einem solch freudlosen Lächeln, wie ich es noch nie gesehen hatte, resigniert, bitter, ein stilles Verfluchen der eigenen Dummheit.

»Ich verfüge über zehn Wohnungen in der Stadt. Schwarz gekauft oder als Untermieter. Ich habe sie an Einwanderer vermietet. Das bringt jeden Monat gutes steuerfreies Geld. Die Schlüssel zu den Wohnungen verwahre ich in einem Bankfach. Die Wohnung hier in der Repslagargatan war gerade frei geworden, und so bekam sie einen der Schlüssel. Dachte daran, ihr später eine bessere zu verschaffen, und Miete wollte ich von ihr auch nicht. Sie hatte es ja so . . . verteufelt schwer!«

Er neigte den Kopf und faltete fest die Hände. Vielleicht hatte er in der Zelle Zugang zum Schöpfer gefunden und sich entschlossen, ihm nun zu folgen. So etwas passiert. Nicht oft, weil die meisten nur Narkotika im Kopf haben, aber hin und wieder bekommt das Christentum einen Neuzugang, einen Bekehrten. Was stets ein Ausweg ist, wenn man mit sich nicht mehr fertig wird.

»Was ist mit den Kindern?« fragte er so leise, daß man es kaum hören konnte.

»Die Sozialfürsorge hat sie übernommen. Das ist nichts für die Polizei.«

Sie hatten ganz offensichtlich über achtzehn Stunden lang zusammengekauert im Stall gesessen. Wahrscheinlich hatte Vera ihren Mann durch das Fenster entdeckt und nur daran gedacht, daß die Kinder entkommen mußten. Sie hatte sie dazu gebracht, sich im Treppenhaus zu verstecken und so lange fernzubleiben, bis sie sich wieder zeigen würde. Das war das letzte, was sie von ihr gesehen hatten.

»Magnus«, fuhr Ruda fort. »Woher hat Sören Linder die Angaben bekommen, daß seine Frau und die Kinder in der Repslagargatan wohnten?«

»Ich weiß nicht. Ich habe gegrübelt ... und ... gegrübelt ... aber ich kann es mir nicht erklären.«

»Hattest du ihm gegenüber nie etwas von deinen schwarzen Wohnungsgeschäften erwähnt?«

»Nein. Ich – ich hatte ja auch vor ihm Angst und wollte von ihm weg. Er wußte nichts davon.«

»Und du hattest keine Aufzeichnungen über die Wohnungen zu Hause liegen?«

»Alles war im Bankfach. Falls die Polizei kommen sollte, hätte sie zu Hause bei mir keine Beweise gegen mich finden können. Wollen Sie die anderen Wohnungen wissen? Ich habe eine, die liegt in der Kungstensgatan, und die . . .«

»Später. Wir werden auch dazu noch Zeit haben. Jetzt sollst du dir erst einmal ein paar Fotos und Zeichnungen ansehen. Und du wirst die Wahrheit sagen, wenn du eine der Personen wiedererkennst.«

»Ich werde alles sagen.«

»Ich glaube dir, doch etwas zur Unterstützung deiner Erinnerung wird ganz gut sein.«

Ruda gab ihm die Bilder und Fotografien, und Carlsson schaute sie sich an. Wir hofften alle, daß sein Geisteszustand noch ein Weilchen klar bleiben mochte. Er befand sich dicht am Rande eines inneren Abgrundes.

»Die habe ich ja schon gesehen. Ich habe dem nichts mehr hinzuzufügen, was ich schon gesagt habe. Es gibt nichts mehr, was ich noch wissen könnte.«

»Der Führerschein ist auf den Namen Schiller ausgestellt, aber der Führerschein ist falsch. Hast du keine Ahnung, wie er wirklich heißen könnte?«

»Nein. Wüßte ich es, würde ich es sagen.«

»Weißt du auch nicht, welcher Nationalität er angehört?«

»Nein. So etwas weiß ich nicht.«

»Wir wollen dir glauben. Aber diese Dame da? Läutet bei dir kein Glöckchen, wenn du sie siehst?«

Er bekam die Vergrößerungen von Jytte zu sehen, es war das erstemal, daß er einen Blick auf das Bild werfen konnte.

»Elise. Doch, ja. Die habe ich schon gesehen.«

»Sie heißt Elise? Nicht Jytte?«

»Mir sagte sie, daß sie Elise heißt. Dänin, wohnt jetzt aber in Holland. Sie war mit einem holländischen Geschäftsmann verheiratet, van der Scheeren hieß er wohl. Ja, doch, so war das. Elise van der Scheeren.«

»Van der Scheeren. Aha. Wo hast du sie getroffen?«

Carlsson seufzte und fuhr sich mit der Hand durch das schwarze Haar. Er hatte sich nicht rasiert, und die Bartstoppeln zeichneten sich blauschwarz auf Kinn und Wangen ab.

»Wir machten neulich in einem Tanzlokal miteinander Bekanntschaft. Sie forderte mich auf, und sie ... Sie ist mächtig attraktiv. Ich war sofort Feuer und Flamme. Sie blieb dann noch bei mir am Tisch, wir aßen und tranken etwas, und danach kam sie mit zu mir nach Hause, wo sie die Nacht verbrachte.«

»Ich will nicht fragen, was ihr die Nacht über gemacht habt, denn die Antwort wäre zu offenkundig, aber habt ihr noch mehr getrunken? Zuerst?«

Er suchte in der Erinnerung, aber alles schien ihm schwerzufallen.

»Es wurde immer mehr mit dem Trinken. Sie wollte es so. Wein und Whisky, Gin und Rum. Was ich eben so zu Hause hatte.«

»Und du warst voll?«

»Das kann man wohl sagen, aber nicht so sehr, daß ich eingeschlafen wäre.«

»Hast du vor ihr geprahlt, was für ein großer Geschäftsmann du wärst?«

Carlsson massierte die Stirn mit den Fingerspitzen und schluchzte wieder. Nord und Ruda sahen sich an. Noch eine kleine Weile. Dann würde er zusammenbrechen, aber zuvor mußten wir noch herausbekommen, was er wußte.

»Ich kann mich nicht erinnern. Doch, vielleicht. Es könnte sein. Man will schließlich imponieren. Sie war es ja gewohnt, mit Leuten zu verkehren, die Geld hatten. Man will doch nicht schlechter sein als die.«

»Wir wissen Bescheid, Magnus«, sagte Ruda. »Wir wissen bestens Bescheid.«

Es war, als wolle man einem Fünfjährigen seine Schlekkereien wegnehmen. Sören Linder hatte Carlsson in Verdacht, auch eigenen Geschäften nachzugehen. Er ließ ihn beschatten, und als er erfuhr, daß Carlsson in ein Tanzlokal ging, um Gesellschaft für die Nacht zu finden, schickte er eine allzu willige Jytte hin. Ein Mädchen, das alle Regeln der Kunst beherrschte und noch selbst ein paar hinzu erfand. Sie hatte ihn vollaufen lassen und ihm sanft alle seine Geheimnisse entlockt. Älter hätte ein Trick nicht sein können – und auch nicht effektiver!

»Ich bin so müde«, flüsterte Carlsson. »Darf ich nicht schlafen?«

Ruda sah ihn an und nickte.

»Schlaf. Wir haben mit dir zwar noch eine Menge zu bereden, doch nun darfst du schlafen. Es gibt wohl nichts mehr, was du uns noch sagen könntest, es sei denn zu dem, was ich vielleicht vergessen habe, dich zu fragen.«

Carlsson schloß die Augen und holte tief Luft. Die Wörter kamen wie aus einem anderen Wesen.

»Ich möchte frei sein. Ich möchte mich um Veras Kinder kümmern. Ich möchte alles für sie tun.«

Aber er würde nicht frei kommen, und er würde sich nicht um die Kinder kümmern dürfen. Das einzige, was er tun könnte, wäre, ein paar zusätzliche Kronen für sie zu ersparen. Wie ein Schlafwandler ging er in seine Zelle zurück. Ruda sah ihm voller Mitleid nach.

»Auch er ist ein Opfer.«

Nord stopfte sich mit seinem nikotingelben Daumen die Pfeife. Er war einer der schweigsamsten Polizisten, die ich kannte. Nicht einmal seine eigenen Leute im Dezernat für Gewaltverbrechen hatten engeren Kontakt mit ihm. Man sah in ihm einen erfolgreichen Polizisten. Ruda hatte Respekt vor seinem Können im Beruf, aber sie hatten keinen privaten Umgang miteinander.

»Es gibt viele Opfer«, murmelte er, zündete sich die Pfeife an und schien in einer Rauchwolke zu verschwinden.

»Rolle, in einer Viertelstunde habe ich in meinem Zimmer eine kurze Lagebesprechung. Ich habe einen Auftrag für dich«, sagte Ruda.

Ich nutzte die Zeit bis dahin, um mit Virena zu telefonieren. Ich wollte wissen, wie es ihr ging, ob sie inzwischen an Mörtel Geschmack gefunden hatte – wofür, wie ich gehört hatte, werdende Mütter eine besondere Leidenschaft haben sollen –, ob er – oder sie – schon strampelte und wie es mit Hans als Vorname wäre, wenn es ein schönes Knäblein würde?

»Hans Roland. Das klingt kontinental«, meinte ich.

Doch ihr gefiel er nicht, und wir hatten noch viele angenehme Stunden vor uns, um geeignete Namenszusammensetzungen zu bilden. Mit einem Lächeln auf den Lippen ging ich zu Ruda hinein, wo die ganze Truppe versammelt war. Wir sangen die letzte Strophe als gemeinsame Gesprächspartner unseres Kommissars. Der neue würde vielleicht eine eigene Truppe um sich scharen, aber dort hatten wir wahrscheinlich keinen Zutritt.

»Die Presse wird uns zu Hilfe kommen«, sagte Ruda. »Übermorgen werden die Fotos und Zeichnungen veröffentlicht. ›Haben Sie eine dieser Personen gesehen, dann benachrichtigen Sie die nächste Polizeidienststelle . . .‹ Nun, ihr wißt ja Bescheid. Mitunter funktioniert so etwas. Eventuell bringt ›Rapport‹ auch etwas.«

Er lehnte sich in seinem wippenden Stuhl zurück und seufzte.

»Wißt ihr, wovor ich die meiste Angst habe?«

Keiner sagte etwas, und er fuhr dumpf fort: »Daß Linder auf irgendeine Weise an die Kinder herankommt. Erinnert euch, daß er gedroht hatte, auch sie zu töten. Er ist dazu durchaus imstande, und wenn erst einmal etwas in seinem schiefgewickelten Schädel sitzt, scheut er keine Mittel.«

»Ich nehme an, die Sozialfürsorge kennt die Hintergründe?« sagte Simon.

»Natürlich. Sie haben versprochen, die Kinder an einem unbekannten Ort unterzubringen, aber Linder hat eine ungewöhnliche Fähigkeit, Leute aufzustöbern.«

Das war ein unangenehmer Gedanke. Ruda mußte in unserem Kreis nicht wiederholen, daß Linder einen Defekt hatte. In den letzten Jahren hatte es verschiedene solcher Personen gegeben, bei denen die Gewalt krankhafte

Züge aufwies. Vor einigen Jahren die finnische Folterbande zum Beispiel, wo der Bandenchef die Leute so lange folterte, bis sie das taten, was er befahl: Mißhandlungen, Banküberfälle, Einbrüche. Selbst noch im Gerichtssaal krochen diejenigen, die verhört werden sollten, regelrecht in sich hinein, solche Angst hatten sie vor ihm.

Oder die Axtbande ungefähr zur gleichen Zeit. Eine Bande, die mit ganz gewöhnlichen Äxten bewaffnet war und sich Zugang zu kleineren Banken und Geldinstituten verschaffte, wo sie Geld und Wertsachen erpreßte. Wenn jemand zögerte, das Gold herauszugeben, wurde er erschlagen, daß das Blut nur so spritzte. Oder ...

»Haben denn nicht wenigstens die Razzien etwas ergeben?« fragte Pelle. »So wie wir in allen Wohngegenden herumgewühlt haben, müßten wir doch eine verdammt große Anzahl Tips bekommen haben.«

Alle möchten mit sich und dem, was sie haben, in Ruhe leben, das gilt auch in der Verbrecherwelt. Wenn wir Nacht für Nacht all die zweifelhaften Lasterhöhlen auf den Kopf stellten, gab es viele, die ihre Existenz bedroht fühlten und gern anonyme Tips gaben, wo wir diejenigen finden konnten, nach denen wir suchten.

»Bis jetzt gab es nur Fehlanzeigen«, antwortete Ruda. »Aber wir machen weiter.«

»Diese Woche kann ich auf keinen Fall«, sagte Pelle. »Gullan und ich feiern unseren Hochzeitstag.«

»Das dauert doch wohl keine Woche?«

»Da kennst du Gullan nicht. Das wird eine ganze Woche.«

Er konnte sich nicht beherrschen, mußte in sich hineinlächeln, und bei dem Gedanken an Gullans erotischen Appetit war es nicht schwer zu verstehen, was das Lächeln bedeutete. Ruda grunzte unzufrieden.

»Du solltest doch lieber bei der Sitte arbeiten. Jungs, was die Ermittlungen betrifft, so werde ich sie später auf der großen Versammlung besprechen. Am Mittwoch wird Einar Bolinder begraben. Ihr seid selbstverständlich alle dabei. Auferstehungskapelle auf dem Waldfriedhof. Punkt vierzehn Uhr null null. Ich habe einen persönlichen Kranz von uns, die ihn näher kennen, bestellt.«

Schwarzer Anzug, weißes Hemd, weißer Schlips und das Gesicht voller Trauerfalten. Danach die Rede. »Einer unserer Kameraden ist von uns gegangen . . .« Das gehörte einfach dazu und hatte wohl auch seine Bedeutung, ich aber hatte es stets schwer mit den kirchlichen Begräbnissen.

»Du wirst nicht mit dabeisein, Rolle«, sagte Ruda überraschend, und einen Moment lang dachte ich, er könne Gedanken lesen. »Ist dein Paß in Ordnung?«

»Der Paß?«

»Du mußt nach Deutschland. Das Flugzeug geht früh halb acht, und du kannst mit der letzten Maschine am gleichen Abend dreiviertel zwölf zurückfliegen, dann spart der Staat einmal Spesen.«

»Was soll ich in Deutschland machen?«

»Ich habe eine ganze Reihe von Angaben über die Firma Stundt & Mahler in Allsdorff am Waldsee. Das Unternehmen besteht seit vierunddreißig Jahren und wird jetzt von einem jüngeren Stundt, Wolfgang Stundt, geleitet. Es ist eine Art Verteilerzentrale für alle möglichen Waren, vor allem aber hat es mit der Abfallbranche zu tun. Du hast das ganze Material durchzulesen, das wir von Eris haben, und die Zahlen mit denen zu vergleichen, die die Deutschen bekommen haben. Lundstedt kann auch hier getrickst haben.«

»Das ist wohl eher eine Aufgabe für jemand, der in Wirtschaftsverbrechen ausgebildet ist«, wandte ich ein. »Und mein Deutsch ist auch nur halbgewalkt.«

Ruda wischte die Proteste mit einer Handbewegung hinweg.

»Du sollst nur etwas herumschnüffeln und fragen. Ich vertraue da mehr auf die Nase eines guten Spanners als auf einen Ökonomen, der nur die Zahlen begreift. Du wirst noch von einem deutschen Polizisten unterstützt, der Schwedisch kann. Konrad Breundler heißt er, und er erwartet dich auf dem Hamburger Flughafen. Bis ihr euch trefft, hat er dein Foto, und ich kann wohl annehmen, daß deine blauen Flecken dann verschwunden sind, so daß er dich erkennen wird.«

Was soll bloß werden, wenn Ruda nicht mehr da ist?

Die Freude an der Abteilung wäre dahin, falls wir einen Bürokratentyp als neuen Chef bekämen. Ein guter Chef prägt die gesamte Tätigkeit, ein mieser schafft Unlust und schlechten Zusammenhalt. Das war in anderen Abteilungen geschehen, und das könnte auch der Fahndung passieren. Im schlimmsten Fall wurde man wohl Privatdetektiv mit eigenem Büro, eigener Abhörapparatur, mit Whisky im Schreibtischfach und keinen anderen Kunden als langbeinigen Blondinen, die nicht bezahlen konnten.

»Waren keine Fingerabdrücke auf Schillers Führerschein?« fragte Sune Bengtsson mit seiner präzisen, jegliche Spekulationen unterbrechenden Stimme.

»Ja, doch. Aber bei uns sind sie nicht registriert. Wir haben sie über Interpol hinausgehen lassen, doch bis jetzt noch keine Antwort bekommen. Wir haben selbstverständlich in allen Häfen, Flughäfen und Zollstationen gründliche Kontrollen angeordnet, aber ohne Resultat.«

»Da stehen sie nun und schlafen«, ließ sich Sune voller Verachtung aus, steckte eine Zigarette in die Spitze und schob sie geschickt rechts zwischen die Zähne.

»Auch sie machen ihre Arbeit.«

»Aha. Und warum war es dann bei Jespersen vergangenen Monat zu spät? Er fuhr sogar mit dem Fahrrad vor den Augen der Polizei nach Norwegen.«

»Er hatte sich einen Schnurrbart zugelegt.«

»Das können die hier auch gemacht haben. Die Frau setzt sich eine Perücke auf, was schon reicht, daß diese Murmeltiere sie verpassen.«

Ruda gab keinen Kommentar ab. Der Fall Jespersen war äußerst delikat, und alle wußten, daß er inoffiziell so schimpfte, daß der Speichel wie ein italienischer Springbrunnen auf die Verantwortlichen herunterregnete.

»Und wie war das mit Lundstedts ehemaliger Frau?« fragte Simon.

Ruda schaute auf die Uhr.

»Ich muß in ein paar Minuten beim Staatsanwalt sein. Wir besprechen das später.«

Simon lächelte ihn breit an und strich mit der Handfläche über seine glänzende kahle Kuppel.

»Was will er machen, wenn du zu spät kommst? Fordern, daß du verabschiedet wirst?«

Ruda lächelte zurück. Die beiden waren in vielem des gleichen Geistes Kind und so etwas wie Brüder. Ich hingegen war Rudas mißratener Sohn, dem er mit viel Mühe einigermaßen Schliff beigebracht hatte.

»Ich sehe zwar stets auf Pünktlichkeit, aber er kann genausogut auch mal warten. Trulsson ist ein bißchen ein Flegel und Wichtigtuer. Er bildet sich ein, er könne mich herumkommandieren, weil er auf dem Papier der Leiter der Fahndungsabteilung ist. Er ist der einzige Staatsanwalt, mit dem mir die Zusammenarbeit schwerfällt.«

Uns gegenüber konnte er sich so äußern, vor der großen Gruppe der Fahnder würde er Trulsson vorbehaltlos stützen. Er war loyal in seiner Arbeit und innerhalb der Organisation, auch wenn er glaubte, daß vieles schieflief.

»Es war keine gute Ehe, soweit ich das den Berichten entnehmen konnte. Svea Lundstedt wollte offenbar seit vielen Jahren nichts mehr von ihrem Mann wissen, und als sie in Halmstad eine alte Jugendliebe traf, ließ sie sich von ihm scheiden, um gleich wieder zu heiraten. Die Scheidung nahm eine Woche in Anspruch, einen Monat später war sie wieder verheiratet.«

»Es gibt eben nichts Schöneres als junge Liebe«, sagte Simon und klimperte mit den Augen.

»Genau. Man wird fast lyrisch. Sie war anscheinend hart wie Feuerstein, und Lundstedt kann keine fröhliche Stunde erlebt haben. Sie waren siebenundzwanzig Jahre verheiratet, in den ersten Jahren hatte sie ein kleines Geschäft. Sie bestand auf Gütertrennung, und er unterschrieb. Nach der Scheidung bekam er seinen schäbigsten Anzug und trollte sich davon.«

»Kinder?«

»Nicht die Bohne. Man versuchte, sie dazu zu bringen, mit den Freunden und Bekannten ihres Mannes Umgang zu pflegen, wenn er mit denen in Vereine oder Klubs ging, aber ganz offensichtlich lebte jeder sein eigenes Leben, und sie schien sich kein bißchen darum zu kümmern, wie er seine Abende verbrachte. Verwandte von seiner Seite gab es sowieso kaum, und er schloß sich auch niemandem an.«

Ich dachte an den Lagerverwalter. Ein tristes Leben, das schließlich ein drastisches Ende fand. Hatte er selbst überhaupt einen Sinn im Dasein gesehen? Mir wurde es warm wie ein Frühlingstag in der Seele, als ich zu dem Schluß kam, daß es die Kinder sind, die den Unterschied ausmachen.

»Jetzt muß ich aber wohl doch zu Trulsson gehen. Hoffe, er plustert sich tüchtig auf, so daß ich ihn anständig zusammenstauchen kann. Das Vergnügen hat man nicht alle Tage.«

Er stand auf und zog mechanisch die Jacke zurecht, um die Falten herauszubekommen. Er war stets korrekt gekleidet, auch wenn er nicht viel davon hielt und sich viel mehr nach Latschen, Shorts, kurzärmeligen Hemden und einem ausgeblichenen Hut sehnte, der ihn vor der italienischen Sonne schützte.

»Ich habe alle Papiere, die du brauchst, bei mir«, sagte Rolf Öhman. »Ich habe eine Indexliste fertiggemacht, so daß du dich leicht zurechtfinden kannst.«

»In rotes Saffianleder eingebunden, vermute ich?«

»Wenn du es haben möchtest, kann ich es bestellen. Bis dahin ist es nur durchsichtiges Plast.«

Öhman war gutmütig und beliebt. Ruda betrachtete ihn als seinen Protegé. Und plötzlich wurde mir bewußt, daß dies vielleicht eine der Ursachen für meine Abneigung ihm gegenüber sein konnte. Nicht nur, daß er mich in meinen schlimmsten Stunden erlebt hatte, sondern auch, weil er unbewußt gleichfalls eine Rolle als Rudas Sohn spielte. Ich war also ganz einfach eifersüchtig auf ihn, und das tat meinem Gefühl nicht gut. Mein trüber Geist brauchte ein ordentliches Reinigungsbad.

Wie ich erwartet hatte, war alles in bester Ordnung, was das Inhaltsverzeichnis, die Seitenhinweise und Kommentare betraf. Wenn ich einmal Multimillionär werden sollte und einen tüchtigen Geschäftsführer brauchte, würde das erste Angebot an ihn gehen. Aber zieh die Bremsen an, Roland! Du machst dich bloß verrückt. Ja, ich weiß, doch das war eigentlich als Kompliment gemeint. Tüchtige Geschäftsführer wachsen nicht auf den Bäumen. Und wenn, dann gibt es sie jedenfalls nicht in großer Anzahl. Zurück in deine Kragenweite und schäm dich, Roland. Und das sollte ich dann ja wohl auch tun. Sollte ich ihn vielleicht noch küssen? Eine Tarantella für ihn tanzen? Ihm einen roten Apfel geben, den ich Sune stehlen könnte? Geh und schäm dich wie ein außergewöhnlich dummer Hund!

»Wenn du mehr Material brauchen solltest, höre ich von dir.«

Ich hatte eine glänzende Antwort auf der Zunge, aber ich schluckte sie hinunter, da ich mich nicht noch mehr schämen wollte. Ich ging in mein Zimmer und warf den Packen auf den Tisch. Simon kam herein, und ich war froh, daß ich meine Leselektion aufschieben konnte.

»Der Graveur braucht deinen Namenszug, wenn er mit der Schale fertig werden soll. Am besten auf glänzendes, ganz weißes Papier. Ich habe was mitgebracht.«

Ich schrieb meinen Namen und versuchte, wenigstens ein einziges Mal die Buchstaben leserlich hinzukriegen. Unser Geschenk für Ruda war eine große, schöne und alte Schale aus Silber, die Simons Frau Nadja in einem Antiquitätenladen aufgestöbert hatte und die wir zu einem annehmbaren Preis gekauft hatten. Unsere Namen sollten in den Rand der Schale eingraviert werden, so daß er sich bei Sonne und Weinreben an uns erinnern konnte.

»Eigentlich wollte er ja eine goldene Standuhr«, sagte ich. »Aber das hier kann wohl als das Nächstbeste angesehen werden.«

Simon warf mir einen forschenden Blick zu.

»Hast du den Fleischerladen schon vergessen können?«

»Das werde ich wohl nie, aber der Schock hat nachgelassen.«

Er zuckte zusammen und sagte mit gedämpfter Stimme: »Es war das Schlimmste, was ich in meiner ganzen Laufbahn gesehen habe. Ich konnte kaum einen Bissen hinunterkriegen. Es hätte für eine Abmagerungskur gereicht, aber da gibt es wohl angenehmere Methoden.«

Er saß eine Weile schweigend da und fuhr dann in der gleichen gedämpften Stimmlage fort: »Du kennst mich,

Rolle. Ich habe nie einen Verbrecher wirklich verabscheut. Es gibt Leute, die Pech gehabt haben und bis zur Verzweiflung getrieben wurden, und ich habe sie mit festgenommen – aber ohne daß ich sie verdammt hätte. Viele sind eine Art Freund geworden. Ich kriege an den Feiertagen eine Menge Karten von Dieben, Räubern und anderen losen Vögeln. Aber diesmal . . .«

Seine Meinung verhallte in der Luft, wo sie blieb. Dann lächelte er, schlug mir leicht auf die Schulter und stand auf.

»Such den besten französischen Champagner im Taxfree-shop in Hamburg aus. Wenn wir Sören Linder geschnappt haben, werden wir unser Glas erheben und auf bessere Zeiten trinken.«

Als er gegangen war, hatte ich keinen Grund mehr, das Lesen des dicken Schmökers noch länger hinauszuschieben, und so blätterte ich erst mal in den Papieren. Öhman hatte einige hundert Seiten Kopien zusammengestellt, Belege über Abmachungen, Lieferungen und anderes, sowie ermüdende Zahlenaufstellungen. Zahlen waren noch nie mein Likör. Nachdem ich zehn Minuten lang die Blätter angestarrt hatte, schlief ich ein.

Am nächsten Tag saß ich dann zu Hause, büffelte um so mehr und glaubte, in dem Ganzen so etwas wie ein System zu erkennen. Alles schien korrekt zu sein, wenn auch hier und da Grund vorhanden war, Fragezeichen zu setzen. Nun ja, das würde sich geben, sobald ich in Allsdorff war.

Sowohl die Morgen- als auch die Abendzeitungen hatten die Bilder groß aufgemacht, und man saugte soviel Blut wie nur möglich aus dem Mord an Vera – und das war nicht wenig. Bei Jytte Schiller, alias Elise van der Scheeren, alias wie auch immer, spiegelte selbst der Zeitungsdruck noch die Verlockung im Blick wider, was den männlichen Leserkreis auf angenehme Gedanken bringen sollte. Ich schaute mir nichts davon an. Ich hatte von den Herrschaften genug gesehen.

Als ich zu Hause war, bereitete ich das Essen vor, mußte also auch zu Åhlens hinuntergehen, um Krabben und Käse als Vorgericht einzukaufen, Roastbeef und Salat als Hauptgericht und Zitronenfromage als Dessert. Ich war schon immer der Meinung, daß die Männer völlig unnötigerweise darüber jammern, daß es so schwierig in der Küche wäre. Es ist doch keine Kunst, ein Koch zu sein!

Und da das staatliche Spirituosengeschäft so nahe lag, wäre es wohl kein Fehler, eine kleine Flasche Mosel zu den Krabben und eine etwas größere Flasche Roten zum Roastbeef zu kaufen. Es war zwar nur Dienstag, und da sollte nach alter Sitte Suppe, hartes Brot und Wasser serviert werden, vor allem natürlich, da man abgebrannt war, aber die Sünde hat eben auch ihren Reiz.

Als Virena nach Hause kam, war der Tisch gedeckt, die Kerzen brannten, und die Servietten waren gefaltet; mir waren die Schwäne gut gelungen. Sie konnte ihrem verschwenderischen Mann Vorwürfe machen, aber sie lächelte, und ihr Blick leuchtete, so daß mein Herz schneller schlug.

»Wenn das ein Fest werden soll, dann muß ich mir etwas Schönes anziehen.«

»Mein Smoking ist zum Bügeln.«

»Hauptsache, du sitzt nicht im Pyjama da.«

Es dauerte fünf Minuten, bis sie das rote Kleid angezogen hatte, das ihr meiner Meinung nach besonders gut stand. Wir setzten uns und machten uns daran, die Krabben auszupulen. Es ist etwas Eigenartiges an brennenden Kerzen. Nicht nur, daß die blauen Flecke verschwinden, sondern auch, daß man sich gleich wie in Paris fühlt. Und wie man sich dort fühlt, das wissen alle.

»Madame!« sagte ich und erhob das Glas.

»Monsieur!«

Wir tranken, und sie drehte das Glas in der Hand.

»Das hier ist das absolut letzte Mal, daß ich Wein trinke, bevor wir drei geworden sind. Ich will kein Risiko eingehen.«

»Das wird wunderbar sein«, sagte ich, nahm ihre Hand und umfaßte sie so, wie man eben weiß, daß man es tun soll, wenn Kerzen brennen und es wie in Paris ist.

»Das glaube ich auch«, antwortete sie sanft. »Es ist ja ein Wunschkind.«

Nie hatte ich bessere Krabben gegessen, nie hatte mir ein Käse besser geschmeckt, und nie war ein Moselwein mehr ein Geschenk des Himmels gewesen. Wir plauderten leise, und wir zwei waren allein auf der Welt, und es war nicht Dienstag, sondern eine Pause in der Ewigkeit.

»Wir sind auf dem besten Weg, eine glückliche Familie zu werden«, flüsterte sie. »Ich fühle es, daß es so wird.«

Ich wollte ihr gerade etwas Großes antworten, aber genau in dem Moment, als ich den Mund öffnete, klingelte das Telefon und zerschnitt die Stimmung wie mit der Kreissäge. Ohne zu wissen, wer anrief, wurde ich wütend auf den Unbekannten.

»Klingel nur!«

»Wir müssen abnehmen.«

»Ich habe vergessen, den Telefonstecker herauszuziehen, aber das kann ich ja noch machen.«

»Ich nehme ab, Roland. Ich sehe zu, daß es kurz wird.«

Sie ging in die Diele hinaus und meldete sich mit unserer Nummer. Ich stopfte mir wehmütig die letzte Krabbe in den Mund. Warum nur kann etwas nicht ein einziges Mal bloß schön sein? Gab es irgend eine Gesetzmäßigkeit, daß ein bestimmter Esel Hassel anrufen mußte, und zwar genau dann, wenn dieser Hassel äußerst zerbrechliche Glocken in seinem Lustgarten läuten hörte?

Virenas Stimme klang seltsam. Sie versuchte, ein paar Wörter einzuflechten, wurde aber ganz offensichtlich immer wieder unterbrochen. Dann kam sie in das Zimmer zurück. Sie sah ein bißchen verschreckt aus und sagte mit trockner Stimme: »Am besten, du nimmst das Gespräch selbst entgegen. Da ist einer dran, der von Mord spricht!«

21

Diese Stimme erkannte ich sofort wieder. Das letztemal hatten wir miteinander gesprochen, als ich die Fotos bekommen hatte. Der Mann im mittleren Alter. Einer aus der Mörderbande. Ich murmelte etwas, und er legte los: »Du wirst ermordet . . . wie alle . . . keiner wird entkommen . . . ein Mord ist ein Mord ist ein Mord . . .«

»Bist du besoffen?«

Es klang, als wäre ihm zwischendurch die Kehle wie zugeschnürt, und er sprach undeutlich, als gehorche ihm nicht immer die Zunge.

»Ich will nicht ... morden ... Mord ... das ist gefährlich ...«

»Wie heißt du, und wo bist du jetzt?«

Er atmete einigemal schwer und nuschelte weiter.

»Das kann ich nicht ... noch ein Mord ... bald ... eine Art Mord ...«

Dann legte er unvermittelt den Hörer auf, und ich folgte seinem Beispiel. Ich konnte in der Sache nichts unternehmen. Es gab keine Spur zu verfolgen, und es war kein rechter Sinn zu finden in dem, was er gesagt hatte. Da klingelte das Telefon wieder, und ich fluchte und hob den Hörer ab. Wenn er glaubte, das sei ein Gesellschaftsspiel, dann hatte ich eine völlig andere Auffassung über das, was Vergnügen bereitete. Aber es war Yngve Ruda.

»Wir haben was an der Angel. Der, von dem wir glaubten, er sei Karsten Hell, heißt Ragnar Strandberg und wohnt auf Lilla Essingen. Er hatte eine kleine Fleischfabrik, die vor einem Jahr Pleite machte. Ein Angestellter hat ihn sofort erkannt.«

»Gratulation.«

»Wir haben ein paar Wagen zu ihm hinbeordert.«

»Ausgezeichnet.«

»Kommst du später noch mal her?«

»Nein.«

»Du willst dich wegen deiner Reise morgen zeitig hinlegen? Das ist schon gut, aber du könntest von Nutzen sein, wenn wir Strandberg verhören.«

»Nee.«

»O. K., O. K.. Hau dich hin, und mache morgen deine Arbeit gut. Komm nicht mit leeren Händen heim.«

Seine Stimme klang ein bißchen sauer wegen meines mangelnden Engagements. Nachdem wir uns mit einem kurzen »Hej« verabschiedet hatten, legten wir die Hörer auf, und ich ging in das Zimmer zurück. Das Roastbeef war noch da, der Rotwein war noch da, die Kerzen waren noch da. Virena war noch da, und ihr Lächeln war noch da.

»Jetzt«, sagte ich, »jetzt ziehe ich den Telefonstecker raus!«

Die kleine Reisetasche war gepackt, und am nächsten Morgen ging ich beizeiten los. Virena schlief noch. Es war einer jener Morgen, an denen man am liebsten singen möchte, doch der Gedanke an meine unmögliche Singstimme und an die Wirkung auf das Kleine – mein Gesang könnte einen Schock für das ganze Leben hervorrufen – brachte mich dazu, mich mit einem leisen Summen zu begnügen, dann schloß ich die Tür hinter mir.

Einen Tag in Deutschland, und dann wieder heim in die Drottninggatan. Schlimmstenfalls wäre ich vielleicht gezwungen, in Hamburg zu übernachten, aber da mußte es wirklich schon ganz böse kommen. Es war ein recht kühler Morgen, und ich zog den Mantel dichter um mich, als ich zur Garage ging. Ein kleines Mädchen kam mir entgegen, sie trat einen Schritt zur Seite, um mich vorbei zu lassen. Aber ich stellte mich ihr in den Weg.

»Wo willst du hin, Elisabeth?«

Sie überlegte, ob sie davonlaufen solle, war aber wohl realistisch genug, einzusehen, daß es sich nicht lohnen würde. Sie antwortete nicht, sondern stand bloß da wie eine kleine, schmächtige Statue.

»Dann kannst du mit zu meinem Auto kommen, Elisabeth«, sagte ich. »Bleib dicht bei mir, so daß ich dich nicht festhalten muß.«

Sie gehorchte, und es sah fast so aus, als ob sie im Sitz neben mir verschwand. Ein Fahnder mußte mit einem ausgeprägten Sinn für Gesichter ausgestattet sein. Das ist seine Stärke und sein Kapital. Jede Woche bekommt man neue Fotos, die man regelrecht auswendig lernen muß, und viele der Gesichter gehören Kindern.

»Wo war das gleich, wo du jetzt wieder wohnst? Am Ende der Torsgatan, nicht wahr?«

»Mhm«, antwortete sie uninteressiert.

Elisabeth Hallin, in zwei Monaten elf Jahre alt, war seit

fünf Tagen von zu Hause weg. War früher auch schon öfter weg gewesen, aber noch nie so lange. Wird beschrieben als intelligent, aber leicht beeinflußbar. So der schlichte Text der Suchmeldung. War sie mit Rauschgift in Berührung gekommen? Sie sah nicht so aus. Narkomaninnen setzen andere Spuren. Sie war auf eine abwesende Weise ruhig, als sei es völlig unbedeutend, wo sie sich gerade befand. In ihrem kleinen Hirn waren Gedanken, die ich nicht lesen konnte.

»Wo bist du gewesen, Elisabeth?«

Sie antwortete nicht. Ich hatte es auch nicht erwartet. Sie hatte ihre Geheimnisse, und die würden auch die Eltern nicht erfahren. Vielleicht verbrachte sie ihre Zeit bei einem älteren Gentleman in der Stadt. der an kleinen Mädchen interessiert war. Es gibt viele davon, und es scheinen mehr und mehr zu werden. Das liegt an der Zeit.

»Was denkst du, was deine Mama sagen wird?« fragte ich weiter.

Sie schaute durch die Windschutzscheibe hinaus, aber sie saß so tief, daß sie nur den oberen Teil der Häuser und ein Stück Himmel sehen konnte. Und das war wichtiger als die Meinung ihrer Mama.

»Es ist gefährlich für dich, auf diese Weise wegzubleiben«, setzte ich meine hoffnungslose Aufklärerrolle fort.

Sie sagte keinen Ton. Ich parkte den Wagen vor dem Haus in der Torsgatan, und sie stapfte mit mir die zwei Treppen nach oben, wo sie sich neben mich stellte, als ich klingelte. Eine Frau im Morgenrock öffnete, ihre Wangen waren vom nächtlichen Weinen fleckig aufgedunsen. Als sie das Mädchen sah, warf sie sich auf die Knie und umarmte es. Sie barg das Gesicht an dessen Körper, wobei sie hin- und herschwankte. Elisabeth ließ es mit sich geschehen. Sie war hier und doch nicht da. Mein Eingreifen hatte einen Strich durch ihre Rechnung gemacht, aber es würden schon wieder neue Chancen kommen.

»Hassel von der K«, sagte ich. »Ich entdeckte sie auf einer Straße unten in der Stadt.«

Die Frau wandte mir ein hoffnungsloses und verzweifeltes Gesicht zu.

»Was soll ich bloß machen?« flüsterte sie. »Was soll ich nur anfangen?«

»Sie müssen mit der Schule reden und mit den Fachkräften der Sozialfürsorge. Wir können sie nur suchen und wieder zu Hause abliefern.«

Wir spürten beide, wie alles kommen würde. Sie würde mit Psychologen und Fürsorgerinnen und verschiedenen Sachverständigen sprechen, Elisabeth würde trotzdem ihre eigenen heimlichen Wege gehen, und keiner könnte sie daran hindern. Sie hatte Lust bekommen auf etwas anderes, und Stockholm ist groß.

Während ich zum Flughafen nach Arlanda hinausfuhr, dachte ich an Elisabeth und an das Mädchen, das Virena und ich vielleicht bekommen würden. Konnten wir sie lehren, den heimlichen Wegen zu entgehen? Den Verlokkungen zu widerstehen, die sie zerstören konnten? Sollten wir lieber umziehen, wie ich das in meinen angenehmsten Gedanken längst erwogen hatte? War es überhaupt möglich, in Stockholm ein gutes Leben herauszubilden?

Das wunderbare, sagenhafte, herrliche Stockholm, das schwierige, das harte, das grimmige Stockholm. Eine Stadt, in der man gut leben, eine Stadt, in der man zertreten werden konnte. Eine Stadt mit fast schmerzhafter Schönheit, eine Stadt, wo gefühllose Bürokraten wie Vandalen wüteten. Eine Stadt mit kompakten Inseln, auf denen Wohlbefinden und Menschlichkeit herrschten, eine Stadt, wo Politiker eine ganze City gekreuzigt und in eine eiskalte, kommerzielle Maschine verwandelt hatten, wo es nach sechs Uhr abends kein Leben mehr gab und wo kein Mensch wohnte. Stockholm hatte selbst dieses Attentat überlebt, aber den Politikern mangelte es an jeglicher Einsicht, was die Krankheit betraf, und die Welt der Bürokraten breitete ihre lähmenden Tentakeln in immer mehr Wohnvierteln aus, um diese gleichfalls nach sechs in Friedhöfe zu verwandeln. Jedenfalls sollte der erste Schritt sein, die Drottninggatan zu verlassen, wo es allzu viele Wölfe für ein geliebtes Lamm gibt.

Ich stellte den Wagen im Parkhaus in Arlanda ab, und da ich nach dem check in noch genügend Zeit hatte, nahm ich einen Kaffee, ein Käsebrot und einen Juice zu mir. Selbst wenn die Flugplatzpreise aus irgendeinem geheimen Grund in der Nähe der Preisklasse des Opernkellers lagen, so würden sie doch in die Rechnung mit einbezogen, die ich im Nachhinein präsentieren würde. Staatseigener Käse.

Während des Frühstücks schaute ich die Zeitungen durch, es gab allerhand Interessantes über den Mord zu lesen.

»Die Polizei hat klare Hinweise erhalten, die . . .«

»Ein Gespräch für den Passagier Roland Hassel. Bitte nehmen Sie Kontakt mit der Information auf.«

Es war Ruda. Er hatte Neuigkeiten über Ragnar Strandberg.

»Wir spürten ihn heute früh im Sommerhaus seines Bruders auf. Er hat sich im Dachstuhl erhängt. Frau und drei Kinder. Er hat ein paar Zeilen hinterlassen, mit denen er alle um Verzeihung bat.«

»Ich nehme an, daß das mich mit einschließt.«

»Wir hätten ihn zum Verhör gebraucht. Er wäre nicht so schweigsam wie Gergeo gewesen oder zusammengebrochen wie Carlsson.«

»Du kannst es ja mal mit einem Medium versuchen.«

Er grunzte etwas, was ich nicht verstand. Im Hintergrund hörte ich den ersten Aufruf, der meinen flight betraf, wie wir reisegewohnten Globetrotter zu sagen pflegen.

»Langsam werden es zu viele«, seufzte Ruda.

Strandbergs Tod berührte mich nicht. Ich kannte ihn nur im Zusammenhang damit, daß er mir Schaden zufügen wollte, und deshalb würde ein Strauß von mir auf seinem Sarg fehlen. Es waren so viele, die unnötigerweise starben. Was hatte Flink gesagt? Mindestens zweitausend Arbeiter, die mit Lösungsmitteln in starken Risikozonen hantieren.

»Du kannst ja an sie denken, wenn du auf deine schöne Uhr siehst.«

»Paß auf, du! Und scher dich solange zum . . . Hamburg, ahoi! Gib auf dich acht und sauf nicht heimwärts im Flugzeug.«

Ich ging an Bord und setzte mich auf den angewiesenen Platz, Nichtraucher, ziemlich weit vorn. Neben mir saß ein junger Mann, der sofort eine Denkschrift attackierte, indem er Bemerkungen an den Rand schrieb, was für mich das Zeichen war, daß ich während der Reise mit meinen tiefgehenden Gedanken allein gelassen würde. Ein junger Löwe verschmauste seine Beute, bis nur noch die blanken Knochen übrig waren.

Es gab ein weiteres Frühstück, und damit waren wir an Bord willkommen. Wir bekamen zu wissen, wie man mit einer Sauerstoffmaske atmet, daß sich unter jedem Sitz eine Schwimmweste befand, und besondere Aufmerksamkeit sollten wir den Notausgängen widmen, und dann bekamen wir schnell die Chance, Wein, Spirituosen, Schokolade und Parfüm zu absoluten Phantasiepreisen zu kaufen, was sicher zum schnellen Ruin der Gesellschaft beitragen würde.

Parfüm für Virena würde ich auf dem Heimweg kaufen und auch die Flasche französischen Champagner, den Simon anbieten wollte und auf den er mich voller Verlangen hingewiesen hatte. Der oder die Kleine wäre, da noch immer nicht geboren, sicher nicht an Toms gefüllten Schokoladenpralinen interessiert.

Das Magazin, das im Flugzeug auslag, war wie gewöhnlich am interessantesten durch seine Anzeigen. Im Verlauf der Jahre mußte ich wesentliche Dinge des Lebens vermißt haben. War es wirklich möglich, diesem in Pelz gehüllten Frauenwesen mit den Rehaugen völlig zu widerstehen, nur um sich eine Rolex an das Handgelenk hängen zu können? Andere hinreißende Frauen verehrten einen, weil man eine Marlboro anbieten konnte. Und zu Hause verwandelten sie sich tatsächlich so, daß sie einen am liebsten aufessen würden, nur weil man eine Flasche Bristol Cream mitbrachte? Das waren Rätsel, über die man nachgrübeln konnte, bis die Maschine zur Landungsschleife über Hamburg ansetzte.

Als ich in die Empfangshalle kam, ohne daß mich der Zoll auch nur angetastet hätte, steuerte ein Mann, der in den Vierzigern sein mochte, auf mich zu. Er machte einen freundlichen Eindruck, und ich war dankbar, daß es sich um einen Polizisten in Zivil handelte. Sonst ist es immer gleich eine große Uniform.

»Konrad Breundler. Willkommen in Deutschland. Möchtest du einen Kaffee trinken?«

»Ich bin bis oben hin voll von Kaffee.«

»Ein Bier dann? Wir haben eine ganze Menge zu besprechen.«

Das war anzunehmen. Er führte mich zu einem kleinen Ausschank im Innern der Halle und bestellte zwei Lagerbier. Er schien aufgeräumt und zufrieden zu sein, fast verzückt, und daß das einzig und allein auf meiner Ankunft beruhen sollte, war ein bißchen seltsam, auch wenn man sich geschmeichelt fühlen konnte.

»Du sprichst ausgezeichnet Schwedisch«, machte ich mein Kompliment.

»Das sollte ich wohl auch, nach achtzehn Jahren in Stockholm und zwei in Linköping. Meine Mutter ist Schwedin, und mein Vater hatte eine Agentur dort. Ich war in Schweden auch bei der K, im Dezernat für Diebstahl.«

»Ist es besser, hier Polizist zu sein?«

Er lächelte und trank die Blume vom Bier.

»Auf alle Fälle ist es besser, in Deutschland Konrad zu heißen. Ich nehme an, daß du wegen deines Auftrags in Eile bist?«

»Am liebsten würde ich mit der Nachtmaschine zurückfliegen.«

»Du mußt allein nach Allsdorff fahren, aber ich habe alles arrangiert. Wenn ich es möglich machen kann, komme ich später mit meinem Wagen nach.«

Das klang nicht gerade verlockend und entsprach nicht den Abmachungen.

»Ich weiß nicht, ob ich mit meinem Deutsch zurechtkomme. Am Ende bleiben immer eine Menge Verben übrig.«

»Das geht sicher klar. Ich habe angerufen und sie darauf vorbereitet, daß du kommst und unseren Segen hast. Du mußt schon verstehen, Hassel, ich bin vor fünf Stunden Vater geworden. Viel zu früh, aber so ist das nun mal. Ich muß schon bei meiner Frau sein.«

»Dein erstes Kind?«

»Ja, ja, so ist es. Ein Junge. Mein Papa ist völlig aus dem Häuschen, er hätte nie gedacht, daß er je Großvater würde, oder, um die Wahrheit zu sagen, ich selbst hatte schon fast die Hoffnung aufgegeben.«

Ich betrachtete ihn voller Wärme. Ein Leidensgenosse. Das war ein Grund, den ich hundertprozentig akzeptierte. Wenn Virena das Kind zur Welt brachte, das aus einer unergründlichen Laune des Schicksals heraus das süßeste unseres Jahrhunderts werden würde, könnte selbst der Besuch der ganzen deutschen Nation mich nicht vom Krankenhaus wegkriegen.

»Draußen steht ein Mietwagen für dich. Vollgetankt. Ich habe eine sehr detaillierte Karte mit verschiedenen Hinweisen angefertigt, so daß du dich nicht verfahren kannst. Ich bin vergangene Woche in der Gegend, die dich interessiert, gewesen und kenne die Umgebung recht gut.«

Er breitete die Karte und Skizzen auf dem Marmortisch aus und erklärte mit der Bleistiftspitze den Weg, den ich zu fahren hatte.

»Die Straßen werden ziemlich schmal, da Allsdorff in einem dünn besiedelten Gebiet liegt. Die Fahrt dorthin dauert ungefähr zwei Stunden. Das Gebäude liegt auf einem Hügel, etwa fünfhundert Meter vom Waldsee entfernt, der nichts anderes als ein ekliger Tümpel ist, wo es verboten ist, zu baden oder den Schlamm für irgend etwas zu benutzen. Rundum ist ein Zaun. Es stinkt so, daß einem davon schlecht wird, aber ich vermute, daß diejenigen, die dort arbeiten oder wohnen, sich daran gewöhnt haben.«

»In Schweden haben wir auf dem Gelände der Papierfabriken kleine Seen, die völlig tot sind und schrecklich stinken. Ist das hier vielleicht das gleiche?«

»Du weißt, der Krieg. Es gab dort, direkt am See, eine geheimnisvolle Fabrik. Der Teufel mag wissen, was sie produzierten, aber später wurde behauptet, sie hätten mit einer bestimmten Art von Giftbombe experimentiert. Das andere kannst du dir selbst denken. Eine Tonne Blausäure über London zum Beispiel. Alles war heimlich und wurde bewacht. Am Schluß des Krieges suchte Adolf ja jede Chance.«

»Was passierte?«

»Die Alliierten bombten die Fabrik kurz und klein. Ich nehme an, daß sie von denen, die unter der Erde arbeiteten, so wie mein Vater, einige Tips bekommen haben.«

Er war ein bißchen stolz auf das, was er mir berichtete, als wäre es eine Ehre – selbst jetzt noch, so viele Jahre nach dem Krieg. Aber vielleicht war es das auch.

»Und das Gift lief in den See hinein?«, fragte ich.

»Ja. Das gesamte Grundwasser in einem weitausgedehnten Bereich ist verdorben, und alles Wasser muß nun in Leitungen von woanders herangeholt werden. In Deutschland sind wir ja, was die Umwelt betrifft, erst spät munter geworden, und der Waldsee lag eben dort, wo er lag, und da die meisten von dort weggezogen waren, hat niemand so protestiert, daß es gehört worden wäre, oder so, daß es aus Wahlgesichtspunkten heraus hätte interessant sein können. Jetzt jedenfalls sind wir guter Hoffnung, daß das Problem in fünf Jahren aus der Welt sein wird.«

»Nun, das ist ja nicht gerade heute und morgen.«

Er zuckte die Schultern.

»Es gibt so unerhört viel in Deutschland, was zerstört wurde, daß alles seine Zeit braucht, bis es wieder in Ordnung gebracht ist. Soweit es eben geht. Paß auf, Hassel, nicht daß ich dich hetzen möchte, aber . . .«

Mir wurde klar, daß es eigentlich das einzige war, was er wollte. Er ging mit mir zum Wagen, und sein Lächeln wurde bei dem Gedanken an das kleine Bündel, das ihn im Krankenhaus erwartete, immer breiter. Der Wagen war ein Opel – ein kleineres Modell mit Schaltautomatik –, der wie neu roch.

»Gelingt es mir, mich davonzumachen, komme ich, wie gesagt, nach, andernfalls kannst du mich anrufen, sobald du nach Hamburg zurückkommst. Es spielt keine Rolle, wie spät es ist. Ich feiere heute abend.«

Er gab mir klare Anweisungen, wie ich mich aus der Großstadtregion hinauslavieren konnte, und dann rannte er zu einem hellroten Volkswagen, winkte mir zu und fuhr, so schnell es die Straßenverkehrsordnung zuließ, zum, wie ich vermutete, nächsten Blumengeschäft, um einen Armvoll roter Rosen zu kaufen.

Alles war sorgfältig ausgeschildert, und bald war ich draußen auf dem Land. Dem Herbst war es nicht gelungen, schon so weit fortzuschreiten wie in Stockholm, und das Grün hatte noch immer eine satte Farbe, selbst wenn einige Baumarten rote Tupfen im Laub aufwiesen. Als ich auf die kleineren Landstraßen kam, wurde die Gegend direkt ländlich, so, wie auf alten Gemälden mit niedrigen, weiß gestrichenen Fachwerkhäusern, und die Bauern machten den Eindruck, als bewegten sie sich so gemächlich, wie man es traditionell von den Bauern erwartete.

Anfangs standen die Häuser in dichten Gruppen beisammen, nach etwa einer Stunde jedoch lichteten sich die Dörfer, und die Natur schien unfruchtbarer zu werden, ebener, steiniger Boden und mehr Büsche als Bäume. Ich hatte die Karte und die Skizzen auf dem Armaturenbrett liegen und stellte fest, daß Breundlers Angaben fast schon übergenau waren.

Jetzt mußte ich mich Allsdorff nähern. Die kleinen Höfe, an denen ich vorüberfuhr, waren zerfallen und offenbar aufgegeben worden, genauso wie in vielen Gegenden Schwedens, wo niemand sie übernehmen wollte und sich nichts lohnte. Die Sonne schien auf einen glitzernden Wasserspiegel, und schon fuhr ich auf einem schmalen, gewundenen Weg am Waldsee entlang. Durch das halb heruntergekurbelte Fenster versetzte der Gestank den Nasenlöchern einen Schlag, irgend etwas miefte wie faule Eier. Ich kurbelte die Scheibe hoch, was natürlich nichts half. So mußte ich eben mit dem Gestank leben, und da der Mensch ein anpassungsfähiges Tier ist, wurde alles bald nur noch als unbehaglich empfunden und nicht als unerträglich.

Der Zaun war rings um den See errichtet worden, der kleiner war, als ich vermutet hatte. In regelmäßigen Abständen hatte man eine schriftliche Warnung vor dem Wasser angebracht, aber die Schilder waren ausgeblichen und verwittert. Das Wasser hatte eine sonderbare Farbe, gelbrot mit einem Stich ins Grüne. Die Sicht darin konnte nur einige Zentimeter betragen. Zwar war ich von Kindesbeinen an abgehärtet, da ich im Mälaren mitten in Stockholm badete, zu einer Zeit, als es keine Klärwerke gab, doch hier hätte mich nichts zu einer Schwimmtour verlocken können.

Hinter einer sanften Kurve sah ich dann Stundt & Mahler, ungefähr einen halben Kilometer vom See entfernt. Ich vermutete, daß hinter der geografischen Lage ökonomische Gründe steckten, der Boden mußte billig sein, und die vorhandenen Arbeitskräfte schlugen sich bestimmt um die Arbeit.

Das Gebiet war mit einem etwa drei Meter hohen, rostigen Stacheldrahtzaun umgeben, und die drei niedrigen, langen Gebäude, die sich dahinter befanden, machten mit ihren einfachen und fleckigen Fassaden aus Mauerwerk und dem Wellblechdach einen armseligen Eindruck. Ich fuhr zu der hohen Toreinfahrt aus Stacheldraht und hupte einigemal. Ein älterer Mann kam aus einem Gebäude herbeigehumpelt. Er glotzte mich durch den Stacheldraht hindurch an, und nun galt es für mich, aus dem sprachlichen Erinnerungsarchiv etwas Deutsches hervorzuholen.

»Guten Tag. Ich bin Roland Hassel von dem Schwedischem Polizei. Ich . . .«

Soll? Will? Wünsch? Das wurde ja ein elendes, lasches Deutsch.

»Ich will mit Herr Stundt sprechen. Ich glaube, daß er mir erwarten.«

Hätte es »mich« heißen müssen? Dativ oder Akkusativ? Stand das Verb an der richtigen Stelle im Satz? Offenbar war es jedoch verständlich, denn der Mann schloß das Tor auf. Ich fuhr hinein und parkte neben einem Mercedes, einem der einfacheren Modelle. Der Mann schloß wieder ab, zeigte auf das mittlere Gebäude und stieß einige Laute aus, was ich für mich so interpretierte, daß er mich als einen ungebildeten Wilden außerhalb der Segnungen der Zivilisation ansah.

Hinter den Gebäuden hatte man kleine Schuppen errichtet, vor denen die unterschiedlichsten Kisten gestapelt waren. Alles machte einen schmuddeligen und unorganisierten Eindruck, und ich vermutete, daß das Unternehmen nicht besonders gut florierte. Hier wurde auch ganz offenbar der Arbeitsschutz nicht eingehalten, denn mehrere der Kisten balancierten unruheerweckend hoch oben auf den Stapeln und konnten auf die Köpfe der Angestellten herunterstürzen.

Wenn jetzt plötzlich ...

Mitten auf den Kopf!

Ich blieb ganz still stehen und glaubte, das Blut würde mir in den Adern gerinnen. Mitten auf den Kopf! Roland Hassel, du Esel! Wie konnte ich nur so dusselig und dämlich sein? Ein Telefon! Es mußte möglich sein, Ruda und Stockholm vom Büro aus anzurufen. Das Gebäude hatte nur eine mit Blech beschlagene Tür. Ich riß sie auf und rannte hinein. Links an den Wänden waren verschiedene Güter gestapelt. Direkt geradeaus war der Gang durch einen Verschlag mit einer Holztür versperrt, die wahrscheinlich zum Büro und einem Telefon führte.

Kein Transportpersonal war zu sehen, was auch darauf hindeutete, daß der Betrieb dahinsiechte. Ich rüttelte an der Tür, entdeckte jedoch nicht gleich, daß der Schlüssel im Schloß steckte, den man nur herumzudrehen brauchte, und so ließ ich lange Tiraden los, weil ich an meinem Vorhaben gehindert wurde. Was hatte ich eigentlich statt des Gehirns im Kopf? Gekochten Blumenkohl?

Endlich kriegte ich die Tür auf und gelangte in einen großen Raum mit Zwischenwänden aus aufgenagelten, ungestrichenen Hartfaserplatten, die den Raum in verschiedene Korridore teilten. Es war ganz ruhig. Kein Schreibmaschinengeklapper, das darauf hindeutete, daß hier gearbeitet wurde. Aufs Geratewohl wählte ich einen Korridor, landete aber in einer Sackgasse und mußte wieder zurück. Am Ende des nächsten Korridors befand sich eine Tür mit einer Glasscheibe. Ich machte sie auf und stürzte hinein. Das Innere war relativ elegant möbliert, dazu hatte das Geld wohl gereicht. Am Fenster stand ein Mann und schaute hinaus.

»Guten Tag«, stieß ich hervor. »Entschuldigung, aber ich muß Stockholm gleich anrufen. Es ist sehr viktich. Ich bin ein Polizei.«

Der Mann drehte sich schnell um, und mir wurde klar, daß ich das Telefon auf keinen Fall würde benutzen können. Er war kräftig gebaut und blond.

Es mußte Wolfgang Stundt sein.

In Stockholm hatte er sich Schiller genannt.

22

Ich drehte mich um, griff zur Tür, doch im gleichen Augenblick hörte ich eine Stimme, die ich kannte und von der ich gehofft hatte, sie nie mehr hören zu müssen.

»Stop, Hassel! Wenn du dich bewegst, kriegst du eine Kugel in den Rücken.«

Sören Linder stand auf der Schwelle zu einem weiter innen liegenden Raum. In der Hand hielt er eine großkalibrige Pistole. Er lächelte mir zu. Ein Krokodil, dachte ich. Es war das einzige, woran ich denken konnte.

»Wirklich schön von dir, daß du uns besuchst. Nie hätte ich gedacht, daß du einmal freiwillig hierher kommen würdest. Es war für uns ein riesiges Vergnügen, als wir telefonisch davon in Kenntnis gesetzt wurden. Und nun bist du hier, und wir haben viel zu besprechen.«

»Haben wir das?« krächzte ich.

Merkwürdig, wie trocken mein Mund wurde. Stundt tastete mich nach Waffen ab und schüttelte den Kopf.

»Es war mutig, daß du es gewagt hast, ohne Dienstpistole in das gefährliche Deutschland zu fahren. Aber vielleicht darfst du mit der Waffe die Grenze nicht passieren. Das Gesetz, ja, das Gesetz.«

Ich hatte nichts zu sagen. Es war seine Vorstellung, und er war es, der Regie führte. Welche Rolle ich spielen würde, konnte ich nicht mehr bestimmen. Sollte er das ausführen, was er gern wollte, würde es ein tragisches Theaterstück werden. Stundt stand mit gekreuzten Armen da und schaute bald mich, bald Linder an. Er schien über die Entwicklung nicht besonders glücklich zu sein, im Gegenteil, seine Wangen hatten sich ins Graue verfärbt, und er atmete mit offenem Mund.

»Ja, wie gesagt, wir haben viel Erfreuliches zu besprechen.«

»Solltest du nicht auch Ylva Sahlman dazubitten«, krächzte ich weiter. »Sie steckt ja genauso mit in deinem verdammten Schlamassel drin.«

Er lachte, ein Krokodil, aus dem die Laute stoßweise herausrasselten.

»Ein kluger Ratschlag. Wir haben schon immer gesagt, daß dieser Hassel gar nicht so dumm ist.«

Er wandte den Kopf und rief in den Innenraum hinein: »Ylva! Unser Gast möchte dich sprechen.«

Eine Sekunde lang hatte er mich aus den Augen gelassen. Wenn ich mich nach vorn werfen und zu ihm hinrollen würde, um ihm mit einem Tritt . . . Es war hoffnungslos. Bevor ich auch nur einen Meter mit einem Purzelbaum zurückgelegt hätte, wäre ich tot.

Ylva Sahlman kam ins Zimmer. Eine etwas veränderte Ylva. Selbstsicherer, kostbarer angezogen, stärker angemalt. Auf irgendeine Art auch kälter. Frau Krokodil.

»Ach so, du müßtest ja wissen, daß Ylva und ich ein Paar sind«, fuhr Linder fort. »Vielleicht willst du darüber sprechen, wie es dazu kommen konnte?«

Ich sagte nichts. Träge ging er ein paar Schritte auf mich zu. Betrachtete mich unter halbgeschlossenen Augenlidern, und dann steckte er die Hand in die Tasche. Die massige Pistole war stets auf mich gerichtet, und Linder war ein Profi. Er würde keinen amateurhaften Fehler machen.

Kaum daß ich seinen gewaltigen Schwinger sehen konnte, und es gelang mir auch nicht, mich zu ducken. In der Tasche hatte er einen Schlagring gehabt. Der Schlag klang seltsam dumpf. Etwas Warmes und Süßes sickerte aus dem Mundwinkel heraus, und die Zunge fuhr über den zerfetzten Rand einer Grube, wo soeben noch ein paar Zähne gesessen hatten.

»Na, Hassel? Wie hat dir das gefallen? Wir wären dankbar, wenn du antworten würdest.«

Man konnte ihm nur gehorchen. Ihn hinhalten, mit der Aussicht, daß etwas geschehen würde. Daß der Blitz einschlagen würde zum Beispiel oder daß die Erde zu beben anfing. Er gab mir Zeit zum Schlucken und zum Blutabtrocknen, und das war ja wirklich freundlich von ihm.

»Ich habe es neulich schon begriffen«, murmelte ich mit wunden Lippen. »Da war jemand, der hat Davidsson angerufen, Lundstedt sei krank geschrieben, und er hat gesagt, daß dem etwas auf den Kopf gefallen sei. Doch es war kein Kumpel. Es mußte der Mörder gewesen sein. Du.«

Linder nickte wie im Traum.

»Lundstedt hatte ausgedient. Nichts, worauf man sich verlassen konnte. Doch was hatte das mit Ylva zu tun?«

Ein weiterer Zahn war locker. Er fiel auf den Boden. Linder trampelte auf ihm herum und lachte. Ylva schien gleichfalls amüsiert zu sein, aber Stundt zog eine Miene, als hätte er etwas Bitteres gegessen.

»Die einzigen, die wußten, daß Lundstedt etwas auf den Kopf gefallen war, waren Ylva Sahlman und ich. Also mußte es Ylva gewesen sein, die dem Mörder gesagt hatte, was er sagen sollte.«

Ylva schlüpfte zu Linder hinüber, beugte sich zu ihm, biß ihn ins Ohrläppchen und sah ihn mit solch unverhüllt lustvollen Blicken an, daß kein Irrtum möglich war, was beide verband.

»Davidsson, dieser Idiot. Andén, der Idiot. Lahmärsche, die nicht mehr begriffen als das, was auf einem Blatt Papier stand. Nein, das mußte schon ein Kerl sein, der wirklich ein Kerl war! Einer, der etwas wagt.«

Sie knabberte wieder ein bißchen an seinem Ohrläppchen herum, und er hatte nichts dagegen, und was hatte ich zum Auftritt der beiden zu sagen?

»Ihr werdet bald festsitzen«, murmelte ich.

Die Hand mit dem Schlagring traf die andere Seite des Kinns, und obwohl ich mit dem Kopf dem Schlag ein wenig folgte, so schlug der Ring doch ein paar weitere Zähne heraus. Ich hatte schon früher Zähne verloren, ich hatte mehrere Stiftzähne. Es gab künstliche Zähne, falls alle verloren gingen. Damit mußte man sich abfinden. Wenn ich nur wieder nach Hause zu Virena und dem Kind kam! Für sie mußte ich überleben!

»Ich will dir sagen, warum wir jetzt ein längeres Gespräch haben werden. Du weißt, was die Polizei weiß, und bald werden auch wir es wissen. Aber wir werden nicht festsitzen. Über mich quatscht keiner, und diejenigen, die etwas über Ylva hätten sagen können, sind tot. Ich habe zwei schöne, gefälschte Pässe, unter denen ich wählen kann, und genügend Geld. Die Zukunft gehört uns. Deine Zukunft liegt hinter dir.«

Sie war eine Frau, und entsprechend der Frauenbewegung hätte sie eigentlich entgegenkommend, freundlich und friedlich sein müssen, aber vielleicht hatte sie die Proklamationen nicht gelesen.

»Er ist krank«, sagte ich mit meiner Schnodderschnauze. »In seinem Kopf stimmt etwas nicht. Ich habe seine Frau gesehen, nachdem er sie geschlachtet hatte.«

Sie schmiegte sich an ihn und schien ganz wild darauf zu sein, ihn auf den Boden herunterzuziehen, um ihn zärtlich und heftig zu liebkosen. Wozu er aufgelegt war, konnte ich nicht sagen, aber die auf mich gerichtete Pistole schwankte nicht. Stundt setzte sich hinter den Schreibtisch. Den Jahren nach war er jung, aber es war ein alter Mann, der da auf den Stuhl niedersank.

»Bestimmte Sachen muß man eben tun«, sagte sie. »Sie haben keine Bedeutung. Wir sind jetzt zwei. Das allerdings ist von Bedeutung. Im Laufe von mehreren Jahren habe ich eine anständige Organisation aufgebaut, und jetzt kann etwas ganz Phantastisches daraus werden. Du ahnst gar nicht, kleines Polypchen, wieviel Geld hier drin steckt.«

Sie gab mir eine Ohrfeige, die mehr eine spielerische Geste war, ein Zeichen, daß sie es war, die die Macht und Herrlichkeit hatte, in Ewigkeit, Amen.

»Eris überweist jedes Jahr Millionen hierher, weil sich diese Firma des Abfalles annimmt. Genau nach Gesetz und Recht. Stundt darf die Gallionsfigur sein, doch ich bin es, der die Firma gehört – mit Hilfe von zwei Strohmännern. Das Gift müßte weitergeleitet werden, aber es bleibt hier. Und das Geld bleibt hier. Viele, viele Millionen. Mein Geld. Geld, das mir gehört und Sören.«

»Ihr sitzt bald fest«, wiederholte ich.

Der nächste Schlag ging in die Magengegend, und

durch den Schlagring hatte man das Gefühl, als bekäme man einen Schlag ins Nervenzentrum. Es war unmöglich, länger aufrecht stehen zu bleiben. Ich glitt auf den Fußboden hinunter, preßte die Hände gegen das Zwerchfell und stöhnte. Ich wollte ihm diese Freude nicht machen, aber der Schmerz war stärker als der Wille. Ein Tritt brachte mich auf den Rücken zu liegen, und als ich zu ihnen hochblinzelte, sahen sie aus der Froschperspektive ganz grotesk aus. Linder beugte sich über mich.

»Du hast wertvolle Angaben über uns, und du wirst sie uns geben. Habt ihr aus Murat Gergeo etwas herausbekommen? Du wirst uns jetzt alles sagen, was Magnus Carlsson ausgesagt hat. Wen alles habt ihr in Verdacht? Wo stecken Veras Hurenkinder? Das vor allem ist sehr wichtig. Wo habt ihr Veras Hurenkinder versteckt?«

Das Blut rann mir im Hals herunter und drohte, mich zu ersticken. Ich hustete und mußte mich mühsam aufrichten und mich mit dem Rücken an die Wand stützen. Konnte ich mich noch einmal an sie wenden? Würde sie überhaupt etwas begreifen?

»Willst du sie auch schlachten?«

»Was mit denen passiert, geht dich nichts an. Du hast nur auf das zu antworten, was ich dich frage.«

Die Zunge war durch die scharfen Spitzen der Zahnstummel völlig wundgerieben und so geschwollen, als sei der ganze Gaumen von ihr angefüllt. Ich fühlte mich unendlich müde. Und Ruda saß, nur durch eine Reise von ein paar Stunden von mir getrennt, an seinem Schreibtisch und plauderte vielleicht mit Simon, die Leute gingen in den Straßen spazieren und erinnerten sich an ihren Sommerurlaub, Virena war auf Arbeit und fühlte nach ihrem Bauch, und vielleicht sehnte sie sich nach mir.

»Warum sollte ich das tun?« sagte ich, während ich mühsam ausatmete.

»Du hast ja nur ein Leben.«

»Und du willst mich töten. Warum also soll ich dir etwas erzählen?«

Sein Krokodillächeln wurde wieder verträumt, und sein Fußtritt traf mich an der Hüfte. Ein abermaliges Aufstöhnen bereitete ihm Vergnügen.

»Das ist wahr. Du kommst hier nicht lebend davon. Aber du kannst dir deinen Tod selbst aussuchen. Entweder eine schnelle Kugel in den Schädel, oder ich verspreche dir, daß ich auch dich bei lebendigem Leibe in Streifen schneiden werde. Du weißt, daß ich es mache. Das ist keine leere Drohung. Du solltest dich jetzt schnell entscheiden.«

Ich richtete – so gut es ging – den Blick auf Ylva Sahlman, und sie schien meine schwerfälligen Gedanken lesen zu können. Sie fuhr ihm mit ihren Fingern durch das Haar, zauste ihn leicht und drückte seinen Oberarm.

»Ich werde dabeistehen und zuschauen. Was bedeutest du schon – im Vergleich zu den vielen Millionen?«

Das war ein Gesichtspunkt, der eine gewisse Logik enthielt, wenn man das entsprechende Naturell dazu hatte, und das hatte sie. Linder würde zu seinem Wort stehen und mich in Streifen schneiden. Vielleicht aber auch würde er zu seinem Wort stehen und mich schnell erschießen. Was hatte ich mehr zu verlieren als das Leben? Eine schwache Idee flimmerte durch mein Hirn, und ich richtete das Wort an Wolfgang Stundt.

»Sie wollen dich ermorden«, sagte ich auf deutsch. »Das haben sie schon gesagt.«

Ein Bundesgenosse. Ein Freund. Einer, der mir gegen die zwei Multimillionäre helfen und mit mir durch dick und dünn gehen müßte. Aber Stundt hörte mich nicht. Er saß vornübergebeugt am Schreibtisch, seine Hände waren locker gefaltet, und er starrte in die Luft, ohne daß er etwas zu sehen schien. Ylva warf ihm einen schnellen Blick zu, machte aber nicht den geringsten Versuch, die Wirkung meiner Worte hinwegzuwischen. Linder faßte mich bei den Haaren und zog mich hart nach hinten. Der Schmerz trieb mir die Tränen in die Augen.

»Das war ein schöner Versuch, aber nun ist es genug. Was wird? Wie willst du sterben?«

Alles hat seine Grenzen, und ich war jetzt an der meinigen angelangt. Wie er gesagt hatte, es war genug. Ich schloß die Augen und murmelte: »Du solltest mich schnell erschießen.«

Er ließ mein Haar los und richtete sich auf. Ylva kicherte. Ihr Held hatte wieder gesiegt. Linder öffnete den Mund zur ersten Frage, doch in diesem Augenblick klingelte das Telefon. Sie sahen sich an und runzelten die Stirn. Stundt rührte sich nicht. Das Klingeln hörte nicht auf. Ylva stieß Stundt an und zischte auf deutsch: »Wolfgang! Antworte!«

Er schwankte, aber das war auch seine einzige Reaktion. Sie nahm den Hörer und meldete sich in perfektem Deutsch. Sie hörte zu, und ihr Blick suchte Linder, der sein Ohr an den Hörer legte. Seine Lippen formten einen wilden Fluch, aber er wußte nicht, was er ihr sagen sollte. Sie legte den Hörer auf. Linder griff in meine Jackentasche.

»Wo hast du Teufel die Autoschlüssel? Wir werden uns später mit dir befassen. Du kannst dich noch einmal erholen und über die Antwort nachdenken. Ylva, wir müssen mit dem Auto dieses Scheißkerls los. Er ist ja in einer halben Stunde hier.«

Ylva stieß Stundt an und schrie auf deutsch, was ich verstand:

»Wolfgang! Reiß dich zusammen. Du mußt mit einem deutschen Polizisten reden. Sein Name ist Breundler. Du mußt sagen, daß der schwedische Polizist wieder weggefahren ist.«

Der Deutsche blinzelte sie unsicher an, und sie stieß hervor: »Ob er das schafft?«

»Ich werde mich um ihn kümmern, zum Teufel noch mal! Nimm die Pistole und halte dich hinter ihm. Schieß, wenn der Teufelsbraten irgendwelche Anstalten macht!«

Er riß mich vom Boden hoch, packte mich mit dem Griff eines Feuerwehrmannes und trug mich aus dem Büro. Ylva ging, die Waffe auf mich gerichtet, hinter uns her. Sie hatte die Lippen zusammengepreßt. Ich dachte nicht daran, auch nur das geringste zu versuchen. Ich hatte noch eine kleine Chance. Dieser prächtige, pflichtgetreue Konrad Breundler! Plötzlich hatten sich ihre Möglichkeiten katastrophal verschlechtert, und meine Chancen hatten sich erhöht. Sie mußten ihn bluffen, und sicher war er nicht so leicht zu bluffen, vor allem, wenn es sich um Stundt handelte, der falsche Tatsachen vorspiegeln sollte.

Ylva zog einen Teppich zur Seite und öffnete eine hölzerne Luke. Linder war wohl der Meinung, mich lange genug getragen zu haben, und warf mich die Treppe hinunter, doch es glückte mir, das Geländer zu packen, so daß der Fall etwas gemildert wurde. Linder und Ylva kamen schnell hinterher, auf Ylvas Wangen glühten Streßrosen. Ich wurde zu einer Eisentür geschleppt, die er aufschloß, und dann in einen kleineren Raum. Ein weiterer Teppich weg und eine weitere Treppe hinunter.

Ich wich seinem Fußtritt etwas aus, doch das, was traf, war schlimm genug. Er mußte sich nun beeilen. Durch zwei Eisentüren weiter und ein so kräftiger Stoß, daß ich gegen eine Steinwand flog. Die Eisentür schlug zu, und ich hörte, daß er zuschloß, doch nicht, daß sie davoneilten.

Eine lange Weile saß ich in der kohlschwarzen Finsternis auf dem Steinboden und versuchte, mich zu erholen, doch es war zu viel, wovon ich mich zu erholen hatte. Schließlich stand ich auf – und hörte mich stöhnen. Alles im Körper schmerzte, und das Blut rann noch immer aus dem Mund.

Als ich hereingestoßen wurde, hatte ich flüchtig eine nackte Glühbirne an einer Leitung gesehen. Folglich mußte es irgendwo einen Lichtschalter geben. Ich fiel, mehr als ich ging, an etwas entlang, was die Wand sein mußte. Die Finger ertasteten rundes Blech. Tonnen. Ich registrierte den starken Gestank nach faulen Eiern, aber das war ein kleineres Problem.

Licht! Ich mußte Licht haben. Mußte von hier weg. Mußte eine Möglichkeit finden, mit Breundler Verbindung aufzunehmen, sobald er hier war. Er könnte mich retten. Der eine Vater würde den anderen befreien. Weitere Tonnen. Gab es denn nur Tonnen hier unten?

Da war eine glatte Wand. Der Schalter müßte neben der Tür sein, aber es gab so vieles, das so war, wie es nicht sein sollte. Die Finger glitten nur über rauhe Steine. Vielleicht an der anderen Seite? Ich tastete mich an der verschlossenen Eisentür entlang und erreichte die andere

Wand. Tonnen, Tonnen und Tonnen. Der Fuß stieß gegen etwas Weiches, um das ich herumgehen mußte.

Noch ein Stück, aber das Weiche auf dem Boden war so groß. Das müßte ... Ich blieb stehen und lauschte atemlos, den Kopf leicht zur Seite geneigt. Dieser aufjaulende Laut. Dieses Stöhnen. Wie von einem Gespenst, einem Geist. Es war nicht mein Stöhnen. Der Fuß stieß wieder gegen das Weiche, und wieder jaulte etwas auf.

Ich beugte mich schwerfällig nieder, und die Finger untersuchten das Weiche. Stoff. Ein Arm. Ein Kinn, Nase, Haare ... Ein Mund, aus dem das dünne, unwirkliche Stöhnen kam.

Hier war noch ein Mensch!

23

Hier mußte Licht sein! Ich zitterte am ganzen Körper, als ich fieberhaft die Hände über die Wand gleiten ließ. Wer lag da auf dem Boden? Wer konnte das sein, der auf so gespenstische Weise heulte? Dünn und irgendwie leer. Da! Das mußte der Lichtschalter sein. Ich drehte ihn.

Im schwachen Schein der Glühbirne sah ich direkt in Jyttes Gesicht. Sie lag auf dem Rücken und hatte eine zerlumpte Decke bis zum Kinn hochgezogen. Ihre Augen waren so weit aufgerissen, daß sie aus den Höhlen zu treten schienen. Ich ging in die Kniebeuge, doch konnte mich in dieser Stellung nicht halten, so daß ich mich setzen mußte. Erkannte sie mich wieder? Wußte sie, wer ich war?

»Jytte«, sagte ich so sanft, wie ich es mit meinem zerschundenen Mund überhaupt sagen konnte. »Ich bin es. Roland Hassel aus Stockholm.«

Doch, sie erkannte mich wieder. Das war aber auch alles.

»Er – er hat geglaubt, daß ich es war ... die geredet hat ...«

Sie atmete zischend und stoßweise, ihre Stirn war mit Schweiß bedeckt.

»Wie heißt du nun wirklich?« fragte ich.

Sie kümmerte sich nicht um meine Frage. Ihre Hand kam wie eine zitternde Spinne angekrochen, bekam die meine zu fassen und drückte sie so fest, daß ihre Fingernägel mir ins Fleisch schnitten.

»Willst du etwas für mich tun? Du mußt es!«

»Was möchtest du, was ich tun soll?«

Sie hob den Kopf ein wenig und zischte: »Töte mich! Mir ist so schlecht . . . Töte mich!«

Ich konnte mir vorstellen, daß unter der Decke der Beweis für Linders Rachsucht zu finden war, aber ich wollte ihn nicht sehen. Ich hatte genug gesehen. Sie hatte ganz offensichtlich nicht mehr lange zu leben, und das einzige, was ich noch tun konnte, war, ihre Hand zu halten und zu versuchen, Jytte zu trösten. Doch womit? Sie war jenseits jeglichen Trostes. Und ich war es auch. Es war ja nur noch eine Frage der Zeit, bis ich an ihrer Stelle war und darum bettelte, getötet zu werden.

»Du . . .« flüsterte sie.

»Ja? Was möchtest du sagen?«

Ihr starrer Blick blieb auf einigen der Tonnen an der längeren Wand haften. Sie bewegte die Lippen, um etwas zu sagen, doch sie brachte kein Wort mehr heraus. Sie verdrehte die Augen, der Kopf verkrampfte sich.

»Mutter . . .«, flüsterte sie auf deutsch. »Ja . . . ich kann nicht mehr . . .«

Ihr Kopf fiel auf den Steinboden zurück, und der Mund sah aus, als sei er mitten in einem Atemzug erstarrt. Ich schloß ihren Mund und drückte ihr die Augen zu. Alles sah fast friedvoll aus, und es gab Anlaß, ihr gegenüber Neid zu empfinden.

Ganz steif kam ich wieder auf die Füße. Nun aber weg von hier, Hassel. Du mußt zusehen, daß dich Breundler entdeckt. Sonst kommst du Seite an Seite mit Jytte zu liegen. Und das würde kein schneller Tod sein. Ich konnte ja auf seine verdammten Fragen gar nicht antworten. Ich wußte nicht, wo sich seine Kinder befanden.

Wände aus Stein, Fußboden aus Stein, Decke aus Stein. Eine einzige eiserne Tür. Ein Keller, zwei Etagen tief in der Erde, mehrere Eisentüren. Ich konnte mir an der Tür blaue Flecken holen, und nicht einmal die Kellerasseln im nächsten Stock würden mich hören. In heller Verzweiflung trat ich trotzdem so kräftig, wie ich nur konnte, gegen die Tür und brüllte, bis mir die Luft ausging. Doch der einzige, der das hörte, war ich. Nicht einmal Jytte konnte mich hören. Ich setzte mich neben sie und nahm wieder ihre Hand. Sie fühlte sich schon kalt an.

»Wenn du auf mich wartest, könnten wir zusammen gehen«, murmelte ich.

Die Tonnen da drüben. Warum hatte sie zu ihnen hingesehen? Hatte ihr Blick irgendeine tiefere Bedeutung? Ich arbeitete mich langsam nach dort durch und schlug mit der Hand gegen die nächstbeste Tonne. Sie klang hohl, und ich suchte Halt an ihr, um mich aufzurichten. Waren alle Tonnen hier unten leer?

Mit schwerfälligen, unbeholfenen Bewegungen schob ich sie zur Seite und sah in etwa einem halben Meter Höhe eine Holzplatte an der Wand. Die Finger wühlten sich hinter die Platte, nahmen ihr den Halt und brachen sie los. Die Holzplatte rumpelte auf den Boden. Hinter ihr war ein schwarzes Loch, aus dem ein schrecklicher, ätzender Gestank drang.

Alles war klar: Man entleerte die Abfalltonnen in das Loch, das nach einem Zementrohr aussah, und wahrscheinlich floß der Inhalt hinunter in den Waldsee. Niemand sah es, und niemand konnte Verdacht schöpfen, daß das Gift an Ort und Stelle blieb, statt zu einer Vernichtungsanlage transportiert zu werden.

Der Gestank war so widerwärtig, daß ich zögerte, mich in das Loch hinunterzulassen, doch was sonst konnte ich tun? Ich sah mich um. Nickte Jytte zu, als Dank für ihren Rat, und ließ mich in die Dunkelheit hinuntergleiten.

Das Zementrohr war eng, und ich konnte nicht kriechen, sondern mußte durch Schlängeln und Rucken vorwärtskommen. Doch am Anfang fiel alles steil ab, so daß es relativ leicht ging. Ich hielt die Hände nach vorn gestreckt, um mich gegen unbekannte Gefahren zu schützen, aber alles, was sie fanden, war Luft.

Plötzlich machte die Röhre eine Kurve, und das Gefälle hörte fast auf. Der Boden war mit Schlamm bedeckt, etwa zehn Zentimeter hoch, dick und glibbrig, zähfließende Schmiere, die sich anfühlte, als dringe sie durch die Haut, um mich im Innern zu zerreißen. Der ätzende Gestank verstopfte die Nasenlöcher, und heiser sog ich das ein, was einmal Luft gewesen sein mußte. Spitze Nägel stachen in die Atemwege.

Schnell atmete ich wieder aus und versuchte, den Atem anzuhalten.

Wie weit mochte ich wie ein Wesen aus der Urzeit gekrochen sein? Hatte ich fünfzig Meter geschafft? Dann blieben noch etwa vierhundertfünfzig übrig. Ich wußte es nicht. In dieser stinkenden, pechschwarzen Dunkelheit verlor ich jegliches Vermögen, Zeit und Raum einschätzen zu können. Kam ich denn überhaupt vorwärts? Saß ich nicht an der gleichen Stelle fest und zappelte nur?

Ich mußte wieder Atem holen. Der Nadelbrief fuhr in den Körper hinein und schien mit dem Blut in den Adern zu kreisen. Mit dem Blut, das noch übrig war. Ich mußte nach den Schlägen auf den Mund eine Menge verloren haben. Vielleicht floß es noch immer aus den Wunden. Ich konnte es nicht mehr registrieren.

Eine Ratte war ich, eine Ratte, die sich durch glitschigen, giftigen Abfall hindurchbohrte, eine, die ihr elendes Leben in der Schmiere verbrachte. Es war, als hätte ich alles andere vergessen. In dieser engen Röhre war ich geboren worden, hatte ich gelebt, und hier würde ich auch sterben, und nie hatte ich von etwas anderem gehört. Ich rutschte mit meiner Stützhand aus, und mein Gesicht tauchte in die Schmiere ein. Ich bekam sie in die Augen, die Nase und den keuchenden Mund, und lodernde Flammen versengten Haut und Zunge. Gib dich geschlagen, Roland. Es reicht. Du kannst es nie schaffen. Steck deine Nase in den glibbrigen Schlamm und hör auf zu atmen.

Einige Meter über mir ging vielleicht Konrad Breundler umher und dachte darüber nach, warum ich nicht auf ihn gewartet hatte. Was der Grund sein mochte, daß ich die Gegend so schnell wieder verlassen hatte. Wie würde sich Stundt wohl verhalten? Vielleicht auch zeigte Breundler gerade auf Stundt und sagte: »Hassel kriecht im Moment in einem Abflußrohr herum, und du hast gefälligst hinter ihm herzukriechen, um ihm zu helfen.«

Keiner wußte, wo ich mich befand. Jytte vielleicht, aber sie konnte ja nicht mehr gerechnet werden. Wenn es eine Seele gab, dann war diese gerade auf dem Weg zum Licht oder in die ewige Finsternis und hatte keine Zeit, sich mit jemandem zu beschäftigen, der im Gift herumkroch und noch nicht ganz tot war. Meine Seele kappte vielleicht gerade die letzten Taue und machte sich zur letzten Fahrt fertig, noch aber waren ein paar schwache Seile vorhanden, die sie festhielten.

Neue Atemzüge, und die Flammen verbrannten Haut und Zellen. Ich wurde so schlapp, daß ich mich nicht einmal mehr oberhalb dieser zehn Zentimeter halten konnte, sondern hilflos hineinplatschte, und ich mußte all das schlucken und schlucken, was da in den wunden und geschwollenen Mund hineinschwappte. Es gelang mir, die Faust unter das Kinn zu schieben und den Kopf dadurch wieder nach oben zu bringen, und ich heulte vor Schmerz und Einsamkeit.

Er, vielleicht auch sie, brachte mich dazu, den Kampf wieder aufzunehmen. Er oder sie. Eine kleine Hand in meiner, das erste Lächeln, der erste Zahn, das erste Wort, der erste Schritt, Papa muß ja bei dir schlafen, den kleinen Körper eng an mich gepreßt, der reine Schlaf, meine Hand behutsam um sie gelegt, Virena dicht bei mir, und wir drei waren zusammengeschmolzen, wir, nur wir, und niemand anderes als wir, zusammengeschmolzen durch unsere Gemeinschaft.

Jetzt weitete sich die Röhre. Vielleicht um zwanzig Zentimeter. Bei jeder Kriechbewegung mußte ich das Gesicht in den Schlamm hinuntertauchen, und ich reagierte schon gar nicht mehr darauf. Ich schluckte, weil ich schlucken mußte. Atmete, weil ich atmen mußte. Auf dem Boden der Röhre lagen scharfe Steine, die die Haut an Händen und Körper aufrissen, doch was machte das schon? Was machte schon irgendwas aus? Brennender Schmerz in der Lunge, Feuer in den Adern, Schmerzen überall.

War ich damals im Kronobergspark zehn Jahre alt gewesen? Die Wache, die mich geschnappt hatte. Was hatte ich eigentlich getan? Erinnre mich nicht. Die Ohrfeige. Ja, an die konnte ich mich erinnern. Er mußte wahnsinnig gewesen sein. Schlug mit voller Manneskraft zu. Mama, die davon erfuhr und die in den Park hinaufraste, den Wächter entdeckte und ihm gleichfalls eine Ohrfeige versetzte, daß ihm Hören und Sehen verging. Und dann? Was war dann? Nichts, mußte nur daran denken. Und warum? Weiß nicht, ich erinnerte mich nur daran. Klar und deutlich.

Er oder sie sollte sich nie in die Nesseln setzen müssen. Wir würden sie gegen alle Drachen bewachen. Gib ihr so viel Liebe, daß sie zu einem Schutz für sie wird, zu einem Panzer gegen alles Schlechte. Doch so einfach ist das Leben ja nicht, Roland. Einen solchen Panzer gibt es nicht. Noch nicht, vielleicht. Aber wir sollten ihn erfinden. Den Panzer aus Liebe.

Die halbe Röhre jetzt. Wenn es Wasser gewesen wäre, hätte ich darin treiben und mich plantschend fortbewegen können. Aber es war kein Wasser, und ich mußte mit meinem geplagten Körper kriechen, krabbeln und rukkeln, um ein bißchen vorwärts zu kommen.

Das Gefühl schlief langsam ein, und das war eine Linderung. Ich konnte mich bewegen, aber es tat nicht mehr weh. Es stank auch nicht mehr. Wenn ich Wasser und schleimige Grütze schluckte, schmeckte es nach nichts. Das mußte ein untrügliches Zeichen dafür sein, daß ich mit dem glibbrigen Matsch vereinigt werden würde. Eins mit ihm. Selbst in so etwas Schwerflüssiges verwandelt.

Du hast recht, Flink. Was bedeutete es schon in diesem großen Ganzen, daß ich nun auch ein Opfer werden würde. Was ist schon mein kleines Leben im Vergleich zu Tausenden und aber Tausenden von Leben, die in der täglichen Arbeit vergeudet werden? Du hast ja deinen Sohn verloren. Spielte sein Leben keine Rolle? Sein Opfer? Kann man so rechnen? Wer bestimmt, was etwas wert und was nichts wert ist? Gibt es einen Kampf, und wie soll er geführt werden? Gib mir eine Antwort darauf, Birre Flink. Du, der du doch alles weißt und auf alles eine Antwort hast. Warum sagst du nichts? Warum kannst du nicht das Maul aufmachen und sagen, wie das alles ist? Warum, zum Teufel, muß ich hier unten so allein sein?

Es wurde schwer nun. Anfangs hatte die Schmiere zehn Zentimeter hoch in der Röhre gelegen, jetzt waren es nur noch zehn Zentimeter von der stinkenden Oberfläche bis zum Scheitel der Röhre. Ich stützte mich auf die Handflächen und schaukelte mich vorwärts. Hatte ich Linder nicht mit einem Krokodil verglichen? Ich war das Krokodil. Von der Ratte zum Krokodil, ein schneller Schritt.

Papa, der, wenn wir unterwegs waren und zur Stadt gingen, nie richtig mithalten konnte, mußte sich alle hundert Meter gründlich ausruhen. Eine Generatorgasvergiftung während des Krieges. Von außen war ihm nichts anzusehen, aber seine Lungen waren am Ende. Jetzt konnte ich besser verstehen, wie er sich gefühlt haben mußte. So vieles, was er machen wollte, und so wenig, was er tun konnte. Aber er war schon in Ordnung. Mit Torsten und mir beschäftigte er sich, so gut er nur konnte. Torsten mit seiner Auffassungsgabe. Torsten, der Direktor geworden war. Der Stolz des Hasselgeschlechts. Roland, der war ja nur Polizist geworden, und dort soll er auch nichts Besseres geworden sein. Alkoholprobleme hat er gehabt. Von Cecilia hat er sich auch scheiden lassen. Nie hätte sie ihn heiraten sollen. So einen Taugenichts.

Ja, ja, sie hatte es nicht leicht mit mir gehabt. Aber wer hatte es schon leicht? Habe ich es etwa leicht bei meinem Versuch, auf den Rücken zu kommen, mich auf die Ellenbogen zu stützen und den Mund zur Decke der Röhre zu richten, um zu verhindern, daß ich ständig unter die Oberfläche tauche? Wenn jemand glauben sollte, das sei leicht, dann bin ich gern bereit zu tauschen. Cecilia heiratete wieder und hat es mit ihrem neuen Mann gut getroffen. Ich gönne es ihr. Sie hat mir mehrere Jahre geopfert. Schon wieder dieses Opfern. Opfer. Gab es denn nur Opfer in dieser seltsamen, Opfer fordernden Welt?

Meine Kleidung war auf dem besten Weg, sich aufzulösen, und die Stücke trieben davon, sobald der Stoff an der Betonoberfläche entlangscheuerte. Die Atemzüge waren nur noch kurzes Keuchen, die Nase war gegen den Scheitel der Röhre gedrückt. Alles um mich herum war glibbrig und zäh, die Hände tasteten in Schlamm und Schleim umher.

Jetzt. Jetzt gleich, nur noch ein paar Kriechbewegungen, und die Röhre mußte ganz und gar mit Schlamm gefüllt sein. Zwei Möglichkeiten gab es, unter denen ich wählen konnte. Rücklings zurückkriechen, da es unmöglich war, sich hier umzudrehen, und auf irgendeine Weise in den Keller zurückkommen. Oder, einen tiefen Atemzug zu nehmen und den Weg fortzusetzen, bis alles zu Ende war. Wie, das spielte keine Rolle. Ich konnte nicht mehr länger überlegen. Virena . . .

Ein Atemzug, den allerletzten Atemzug, und dann nieder in den Matsch und ein letztes, aufgeregtes Zappeln. Noch ein paar ganz zähflüssige Meter. Ich war unten auf dem Boden der Röhre, und ich spürte, daß mich alles im Stich ließ. Die Beine gehorchten nicht mehr. Die Arme wurden steif. Die Lungen bollerten, und jetzt . . .

Die Finger streiften einen Rand. Bekamen ihn zu fassen. Konnten mich nach vorn ziehen. Die andere Hand jetzt auch. Ziehen und ziehen und ziehen. Sie bewegten sich plötzlich in losem Schlamm. Der Fuß berührte das äußere Ende der Röhre, und ich drückte mich ab. Langsam stieg ich in der Schmiere nach oben, und die Hände halfen flatternd nach. Etwas glitzerte über mir. Die Hand durchbrach eine Oberfläche. Der Kopf tauchte auf. Luft. Es war Luft.

Alles um mich herum war grau in grau, aber durch die graue Wand hindurch schimmerten Konturen. Ein Strand, nicht mal weit von mir entfernt. Es war unmöglich, in diesem Brei zu schwimmen, aber das Plantschen brachte mich näher. Die Hand plumpste in Sand. Vielleicht war es Sand, ich wußte es nicht, jegliches Gefühl war weg. Die Füße spürten Boden unter sich. Auf ein paar Steine hinauf. Zu Boden, in den Sand.

Wenn ich bloß etwas sehen könnte. So wie ich dalag, mußte über mir ein Himmel sein, aber dort war nur grauer Nebel. Nochmals zusammenreißen. Ihm oder ihr zuliebe. Mußte weg von hier, sonst konnte Linder mich entdecken und das, was von mir noch übrig war, nun doch in Streifen schneiden. Er war nicht der Mann, der von seinen Vergnügungen Abstand nahm.

Auf die Knie. Kriech, wenn du nicht gehen kannst. Ich

geriet mit der Hand wieder in den Schleim hinein und merkte, daß ich im Kreis herumgekrochen war. Zog mich zurück und setzte mich auf die Hacken. Drehte den Kopf herum, doch auch dort war bloß der Nebel. Existierte die Erde noch? Wie lange hatte ich unten in der Röhre gesteckt? War dies ein neues Zeitalter jetzt?

Und wieder kroch ich ein Stück weiter. Der Kopf stieß gegen etwas Scharfes, das ein bißchen nachgab. Der Zaun um den See. Dort, nicht weit weg, war der Weg. Irgendwo hatten Häuser gestanden. In dieser grauen Dämmerung mußte es Häuser mit Menschen geben. Die Drähte ließen sich nicht auseinanderziehen, wahrscheinlich aber nur, weil ich zu schwach war. Mit Hilfe der Drähte richtete ich mich auf. Wie wollte ich bloß über den Zaun kommen? Die Arme gerieten zwischen zwei Drähte, und ich blieb hilflos hängen – wie ein Insekt.

Dann hörte ich etwas im Nebel. Weit entfernt einen Laut, der von einem Motor stammen konnte. Linder natürlich und seine liebestolle Ylva Sahlman. Nein, nun war es genug. Komm und schneid mich in Streifen. Ich werde lachen, wenn du es tust. Jedenfalls habe ich kein Gefühl.

In einiger Entfernung springende Schritte. Etwas berührte mich. Jemand nahm mich in die Arme. Jemand dort draußen im Nebel. Wenn das nur nicht Linder war. Ein deutscher Bauer. Ein deutscher Geschäftsmann. Ein Deutscher, was sonst. Ich öffnete den Mund, und etwas, was eine Stimme sein sollte, drang vielleicht heraus, ich war mir nicht sicher.

»Schwedisch Polizei.«

Eine andere Stimme dicht an meinem Ohr. Eine Stimme, die bebte.

»Hassel! Gott im Himmel!«

Konrad Breundler. Der graue Nebel wurde schwarz.

24

und sie sagen daß ich bald wieder sehen könne und daß der nebel verschwinden wird und das ist schön, denn ich möchte Virena sehen; ich höre sie aus der entfernung aber ich sehe sie nicht, und wenn sie hier oben ist legt sie meine hand auf ihren bauch und fragt ob ich etwas spüren könne, und ich tue so als ob es an dem sei um sie dadurch glücklich zu machen, aber es ist schwer, durch all die verbände hindurch die ich überall habe etwas zu fühlen, sie sollen fort, sie auch, wenn es mir besser geht, möchte wissen wie lange ich schon hier liege, es ist als ob tage und nächte ineinanderfließen, das macht wohl dieses morphium das sie in mich hineinspritzen und was sie noch eine weile machen wollen, sagt der arzt, aber danach geht es mir besser und ich entgehe dem dort und es ist klar daß das gut ist, das es das gibt . . . ja das atmen fällt mir schwer, das ist wahr, es ist so schwer in der brust genau als ob dort jemand sitzen würde und den brustkorb zusammendrückt . . . ich merke daß sie mehrmals in der woche meine verbände wechseln, und das machen sie wenn ich durch das morphium vor mich hindämmere, eines tages führte ich die hand vor die augen um sie zu sehen aber das konnte ich nicht und ihre stimme klang streng und da ließ ich es lieber bleiben . . . schön, wieder in das liebe alte Schweden zu kommen wo man versteht was sie sagen, und der flugtransport war in ordnung und dann kam selbstverständlich die ambulanz denn ich kann ja nicht laufen, aber das kommt noch kommt noch, das sagen Virena und die anderen . . . Yngve gefällt die schale und ich denke das ist schön, und er sagt daß er und Rut jetzt damit beschäftigt sind den umzug zu regeln und daß er für uns drei in der villa die er sich angeschafft hat ein zimmer reserviert, aber das wird wohl noch etwas dauern denn man kann mit einem so kleinen keine so lange reise machen und da stimmt Virena mit mir fest überein daß wir später bestimmt hinunterfahren, denn es ist schön in der sonne, wenn man freier atmen und mit Virena und dem kleinen herumgehen kann und daß Yngve froh ist daß sein letzter großer fall gelöst werden konnte und Vera Linders kinder sich sicher fühlen können und daß Sören nirgends mehr auftauchen wird und daß

Ylva Sahlman mit einer langen strafe rechnen muß, aber all das berührt mich nicht, ich weiß nicht wieso, aber ich denke kaum noch daran daß ich diese menschen getroffen habe ... und Simon der alte Simon der sich so treu bleibt und scherzt und von allen grüße bestellt und sagt, er habe ja versprochen pate zu stehen und das wolle er nun allen ernstes ... wenn ich nur dieses so schrecklich schwere atmen endlich los bin ... Birre Flink ist auch hier gewesen, ihn kann ich ja ganz gut leiden und er behauptet daß ... daran kann ich mich nicht erinnern, es gibt so vieles was an mir vorübergleitet aber ich kann ihn ja später fragen worum es sich handelt, wenn ich dann wieder anfange zu arbeiten ... und Sune Bengtsson ja, das war nett von ihm daß er mich besuchen kam aber wir haben uns ja nichts zu sagen und da saß er nur eine weile und ging dann sehr schnell wieder weg, er mußte wohl rauchen natürlich und das darf man hier in dieser abteilung nicht ... als ich Virena fragte warum es mir solche schwierigkeiten bereitet frische luft in die lungen zu kriegen, sagte sie, die hätten ein wenig schaden genommen aber das komme wieder in ordnung und dann könne ich wieder genauso leicht wie früher atmen und das ist schön weil das jetzt ja wirklich schwer ist ... die zeitungen haben nun ganz ernsthaft das umweltproblem mit dem abfall aufgegriffen sagt Yngve, und es gibt viele kleinere betriebe die das gift abladen wo immer sie können, ganz Europa ist schon infiziert aber schließlich mußten die leute ja reagieren denn es geht ja uns alle an, die kinder ... nicht alle ärzte sind gleich, manche sind ziemlich griesgrämig und ich kriege nichts aus ihnen heraus, sie machen was sie wollen und danach gehen sie wenn ich sie wegen dem atmen frage aber andere sind freundlicher und mitteilsamer und ich kann von meinen plänen erzählen und pläne habe ich natürlich, es ist so viel was ich mit Virena nachholen muß und statt dessen liege ich hier, ich begreife ja daß ich ziemlich lange krank sein werde aber alles geht so langsam und man muß es behutsam machen, wie die ärzte sagen, und daß ich nirgends irgendein gefühl habe, komme vom morphium, das auch ... es ist so dumm zu klagen ... wenn bloß das atmen ... vielen geht es schlechter als mir und es hätte noch schlimmer kommen können, wenn das mit Linder noch so weitergegangen wäre ... nun muß wohl Virena bald kommen, ich bin mir nicht ganz sicher weil ich die uhr nicht sehen kann, doch es müßte an der zeit sein und sie kommt jeden tag und sie ist lange hier und heute werde ich ihr sagen daß ich denke wir sollten

Neuerscheinung '89

Thor Heyerdahl

Fua Mulaku

Reise zu den vergessenen Kulturen der Malediven

Aus dem Englischen von Wolfgang Rhiel
Etwa 408 Seiten Text und 24 Seiten Fotos, davon 16 farbig · Leinen · 24,00 M

Der Präsident der Republik der Malediven bot Thor Heyerdahl 1982 an, auf dem Archipel Ausgrabungen vorzunehmen, um dessen Frühgeschichte zu erforschen. Der norwegische Wissenschaftler nahm den Auftrag an und fand im Dschungel von Fua Mulaku, einer der größten und schönsten Inseln Malediviens, und auf den benachbarten Atollen archäologische Schätze: Tempelpyramiden und steinerne Dämonen – Kultstätten verschollener Völker wie der sagenhaften Redin und der »Löwenmenschen«, die während der Frühzeit Zeugnisse hinduistischer und buddhistischer Hochkulturen hinterlassen hatten. Thor Heyerdahl versteht es auch in diesem Buch, überaus spannend von seinen Erlebnissen, Funden und Schlußfolgerungen zu erzählen und somit Forschung zu einem aufregenden Abenteuer werden zu lassen.

Verlag Volk und Welt Berlin

Neuerscheinung '89

Märta Tikkanen
Ein Traum von Männern

Roman
Aus dem Schwedischen von Verena Reichel
Etwa 344 Seiten · Leinen · 9,60 M

Die finnlandschwedische Schriftstellerin Märta Tikkanen, Jahrgang 1935, erzählt in diesem Roman ohne Larmoyanz oder Besserwisserei die Geschichte einer »emanzipierten« Frau, berichtet von geheimsten Sehnsüchten und Träumen, von Ängsten und Begierden, von Vernunft und Unvernunft. Aufgewachsen in einem von bürgerlichen Traditionen geprägten Elternhaus wird für die Heldin des Buches all das zur unabdingbaren Lebensnotwendigkeit, was ihre Mutter ersehnt und zugleich fürchtet: Chaos, Wildheit, Sexualität. Jede Rücksicht auf ihr bisheriges Leben aufgebend, erfährt sie die Beglückung einer Ehe, die auf gegenseitigem Verständnis basiert, und muß dennoch erkennen, wie sehr beide Partner im uralten Rollenverhalten von Mann und Frau befangen sind.

Verlag Volk und Welt Berlin

Nachauflage '89

Schwedische Erzähler aus acht Jahrzehnten

Herausgegeben und mit einem Nachwort versehen von Klaus Möllmann
Aus dem Schwedischen
2. Auflage
568 Seiten · Leinen · 16,20 M

Tragisch und komisch, erschreckend und aufwühlend, aber auch einfühlsam und verständnisvoll für die Probleme des einzelnen in der Gesellschaft – so geben sich die Geschichten der fünfzig schwedischen Autoren, die auf vielfältige Weise ihre Erfahrungen mit Zeit und Umwelt kundtun. Zahlreich sind die bekannten Namen, die hier ausschließlich mit neu übersetzten Texten vorgestellt werden. Pär Lagerkvist, Stig Dagerman, Per Olof Sundman und Lars Gustafsson mögen für all die Autoren stehen, die in der Zeit von der Jahrhundertwende bis in unsere Tage ihre Stimme erhoben, um zu fabulieren und zu berichten, aber auch um zu mahnen und zu warnen vor all dem, was das Dasein in unserer Epoche bedroht.

Nachauflage '89

Herdis Möllehave
Le und die Knotenmänner

Roman
Aus dem Dänischen von Heiner Gimmler
2. Auflage
304 Seiten · Broschur · 5,80 M

Le ist eine dreißigjährige Lehrerin, alleinstehende Mutter, attraktiv und selbstbewußt. Auf der Suche nach einem Partner gerät sie jedoch nur an »Knotenmänner«, die Empfindungen hinter gespielter Kälte verbergen, Intimität auf Sexualität begrenzen. Le forscht nach den Ursachen, warum ihre Beziehungen zu Männern stets zu Niederlagen führen, vergleicht ihre Erfahrungen mit denen anderer Frauen, analysiert das erotische Rollenverhalten, findet aber keinen Weg zur Erfüllung persönlicher Glückserwartungen. »Dieses Buch«, so schreibt die 1936 geborene dänische Autorin, »versteht sich nicht als Roman der Frauenbewegung. Wollte man ihm einen Platz zuweisen, so wäre mein Wunsch, daß es als eine Stellungnahme zur Männerdebatte aufgefaßt wird, die jetzt langsam im Entstehen ist«.

Verlag Volk und Welt Berlin